가난하다고 꿈조차 가난할 수는 없다

가난하다고 꿈조차 가난할 수는 없다

가난하다고 꿈조차 가난할 수는 없다

2006년 5월 18일 초판 1쇄 펴냄
2022년 1월 21일 초판 70쇄 펴냄

지은이 김현근
펴낸이 윤철호
펴낸곳 (주)사회평론

등록번호 10-876호(1993년 10월 6일)
전화 02-2191-1182(마케팅)
팩스 02-326-1626
주소 03993 서울시 마포구 월드컵북로6길 56 사평빌딩
전자우편 marketer@sapyoung.com
홈페이지 http://www.sapyoung.com

ISBN 89-5602-644-0 03810

값 10,800원

가난하다고 꿈조차 가난할 수는 없다

김현근 지음

사회평론

너무나 위태하고 힘든 상황에서도 희망을 잃지 않으시고
저를 지켜주신 부모님께 이 책을 바칩니다.

공부할 수 있어서 행복했습니다

부산으로 향하는 열차 안. 천정에 매달린 모니터에는 시속 300km를 넘는다는 표시가 깜빡이는데, KTX 열차는 흔들림 없이 달려갔다. 앞만 보고 열심히 달려가는 열차를 타고 고등학교 시절 3년, 아니 내 지난 19년을 품어주었던 부산으로 돌아가고 있으려니 마치 과거로 시간 여행을 하는 듯했다.

조금 있으면 400명의 영재학교 후배들과 학부모님들 앞에 선다고 생각하니 가슴이 설레었다. 유학을 준비하고 있을 때만 해도 후배들이 나 같은 시행착오를 겪지 않도록 해주고 싶은 말이 많았는데, 막상 할 말을 정리하려고 하니 펜을 잡은 내 손이 잘 움직이지 않았다. 3년의 시간, 아니 유학의 꿈을 향해 달려온 8년의 시간 동안 내가 경험하고 느꼈던 것들을 몇 마디 말에 담으려고 하니 어디서부터 이야기를 시작해야 할지 막막했던 것이리라.

드디어 유학설명회 장소인 학교 강당에 들어섰다. 예상보다 훨씬 많은 후배들이 나와 내 동기들의 유학 준비 경험담을 듣기 위해 기다리고 있었다. 진행 담당 선생님께서 마이크를 잡으셨다.

"자, 3학년 학생들은 빨리 자리에 앉으세요!"

나는 그 말을 듣자마자 무의식적으로 의자에 앉았다. 친구 녀석들도 엉겁결에 나를 따라 의자에 앉다가 서로를 쳐다보며 겸연쩍은 웃음을 지었다. 3학년 학생들? 우리는 분명 이미 졸업했는데……. 학교를 떠난 지 벌써 몇 달이 지났건만 아직도 마음은 학교에 남아 있었나 보다.

한국과학영재학교. 그곳은 분명 교육의 천국이었지만 나에게만큼은 공부의 지옥이었다. 순간 여러 장면이 파노라마처럼 스쳐갔다. 아무리 설명을 들어도 이해되지 않는 컴퓨터 프로그래밍 언어를 붙잡고 눈물 흘리며 밤새도록 외웠던 일, SAT와 AP, 중간고사까지 한꺼번에 준비하느라 영양실조에 걸렸던 일, 한 평짜리 고시원에서의 고달픈 생활…….

사실 부모님과 주변 분들은 처음에 나의 영재학교 진학을 반대했다. 전국에서 내로라하는 학생들이 다 모이는 학교에서 과학에 특별한 소질도 없는 내가 잘해낼 수 있을까 하는 우려 때문이었다. 마지막 순간에 부모님께서는 나를 믿어주셨고, 나는 입학했다. 과학영재학교에는 내가 그토록 동경해온 '영재'들이 모여 있었고, 그들과 같은 시공간을 공유한다는 것은 평범한 나에게는 축복으로까지 느껴졌다. 그러나 영재가 아니면서 영재학교에서 생존하고, 최고가 되고, 동시에 유학까지 준비하는 건 고통 그 자체였다. 피나는 노력 이외에는 달리 뾰족한 수가 없었다. 그러나 한편으로 나는 꿈을 위해 최선을 다할 수 있어 행복했다.

유학설명회가 시작되고, 나는 연단에 섰다. 후배들과 학부모님들의 눈이 반짝거렸다. 3년 전 프린스턴 대학에 합격한 선배님의 말씀을 한 마디도 놓치지 않으려고 귀를 쫑긋 세웠던 나의 모습을 보는 듯했다. 3년의 세월이 흘러 내가 바로 그 선배님의 자리에 서 있는 것이다.

"여러분들이 미국 유학을 준비하면서 가장 중요하게 생각해야 할 것은……"

미국 명문대학에 합격해 이렇게 많은 후배들 앞에서 나의 이야기를 힘주어 말하는 이 장면. 이것은 지난 3년 동안 힘들 때마다 내게 위안과 용기를 주었던 모습이며, 한 평짜리 좁은 고시원 방에서 혼자 눈물을 흘리며 그려왔던 소박한 모습이었다.

내가 프린스턴 대학에 합격했을 때, 어머니는 "내 인생 19년과 네 인생 19년, 총 38년의 세월이 빚어낸 드라마구나."라는 말씀을 하셨다. 합격의 기쁨에 젖어 다른 건 생각할 여력이 없었던 내가 당신의 말을 온전히 이해하기는 어려웠지만, 꿈 하나만을 좇아 달려온 내 시간의 흔적 속에 어머니와 아버지의 보이지 않는 피와 땀이 고스란히 배어 있음을 짐작할 수 있었다.

가난한 환경에서, 단 한 번도 외국에 산 적이 없는 순수 토종 한국인으로 프린스턴 입성이라는 결실을 맺기까지 나는 정말 지독하게 노력했고, 치열하게 살았다. 그래서 조금은 당당하게, 가감 없이 내 지난 19

년의 시간들을 말할 수 있을 것 같다.

가난은 나의 꿈을 이루는 데 있어 아무런 문제가 되지 않았다. 오히려 가난 때문에 나에게는 늘 새로운 목표가 생겨났고, 그 목표들을 하나씩 이룰 때마다 내 꿈에 한 걸음 한 걸음 다가설 수 있었다.

나는 이 글에서 나 자신을 서투르게 영웅화할 생각 따윈 추호도 없다. 스스로를 대단하다고 느낀 적도 없고, 실제로 그럴 만한 것도 없기 때문이다. 이 글에서 오만함이나 철없는 자랑이 조금이라도 느껴진다면, 그것은 전적으로 내 글솜씨가 부족한 탓이라는 것을 미리 말씀드리고 싶다. 변변치 못한 나의 이야기가 어려운 환경에도 불구하고 확고한 꿈을 갖고 묵묵히 노력하는 많은 이들에게 조금이나마 위로가 되고 희망을 줄 수 있기를 바랄 뿐이다.

이제 나는 프린스턴이라는 새로운 공간에서 또다시 꿈을 꿀 것이다. 그리고 그 꿈을 이루기 위한 도전을 다시 시작할 것이다.

2006년 4월 김 현 근

김현근 군의 유학생활 이야기는 김현근.com에서 만나실 수 있습니다.

가난하다고 꿈조차 가난할 수는 없다

프롤로그 공부할 수 있어서 행복했습니다

1 아이, 꿈과 만나다 · 15

2 내 공부는 내가 한다 · 43

1

아이,
꿈과 만나다

아직도 떨림이 가시질 않는다.

내가 유학의 꿈을 안고 달려온 시간들을 더듬어본다.

그 시작에 있는 건 홍정욱 씨의 『7막 7장』이라는 책 한 권.

그것은 내가 유학을 결심하게 된 동기였으며,

내가 달려갈 길을 비추어준 등대였다.

그 책을 처음 접했을 때, 한 소년의 영혼이 전율했다.

그리고 앞만 보고 달려온 지금 다시

그 책의 때 묻은 한 장을 넘길 때,

다시금 영혼의 울림이 깊은 곳에서 들려옴을 느낀다.

프린스턴으로 날아간 화살

시간은 잔인했다. 길고 긴 유학 준비의 여정에서 도저히 올 것 같지 않았던 순간.

2005년 11월 1일, 오늘은 프린스턴 대학 수시 특차지원서 접수 마감일이다. 나는 계속 시계를 보면서 허둥거렸다. 오랫동안 원서를 준비했는데도 하필이면 접수 마감일에야 이렇게 많은 것들이 미비하게 보일까. 빠진 서류가 있는가 하면 사인이 안 된 서류도 눈에 띄었다. 선생님께서 추천서 봉투를 밀봉하고 난 후 밀봉 부분에 사인을 하셔야 했는데 빠져 있었다. 아뿔싸! 나는 다시 선생님 연구실로 뛰어가서 사인을 받았다. 두려움이 엄습하면서 심장의 박동이 점점 빨라졌다.

며칠 전부터 에세이를 다듬고 대학에 보낼 resume(자신이 했던 활동과 수상 실적을 정리한 문서)을 보기 좋게 수정하는 데 정성을 쏟았다. 공간이 한정된 원서에 적어낼 수상 실적과 특별활동을 정하는 데 예상외로 시간이 많이 걸렸다. 아직 성적이 나오지 않은 과목의 성적과 선생님들의 직위를 추천서에 어떻게 적어야 하는 건지, 어떤 서류를 어떤 봉투에 넣어서 보내야 하는지, 여러 장의 추천서를 각기 다른 봉투에 넣어야 하는 건지 일일이 물어보러 다니느라 여기저기 뛰어다녔다.

그리고 우리 학교는 공식적으로 석차를 매기지 않기 때문에 석차를 어떤 식으로 적어내야 할지도 헷갈렸다. 유학 담당 선생님께서는 미국 대학에서는 상위 5%이면 그 학교에서 최고 성적자라고 인정한다면서 상위 5%로 적으면 된다고 하셨다.

"선생님, 그래도 제 GPA(학업 성적)으로 따지면 상위 1%가 될 텐데, 5%라고 적는 건 좀 억울한데요."

"어차피 네 GPA와 동기들 중 최고 GPA가 같고, 그 두 가지를 동시에 기입하니까 상관없어."

"선생님, 그런데요……."

시간은 다섯 시를 넘어서고 있었다. 도저히 더는 지체할 수가 없었다. 원서를 한 번 더 면밀히 검토해보고 싶었지만 우체국은 다섯 시 반이면 업무를 마친다. 까딱하면 접수 마감 시간을 놓칠 수도 있었다.

나는 학교 앞에서 택시를 탔다. 택시 안에서 원서를 하나하나 꼼꼼히 점검해보았으나 다행히 문제는 없어보였다. 택시에서 내려 우체국으로 정신없이 뛰어들어갔다. 우체국 안에는 직원들 외에 손님은 아무도 없었고, 직원분들은 퇴근 준비를 시작하고 있었다. 막상 국제우편으로 원서를 부치려고 하니 이런 저런 생각에 또 혼란스러워졌다. 원서를 보낼 때 재정증명서는 필요가 없는지, 유학 시험 점수를 언제까지 보내야 하는 건지 등등 미국 대학에 원서를 보내는 일이 처음이라

온통 확실하지 않은 것 투성이었다.

그런데 원서비 송금에 문제가 생겼다. 프린스턴 대학에 원서를 보낼 때 원서비 65달러를 동봉해야 하는데, 나는 그냥 환율 계산만 해서 우리 돈으로 7만 원을 들고 우체국으로 갔던 것이다.

"환전해주세요."

내가 만 원짜리 7장을 내밀자 창구에 계신 분이 황당하다는 듯이 쳐다보았다.

"환전은 은행 아니면 안 되는데? "

"네? 우체국에서는 환전이 안 되나요?"

'이런 젠장!'

까딱하면 원서를 못 보낼 수도 있는 상황이었다.

"은행이 몇 시까지 열어요? 근처에 은행 있어요?"

"저 옆 길 건너에 있어. 지금 퇴근했을 수도 있는데, 빨리 가 봐."

나는 죽어라고 은행까지 뛰었다. 다리가 땅에 닿는지 마는지 감각도 없었다.

은행에 도착하니 직원분들이 불을 끄고 막 퇴근을 하려던 참이었다.

"잠깐만요!!!"

모두가 헉헉거리며 뛰어들어서는 나를 쳐다보았다.

나는 정중하게 "오늘까지 미국 대학 지원서를 부쳐야 하는데 환전을 아직 못해서 그러니 급하게 환전을 좀 해주시기 바랍니다."고 하고 싶었지만 너무 숨이 차고 급했기 때문에 "환전!"이라고만 소리쳤다.

겉옷을 집어들었던 직원 한 분이 자리에 웃으며 앉았다.

"많이 급한가 보구나."

그 분은 달러로 환전된 돈을 건네주며 말을 건네셨다.

"운이 좋네. 오늘 우리가 처리할 일이 좀 많아서 평소보다 늦게 퇴근하는 거거든."

"아, 정말 감사합니다."

나는 다시 우체국으로 나는 듯이 뛰어갔다. 창구의 그 분이 나를 기다리고 계셨다.

드디어 나는 준비한 모든 서류를 부칠 수 있었다. 거의 탈진할 지경이었다.

내 손에서 건네진 원서 봉투가 어떤 분의 손을 거쳐 상자 속으로 툭 떨어졌다. 나는 내 고교시절 3년, 아니 초등학교 때부터의 내 꿈이 오롯이 담긴 그 봉투를 가만히 쳐다보았다. 미국 프린스턴 대학 수시 특차지원서. '저 봉투 안에 나의 운명이 들어 있다.'

화살은 시위를 떠났다.

미국 유학의 꿈

아직도 떨림이 가시질 않는다. 내가 유학의 꿈을 안고 달려온 시간들을 더듬어본다. 그 시작에 있는 건 홍정욱 씨의 『7막 7장』이라는 책 한 권. 그것은 내가 유학을 결심하게 된 동기였으며, 내가 달려갈 길을 비추어준 등대였다. 그 책을 처음 접했을 때, 한 소년의 영혼이 전율했다. 그리고 앞만 보고 달려온 지금 다시 그 책의 때 묻은 한 장을 넘길 때, 다시금 영혼의 울림이 깊은 곳에서 들려옴을 느낀다.

운명은 정말 오묘한 것이라는 생각을 해본다.

내가 초등학교 5학년 때의 일이었다. 겨울방학인데다가 학원도 다니지 않았으니 마땅히 집에서 할 일이 없었다. 그래서 나는 책이나 읽을까 하는 생각으로 아버지 책장을 살펴보았다. 대학시절 운동권이셨던 아버지가 이데올로기와 정치에 관련된 책에 관심이 많으셨기 때문에 아버지의 책장은 대부분 사회과학 서적으로 채워져 있었다. 그래서 당시 초등학생인 내가 읽을 만한 책은 없을 거라고 생각해서 아버지의 책장 앞을 그냥 지나치곤 했는데, 왠지 그날만은 한 권을 뽑아들고 싶다는 충동이 일었다.

다른 모든 책들 사이에서 이상하게 내 눈을 끌어당긴 것은 『7막 7장』이라는 책이었다. 이전에도 이 책을 몇 번 스치고 지나가면서도 그냥 사회과학 서적 중 하나려니 하고 넘어갔는데 그날은 나도 모르게 그 책을 뽑아들었다. 표지를 보는데 내 예상을 완전히 깨고 '하버드 최우수 졸업'이라는 문구가 눈에 들어왔다. 왠지 모를 흥분감에 휩싸였다. 마치 내가 이 책을 뽑아든 것이 정해진 운명이라는 생각까지 들면서 흥분된 마음으로 첫 장을 넘겼다. 이 책의 저자이자 주인공인 홍정욱 씨가 미국 대학을 결심한 동기는 서점에서 우연히 보았던 『무서운 아이들』이라는 책에 소개된 한국인의 하버드 유학 체험기라고 써 있었다. 우연히 아버지 책장에서 『7막 7장』을 펼쳐 들었던 내가 홍정욱 씨와 이렇게 비슷한 상황에서 이 책을 접하게 된 것이 어떤 암묵적인 계시가 아닐까 생각하니 소름이 돋았다.

나는 아주 어렸을 적에, 종종 어머니에게 "세상에서 가장 좋은 대학이 어디야?"라고 물었고, 그때마다 어머니는 대부분의 한국인들이 그렇듯이 "하버드 대학이지."라고 답하셨다. 어린 시절부터 막연히 세계에서 가장 좋은 대학이라고 동경해왔던 하버드 대학, 그곳에서 최우수로 졸업한 한 젊은이의 성공 스토리에 나는 완전히 몰입할 수밖에 없었다.

얼마의 시간이 흘렀는지도 모른 채, 나는 숨죽이며 그 자리에서 책을 단숨에 읽었다. 한순간도 멈추지 않는 삶에 대한 그의 열정, 그것은 나를 계속 전율케 하기에 충분했다. 그의 표현을 잠시 빌리자면 '그동안 잊고 지냈던 보다 굵은 삶에의 동경이 다시 한 번 무섭게 불타오르기 시작'한 것이다.

『7막 7장』을 읽고 난 뒤 나는 한동안 멍하니 앉아 있었다. 그동안 서울대학교가 전부라고 알고 있었고, 한국을 떠난다는 생각은 한 번도 해본 적이 없었다. 나는 세계 무대에 과감히 뛰어들어 성공을 거둔 홍정욱 씨의 이야기, 마치 소설 같은 그 스토리를 읽어가면서 더 큰 세상이 있다는 것을 알게 되었고, 동시에 꼭 그 넓은 세상에서 멋지게 승부하고 싶다는 욕구가 치밀었다. 하버드 대학, 그것은 분명 당시의 나에게는 아득하게만 느껴질 뿐 현실감 있게 다가오지는 않았다. 그러나 반드시 도전해보고 싶다는 생각이 뇌리에서 떠나지 않았다. 나는 홍정욱 씨가 보여준 그 열정과 자신감, 야망을 나 자신에게도 투영시켰다. 무엇보다 그가 유려한 문체로 써 내려간 그의 사상과 인생관, 행동들은 내가 그동안 어렴풋이 생각하고 있던 그것과도 매우 일치했다. 그래서일까. 나도 그처럼 해낼 수 있을 것만 같았다. 이전에는 한 번도 경험하지 못했던 강렬한 느낌이 들었다. 많은 사람들이 '운명'이라는 단어로 포장하는, 영혼을 울리는 그 느낌 말이다.

그러나 투지와 승부근성이 남 못지않다고 해서 유학의 목표를 갖는데 아무 문제가 없는 것은 아니었다. 무엇보다도 나는 『7막 7장』의 홍정욱 씨와 같은 유복한 환경을 갖고 있지 않았다. 책을 읽으며 성공을 위해 달려가는 그의 행보에 감탄사를 연발하면서도 내내 마음이 편하지 않았던 이유는 그 때문이었다.

비록 나이는 어렸지만 미국에 가서 공부를 하려면 어마어마한 경제적 뒷받침이 필요하다는 것 정도는 알고 있었다. 그때 우리집은 유학경비는커녕 영어 학원비도 큰 부담이 될 만큼 사정이 좋지 않았다.

'역시 유학이라는 것은 돈 많은 사람의 전유물인가……'

그래도 나는 용기를 내어 유학의 꿈을 어머니께 말씀을 드렸다. 지금도 그렇지만 어릴 때도 어머니는 나의 가장 좋은 대화 상대였다. 나는 먼저 어머니를 설득해보기로 마음먹었다.

"어머니, 저 고등학교를 미국에서 다니고 싶습니다. 그리고 반드시 하버드 대학에 합격하겠습니다."

『7막 7장』에서 홍정욱 씨가 유학을 결심한 뒤 아버지에게 한 말을 토씨 하나 안 틀리고 그대로 말했다.

어두운 침묵이 흘렀다.

"나중에 얘기하자꾸나."

어머니는 짧은 답변을 남기고 일을 하러 나가셨다. 예상한 일이었지만 맥이 탁 풀렸다. '욕심이구나, 안 되겠구나.' 하는 생각이 들었다. 내가 고집을 부린다고 해결될 일이 아님을 알았다.

그런데 저녁에 돌아오신 어머니 손에는 『미국 조기유학 가이드』라는 책이 들려 있었다. 어머니는 지금은 우리집 경제사정 때문에 미국으로 조기유학을 보내줄 수는 없지만 언젠가는 유학을 가게 될 기회가 꼭 있을 것이라고, 꿈을 잃지 말라고 하시면서 책을 건네주셨다. 조기유학을 보내줄 수 없으시면서 조기유학 가이드 책을 사주시는 어머니.

어머니는 나를 잘 알고 계셨다. 당신의 아들은 꿈과 목표가 있는 한 절대로 포기하지 않는다는 것을. 그래서 집안 형편을 고려하면 유학의 꿈을 접도록 나를 설득하시는 게 지극히 당연한 일이었음에도, 어머니는 오히려 당신의 아들과 함께 유학 가이드 책을 읽어나가며 꿈을 키워주시는 쪽을 선택하셨던 것이다. 나는 어머니와 함께 미국 명문 사립학교와 명문대학을 소개한 책을 보면서 언젠가 그곳에서 공부하게 될 날을 꿈꾸었다. 그리고 기필코 언젠가는 미국으로 유학을 가리라 결심했다.

어머니라는 불빛

"엄마, 경영컨설턴트가 뭐하는 사람이에요?"
"음……. 경영문제 전반에 대해 지도나 조언하는 사람?"
"그런 사람이 되려면 뭘 공부해야 되는 거예요?"
"일단 경영학 공부를 하고, MBA는 필수고, ……."

나는 어릴 때부터 어머니와 얘기하는 것을 무척 좋아했다. 학교에서 있었던 이야기도 하고, 친구들 이야기도 하고, 진로에 관해 의논하기도 했다. 신문을 보다가도 모르는 말이 나오면 어머니에게 물었고, 밥을 먹으면서도 대화는 끊이지 않았다. 어머니와 이렇게 대화를 많이 했던 것은 내가 개방적인 성격을 갖고 문과적 능력을 키우는 데도 많은 도움이 되었다.

어머니는 내 이야기를 항상 진지하게 들어주셨고 어머니의 생각을 얘기하실 때도 아주 진지하셨다. 어린 아들과의 대화라고 해서 건성으로 듣는 둥 마는 둥 하신 적이 없었다. "쓸데없이 그런 걸 왜 묻니?"라던가 "그건 크면 그냥 알게 된다."던가 하는 말은 들어본 적이 없다. 어머니와의 대화는 대부분 수다를 떠는 수준이었지만, 나는 어머니와의 대화가 즐겁기만 했다. 어머니는 나를 아주 잘 아셨고, 무엇보다 나를 믿어주셨다.

그러나 어머니와 나 사이에 늘 즐거운 대화만이 있었던 건 아니다. 나는 어릴 때 말썽깨나 피우는 꼬맹이였지, 얌전하고 말 잘 듣는 착한 아이는 아니었다. 그 나이 또래들이 흔히 그렇듯 친구들하고 치고받고 싸우기도 하고 엄마한테 거짓말했다가 들켜서 치도곤을 맞기도 했다.

초등학교 1학년 때인 것으로 기억한다. 저녁에 어머니가 나에게 샤워를 하라고 했는데 나는 그게 귀찮았다. 나는 일단 욕실로 들어가서 수돗물을 크게 틀어놓고 다리에 물만 조금 뿌리다가 나왔다. 어머니가 샤워했냐고 물으셨을 때 나는 천연덕스럽게 "네!" 하고 대답했다. 하지만 몇 분 지나지도 않아 모든 게 들통나고 말았다. 샤워를 했으면 욕실에 그 흔적들이 남아 있어야 했는데, 비누며 수건에는 물 한 방울 묻어 있지 않았던 것이다. 거짓말을 하면서도 용의주도하지는 못했던 것이다. 나는 홀딱 발가벗겨져 집에서 쫓겨났다. 샤워를 안 해서가 아니라 거짓말을 한 대가였다.

이상하게도 어린시절의 나에게는 도벽이 있었다. 물건을 훔친다던가 하는 일 말이다. 나의 도벽을 잡아준 사람 역시 어머니셨다. 문방구에서 딱지 같은 걸 훔치면서도 스릴을 느끼며 즐거워할 뿐 아무런 죄의식도 느끼지 않던 시절의 어느 날, 나는 집 근처 슈퍼에서 친구들과 같이 콜라 한 병을 들고 나오다 주인 아주머니에게 딱 걸렸다. 다시는 그러지 말라시며 주인 아주머니는 우리를 용서해주셨지만, 그 슈퍼에 갈 수 없게 되었다. 그런데 며칠 후, 어머니가 슈퍼에서 콩나물을 사오라고 심부름을 시키셨다. 당연히 나는 못 간다고, 안 간다고 우겼다. 왜 못 가느냐는 엄마와 실랑이를 벌이다 나는 어머니에게 그 일을 실토할 수밖에 없었다. 그날 어머니에게 정말 딱 안 죽을 만큼 맞았다. 그 뒤 꼬맹이의 도벽은 완전히 사라졌다.

어머니는 생활 태도뿐만 아니라 내가 공부 습관을 올바르게 갖도록 매우 엄격하게 가르치셨다.

나는 초등학교 1학년 때 받아쓰기 시간만큼은 잔뜩 긴장해야만 했다. 어머니가 단 하나라도 틀리면 가차 없이 회초리를 드셨기 때문이다. 내가 야단맞는 이유는 단 하나, 한글을 다 아는데도 틀렸기 때문이다. 공부를 할 때에는 꼼꼼하고 확실하게 하고 최대한 집중해서 시험을 보는 습관을 기르기 위한 매였다. 주위에 보면 공부도 퍽 잘하고 머리도 좋은 학생이 꼭 실수해서 점수가 잘 안 나오는 경우가 많은데, 이는 주의력 부족 때문이라고 생각한다. 처음에는 '실수니까 할 수 없지.' 하면서 지나갈 수도 있지만 실수하는 습관을 바로잡아놓지 않으면 나중에 중요한 시기에 큰 시험을 보면서도 실수를 하게 된다. 그 야말로 인생이 바뀌는 '실수'를 할 수도 있는 것이다.

초등학교 2학년 때는 이런 적도 있었다. 그 다음날 기말고사를 앞두고 나는 음악 필기시험 준비를 하다가 나름대로 공부를 다 했다고 생각하고 잠을 잤는데, 갑자기 새벽 4시쯤에 방에 불이 켜졌다. 바로 어머니셨다. 어머니는 공부를 다 했냐고 물으셨고, 나는 그때 자신 있게 다했다고 말씀드렸다. 어머니는 공부한 내용을 점검하시기 위해서 음악교과서를 펼치고 시험에 나올 만한 내용을 몇 가지 질문하셨다. 나름대로 공부를 하긴 했는데 제대로 하지 않았던 나는 대답을 거의 하지 못했다. 그때 어머니는 그대로 내 뺨을 후려치시더니, 이런 식으로 공부해서 되겠냐고 매우 야단을 치셨다. 나는 울먹이며 밤을 새면서 공부를 했고, 덕분에 올백 점을 받을 수 있었다.

이 일 때문에 부모님 두 분의 의견이 안 맞아서 좀 다투시긴 했다. 아버지는 이제 2학년밖에 안 된 아이한테 무슨 공부를 그렇게 시키냐고 하셨고, 어머니는 지금부터 제대로 공부 습관을 잡아놔야 나중에 고생을 안 한다고 반박하셨다. 돌이켜 보면 아버지 말씀처럼 심한 면이 없지는 않았다고 생각되지만, 당시 어머니의 체벌이 결국에는 도움이 되었던 것 같다. 그때 이후로는 해야 할 공부를 대충 한다거나 시험에서 실수를 한다거나 하는 일이 거의 사라졌으니 말이다.

가정통신문 – '승부근성이 매우 강함'

"이번 기말 시험에서 올백 점이 나왔다. 저 뒤에 앉은 현근이에게 박수한번 쳐줘라."

호랑이 담임선생님의 짤막한 한마디가 끝나자 짝짝짝 박수가 터졌다.

"이야~ 저게 사람이냐."

"대단하네, 진짜."

교실은 여러 친구들이 토해내는 감탄사로 술렁였다. 나는 쑥스럽게 앉아 있었지만 가슴은 터질듯이 부풀었다. 물론 그중에는 나를 차갑게 보는 질투의 시선 또한 있었다.

담임을 맡으셨던 천도웅 선생님. 그분의 별명은 '호랑이 선생님'이었고, 그분이 뿜어내는 공포는 그 이름조차도 무색하리만큼 대단했다. 1학년에서 2학년으로 올라가면서 제발 그 선생님만은 담임이 아니었으면 하고 기도를 했다. 그런데 운명의 장난인지, 나는 2학년 등교 첫날 칠판 앞에 서 계시는 천도웅 선생님을 마주해야 했다.

항상 등골에 식은땀이 흐르게 했던 구구단 외우기 시간. 한 사람씩 빠른 패턴으로 돌아가면서 구구단을 차례대로 외워야 했는데, 실수를 하는 순간 육체적 고통이 가해졌다. 나름대로 패기 있고 당당했던 나에게도 그 선생님만큼은 공포의 대상이었고, 그분이 우리들 앞에서 웃으시거나 칭찬을 해주시는 모습은 상상도 하기 힘들었다. 그런데 바로 그 호랑이 선생님이 반 친구들 앞에서 나를 칭찬해주시는 사건(?)이 발생한 것이다.

당시 내가 다니던 초등학교는 부유한 아파트 단지 부근에 있었고, 그래서 교육열 또한 지금의 수도권 못지않게 대단했다. 그러한 교육열을 반영이라도 하듯 초등학교임에도 불구하고 우리 학교는 학기마다 어김없이 전 과목에 걸쳐 정기고사를 봤다.

나는 모든 면에서 남에게 지기 싫어했지만, 특히 공부에서 그랬다. 내가 초등학생이 되자마자 어른들은 하나같이 "공부는 잘하니?" 하고 물으셨다. 오랜만에 보는 친척어른이나 동네 아주머니도 인사를 하면 머리를 쓰다듬으시며 "응, 현근이구나. 공부는 잘하고?" 하는 게 인사였다. 그런 일이 자꾸 반복되다 보니 어느새 나에게 '공부를 잘한다는 것'은 나를 빛내주고 특별하게 만들어주는 여의봉과 같은 것이 되어 있었다. 물론 피아노를 잘 치는 아이, 운동을 잘하는 아이, 그림을 잘 그리는 아이도 빛이 났다. 그러나 그런 특기들은 항상 드러나는 것이 아니었다. 그래서 나는 언제든 어디서든 나를 두드러져 보이게 하는 공부를 잘하고 싶었다.

난 기말시험에서 1등을 하기 위해서 악착같이 공부했고, 드디어 기다렸던 시험날이 왔다. 초등학교 때의 시험이 뭐 그리 중요하냐고 할 수도 있겠지만, 그때의 나에게는 정말 중요했다. 학교라는 틀 속에서 그 나이의 내가 자존심을 걸고 싸울 만한 최고의 대상이었으니까.

채점을 해본 결과 체육 한 문제만 틀리고 나머지 과목은 모두 백 점이었다. 그런데 내가 틀린 문제는 아무래도 좀 이상했다. 나는 당장 선생님을 찾아갔다.

"선생님, 5번 문제는 문제 자체가 잘못되었다고 생각합니다. 생각하기에 따라 충분히 답이 3번도 될 수 있는데, 2번만 정답이라고 하는 것은 말이 안 됩니다."

지금 생각해보면 무슨 오기가 생겨 호랑이 선생님께 그렇게 당돌하게 따졌는지 모르겠지만, 그때는 그저 만점을 받고 싶은 욕심에 선생님이 무섭다는 생각은 들지 않았던 것 같다. 물론 그 한 문제를 틀려도 1등은 할 수 있었다. 그렇지만, 그 한 문제만 정답으로 처리되면 '올백점'을 맞을 수 있다는 갈증이 나를 부추겼다. 완벽한 점수로 완벽한 승리를 하고 싶었다.

내가 끈질기게 문제의 오류를 따지자, 선생님께서는 못 이기시는 듯 "알았다, 알았어. 녀석 참 끈질기네." 하시며 내 답을 정답으로 처리해주셨다. 이렇게 해서 내 학창시절 최초의 올백 점이 탄생하였고, 그 무뚝뚝하던 호랑이 선생님도 환하게 웃으시며 말했다.

"넌 임마, 뭐가 되도 될 거다. 하하."

그때 선생님께 겁없이 따졌던 일 때문인지, 종업식날 내 가정통신문에는 "승부근성이 매우 강함"이라고 짧게 적혀 있었다. 난 그때 '승부근성'이라는 단어의 뜻도 몰랐다. 선생님께 "이게 무슨 뜻이에요?" 하고 묻자

"그냥 좋은 뜻이다, 이 녀석아."라고 투박하게 말씀하시던 선생님.

내가 지금까지 받은 가정통신문 중에서 가장 짧은 담임선생님의 코멘트였지만, 나를 가장 잘 표현한 말이 아닌가 생각한다. 나는 이때부터 어렴풋이 느꼈는지도 모른다. '공부'가 내 인생의 숙명적 과제가 될 것을.

1995년 12월. 부산 다선 초등학교 2학년 때의 일이었다.

전학 가기 싫어요

"현근아, 외할머니가 많이 편찮으셔서 우리가 어쩔 수 없이 할머니 계신 곳으로 이사를 가야 되겠구나. 할머니 집이 2층 집이니까, 할머니를 1층에 계시도록 하고, 우리가 2층에 살면서 할머니를 보살펴드려야 한단다."

어머니가 나지막한 어조로 말씀하셨다. 그 전에도 어머니는 가끔씩 "현근아, 우리가 만약 이사를 가게 되면 너는 어떨 것 같니?"라고 몇 번 물어보시긴 했지만, 예상치 못한 일방적 통보가 떨어진 것이다.

1998년, 많은 국민들을 절망으로 몰아넣은 IMF는 우리집에 그렇게 찾아왔다.

그것은 내가 열두 살, 초등학교 5학년 때의 일이었다. 내가 어렸을 적에 우리집은 부자는 아니었지만 경제적으로 그다지 큰 어려움은 없었다. 아버지는 증권회사에 다니셨고, 어머니는 집에서 살림을 하며 나와 동생을 보살피셨다. 초등학교에 들어가기 전 부모님들은 나를 자주 밖으로 데리고 다니시면서 이것저것 많이 보여주셨고 자연을 느끼게 해주셨다. 피아노나 바둑, 수영 등 내가 하고 싶어하는 것은 다 배울 수 있도록 배려해주시기도 했다. 글도 다 깨우치기 전부터 어머니와 같이 서점에 가서 책들을 골라오던 일은 아직도 기억난다.

하지만 언제부터인가 부모님은 밤에 다투시는 일이 잦아졌다. 잠결에 언뜻언뜻 들리는 내용으로 짐작해보면 돈 때문인 것 같았다. 술을 잘 안 드시던 아버지가 술을 드시고 오시는 일도 그 전보다 많아졌다. 다니던 예체능 학원도 하나 둘씩 그만두게 되었다.

나중에야 알게 된 사실이지만, IMF의 여파로 아버지는 많은 빚을 떠안고 이전에 다니시던 증권회사를 나오셔야만 했다. 그 때문에 집이 경제적으로 크게 힘들어져서 우리 가족은 그동안 살던 집을 팔고 부득이하게 외갓집으로 이사를 가야만 했던 것이다. 만약 외갓집이 없었더라면 꼼짝없이 거리로 나앉아야 하는 상황이었다는 것을 그때는 몰랐다. 나는 할머니를 돌봐드리기 위해 지금껏 살던 다대포에서 외할머니가 계시는 초읍으로 이사를 가야 한다는 어머니의 말을 순진하게 믿었던 것이다.

할머니의 건강 때문이라고는 하나 나는 이사하는 것이 싫었다. 이사가 싫은 게 아니라 전학 가는 것이 싫었기 때문에 나는 완강히 반대했다.

"전학을 가게 되면 공부하는 데 지장이 있을 수 있고, 아는 친구도 없기 때문에 지금까지 계속 해왔던 반장도 못하게 되어서 싫단 말이에요."

이미 상황이 내가 통제할 수 없는 지경에 이르렀음을 직감했지만 나는 저항했다. 전학을 간다는 것은 내가 초등학교 1학년 때부터 5학년 때까지 공을 들여 공부해서 쌓아놓은 이미지, 그 수고를 고스란히 다시 처음부터 시작해야 한다는 것을 의미했다. 선생님들로부터 '공부를 잘하는 아이'로 인정받는 것은 그 당시 나에게는 매우 중요한 것이었다. 학교에서만큼은 공부가 가장 인정받는 가치라고 생각했고, 때문에 아무리 싸움을 잘하거나 집이 부자인 아이 앞에서도 나 스스로를 당당하게 해주는 가장 확실한 무기였다. '이 학교에서 나는 공부 잘하는 특별한 아이였는데 낯선 학교에 가면 나를 알아봐주는 사람이 아무도 없을 것이다. 아무도 알아주지 않는 시시한 아이가 되어버린다.'고 생각하니 정말 참을 수 없었다. 마치 공든 탑이 무너지는 듯한 느낌이었다.

어쩔 수 없는 현실인데도 필사적으로 반대하는 아들을 보며 부모님은 얼마나 가슴이 찢어졌을까. 그 당시 부모님의 아픈 마음을 헤아리기에는 나는 너무 어렸다.

며칠간 내 의지와 상관없이 흘러가는 현실을 바라보면서, 나는 아무리 고민해봤자 지금의 상황이 변하지 않는다는 것을 깨달았다. 어떻게 하면 이 상황을 해결해나가고 더 좋게 발전시킬 수 있을지를 모색하는 쪽이 더 현명할 것이라는 생각이 들었다. 자신이 공들인 탑이 중간에 무너져서 다시 시작해야 하는 상황이 오면 누구나 의욕을 상실하기 마련이다. 그러나 엄연한 현실에 저항함으로써 도태되기에는 나는 내 자신을 많이 사랑했다. 인생은 어떤 일이 일어났느냐가 아니라 일어난 일에 대해서 어떻게 대처하느냐의 문제라고 하지 않던가. 나는 곧 새로운 목표를 설정했다.

　'좋아, 그렇다면 새 학교에 전학 가자마자 나를 알아주게 만드는 거야.'

　전학 가서 최대한 빠른 시일 내에 나를 부각시킬 수 있는 확실한 해답은 처음부터 공부 잘하는 아이라는 인상을 주는 것이었다. 지치지 않는 '승부근성'이 빛을 발할 때가 온 것이다. 초등학교 때에는 공부를 잘한다는 것의 기준은 시험 외에는 수업 시간에 얼마나 발표를 많이 하는가에 있다. 나는 최대한 많은 발표를 통해서 첫인상을 강렬하게 심어주기 위한 준비 작업에 들어갔다. 전학가게 될 학교에서는 진도가 약간 빠를 수도 있으니 내가 이전 학교에서 배웠던 진도보다 몇 단원씩이나 앞서서 예습을 완벽하게 했고, 이 질문에는 이렇게 발표하겠다는 계획도 모두 세워놓았다.

　어머니께서는 초읍에 있는 몇몇 학교들 중에 어디를 가고 싶냐고 물으셨고, 나는 조금의 망설임도 없이 그중에서 '가장 크고 실력 있는 학교'로 전학을 가겠다고 했다. 어느 주말, 우리 가족은 이사를 완료했고, 바로 그 다음 주 월요일에 전학 수속을 밟았다.

　나는 비장한 각오로 내가 새롭게 다닐 학교에 첫발을 디뎠다. 그러나 예상과는 달리 그 학교는 이전에 다녔던 학교보다 훨씬 작았다. 나는 곧 자신감을 되찾았다. 새 담임선생님과 함께 교실 문을 열고 들어서자 수십 개의 눈동자가 일제히 나를 향했다. 나는 최대한 당당하면서도 여유 있는 모습을 보이려고 했다. 모든 것이 낯설었지만, 그런 것은 전혀 중요하지 않았다. 내게 닥쳐온 이 새로운 환경에서도 최고가 될 수 있을 것이라는 믿음에는 추호의 의심도 없었다.

이제 나는 전환점의 길목에 서서 힘찬 몸부림으로 스스로의 길을 개척해야 했다. 항상 물려받으며 손쉽게 반장이 되었던 시절의 나도, 공부를 잘한다고 인정받았던 시절의 나도 다 떨쳐버리고 모든 것을 새롭게 시작해야만 했다. 비록 아이들의 세계이지만 초등학교도 엄연히 나름의 질서를 가지고 굴러간다. 이 세계에 틈입자가 생겼을 때 얼마나 치열한 탐색전과 영역 다툼, 그것들을 둘러싼 긴장이 존재하는지를 어른들은 모른다. 나는 당시 틈입자였고 굴러온 돌이었다. 그곳에 안정적인 내 자리를 마련하는 유일한 방법은 기선제압이었다.

나는 자리를 배정받고 나서, 옆자리에 앉은 친구에게 인사를 하고는 곧바로 물었다.

"이 반에서 누가 가장 공부 잘해?"

그 친구는 당황하는 기색이 역력했다. 사실 이제 막 전학을 온 애가 처음으로 던질 만한 물음은 아니었다. 그는 조금 머뭇거리더니,

"아, 병원에 간다고 아직 안 왔는데, 성수라고, 걔가 제일 잘해."

나는 성수라는 학생의 얼굴을 보고 싶어서 애가 탔다. 3교시, 과학 시간이 되자 가장 공부를 잘한다는 성수가 교실에 들어왔고, 나와 눈이 마주쳤지만 그는 내 쪽에 그다지 신경을 쓰지 않는 듯했다. 나는 그 친구의 무신경한 태도에 더욱 오기가 발동해서 이글거리는 눈으로 그를 쏘아보았다. 겉보기에는 별로 명석해 보이지 않고 오히려 어눌해 보이는 그 친구와의 첫 만남은 나만이 느끼는 긴장 속에서 이루어졌다. 지금 돌이켜 보면 왜 그렇게 공부에 대한 경쟁심이 강했는지 의아하기도 하지만, 어쨌든 그때의 나는 공부에서만큼은 정말 지기 싫었다.

호시탐탐 발표할 순간만을 노리고 있던 나에게 드디어 기회가 왔다. 교과서에 있는 내용을 다 예습한 상태여서 답은 모두 알고 있었다. 나

는 전학 온 첫날부터 과학시간에만 무려 4~5차례의 발표를 했고, 반에서 가장 잘한다는 성수를 보기 좋게 눌렀다.

"오~ 성수씨. 긴장 좀 하셔야겠어."

과학 선생님은 재미있다는 듯한 말투로 성수에게 말씀하셨고, 성수는 머쓱한 웃음을 지어보였다.

'예습해놓은 보람이 있구나. 역시 첫인상이 중요해. 이제 끝난 거나 다름없어.'

그 뒤로도 나는 꾸준히 예습과 복습을 열심히 했다. 노력에 대한 보상으로 남에게 인정받는다는 것은 어린 시절의 내가 즐길 수 있는 가장 달콤한 유희였다.

스스로 하는 나만의 공부법

학창시절의 시기마다 공부하는 방법은 조금씩 다르다고 본다. 초등학교의 경우는 수업 시간의 발표가 시험 못지않게 중요하다. 발표를 잘하려면 예습을 해야 한다. 나는 다음날 발표할 내용을 모두 확인한 다음 전과에서 미리 답을 찾아보거나 백과사전을 참고하면서 내 생각을 정리하는 식으로 발표 준비를 했다. 그렇게 준비를 한 다음 수업에 임하면 발표할 기회가 훨씬 많이 생길 뿐만 아니라 공부에 점점 재미가 붙고 자신감이 생긴다.

초등학교 시절에 발표를 자주 함으로써 공부에 대한 자신감을 갖는 것은 장기적으로 공부를 해나갈 때 아주 중요하다. 발표를 못하는 가장 큰 이유는 자신감이 부족하기 때문인데, 이것을 계속 방치하고 있으면 수업 참여도가 낮아져 공부를 못하게 될 확률이 높고, 결과적으로는 공부에 대한 흥미를 잃게 된다. 자신이 예습해 간 내용을 발표하고 선생님이나 친구들로부터 발표를 많이 하는 아이, 공부 잘하는 아이로 인정받는 것은 결코 공부의 목적이 될 순 없지만 학창시절에 누릴 수 있는 소중한 특권이라고 생각한다.

수학의 경우는 발표력보다는 실제로 문제를 푸는 능력이 중요한데, 초등학교 저학년 때는 기본적인 계산 능력을 키울 수 있는 기초 문제를 중점적으로 푸는 것이 중요하다. 고학년으로 올라갈수록 문제가 복잡해지고 종합적인 사고력을 요하게 되는데, 만약 저학년 때 기본적인 계산 능력을 충실히 다졌다면 고학년 때는 수준 높은 문제집, 경시대회 문제집을 구해서 풀어보는 것이 큰 도움이 된다. 꼭 경시대회 준비를 위해서만이 아니라 중학교와 고등학교에 진학해서 더 어려운 수학 문제에 직면했을 때 스스로 여러 각도에서 문제해결 방법을 찾아보는 습관을 들이기 위해서다.

나는 초등학교 2, 3학년 때는 '재능수학' 등의 학습지로 기본적인 문제를 아주 많이 풀어보았고, 고학년이 되어서는 교과서 수준을 뛰어넘는 '왕수학' 등의 문제집을 접하면서 사고력을 길렀다. 물론 왕수학 문제집은 매우 어려웠고 못 푸는 문제들도 많았지만, 스스로 몇 시간이고 한 문제를 붙잡고 전전긍긍했던 경험이 나중에 많은 도움이 되었다.

수학을 잘하는 학생들의 특징은 아주 다양한 방법으로 해법을 생각해낸다는 것인데, 이것은 스스로 고민하는 과정이 축적되어야만 가능하게 된다. 이 과정에서 어려움이 많기 때문에 요즘 초등학생들은 학원의 도움을 주로 받는 것 같다.

여담이지만 나는 수학에 관련된 교양서적을 많이 읽었다. 수학에 관련된 역사적인 사건에 얽힌 얘기들을 통해 수학에 더 관심을 가질 수 있었다. 수학 천재들의 이야기도 재미있게 읽었다. 이러한 교양서적들은 자칫 지겹고 딱딱하게 느껴지는 수학에 대한 흥미를 유발시켜주고 더 매력적으로 느낄 수 있게 해준다고 생각한다. 나도 계속적으로 문제 풀이만 반복하는 수학이 지겨워질 때면 그런 식으로 수학 공부의 즐거움을 환기시켰다.

'학원'에 대해서라면 나는 정말로 할 말이 많다. 가끔씩 들려오는 요즘 학생들의 학원, 과외 열풍은 경악을 금치 못할 정도다. 이제 겨우 초등학교 6학년인 애가 학교를 마치자마자 영어 학원, 수학 학원, 그것도 모자라 따로 영어 과외, 수학 과외, 과학 과외까지 받고 밤 12시가 넘어 녹초가 되어서 집에 돌아오는 경우도 보았다.

단언하건대 이런 학생들 중에서 공부 잘하는 학생은 매우 드물다. 학원에 가서 밤 12시까지 공부하겠다고 자발적으로 나서는 초등학생은 없을 것이다. 대부분 부모님들의 성화에 밀려 학원 순례를 하게 되는데 아이는 공부에 대한 재미는커녕 공부에 질려버린 나머지 학업을 수행할 능력을 잃게 된다. 아예 학원에서 공부하고 학교는 잠자고 놀러 가는 곳이라고 생각하는 아이들도 많은데, 과다한 학원 수강은 시간적·금전적 낭비일 뿐만 아니라 장기적으로도 매우 나쁜 결과를 초래한다.

공부에서 필수적인 것은 스스로 사고하는 능력이고, 남에게 배운 것도 자기 것으로 만들어보는 시간을 갖는 것이다. 이 과정에서 재미를 발견하지 못하면 공부를 한다는 것 자체가 매우 괴로워진다. 내가 내신 관리 학원을 전혀 안 다녔던 이유는 경제적인 어려움 때문이기도 하지만 그보다는 필요가 없어서였다. 내신을 관리하는 학원에서는 학교에서 배우는 전 과목을 가르치는데, 이렇게 학원에다가 자기 시간을 송두리째 빼앗기게 되면 학교에서 배운 내용을 스스로 정리하고 고민할 수 있는 시간이 없게 된다. 그러나 공부에서는 '자기만의 시간'이 반드시 필요하다. 이 소중한 시간을 학원이나 과외에 너무 쏟아 붓지는 말라고 후배들에게 다시 한 번 조언하고 싶다. 물론 스스로 특정 과목이 많이 부족하다고 생각하거나 내용 이해가 도저히 안 되어서 외부의 도움이 필요할 때는 학원이나 과외가 큰 도움이 되기도 한다. 그러나 주위를 보면 정작 자기 자신은 그 과목을 제대로 공부해보지도 않고 친구가 그 학원에 다니니까, 혹은 부모님이 권하니까 무작정 다니는 경우가 많다. 그렇게 다니는 학원·과외가 무슨 도움이 될까?

상식적으로 생각해봐도, 교육부에서 교육과정을 마련할 때에는 평균적인 대한민국 학생들이 이해할 수 있는 수준의 범위 내에서, 꼭 배워야 한다고 생각되는 내용을 위주로 할 것이다. 해당 학년의 학생들이 도저히 이해하기 어려운 내용은 아예 교육과정에서 제외시킬 것이다. 다시 말해 원칙적으로 학교 수업만 들으면 다 이해할 수 있는 내용으로 교과과정이 짜여져 있다는 얘기다. 그런데도 요즘에 학원 안 다니는 학생이 천연기념물 취급을 받는 것은 심각한 문제라고 할 수 있다. 학원에 12시까지 잡혀 있는 아이들에게 물어보면 친구들은 다들 다니는데 자기만 안 다니면 불안하다고 말한다. 그런데 그의 친구들에게 물어봐도 똑같은 대답을 한다. 결론은 모두가 '불필요'한 소모전을 하고 있다는 것이다.

처음부터 혼자 공부하는 것은 쉽지 않지만, 공부하는 습관을 들여놓으면 중·고등학교뿐만 아니라 대학교에 진학한 뒤에도 좋은 성과를 낼 수 있다고 확신한다. 부모님들은 자녀가 좀더 편하게 공부할 수 있도록 과외를 시키고 학원에 보내지만, 그리고 그것이 단기간에는 효과를 볼 수도 있겠지만, 멀리 보면 공부와 점점 멀어지는 길을 가도록 부추기는 것이라고 생각한다.

부모님은 등대지 사공이 아니다

교육에 있어서 부모님들의 역할이 얼마나 큰지는 굳이 말할 필요가 없을 것이다. 그렇다고 부모님들이 자녀를 강제로라도 공부하게 만들고, 유명하다는 학원에 보내고, 과외 선생님을 붙여가면서 극성으로 교육시켜야 한다는 얘기가 절대로 아니다. 그것보다는 정말 자녀들에게 필요한 부분, 보충해야 할 부분이 무엇인지 정확히 파악하고, 자녀 수준에 맞게, 그렇지만 결코 정체되지 않고 끊임없이 도전의식을 가질 수 있도록 높고 큰 그림을 보여주는 게 좋다.

우리 부모님은 나에게 큰 그림을 제시해주시기 위해 묵묵히 나를 뒷바라지하셨다. 그렇기에 나는 자식 교육에 대한 '열정'과 '극성'의 차이점을 누구보다 잘 알고 있다. 두 분은 절대 명문 고등학교에 보내기위해 짐 싸들고 나를 쫓아다니는 일은 하지 않으셨다. 그러나 부모님의 교육에 대한 열정, 자기 주도적 학습에 대한 철학, 자식에 대한 믿음은 무엇과도 바꿀 수 없는 나의 뿌리를 형성했다.

초등학교 시절 남학생들 사이에서 아주 유행했던 '미니카'를 가지고 놀고 싶다고 했을 때, 부모님은 선뜻 미니카를 사주셨다. 내가 조립을 제대로 못하자, 부모님은 내가 스스로 조립할 수 있도록 옆에서 지켜보시며 도와주셨다. 또한 내가 하루 종일 놀고 들어와도 별 말씀을 하지 않으셨다. 단지 그러한 일이 계속 반복될 경우 다시 공부 습관을 놓치지 않게 따끔한 충고를 해주셨다.

부모님은 초등학교 4학년 이후로는 내 공부에 전혀 관여하지 않으셨다. 오로지 스스로 고민해서 해결하고, 최선을 다해도 내 힘만으로는 안 될 때 당신들에게 도움을 요청하라고 말씀하셨다.

나는 늘 어머니와 같이 서점에 가서 책도 고르고 공부에 필요한 참고서도 골랐다. 그런데 초등학교 4학년 어느 날, 문제집이 필요하다고 하자 어머니는 나에게 돈을 쥐어주셨다.

"네가 직접 서점에 가서 마음대로 문제집을 골라봐라."

나는 5천 원을 들고 서점에 갔다. 어머니가 하시던 대로 문제집을 훌훌 넘겨보면서 '음, 이건 쓸만하군' 하고 어머니 흉내를 내며 책에 대한 품평을 하다 보니 마치 내가 어른이 된 것 같아 뿌듯한 마음이 들었다. 나는 4학년 문제집뿐 아니라 고학년, 중학생 문제집들도 어떤 것들이 있는지 살펴보았다. 내가 전혀 알 수 없는 내용들이었지만 문제집 더미에 파묻혀 이것저것 구경해보는 재미도 만만치 않았다.

이때부터 나는 혼자 서점에 가서 시중에 나와 있는 문제집들을 스스로 뒤적여가면서 문제를 보는 눈을 키웠다. 혼자서 문제집을 고르다 보니 수많은 문제집들 중에서 핵심을 짚어주는 문제집을 고를 수 있었고, 중학교 때도 이러한 습관 덕분에 좋은 문제집을 고를 수 있었다. 중학교 시절 내 취미 중 하나는 시간이 날 때마다 서점에 가서 고등학교 참고서 코너에서 문제집을 구경하는 일이었다. 거기서 수능 문제집을 꺼내서 한 문제를 무작정 찍은 다음 재미로 풀어보고 정답을 맞히면 '와, 이제 중학생인데 수능 문제도 맞췄다!' 하며 혼자서 철없이 좋아했던 시절도 있다. 그 당시 나는 중학생이었지만 그때부터 대학 진학에 대해서 신중하게 고민했고, 미리 대비해놓자는 생각을 많이 했던 것은 분명하다.

내가 공부할 책을 내가 정하고 공부계획을 스스로 짜고 나서 말씀드리면 어머니는 늘 "그래, 그렇게 해라."라고 하셨다. 공부는 절대 누구도 대신해 줄 수 없다. 부모님이라고 해도 말이다.

나는 학원을 거의 다니지 않았지만 초등학교 2학년 때부터 중학교 졸업까지 영어 학원만큼은 계속 다녔다. 집안 형편이 어려워졌을 때도 그만두지 않았다. 지금은 초등학교에서부터 영어를 배우지만 내가 초등학생일 때만 해도 그렇지 않았다. 영어 공부가 얼마나 중요한지는 더 말할 나위가 없지만 학교에서 배우지도 않는 과목인 영어를 내 스스로 알아서 공부할 수는 없었다. 어머니는 내가 초등학교 2학년이 되자 주변의 영어 학원을 꼼꼼히 알아보고 평판이 좋은 곳에 등록을 해주셨다. 내 공부에 간섭을 안 하시는 부모님이셨지만 내가 결정할 수 없는 부분은 과감히 앞서서 결정하고 끌어주기도 하셨다.

친구들 중에는 시험 준비를 하느라 밤을 꼬박 새울 때 어머니도 그 옆에서 같이 밤을 새운다는 아이들이 있었다. 그뿐만 아니라 책이나 참고서도 어머니가 골라주시고, 학원이나 과외 선생님도 부모님이 정하시고, 진로를 부모님이 정해주시는 친구들도 많았다.

내가 보기에 그런 친구들은 혼자가 되면 마음을 잡지 못하고 불안해한다. 과학영재학교에 진학해서 부모님 곁을 떠나 기숙사 생활을 할 때, 나는 오히려 그 생활이 더 편하고 공부에 집중할 수 있어 좋았지만 그렇지 못한 친구들도 있었다. 곁에 부모님이 안 계시니까 시간 활용을 어떻게 해야 할지 모르고 무엇을 해야 할지 몰라 갈팡질팡하는 것이다. 게임을 하느라 시간을 다 허비해버리고는 부모님이 찾아오시기 전날, "우리 엄마 오면 나 절대 게임 안 한다고 말해라 응?" 하며 입단속을 시키는 친구도 있었다. 그런 친구를 보면 누구를 위해서 공부하고 있는 건가 하는 생각까지 들었다. 공부를 하게 하는 동력은 부모님의 감시나 기대가 아니라 스스로가 가진 높고 큰 이상인 것이다.

2

내 공부는
내가 한다

분명히 쉽게 공부할 수 있는 환경은 아니었다.

그러나 돌이켜 보면,

그때가 나를 담금질할 수 있는 시기였던 것 같다.

내가 돈 많은 집안에서 태어나 아무 걱정 없이

공부할 수 있었다면, 결코 악착 같은 오기나

승부근성을 가지지는 못했을 것이다.

어려운 환경은 공부에 임하는 내 자세를 더욱 진지하게 만들었다.

부족한 환경이었기 때문에 가질 수 있었던 '의지'와

부족한 형편임에도 놓지 않았던 부모님의 교육에 대한

열정과 철학이 흔들리지 않는 튼튼한 나의 뿌리를 만들었다.

첫 번째 승리

6년의 초등학교 학창시절이 다 지나가고 어느덧 나도 중학교에 입학할 때가 왔다. 친구들은 근처의 학원에 다니면서 중학교 때 배울 내용들을 예습하고 있었다. 그 당시 학원을 전혀 다니지 않았던 나는 학원에서 무엇을 가르쳐주는지 궁금해서 친구들이 풀고 있는 문제집들을 슬쩍 보았다. 물상, 생물, 국어, ……. 초등학교 때의 자연, 말하기, 듣기, 읽기 등에 익숙해진 나에게는 매우 낯선 과목들이 아닐 수 없었다. 친구들은 중학교 때 뒤쳐지지 않으려면 미리 공부해놔야 한다고 극성이었다. 문제집을 보니 정말 내가 모르는 내용 투성이였고, 친구들은 저렇게 미리 학원에서 배우고 오는데 내가 과연 중학교에서도 잘할 수 있을까 하는 걱정이 들었다.

그렇지 않아도 중학교 부분은 예습이 전혀 안 되어 있어서 불안했는데, 나와 같은 학교에 다니던 한 녀석은 아예 내 불안감에 기름을 부었다.

"내가 다니는 학원에 연지 초등학교에서 엄청 잘하는 애들이 있는

데, 걔들이 너보다 공부 잘해."

인근 학교에 공부 잘하는 애들이 많으니까 긴장하라는 것도 아니고, 아예 나보다 공부를 잘한다고 쐐기를 박다니. 그때 학원에서 잘한다는 애들이란, 여러 수학경시대회를 휩쓸면서 두각을 나타냈던 그런 학생들이었다.

초등학교 때 경시대회와는 거리가 멀었던 나는 미지의 경쟁 상대에 대해 불안감이 없진 않았으나, 나는 내 방식대로 지금까지 잘해왔기 때문에 그런 나 자신에 대해서는 누구보다 자신감이 있었다. 특히 내가 공부하는 방식에 대해서만큼은 믿음이 있었는데, 이것은 초등학교 4학년 때부터 스스로 서점에 가서 문제집을 고르고 부모님의 간섭 없이 공부해온 과정에 대한 믿음이었다. 중학교 공부는 중학교에 가면 잘할 것이라고 생각했다.

나는 선행학습을 하는 대신에, 강렬한 '첫인상'과 '기선제압'을 위해 남들과 다른 목표를 설정했다.

'반 편성 배치고사에서 1등을 하자!'

친구들은 반편성 배치고사에 큰 신경을 쓰지 않는 듯했다. 그러나 나는 생각이 달랐다. 배치고사에서 1등을 해서 입학 때부터 주목을 받겠다는 전략은 나의 초등학교 경험 속에서 나온 것이었다.

나는 초등학교를 다니면서 공부를 잘하는 학생이 계속 좋은 성적을 받게 되는 일종의 '순환패턴'을 발견했다. 즉, 공부를 잘하는 학생이 선생님께 개인적으로 찾아가서 모르는 내용이나 시험 경향에 대해서 여쭤보면 선생님들은 최대한 성의껏 답변을 해주시는데, 그것은 좋은 성적을 유지할 수 있는 토대가 된다. 그뿐만 아니라, 음악, 체육, 미술 등의 예체능 실기평가에서 공부 잘하는 학생들에 대해서는 실제 능력보다 높은 점수를 주는 경우가 대부분이었기 때문에, 공부를 잘하는 것으로부터 얻을 수 있는 이득이 많았다. 그래서 중학교 공부를 미리 예습하는 것보다는 배치고사에 올인하는 것이 중학교 성적 관리를 위해서도 더 중요하다고 생각했던 것이다.

나는 당장 대형 서점에 가서 배치고사 대비용 총정리 문제집을 한 권 샀다. 오래전부터 혼자서 문제집을 고르는 것에 익숙해져서 좋은 문제집을 고르는 데는 어려움이 없었다.

어떤 시험을 앞에 놓고 그 시험에 대비한 책을 고르는 것! 늘 이것이 시작이다. 서점에서 시간을 들여 문제집을 고르고 그 문제집을 안고 집으로 돌아올 때면 마치 달리기 출발선에 선 것 같은 긴장이 느껴졌고, 가슴이 설레었다.

그날부터 집 주위에 있는 시민 도서관 열람실에서 문제집을 풀었다. 학교를 마치자마자(보통 배치고사 준비를 하더라도 초등학교 졸업식 이후에 시작하지만 나는 그 몇 달 전부터 준비를 했다) 나는 도서관 열람실에서 저녁 늦게까지 배치고사 문제집을 풀었다. 저녁은 도서관 구내식당에서 파는 김치볶음밥이나 라면으로 때우고 저녁 10시가 되면 집으로 돌아왔다. 당시 나는 도서관 열람실에서 가장 나이가 어린 학생이었다. 대부분 고시를 준비하는 어른들이나 고등학생들이었고, 초등학생으로는 내가 유일했다. 도서관 열람실에서는 공부의 열기가 오롯이 느껴진다. 대학 입시와 고시 합격을 위해서 자신의 인생을 걸고 공부하는 사람들에게는 학교에서 느낄 수 있는 것과는 비교가 되지 않는 매력적인 열기가 있다. 나는 그들 틈에서 벌써부터 고등학생이나 고시를 준비하는 사람처럼 공부를 한다는 사실이 마냥 기뻤다. 나는 그때 출판사별로 열 권 정도의 문제집을 풀었는데, 그러고 나니 비로소 공부를 할 만큼 했다는 생각에 만족감과 자신감이 생겼다.

배치고사는 내가 다니게 될 초읍중학교에서 치르게 되었고, 처음 보는 얼굴들은 묘한 긴장감을 느끼게 했다. 국어, 수학, 사회, 과학, 이렇게 네 과목 시험을 보았는데, 준비한 것과는 유형이 약간 다르게 나왔고, 국어는 중학교 내용을 알아야만 풀 수 있는 문제들도 있었다. 우직하게 초등학교에서 배웠던 범위에서 나올 것이라고 믿었던 나는 뒤통수를 맞은 기분이었지만, 침착하게 문제를 풀어나갔다.

'이 문제는 학원에서 미리 중학교 내용을 배웠던 애들은 풀 수 있겠지만, 나머지 문제들은 내가 더 열심히 준비했으니까 여기서 점수차가 나겠지.'

시험을 모두 보고 나서, 생각보다 잘 못 봤다는 기분이 들긴 했지만 마음만은 그렇게 홀가분할 수가 없었다. 이제까지 본 시험 중에 가장 열심히 준비했기 때문에 후회는 없었다.

강추위도 한풀 꺾인 2월의 막바지에 이를 무렵, 집으로 한 통의 전화가 왔다. 전화를 건 분은 내가 다니던 초등학교의 교감선생님이셨다. 전화는 어머니가 받으셨다.

어머니의 눈이 점점 커지더니, 갑자기 얼굴이 환해지셨다. 아주 모처럼, 기분 좋은 전화인가 보다 생각하고 나는 다시 TV로 눈을 돌렸다.

"현근아! 네가 배치고사에서 전교 1등을 해서 입학식 때 선서한단다!"

"엉?"

나와 어머니는 서로 환호성을 지르면서 뛰었다. 무엇보다 내가 생각했던 방향으로 우직하게 공부한 것이 적중했다는 점과 노력의 보상을 받았다는 사실이 기뻤다.

'역시 내 생각은 틀리지 않았어. 이제부터 본격적으로 중학교 공부 시작이다!'

배치고사에서 1등을 하고 입학식 때 몇 백 명의 동기들 앞에서 선서를 하는 것은 기분 좋은 일이 아닐 수 없었고, 적어도 그 시절의 내가 생각할 수 있는 최고의 영예였다. 입학식을 마치고 교실에서 담임선생님과 첫 대면을 할 때 선생님께서는 나를 예비 반장으로 임명하셨다. 그 뒤로는 자연스럽게 한 번도 빼놓지 않고 3년간 반장을 했다.

역시 처음 내가 예상했던 대로, 배치고사에서 전교 1등으로 입학했던 것은 상당히 긍정적인 효과를 가져왔다. 평소에 선생님들이 잘 봐주시는 것은 물론, 수행평가에서도 암묵적으로 남들에 비해 쉽게 점수를 딸 수 있었다. 물론 내가 수행평가를 악착같이 준비하기도 했지만, '첫인상'의 효과가 있었음을 부인하기 어렵다. 그만큼 '첫인상'을 어떻게 갖고 입학하는가는 실제로 중요했고, 내 예상이 그대로 맞아떨어졌던 것이다. 반면 초등학교 6학년 때부터 중학교 과정을 예습한다고 학원을 다니던 아이들은 오히려 학교 수업에 흥미를 잃어 학업 성취도가 낮은 경우가 대부분이었다.

도약의 시간들

중학교 입학 후 얼마 되지 않아 어머니는 초등학교 동창 학부모님들과 함께 식사를 했는데, 그 자리에서 이런 말씀을 하신 학부모님이 계셨다고 한다.

"배치고사 1등으로 들어온 애치고 정작 중간, 기말고사에서 1등하는 애는 본 적이 없어요."

이 말에 다소 화가 나신 어머니가 나에게 이 말을 해주셨을 때 오히려 내가 더 오기가 나서 발끈했다. 이제 첫 중간고사에서 전교 1등을 해야만 하는 확실한 이유가 하나 더 추가된 셈이었다.

처음에는 중학교 공부를 어떻게 해야 할지를 몰라서 주요 과목뿐 아니라 암기 과목 문제집까지 모조리 구입했다. 자습서, 평가문제집 등 초등학교를 갓 졸업한 나에게는 익숙지 않은 형태의 문제집들이긴 했지만, 하루 종일 서점에 앉아서 문제집들을 하나하나 살펴보면서 양질의 문제집을 골랐다. 주요 과목에 대해서는 자습서를 포함해서 두세 권 정도, 나머지 암기 과목들의 경우 자습서와 문제집이 겸용으로 되어 있는 것으로 한 권 씩 구입하니 약 열다섯 권 정도가 되는 것 같았다. 나는 그 문제집 모두를 꼼꼼하게 풀기 시작했다. 풀다가 학교에서 배우지 않은 내용이다 싶을 때는 과감히 넘겼고, 학교 시험과 핀트가 맞지 않다고 생각될 때는 아예 통째로 풀지 않기도 했다. 중학교 첫 시험이라 다소의 시행착오는 감수해야 했다. 아직 중학교에 익숙하지 않은 시점에서 시험을 잘 보기 위해서는 닥치는 대로 공부하는 수밖에 없었다. 비법이 쌓이고 요령이 생기는 것은 시간이 흐른 뒤의 얘기였다. 교과서도 통째로 외웠다. 수업 시간에 선생님이 강조하신 부분을 중심으로 교과서를 보고, 꼼꼼하게 교과서 전체를 최소한 다섯 번 이상 정독했다. 이렇게 준비를 열심히 했는데도, 중학교 첫 시험을 앞두고 나는 불안한 마음을 떨칠 수 없었다. 당시에 중학교 1학년의 성적은 고등학교 입시에 반영되지 않았지만, 나에게는 그것이 중요한 게 아니었다. 현재를 안일하게 살다 보면 결국 아무것도 해낼 수 없다는 게 평소 내 지론이었고, 그래서 무슨 일이든 최선을 다해야만 했다.

나는 보란 듯이 중학교 첫 중간고사에서 전교 1등을 했다. 1학년 1학기 기말고사에서는 열두 과목에서 전부 백 점을 받아서 평균 백 점으로 1등을 했다. 이때는 친구들과 선생님들, 친구의 어머니들까지 혀를 내두르며 칭찬해주셨지만 정작 어머니는 "수고했다."라는 짧은 한마디 외에는 올백 점에 대해서는 전혀 언급을 하지 않으셨고, 아버지는 아무 말씀도 하지 않으셨다. 내가 너무 우쭐해질까 염려하신 탓이었을 것이다. 실제로 나는 올백 점 이후 너무 자만했는지, 2학기 중간고사 때는 전교 2등을 했다. 전교 2등이면 누가 봐도 잘한 것이긴 하지만, '완벽'이란 이름에 흠집이 난 것으로 느껴졌고, 최고가 되고자 했던 나는 그 조그마한 흠집 하나가 생기는 것도 참을 수 없었다. 하지만 나는 항상 목표를 최고로 잡고 그것을 할 수 있다는 자신감으로 공부했지, 내가 최고라고 생각하지는 않았다.

아버지는 "세상에는 뛰어난 인재들이 너무나 많다."고 늘 강조하셨고, 그 뛰어나다는 불특정 다수는 비록 눈에 보이지는 않았지만 언젠가 내가 넘어야 할 산이었다. 등수가 떨어졌다는 단편적인 사실보다도 공부하는 내 태도에 문제가 있다고 판단했기 때문에 많이 반성했다. 항상 초심을 잃지 않고 제대로 공부하겠다는 다짐을 한 이후로는 과학영재학교 합격 소식을 듣기 전까지 단 한번도 전교 1등을 놓치지 않았다.

중학교 시절, 농구 자유투로 실기시험을 본 적이 있었다. 10개를 던져서 7개를 넣으면 만점이었다. 나는 운동을 좋아해서 남는 시간에는 늘 농구나 축구를 하고 놀았기 때문에 농구를 잘하긴 했지만 그때의 내

실력은 두세 번에 한 번 꼴로 성공하는 정도였다. 만점을 확신할 수 없는 실력이었다. 우리 반에는 학교에서 제일이라고 할 정도로 농구를 잘하는 친구가 있었다.

"농구 연습하려고 하는데 슛 동작 좀 봐줄래?"

친구는 흔쾌히 부탁을 들어주었다.

"왼손으로 농구공 아래를 받치고 오른손으로 각을 잡는 거야. 사실 손보다는 팔 각도가 중요해. 벌어지지 않도록. 그리고 손목 스냅을 이용해야 돼. 던진다기보다는 이렇게 튕기는 느낌으로."

나는 친구가 가르쳐주는 대로 하교 후 늦게까지 학교 운동장에 남아서 자유투 연습을 했다. 농구공도 매일 학교에 가지고 다녔다. 점심시간, 쉬는 시간을 가리지 않고 연습하고 학교가 파한 후에도 자유투 연습에 몰두하는 동안 실기시험 날짜가 다가왔다.

나는 단 한 개의 실수도 없이 7개를 다 성공했다. 오히려 내게 농구를 가르쳐준 친구는 10개를 던져서 7개를 넣었다. 친구는 나에게 뭐 이런 놈이 있냐고 혀를 내둘렀는데 나는 그때 정말로 뿌듯했다. 시험 때문에 연습했던 농구실력으로 나는 고등학교에 가서 학교 내 농구팀에서 주장을 맡았고, '수행평가'라는 별명까지 얻었다. 던지면 다 들어가는 모습이 마치 수행평가 대비용 슛 같다며 친구들이 장난삼아 지어준 별명이었다.

미술 같은 경우는 데생 실기시험을 본다고 하면 대상을 정하고 데생 연습을 1주일 전부터 했다. 어머니가 미술을 전공하셨기 때문에 미술 실기는 코치를 해주실 수 있었다. 그렇게 1주일간 연습했던 그림을 미술 시간에 그대로 그렸고, 그러면 점수가 잘 나올 수밖에 없었다. 만일 무슨 공원에서 풍경화를 그리는 사생대회가 있다고 하면, 집에서 풍경

사진을 보면서 사진에 나와 있는 대로 미리 풍경화 그리는 연습을 했다. 연습을 하는 것과 안하는 것은 확실히 달랐다.

문제는 가창 시험이었다. 초등학교 5학년때부터 시작한 변성기가 상당히 오래 갔기 때문에 가창 시험은 항상 나의 아킬레스건이었다. 초등학교 때는 그냥 아무 대비 없이 노래를 부르다가 망치고는 했지만, 중학교 때는 도저히 그럴 수가 없었다. 그래서 나는 성악을 전공하신 선생님을 찾아갔다. 성악 과외를 받을 형편이 전혀 아니었지만 사정 얘기를 하고 네 번의 수업을 받았다. 네 번 수업료로 5만 원인가를 냈는데 나중에 들어보니 전공자가 그 비용을 받고 수업을 해줬다면 공짜로 가르쳐준 것이나 마찬가지라고 했다. 그때 주로 발성법을 배우고 바리톤 성악가가 부르는 것을 흉내내면서 노래연습을 했다. 한 달간 그렇게 연습하니 자신감이 생겨서 실기시험에서 잘할 수 있었고, 음악 선생님은 그런 노력을 인정하며 만점을 주셨다.

리코더와 단소 시험도 봤는데, 나의 리코더 연주 실력은 학교대표로 대회에도 나갈 수 있는 수준이었다. 초등학교 시절 담임선생님께서 음악에 조예가 깊으셨는데, 이때 관심 있는 학생들을 대상으로 1년간 리코더를 잘 가르쳐주셨기 때문에 가능한 일이었다. 선생님께서는 늘 중학교에 들어가면 필수적으로 리코더 시험을 보기 때문에 시간이 남는 이 시기에 미리 연습해놓아야 한다고 강조하셨다. 하지만 단소는 정말 어려웠다. 조금이라도 소리를 잘 내보려고 단소를 잘 부는 친구들의 단소를 이리저리 빌려가며 어떤 단소가 가장 나에게 맞는지 찾기도 했고, 입모양과 바람을 내는 위치까지 바꾸어가며 연습을 강행했다. 하지만 처음에 단소 시험을 봤을 때는 점수가 만족스럽지 않아서 계속 재시험을 봐야 했다. 결국에는 만점을 받았다.

예체능은 각 과목마다 아주 잘하는 친구들이 있다. 그 친구들에게 적극적으로 도와달라고 하면 웬만해서는 흔쾌히 도와준다. 자기의 재능으로 남을 돕는 것은 누구에게나 기쁜 일이기 때문이다. 그리고는 피나는 연습뿐이다. 노력 없는 결실은 없다. 잘할 수 있는 모든 방법을 다 생각하고 동원해서 대비하는 것이다.

나는 모든 면에서 잘하고 싶었지만 그렇다고 해서 남이 못하기를 바라지는 않았다. 공부 좀 한다는 아이들이 친구도 없이 성적에 목숨 걸면서 다른 사람이 잘 안 되기만을 바랄 것이라고 생각한다면 그것은 지나친 편견이다. 내가 잘하는 것, 열심히 하는 것은 내가 통제할 수 있는 일이다. 나만 열심히 하면 되는 것이다. 하지만 내 경쟁자가 나보다 못하기를 바라는 것은 내 맘대로 되는 일이 아니다. 통제의 범위를 벗어난다. 여기서 스트레스를 받기 시작하면 그건 걷잡을 수 없어진다. 학교생활도 친구 관계도 성적도 다 망가진다.

가난은 오히려 나를 채찍질하였다

내가 공부 환경 때문에 가장 고생을 했던 때는 중학교 시절이다. 당시 우리 가족은 외할머니가 계시던 20년 넘은 단독주택에 살고 있었다. 보통 주택에 사는 사람들은 집이 낡으면 단열과 난방이 잘 되도록 보수공사를 하는데, 우리집은 그럴 여건이 되지 않아 겨울철이 되면 추위에 떨어야만 했다. 기름값 아끼느라고 보일러를 틀지도 못했고, 설령 보일러를 튼다고 해도 방의 냉기가 사라지지는 않았다.

나는 체질적으로 손발이 찬 편이고 또 알레르기 비염을 앓고 있었기 때문에, 시린 손발과 흘러내리는 콧물은 공부를 할 때 가장 심각한 적이었다. 그래서 나는 나름대로 해결책을 찾아야만 했다. 먼저 손에는 장갑을 꼈는데, 이렇게 하면 연필을 쥐기에는 불편하지만 손은 따뜻했다. 그리고 발을 녹이기 위해서 처음에는 조그마한 난로를 발밑에 두었지만, 난로를 오랫동안 켜두니 전기세가 만만치 않았다. 나는 생각 끝에 주먹 네 개 정도 크기의 몽돌을 가스렌지에 구워서 수건으로 감싼 다음 거기다가 발을 올리고 공부를 했다. 이렇게 하면 온기가 네 시간 정도 지속되었고, 공부하는 동안 발이 시리지 않았다. 지금 생각하면 상당히 궁상맞은 모습이지만, 그때는 그것이 발을 따뜻하게 하면서 공부할 수 있는 최상의 방법이었다.

비록 가난한 환경이었지만, 부모님은 교육에 대한 남다른 열정과 선견지명을 갖고 계셨다.

나는 초등학교 2학년 때부터 영어 학원을 다니고, 중학교 1학년 초부터는 수학경시대회 학원을 다녔다. 학원비는 합해서 20만 원 정도였던 것으로 기억한다. 아버지가 IMF 때 실직을 하신 이후 계속 마땅한 직업이 없어 어머니 혼자 돈을 벌어야 했기 때문에, 당시 우리 가족의 월수입은 60만 원도 안 되는 수준이었다. 물론 그것으로는 4인 식구의 생활이 되지 않으니 늘어가는 것은 빚뿐이었다. 그럼에도 나를 뒷바라지하시겠다는 일념 하나로 여기저기서 빚을 져가며 그 당시의 우리 가족에게 너무나 부담스러웠을 영어와 수학 학원비 20만 원을 꼬박꼬박 챙겨주셨다. 나는 그런 형편을 알면서도 그 두 학원은 그만두지 않았다. 영어만큼은 확실하게 해두어야 한다는 신념이 있었고, 수학경시 학원은 더 높은 목표를 위해서였다. 대신 학원비가 아깝지 않게 누구보다 열심히 공부하겠다는 결심을 했다.

　나에게는 네 살 차이가 나는 여동생이 있었는데 우리집 형편으로 두 명 다 학원에 보낼 수가 없었기 때문에 부모님께서는 일단 진학이 급한 나에게 기회를 주셨다. 그 때문에 지금도 나는 동생에게 미안한 마음이 든다. 누구보다 자식 교육에 대한 열정이 강하셨던 부모님의 안타까움은 더하셨을 것이다. 나중에는 우리집 경제 사정을 알게 된 학원 원장님들이 우리집이 힘들 때에는 가끔씩 수강료를 면제해주셨다. 특히 중학교 3학년 때는 영어 학원을 1년 내내 수강료를 안 내고 다닐 수 있어서 얼마나 다행이었는지 모른다. 처음부터 그런 것을 기대했던 것은 아니지만, 나는 원장선생님들의 배려가 헛되지 않게 열심히 공부했다.

　집안이 어려우니 어머니는 궂은 일까지도 하셔야 했다. 내가 중학교 3학년 때는 우리 학교 급식소에서 일하시기도 했다. 내가 보기에도 급식소의 일은 정말 중노동이었다. 전교생이 먹을 밥을 해야 하므로 국솥, 밥솥, 프라이팬들의 크기가 어마어마했다. 매일 들어오는 야채, 고기 등의 양도 엄청났다. 그 많은 것들을 옮기고 씻고 다듬고 요리하는 것을 보면 허리가 휜다는 말이 무슨 뜻인지 알 것 같았다. 나는 가끔 하교길에 급식실에 들러 어머니를 보고 가곤 했는데 그때마다 안타까운 마음이 들었다.

　몸이 좋지 않은 어머니는 계속되는 스트레스와 노동으로 인해 많이 쇠약해지셨고 밤이 되면 끙끙 앓는 소리를 내곤 하셨다. 나는 공부를 하다가도 어머니께서 밤에 앓는다 싶으면 안방에 찾아가서 허리와 다리를 안마해드렸다. 고등학교 시절 기숙사 생활을 할 때도 가끔씩 집에 들리면 어머니가 다리의 통증을 호소하셨고, 나는 안타까운 마음으로 안마를 해드리곤 했다.

"역시 현근이 네가 하니까 힘이 세서 시원하네, 이때까지 안마해줄 사람이 없어서 너무 고생했는데."

어머니께서는 자주 이런 말씀을 하셨다. 그때마다 나는 가슴이 찡했다.

어머니의 고생이 안쓰러우셨는지 아버지는 몸이 편찮으신데도 이일 저일을 알아보러 다니셨다. 항상 가족을 웃겨주시던 여유도 점점 사라지고 뜻대로 일이 되지 않아 술을 드시고 늦게 집에 들어오시던 일도 잦았지만, 다음날이 되면 또 어디론가 무거운 발걸음을 이끌고 일자리를 찾아 나서셨다. 그런 모습들을 안타깝게 바라보며 나는 내 마음을 더욱 다잡아야 했다.

이런 날들이 계속되면서 나는 집안이 어려운 걸 뻔히 알면서도 계속 부모님께 의지만 하고 있는 내 자신이 부끄러웠다. '내가 이 상황에서 공부만 하고 있어도 되는가.' 하는 생각과 부모님께 죄송스런 마음이 끊이질 않았다. 학원비를 낼 때가 되어 회비봉투를 어머니한테 드릴 때가 제일 곤혹스러웠다. 학원비를 미루거나 안 주신 적은 없지만 매번 그 돈은 따로 마련을 해야 한다는 것을 알고 있었기 때문이다.

그러다가 중학교 3학년 때, 돈 때문에 고생하시는 부모님을 더 이상 보고만 있기가 안타까워서 나는 직접 돈을 벌어보자는 생각으로 신문 배달을 하기로 결심했다. 새벽에 일찍 일어나서 신문 배달을 하면 운동도 되고 돈도 벌 수 있기 때문에 여러모로 바람직할 것이라고 생각했다. 다행히 친구의 큰아버지가 운영하는 신문 배급소가 우리 동네에 있었는데, 나는 그 친구 덕분에 신문 배급소에서 배달일을 할 수가 있게 되었다. 매일 새벽 3시까지 나와서 신문을 배급받고 전단지를 끼운 다음 150부를 돌리는 것이었는데, 나는 부모님께 들키지 않으려고 몰래 집을 나와서 새벽에 신문 배급소에 나갔다. 평소에 아침잠이 많은 편이었지만 돈을 벌 수 있다는 생각에 처음엔 그저 설레고 재미있었다. 단, 문제가 있다면 우리집 근처는 이미 신문 배달을 하고 계시던 분이 있어서 나는 우리집에서 상당히 먼 곳까지 배달을 해야만 했다.

그러나 갑자기 잠을 줄인 탓에 학교에 가면 졸기를 반복했고, 더 이상 공부가 안 될 만큼 몸에 부담이 갔다. 그래서 결국 사장님에게 "너무 죄송스럽지만 일을 그만두어야 할 것 같다."고 말씀 드렸다. 원래는 중도에 그만두는 일이 허용되지 않았지만, 나의 사정을 이해하시고 너그럽게 봐주셨다. 이미 친구에게 나에 대해서 얘기를 들어 알고 계셨던 사장님은 공부하면서 신문 배달까지 하려고 했던 내가 기특하셨는지 18만 원을 직접 봉투에 넣어주시며 많은 격려를 해주셨다. 그때 나는 '내가 세상에 나가기에는 아직 너무 어리구나.' 하는 생각에 가슴이 아렸다. 신문 배달을 하면서 남은 것은 비오는 날 배달을 하다가 자전거에서 미끄러져 생긴 허벅지의 상처뿐이었다. 부모님은 아직까지도 이 일을 모르신다.

어머니께서는 하시던 일이 고되기만 하고 보수는 적어 하던 일을 그만두셨다. 어머니는 가르치는 것에 재능이 있으시고 교육에 대해서는 관심이 많으셨기 때문에, 예전에 미술을 가르치셨던 경험을 살려 내가 고등학교 2학년이 되면서부터는 재능교육 학습지 선생님을 시작하셨다. 역시 이 일도 무거운 책과 교재를 들고 하루 종일 돌아다녀야 하는 일이기 때문에 몸에 무리가 갔지만, 평소에 가르치는 일을 좋아하시는 어머니께서는 이 일에 많은 보람을 느끼신다고 한다. 아버지도 그동안 열심히 발로 뛰며 고생한 끝에 다행스럽게도 내가 고등학교 3학년이 되었을 때 금융전문가의 경험을 살려 보험설계사 일을 시작하셨다.

분명히 쉽게 공부할 수 있는 환경은 아니었다. 그러나 돌이켜보면, 그때가 나를 담금질할 수 있는 시기였던 것 같다. 내가 돈 많은 집안에서 태어나 아무 걱정 없이 공부할 수 있었다면, 결코 악착같은 오기나 승부근성을 가지지는 못했을 것이다. 어려운 환경은 공부에 임하는 내 자세를 더욱 진지하게 만들었다. 부족한 환경이었기 때문에 가질 수 있었던 '의지'와 부족한 형편임에도 놓지 않았던 부모님의 교육에 대한 열정과 철학이 흔들리지 않는 튼튼한 나의 뿌리를 만들었다. 너무나 위태하고 힘든 상황에서도 희망을 잃지 않으시고 최선을 다해 힘든 일마다 않고 가족을 지켜주신 부모님께 깊은 감사와 존경을 느낀다.

나는 이렇게 공부했다

공부 방법은 사람마다 각기 다르겠지만 중요한 것은 습관과 집중력이다. 나의 경우는 일단 사교육을 받지 않았기 때문에 학교 수업에 굉장히 집중했고, 선생님 말씀은 말 그대로 하나도 빠뜨리지 않았다. 옆에서 친구가 수업과 관계없는 말을 걸어오면 나는 단호하게 말했다.

"정말 미안한데, 수업 끝난 다음 얘기하자. 수업 시간에는 되도록 말 걸지 말아줘."

만약 수업 시간에 옆 친구가 모르는 것을 물어봐서 가르쳐주는 바람에 선생님 말씀을 놓쳤으면 "선생님, 정말 죄송합니다만, 한 번만 다시 말씀해주세요."라고 말씀드릴 정도로 수업 시간에 집중했다. 수업 시간에 선생님이 하신 말씀들은 모두 시험 문제와 직결되어 있었다. 조금이라도 시험에 나올 것 같은 분위기를 풍기는 멘트를 흘리시면 나는 바로 교과서에 별 표시를 했다. 그 때문에 내 교과서를 보면 항상 여기저기 '☆ 시험!!!' 표시가 되어 있는데, 실제로 그 부분에서 시험이 나왔기 때문에 일종의 비법노트라고 할 수도 있었다. 내 짝은 시험 기간이 되면 어김없이 내 교과서에 표시된 "시험!" 마크를 옮긴 뒤 시험을 치고는 했다. 과학영재학교에서도 나는 이 방법을 그대로 써먹었다.

내신관리에서 잊지 말아야 할 것은, 시험 문제는 학원 선생님이 아니라 학교 선생님이 낸다는 사실이다. 시험 기간이 다가오면 선생님이 수업 시간에 하시는 얘기에는 무조건 시험에 대한 힌트를 담고 있다. 그때 최대한 시험 유형이나 많이 출제되는 범위에 대해 집중적으로 파악하는 것이 중요하다. 그리고 한 과목이라고 해도 여러 반을 담당하려면 선생님이 두 분 이상 가르치실 때도 있는데, 그런 경우에는 다른 반의 친한 친구를 찾아가서 시험 경향에 대한 정보를 모았다. 설령 같은 선생님이 담당하는 반이라고 해도, 행여나 한 가지라도 놓칠까봐 일일이 다른 반 친구에게 찾아가서 시험 경향을 파악하기도 했다.

일단 수업 시간에 선생님으로부터 시험에 대한 많은 정보를 구해놓으면 공부하기가 훨씬 수월하고 시험 점수도 높아진다. 정보가 많으면 공부할 분량도 줄고 효율성이 생기기 때문이다. 정보를 최대한 확보한 후에는 선생님이 수업 시간에 강조하신 부분을 중심으로 교과서를 훑어보고 흐름을 파악한 뒤, 교과서를 최소한 다섯 번 이상 정독했다. 그렇지만 쓸데없는 부분이라 생각되면 과감하게 넘겼다. 그렇게 하고 나서 문제집을 한두 권 풀어보면 대강 어떤 문제들이 나올지 예상할 수 있었다.

　나는 시험 기간 보름 전에는 항상 A4 종이에다가 철저한 계획표를 작성했는데, 계획표에 명시했던 사항은 다음과 같다. 과목 별로 공부할 자료를 세분하고 날짜별로 시간을 할당했다.

1. **공부자료** : 자습서, 교과서, 평가문제집, 종합문제집(일명 총정리 문제집) 등 과목에 따라서 유동적으로 표시한다.

예

국어 : 자습서, 교과서, 선생님이 내주신 프린트, 평가문제집

과학 : 프린트, 교과서, 평가문제집

수학 : 수업 시간에 풀었던 프린트

2. **공부할 과목** : 취약한 과목은 많은 날을 할당하고 강한 부분은 과감하게 줄이는 등 역시 유동적으로 표시한다. 암기할 내용이 많은 과목 역시 많은 날을 할당해서 충분히 정리하고 시험을 치를 수 있도록 한다. 주말에는 분량을 많이 잡는다.

예

1월 28일(금) : 국어자습서 독파, 수학 프린트 마무리

1월 29일(토) : 사회 교과서 정독, 사회 평가문제집 다 풀기,

　　　　　　　과학 평가문제집 다 풀기

　그 외에, 내가 유용하게 썼던 자료는 보통 내신 관리 학원에서 제본을 해서 제공하는 학교별 기출문제 자료였다. 우리 학교 학생들이 많이 다니던 학원에서는 우리 학교와 인근 중학교에서 최근 몇 년간 출제된 문제들을 제본해서 자기 학원 학생들에게만 나눠주었는데, 나는 학원에 다니는 친구들에게 그것을 빌려서 복사하는 방식으로 공부했다. 이것은 마지막에 최종 마무리를 하기에는 안성맞춤인 자료였다. 중학교 1학년 때는 무엇을 공부할지 몰라서 과목별로 문제집을 많이 샀지만, 요령이 생긴 이후부터는 한 과목당 대체로 평가문제집 한 권으로 해결했고, 부족하다 싶으면 두 권을 풀었다. 나는 문제집을 풀다가 모르는 부분은 무조건 학교 선생님께 찾아갔다. 학원을 다니거나 과외를 받지 않았기 때문에 선택의 여지가 없었던 것이기도 하지만, 선생님께 찾아가서 물어보면 시험 경향을 좀더 정확하게 파악할 수 있었다. 어떨 때는 "이런 문제는 안 나온다. 걱정하지 마라." 하고 말씀해주실 때도 있다. 개인적으로 선생님께 질문을 드리면 훨씬 더 자세한 설명을 들을 수도 있고, 선생님이 어떤 부분을 중요하게 여기시는지 파악할 수 있기 때문에 공부를 할 때 많은 도움이 된다.

　또 한 가지, 나는 예전 시험지는 차곡차곡 보관을 해두었다가 다음 시험 기간이 되면 항상 그 시험지를 보면서 내가 무엇을 틀렸는지 확인했다. 선생님이 바뀌지 않는 이상 한 선생님께서 출제하는 문제의 유형이나 경향은 비슷하고, 그러면 이전 시험에서 나왔던 부분에서 다시 출제될 가능성이 높기 때문이다. 예를 들어, 내가 중간고사 사회 시험에서 한 문제를 틀렸는데, 그 문제가 교과서 본문 내용 중 '심화과정' 파트에서 출제된 문제였다고 한다면 나는 다음 기말고사를 대비할 때는 심화과정에 있는 내용까지 모조리 암기했다. 반대로 시험에 나올

줄 알고 공부했는데 시험지를 검토한 결과 절대로 출제되지 않는 부분이라면 과감히 그 부분은 넘겼다. 그런 식으로 모든 이전 시험지를 분석하면서 내가 틀린 부분이 왜 틀렸는지, 내가 무엇을 공부하지 않았기 때문인지를 파악한 뒤, 다음 시험 기간이 되면 반드시 그 부분을 보충했다. 그러면 한 번 했던 실수나 잘못은 절대로 반복하지 않고 거의 만점을 받을 수 있었다.

마지막으로, 교과서를 문제집이자 참고서로 만들었다. 수업 시간에 선생님께서 강조하셨던 부분, 시험 범위에 대한 내용 정리 등 모든 정보들은 교과서 안에 적어넣었다. 그래서 항상 내 교과서는 '걸레'가 되고는 했다.

그러나 그 어떤 공부보다도 중요한 것은 수업 시간에 집중하는 것이다. 나는 수업에서 배운 내용은 반드시 그날 모든 이해를 끝마쳤고, 절대로 뒤로 미루지 않았다. 물론 수업을 하다 보면 모르는 내용이 생기기도 한다. 그럴 때는 교과서에 표시를 해두었다가 수업 시간이 끝난 후 선생님께 여쭤봤다. 다음 수업을 하실 선생님이 들어오시는 줄도 모르고 질문을 계속했던 적도 있다.

이러한 수업에 대한 집중력은 내가 학원을 다니지 않았기 때문에 오히려 높아졌다고 본다. 중학교 시절, 친구들은 대부분 내신 관리 학원을 다녔다. 항상 친구들은 수업 내용을 훨씬 먼저 알고 있었고 나는 전혀 모르는 상태였다. 그런데 국어, 수학, 사회, 과학 전 과목에 걸쳐 학원에서 미리 수업을 들은 친구들은 학교 수업에 흥미를 잃어서 수업에 대한 집중력이 무척 떨어졌다. 나도 수학 수업 시간에는 집중이 잘 안되었는데 당시 수학경시대회 공부를 하고 있어 사실상 수업을 안 듣더라도 시험을 잘 볼 수 있었기 때문이다. 그런데 전 과목을 학원에서 미리 배운 학생들은 오죽했겠는가. 수학이야 문제만 잘 풀면 되는 것이지만, 다른 과목의 경우에는 선생님마다 다르게 나타나는 유형을 파악하는 것이 아주 중요하기 때문에 수업을 들어야만 한다. 그냥 해당 과목의 지식을 미리 알고 있는 것과는 별개인 것이다. 이것이 모든 과목을 학원에서 듣는 것의 폐해이기도 하다.

그런데 나는 한 가지에 몰두하면 다른 것에 무신경해지는 편이다. 공부할 때는 공부에만 집중할 수 있어서 매우 좋은 성격이라고 생각하지만, 때때로 이런 성격 탓에 곤란해진 적도 있다.

중학교 1학년 때 학교에서 사생대회 겸 소풍을 갔을 때의 일이다. 그때 반장이었던 나는 내 도시락과 함께 담임선생님의 도시락도 함께 준비해야 했다. 어머니께서는 정성스럽게 김밥을 싸주셨고, 나는 그것을 들고 사생대회 장소로 갔다. 대부분의 학교가 그렇겠지만 우리 학교는 사생대회에서 그린 그림을 미술과목 수행평가에 반영했다. 나는 그림의 대상이 될 사찰과 풍경을 유심히 관찰하고, 사찰의 기와에 나타나는 명암과 수풀들의 색채가 자연스럽게 표현되도록 심혈을 기울여 그림을 그리기 시작했다. 그런데 그림 그리기에 너무 집중한 나머지 점심을 먹는 것도 잊고 남아 있는 시간을 다 쏟고서야 겨우 그림을 완성할 수 있었다. 집으로 돌아와서 가방을 열어보니 당연히 도시락은 가방 안에 그대로 있었다. 나는 그때까지도 별 생각 없이 어머니한테 그림 그리느라고 점심을 안 먹었다고 말씀을 드렸더니, 어머니는 "그럼 너 담임선생님께 도시락 안 드렸니?" 하셨다.

……

난 순간 앞이 캄캄했다. 나중에 들으니 담임선생님께서는 다른 반

담임선생님들의 도시락을 나눠 드셨다고 한다. 이 일로 특히 아버지한테 매우 꾸중을 들었는데, 그 이후로도 나는 한 가지 일에 집중하면 다른 것을 잊어버리는 성격 때문에 고생한 적이 여러 번 있었다. 양날의 칼이란 이런 것을 두고 하는 말이 아닐까.

수학경시대회와의 만남

내가 중학교 때 수학경시 학원을 다니게 된 건 나름대로 사연이 있었다. 초등학교 6학년 때 처음으로 교내 수학경시대회를 치르게 되었는데 그때까지만 해도 나는 내가 수학을 잘하는 줄 알고 있었다. 5학년 때 한 달에 한 번씩 수학 시험을 치를 때마다 거의 만점을 받아왔고, 정기고사에서도 늘 전교에서 가장 높은 점수를 기록했기 때문에 그런 생각을 하는 것도 무리가 아니었다. 그런데 경시대회는 학교에서 늘 치르던 수학 시험하고는 완전히 달랐다. 경시대회는 3차까지 치러졌는데 1차도 어려웠지만 2차 시험부터는 처음 보는 문제가 많아지더니 3차 시험은 아예 손도 대지 못할 지경이었다.

　교내 경시대회 입상자는 학교 대표로 부산시 경시대회에 출전하도록 되어 있었는데 나를 제치고 학교 대표로 선발된 학생은 이름도 알지 못했던 어떤 여자아이와 나와 같은 반에 있던 여자아이였다. 그 아이가 5학년 때 쳤던 정기 수학 시험에서 한 번도 나보다 점수가 높았던 적이 없었기 때문에 나는 이 일에 적지 않은 충격을 받았다. 내가 대표로 못 나가게 된 것도 그랬지만 내가 손도 대지 못한 그 시험에서 그들이 거의 만점에 가까운 점수를 받았다는 사실이 더 충격적이었다. 나는 자존심이 상했다. 알고 보니 그들 모두 수학경시 학원에 다니고 있었다. 나는 이때 처음 경시대회라는 것을 알았고 그것을 준비하는 경시 학원이라는 게 있다는 것도 알았다. 그래서 항상 높은 목표를 잡고 공부하고자 했던 나는 중학교에 진학해서는 반드시 학교 대표로 경시대회에 나가리라 결심했다.

집안 사정 때문에 6학년 때 바로 수학경시 학원을 다니지는 못했지만 중학교에 입학하자마자 나는 부모님께 수학경시 학원을 다니고 싶다고 말씀드렸다. 부모님은 어려운 가정 형편에도 불구하고 수학경시 학원을 보내주셨다. 학원에서 반을 편성하는 시험을 봤는데, 나는 이때 간신히 커트라인에 걸쳐서 경시반에 들어갈 수 있었다. 사실 나는 수학 선행학습이 전혀 안 되어 있는 상태여서 당시에는 경시반에 당당히 들어갈 수 있는 실력이 아니었다. 하지만 지금까지 내가 한 번도 학원 수업이나 과외를 받지 않고 중학교 배치고사에서 전교 1등을 했다는 사실을 듣고 원장선생님께서 나의 가능성을 보셨던 것 같다.

경시반에는 소위 엄청난 '내공'이 쌓인 학생들로 넘쳐났다. 나를 놀라게 한 우리 학교 대표 학생보다도 더 고수들인 부산광역시 대회에서 최우수상, 금상을 수상한 학생들……. 그들과의 만남은 우물 안에서만 활개치던 개구리가 처음 우물 밖의 세상을 만나는 것과 같았다. 학교 대표로 뽑히지도 못한 내가 당시 이들 앞에서 얼마나 기가 죽었을지는 쉽게 상상할 수 있으리라.

내가 경시반에 들어갔을 때는 1학년 초였는데, 이미 2학년 진도가 거의 다 끝나가고 있었다. 경시반 아이들은 2년을 선행학습하고 있었던 것이다. 그런데 난 그때 중학교 2학년 과정은커녕 학교 진도에 맞춰

1학년 과정을 시작하고 있었을 뿐이다.

일단 나는 학원 수업이 없는 주말에도 선생님을 찾아가서 공부했다. 1학년 때 배우는 내용 중 함수의 개념과 같이 아주 중요한 부분만 짚어 가면서 바로 2학년 과정으로 넘어갔다. 너무 단기간에 1학년 과정을 마쳤기 때문에 내용을 충분히 이해할 시간이 부족했지만, 남들보다 진도를 빨리 나간다는 얄팍한 자기만족에 빠져 계속 그런 방식으로 공부를 해나갔다. 그러다 보니 2학년 과정의 연립방정식과 일차함수 그래프 등을 배우면서는 어려움을 겪을 수밖에 없었다. 확률 부분은 그런대로 문제를 반복해서 풀다 보니 해결이 되었는데, 개념에 대한 정확한 이해가 뒷받침되어야 하는 연립방정식과 일차함수 문제는 선생님이 아무리 가르쳐주셔도 잘 풀리지 않았다. 가장 간단한 연립 방정식 문제인 Y=X−3 / 2X+3Y=6도 풀지 못했고, 일차 함수 Y=2X+5에서 왜 Y절편이 (0, 5)가 되는지도 이해를 하지 못했다. 굉장히 쉽게 설명을 해줘도 이해를 못하는 나를 보며 당혹스러워하시는 선생님을 보니 내가 더 죄송스러울 정도였다.

학원 수업 시간에 다른 아이들은 쉽게 다 풀고 여유부리며 놀 때, 나 혼자만 못 풀고 헤매다가 선생님께서 풀이를 해주실 때 받아 적기만 했다. '혹시나 선생님이 답을 물어보시거나 풀이를 시키시면 어쩌지?' 하고 수업 시간마다 가슴을 졸였다. 수업 시간에 이렇게 자신이 없어본 건 처음이었다. 내 자신이 바보같이 느껴진 것도 처음이었다. 그 스트레스가 얼마나 컸는지 몸에 이상이 오기까지 했다. 잘 이해되지 않는 학원 강의를 듣다 집에 돌아오면 구토가 일었다. 나는 매번 집에 돌아오자마자 화장실로 뛰어들어갔다.

"웩!"

속의 것을 모두 토해버리고 나니 조금 나아지는 듯도 했다.

"현근아 괜찮니?"

밖에서 어머니가 걱정스럽게 문을 두드렸다.

나는 변기 위로 몸을 구부린 채 가만히 있었다. 속에서 쓴물이 올라와 괴로웠고 머리도 무거웠다. 입을 헹구고 밖으로 나가자 어머니는 이마를 짚어보셨다.

"다른 데 아픈 데는 없고?"

"네. 괜찮아요."

"스트레스 때문에 그런 모양인데, 지금이라도 그만둘래? 아니면 다른 반으로 옮기던지."

"아니에요."

나는 방으로 들어가 책상에 앉았다. 그리고 다시 수학책을 폈다. 손이 부들부들 떨렸다.

어머니는 내 건강이 염려되어 몇 번이나 관두겠냐고 물어보셨지만, 그냥 물러서는 건 자존심이 허락지 않았다. 또 지금은 어렵지만 하다 보면 어떻게든 될 것이라는 확신도 있었다. 2년이나 선행학습을 하는 데 그 정도 고통 없이 해낼 수 있다고 생각하는 것이 더 비정상적이었다.

그러던 어느 날이었다. 그날은 일차함수에 관련된 문제가 도저히 풀리지 않아서 '내가 바보인가. 내가 고작 이 정도밖에 안되었나.' 하고 자책까지 하게 되었다. 그러다 나는 상당히 중요한 사실을 깨달았다. 나는 그전까지 무슨 공부를 하든 모든 개념과 문제 풀이 방식은 스스로 터득했고, 설령 남에게 배웠다 하더라도 반드시 한번 내 스스로 정리하고 이해하는 시간을 가졌다. 그게 며칠이 걸리든지 말이다. 그런데 내가 처음에 일차함수나 연립방정식에 대한 내용을 배운 것은 학원 선생님으로부터였다. 처음에 학원 선생님께서 설명하시면 대충 감은 잡겠는데, 막상 문제를 풀려고 하니 막막하고 어떻게 접근해야 할지 몰랐다. 그것은 내용을 제대로 이해하지 못했을 뿐만 아니라 문제 풀이법에 대해서 스스로 생각하는 과정이 없었기 때문이었다. 여기에 학원이나 과외의 맹점이 숨어 있는 것이다.

'문제집 말고 내가 스스로 개념을 정리할 만한 뭔가가 있어야 해.'

순간, 가장 완벽하고 쉬운 교재는 교과서라는 생각이 들었다. 나는 곧장 서점으로 가서 중2 수학 교과서를 샀다. 내 생각은 맞았다. 교과서에는 일차함수, 연립방정식에 대한 기초적인 개념이 상세히 설명되어 있었다. 나는 교과서를 차근차근 공부하면서 개념을 완벽하게 다지고, 거기에 있는 연습 문제를 풀면서 점점 내용을 이해해갔다. 그 다음부터는 일차함수나 연립방정식 문제를 잘 풀 수 있었을 뿐만 아니라 원활하게 학원 수업을 따라갈 수 있었다. 그렇게 두 달여의 치열한 노력의 결과 중1, 중2 수학을 마스터할 수 있었다.

경시반에는 소위 '쟁쟁한' 아이들뿐이었고, 이미 오랫동안 경시 공부를 했던 그 아이들에게 조금 주눅이 들 수밖에 없었지만, 나는 어차피 내가 부족한 걸 알았으니 열심히 해보겠다는 생각뿐이었다. 솔직히 그 학생들을 기필코 이겨야 되겠다는 생각은 해보지 않았다. 그저 나는 남보다 앞서가는 특급열차에 합류한다는 사실에 흥분해 있었을 뿐이다.

보통은 수학경시 공부를 한다고 하면 기본적으로 엄청난 분량의 문제를 풀어야 하지만, 나는 그렇게까지 경시대회에 집중하지는 않았다. 더 높은 목표를 잡고 수학을 잘할 수 있는 방법을 배운다는 것으로 충분히 만족했기 때문이다. 경시학원을 다니면서 나는 어려운 수학 문제들에 부딪히고 이를 해결해가는 과정에서 한 차원 높은 재미를 느꼈다. 정말로 안 풀리는 문제를 계속 고민하다가 실낱같은 힌트를 발견해서 어느 순간 풀어낼 때의 쾌감은 직접 경험해보지 않으면 모른다. 이런 식으로 나는 학원에서 제공하는 경시대회 문제 위주로 공부를 했고, 그렇게 하다 보니 어느새 나도 경시반 상위권 그룹에 속할 수 있었다.

처음에 내가 화려한 수상경력을 가진 친구들에게 기가 죽어서 수업 중간에 물어보고 싶은 것이 있어도 자신 있게 못 물어보고 애만 태우다가 수업이 끝난 뒤 살짝 선생님께 찾아가서 해결했던 시절을 생각하면 대단한 발전이었다. 두세 달이 지났을 때는 완전히 자신감을 되찾아서 수업 시간에도 자신 있게 질문을 하고 내가 모르는 것은 다른 친구들도 모를 것이라는 대담한 생각까지 하게 되었다. 그리고 실제로 대부분의 경우 그 생각은 적중했다.

그런 식으로 즐겁게 수학 공부를 하다가 마침내 수학경시대회를 치르게 되었고, 여기에는 우리 학원뿐만 아니라 다른 지역에서도 수학을 잘하는 학생들, 과학고 진학을 생각하는 학생들이 모두 참가하였다. 문제 유형이 준비해왔던 것과는 다소 차이가 있어서 풀 수 있는 데까지만 풀고 나왔는데, 결과는 '부산광역시 동상'이었다. 부산 전체에서 15등 정도 되는 성적이었지만, 초등학교 때 최우수상을 수상하고, 금상을 수상했던 학원 친구들보다도 결과가 좋았다. 초등학교 때 나를 학교 대표에서 밀어내고 동상을 받았던 여자아이보다 더 좋은 성적을 냈던 아이들을 내가 앞섰다는 사실이 감격스러웠다.

사실 경시대회를 준비하는 수준은 수도권과 부산 사이에 많은 차이가 있다. 수도권 학생들은 경시대회 공부를 초등학교 때부터 학원을 다니면서 하고, 그 학원들의 질이나 수준이 상대적으로 높기 때문에 경시대회 유형 파악이나 문제 풀이 훈련을 하기에 더 유리한 것이 사실이다. 실제로 부산에서 수학경시대회 금상을 타도 전국 대회에서는 하나도 상을 못 타는 반면, 서울이나 경기도에서 금상을 타면 그것이 그대로 전국 대회 금상으로 이어지는 일이 비일비재하다. 그러나 경시대회에서 큰 상을 타는 것이 그 학생의 능력을 완전히 증명해주지는 못한다.

실제로 과학영재학교에서 두각을 나타냈던 아이들 중에는 중학교 당시 전국에서 큰 상을 못 탔어도 고등학교 때 열심히 공부해서 좋은 성적을 받은 경우가 많았다. 물론 중학교 때 큰 상을 탄 실력이면 그만큼 아는 것이 많다고 볼 수 있다. 그러나 꾸준히 노력하지 않으면 곧 뒤처지게 된다. 나의 경우도 중학교 때는 부산광역시 수학경시대회에서 동상밖에 못 받았지만, 과학영재학교에 들어와서는 치열한 노력 끝에 전국에서 금상을 탄 학생보다 성적이 좋았다.

수학경시대회는 학교 공부보다 더 높은 수준의 공부를 통해 발전하고 싶다면 반드시 한번 도전해볼 만한 것이라고 생각한다. 높은 목표를 설정하고 준비를 하다 보면 그 과정에서 사고능력이 향상되고 시야가 넓어지는 등 공부하는 자세에 큰 변화를 가져오게 된다.

나는 경시대회 준비를 하면서 수학과의 치열한 싸움을 시작했고, 이때 습득했던 문제해결능력과 과제집착력은 내가 과학영재학교에 들어간 이후에도 힘든 공부에서 나를 버티게 해주는 큰 밑거름이 되었다. 경시대회 준비를 하면서 좋았던 것 중 하나는 더 큰 세상이 있고, 나보다 능력이 뛰어난 학생들이 많다는 것을 깨달을 수 있었던 것이다. 그 때문에 난 스스로 안주하지 않고 더 열심히 공부할 수 있었다.

인내하면 수학 공부만큼 재미있는 것도 없다

내 생각에는 수학처럼 무식하게 공부해야 되는 과목도 없는 것 같다. 수학 공부는 '개념의 정확한 이해'와 '좋은 문제를 많이 풀어보는 것', 이 두 가지로 요약된다.

나는 수학을 공부할 때 먼저 개념 부분을 훑은 다음, 개념을 이해하는 데 도움이 되는 아주 쉬운 문제들을 몇 개 시험 삼아 풀어보았다. 처음에는 개념이 이해가 안 되더라도, 그렇게 쉬운 문제를 풀다 보면 어느새 개념이 잡히게 된다. 그리고 일단 모르는 문제가 나왔을 때는 무조건 나 혼자 해결하려고 애를 썼다. 시간이 걸리는 것은 중요하지 않았고, 한 문제라도 스스로 해결해보려고 노력했다. 이렇게 스스로 해결해보려고 애를 쓰는 과정이 수학에서는 분명히 도움이 된다. A라는 문제를 해결하기 위해 고민했던 방법이 A에는 적용이 안 될지라도 훗날 B라는 문제를 풀 때는 써먹을 수 있기 때문이다. 그리고 문제 풀이에 대한 기억도 혼자서 고민하면 오래 남을 뿐만 아니라 응용력이 생긴다.

이렇게 해도 해결되지 않는 문제는 해답지를 적극 활용했다. 해답지를 적극 활용하는 방법이 내 공부 방법의 중요한 부분을 차지했는데, 나는 수학뿐 아니라 모든 과목에서 해답지를 활용했다. 내 주위에 있는 친구들을 보면 문제집을 풀 때 무조건 해답지를 뜯어내는 친구가 있는데, 개인적으로 나는 그 방법에 찬성하지 않는다. 물론 해답지를 보고 베끼는 것은 아무런 도움이 되지 않는다. 그러나 해답지를 웬만해서 보지 않겠다는 의지만 있으면 혼자서 공부하는 경우 해답지는 훌륭한 조력자가 될 수도 있다. 아무리 고민해도 문제가 풀리지 않을 때는 해답을 참고하면서 문제 푸는 법을 익히는 것이다. 해답을 볼 때 굳이 다 볼 필요 없이 앞부분만 보고 힌트를 얻어서 풀 수도 있는데, 그것은 상황에 따라 유동적으로 할 수 있다. 문제가 아주 어려운 경우에는 아예 답을 외운 다음 비슷한 유형을 많이 풀어서 그 문제 유형에 익숙해지는 방법도 있다. 그렇게 하면 시간 절약도 되고, 효율적으로 공부를 진행할 수 있다. 특히 처음에 개념 이해를 다지기 위한 문제를 풀 때는, 어떻게 문제에 접근해야 할지 막막할 때가 있다. 그럴 때는 고민을 충분히 해본 뒤에 당당하게 해답을 참고해서 "아, 이렇게 푸는 거구나." 이해하고 넘어가는 게 좋다.

당연한 얘기겠지만 특히 수학은 처음부터 난이도가 높은 문제들을 붙잡고 헤매는 것은 의미 없는 일이다. 기초가 없는데 부모님의 권유나 등살 때문에 어쩔 수 없이 어려운 수학경시 학원에 다니는 친구들을 많이 보았다. 다른 과목은 몰라도 수학은 기초가 없으면 확실히 무너진다. 공부의 효율성을 위해서는 자신의 수준을 확실하게 아는 것이 중요하다. 너무 어려운 문제들을 안고 끙끙거리다가는 아예 수학이라는 과목 자체를 '포기'해버릴 수도 있다. 처음부터 경시대비용 문제집을 아무런 외부 도움 없이 척척 풀어낸다면 문제가 없겠지만, 아무리 잘하는 학생이라도 처음부터 그렇게 하는 것은 무리일 것이다. 처음에는 기초를 다지고 학교 수준의 수학은 충분히 잘하는 상태가 되고 나서야 경시대회 문제처럼 고난이도의 문제들을 접해보는 방식이 가장 좋다고 본다. 이렇게 하면 문제해결 욕구도 지속시킬 수 있을 뿐만 아니라 훨씬 더 빠른 학습 효과를 볼 수 있다.

어쨌든 나는 다른 과목보다 수학에서 많이 고전했지만 오히려 그 덕분에 결국에는 수학 공부를 가장 재미있게 했다.

3

영재가 아니어도
영재학교 간다

전국에서 난다 긴다 하는 아이들을

모두 만나보았다는 사실만으로도 충분히 행복했지만

나도 그들 사이에 끼고 싶었다.

보기만 해도 뭔가 천재적인 아우라가 느껴지는

그 친구들과 정말로 같이 공부하고 싶었다.

과학영재학교 합격자 발표가 나기 전까지

나는 정말 내가 알고 있는 신이라는 신들에게는 다 빌었다.

그만큼 간절하게 합격하기를 바랐다.

첫 번째 실패

초등학교와 중학교 때 나는 주로 인근 시립 도서관에서 공부를 했는데, 공부를 하다가 지루해지면 도서관에 있는 책들을 빌려다 읽곤 했다.

초등학교 5학년 때 미국 유학을 가리라 결심하긴 했지만 우리집의 형편상 그건 불가능한 일이나 마찬가지였다. 하지만 그때 나는 무슨 생각으로 그랬는지는 모르지만 『아이비리그로 가라』 등 유학에 관련된 책들을 많이 읽었다.

유학을 갈 수 없는 상황이었기에 더 집요하게 그런 책들을 보면서 아이비리그에 대한 꿈을 키웠던 것 같다. 그 꿈을 놓칠 것만 같은 상황이었지만 나도 모르게 책을 손가락으로 밑줄 쳐가면서 아이비리그 대학과 유학 준비에 대한 정보를 수집하는 데 집착했다. 그때 내 나이 겨우 열세 살에 불과했지만, 미국 유학에 대한 열망만은 무서울 정도로 나 자신을 사로잡았던 것 같다.

그때만 해도 내가 정말 아이비리그 대학을 갈 수 있을 것이라는, 아

이비리그에서도 최고 명문인 프린스턴 대학을 가게 되리라고는 상상
도 하지 못했다. 아이비리그에 진학한 사람들의 책, 아이비리그를 소
개하는 TV 다큐멘터리 등을 보면서 좌절될 수밖에 없는 꿈을 되새겼
을 뿐이다. 그럴수록 가슴은 시렸지만, 정말로 그 꿈을 실현시키리라
고는 생각하지 못했다. 그러나 포기하지는 않았다.

중학교 2학년 어느 날이었다. 그토록 잊혀지지 않을 것만 같던 『7막
7장』의 여운과 미국 유학에 대한 열망이 서서히 사라져갈 무렵, 어머니
가 뜻밖의 말씀을 하셨다.

"현근아, 강원도에 민족사관고등학교라는 데가 있는데, 여기 국제
반에 들어가면 유학을 갈 수 있단다. 너 여기 도전 한번 해볼래?"

그동안 무의식 속에 잠들어 있던 유학에 대한 꿈이 다시 고개를 드
는 순간이었다. 지금이야 국제반의 정원이 많이 늘고 지원자격도 완화
되었기 때문에 예전에 비해서 다소 입학의 문이 넓어지고 입시 정보도
많이 소개되어 있지만, 당시는 획기적인 시스템으로 막 부상하던 때이
고 입학 정원도 매우 적은 데다가 입시 정보 자체가 턱없이 부족해 부
산에서 민사고에 들어가기란 하늘의 별 따기나 다름없었다.

나는 본격적으로 민사고에 대해서 알아보기 시작했다. 민사고는 당
시 한국에서 미국 명문대학에 가기 위해서는 꼭 다녀야 할 정도로 교
육 프로그램이 유학에 맞춰져 있었기 때문에 상당히 매력적이었다.

'그래, 도전해보자. 그토록 염원했던 미국 유학이 아닌가.'

민사고는 국내반(민족반)과 국제반이 있었는데, 유학을 가기 위해서
는 국제반에 지원해야 했다. 나의 경우 내신은 문제가 되지 않았지만
TOEFL 점수가 문제였다. 국제반 지원에 요구되는 최소 TOEFL 점수

가 260점이었는데, 나는 중학교 2학년 때에야 CBT TOEFL(컴퓨터를 이용해서 보는 토플 시험) 준비를 시작했고 영어권 국가에서 살아본 경험도 전무해서 260점은 그 당시 나에게는 매우 힘든 점수였다.

나는 먼저 TOEFL에 집중하기 시작했다. 집중을 하기 시작했다고는 하더라도 집안 형편상 과외를 받을 수도 없었고 딱히 더 나은 학원도 없었기 때문에 나는 그동안 다니던 영어 학원에서 가르쳐주는 대로 TOEFL을 공부했다.

듣기(Listening), 문법(Structure), 독해(Reading) 그리고 영작(Essay Writing)으로 이루어진 TOEFL은 준비할 것들이 많았다. 학원에는 다행히 좋은 선생님이 계셔서 문법 문제를 매우 쉽게 풀 수 있는 비법을 가르쳐주셨는데, 문제는 그 나머지 부분이었다. 도대체 듣기와 독해, 그리고 영작은 배울 데도 없었고, 어떻게 접근해야 할지도 몰랐다. 더군다나 민사고 입시는 중3 중반에 있기 때문에 나에게 주어진 시간도 별로 없었다.

문법은 손쉽게 만점을 받을 수 있어서 조금 미뤄두고 듣기와 독해에 집중했는데, 그 당시 내 영어 실력으로는 그 부분이 그렇게 어려울 수가 없었다. 나름대로 또래 학생들보다는 월등히 영어를 잘한다고 자신해왔는데, 그게 착각이었음이 여지없이 드러나는 순간이었다.

어떻게 공부할지를 몰라 나는 TOEFL로 유명한 해커스 게시판에 가서 효율적인 공부 비법을 찾아보았고, 그 사이트 회원들이 추천하는 교재를 구해서 공부하기로 했다.

나는 고수들이 하는 얘기니까 그 방법이 좋으려니 하고 따라 했는데, 시간도 상당히 걸리고 비효율적이라는 느낌이 자꾸 들었다. 이렇게 공부 방법만 알아보느라 시간 소비를 많이 하고 정작 공부는 비효율적으로 하는 바람에 준비를 거의 못 한 채 TOEFL 시험을 봐야 했다. 너무 '비법'에 얽매인 나머지 정작 중요한 공부는 소홀히 하는 전형을 답습한 셈이었다.

그나마 다행스럽게도 그동안 고생하면서 공부한 것이 효과가 있었는지 실전에서는 250점 정도가 나왔다. 만약 자연계열 지원자격(부산시 수학과학경시대회 금상 이상 수상자라는 조건)이 만족되었다면 이 점수로도 충분히 국제반에 지원할 수 있었지만 동상을 받았기 때문에 260점이 나와야 국제반에 지원할 수 있었다. 그 전년까지만 해도 250점의 점수로도 충분히 국제반 지원이 가능했는데 안타깝게도 내가 지원하는 해부터 260점으로 커트라인을 높이는 바람에 국제반 지원을 못하게 된 것이다. 그래서 아쉽지만 국내반으로 지원을 하고 나중에 영어실력을 키워서 국제반으로 전과하리라는 계획을 세웠다. 포기하기에는 아직 이르다는 생각으로 나는 국내반으로 지원을 했다.

며칠 후, 1차 서류 전형 합격자 발표가 났고, 대략 30명 정도 되는 1차 합격자 명단에 내 이름이 있는 것을 확인하고 나는 뛸 듯이 기뻤다. 그런데 국내반에 요구되는 TOEFL 점수가 220점이었음에도 불구하고 1차 합격자들의 평균 점수가 거의 260점에 육박할 뿐만 아니라 국제반 1차 합격자의 평균이 277점이었던 것을 보고는 입을 다물지 못했다.

이제 남은 것은 2차 전형인 수학 면접과 논술이었다. 수학은 그동안 경시대회 공부를 해왔기 때문에 기본 실력을 믿었고, 당시에는 글 쓰는 것도 자신 있어서 2차 전형은 크게 신경을 쓰지 않았다. 그래서 별다른 준비를 하지도 않은 채 평소 실력으로 시험에 임했다. 자신감인지 오만함인지, 그토록 간절하게 바라던 꿈의 첫 계단에서 나는 믿을 수 없을 만큼 안이한 모습을 보였다.

드디어 2차 전형 날. 한 번도 속마음을 쉽게 드러내지 않으셨던 부모님도 내가 합격했으면 하는 바람을 감추지 않으셨다. 나도 그랬지만, 부모님도 그때까지만 해도 민사고의 비싼 학비에 대해서는 실감을 못하셨던 것 같다. 민사고는 설립자인 최명재 이사장님이 사재를 털어 기부한 돈으로 운영되는 학교로 알려져 있었다. 그러나 내가 고등학교에 진학하는 해부터 민사고는 자립형 사립고등학교로 전환되었다. 부모님께서는 2차 전형 날 있었던 1차 합격자 학부모에 대한 오리엔테이션 전까지는 그로 인해 가중되는 부담을 모르고 계셨다고 한다.

우리 가족은 하루 일찍 출발해서 원주의 찜질방에서 하룻밤을 묵은 뒤, 다음날 아침에 강원도 횡성에 있는 민사고로 향했다. 평화로운 교정, 고풍스런 학교 건물과 넓은 부지, 비가 온 뒤의 청명함을 품고 있는 수풀들이 나를 삼켜버릴 듯했다. 꼭 여기서 공부하고 싶다는 간절함이 나를 긴장시켰다. 준비가 잘 안 되어 있었던 탓에 더욱 그랬을 것이다.

점심은 학교 식당에서 먹었는데, 뷔페식이었다. 고등학교 식단이 맞나 의구심이 들 정도로 먹음직스런 음식들이었고, 여기에 합격하면 계속 이런 음식들을 먹겠구나 하는 생각에 벌써 합격이나 된 양 들떴다. 물론 그때는 시험이 걱정되어서 밥이 그다지 맛있게 느껴지진 않았지만 말이다. 우리 가족은 시험 전까지 남는 시간 동안 학교 주위를 둘러보았고, 나는 꼭 당당한 모습으로 이 교정에 다시 서리라 다짐했다.

시험 대기실로 들어가니, 다른 학생들은 정석 교재를 펼쳐들고 마지막 정리를 하느라 정신이 없었다. 나는 그 학생들의 그런 모습을 보고는 가슴이 덜컹했지만 '겁먹지 말자'고 스스로를 달랬다.

드디어 시험 시간. 처음에는 논술 시험을 봤는데, '노블레스 오블리주'(상류 계층이 행해야 할 사회적 임무)에 대해서 서술하는 것이었다.

평소 이 주제에 대해서는 관심이 많았던 터라 한국과 미국의 경우를 비교해가면서 나름대로 만족할 만큼 써 내려갈 수 있었다. 그런데 마지막 질문이 나를 난감하게 했다.

"민족사관고등학교 국내반에 입학이 된다면 국제반으로 전과할 의향이 있습니까?"

답으로는 '네', '모르겠습니다', '아니오' 세 가지가 제시되어 있었다. 나는 고민하지 않을 수 없었다. 아이비리그에 진학하는 것이 목표였기 때문에 마음 같아서는 국제반으로 전과하겠다고 답을 하고 싶었지만 국내반에 지원을 한 만큼 국내반에 대한 소신을 피력하기 위해 '아니오'라고 해야 할 것 같아 망설여졌다. 고민 끝에 나는 그냥 '모르겠습니다'로 답했다. 그런데 오리엔테이션에서 민사고가 전면적으로 국제반을 양성하는 정책을 시행하기 때문에 국제반으로의 전과를 장려한다는 설명을 들었다는 부모님의 말씀을 듣고는 나는 조금 후회가 되었다. 그냥 소신껏 '네'라고 답할 것을 너무 이것저것 따졌나 하는…….

두 번째로 수학 면접이 있었는데, 나는 수학 문제를 받자마자 당황했다. 분명히 경시 공부를 하면서 배웠던 내용인데, 좀처럼 풀이 방법이 생각나지 않는 것이었다. 내가 알고 있는 수학적 지식을 총 동원해 어찌어찌하여 풀이 방법을 생각해냈는데, 너무 끼워 맞추는 식의 풀이라는 판단이 들어서 그것을 발표하기는 꺼려졌다. 원래 나는 망설이는 성격이 아니라 항상 부딪히고 보는데, 이때에는 어쩐지 용기가 나지 않았다.

결국 두 문제 중에 한 문제에 대해서는 풀이 방법을 준비하지 않은 채로 면접실에 들어갔고, 나는 될 대로 되겠지 하는 마음으로 면접관 앞에서 문제를 풀기 시작했다. 나는 면접관님께 "한 문제는 풀었는데,

다른 한 문제는 풀이 방법을 잘 모르겠습니다."라고 말씀드렸다. 그러자 면접관님이 나에게 아예 풀이 방법을 가르쳐주시는 황당한 상황까지 벌어졌다. 그 풀이 방법이 내가 처음에 생각했던 끼워 맞추기 식의 풀이 방법과 같다는 것을 알고 얼마나 후회했는지. 왜 그때는 내 풀이 방법이 틀려 민망한 상황이 벌어지면 어쩌나 하는 걱정만 앞섰는지 모르겠다. 나는 내가 어렵게 생각해낸 풀이 방법과 똑같은 내용을 말씀하시는 면접관님을 그냥 묵묵히 그리고 참담한 심정으로 바라만 봐야 했다.

결국 2차 전형에서 아쉽게 떨어졌다. 안이한 생각으로 시험에 임했던 것에 대한 당연한 대가였다.

나는 내 자신이 너무나 한심스럽고 원망스러웠다. 세상을 다 잃은 기분이었다. 꿈을 이룰 수 있는 '유일한' 통로를 잃었다는 생각에 나 자신이 그렇게 미울 수가 없었다. 부모님은 내심 속상하셨겠지만 애써 아무런 내색을 안 하시는 듯했다. 그 이후에는 민사고에 대한 어떤 언급도 하지 않으셨고, 그냥 일상적이고 가벼운 얘기들로 화제를 돌렸다. 내 기분이 어떨지 누구보다 잘 아셨기 때문이다.

민사고 1차에 합격하고 나서 축하해주던 친구들에게도 부끄러운 일이었고, 담임선생님께도 정말 면목없는 일이었다. '부산이라는 지방에서 전교 1등을 해봐야 전국에서는 이렇게 깨지는구나.' 하는 괜한 피해의식에 사로잡혀 서러움만 복받쳤다. 그때부터 나는 꽤 오랫동안 지방에서 공부하는 것에 대한 열등감까지 갖게 되었다.

며칠 동안 아무것도 못하고 무기력하게 있었다. 이미 미국 명문대학을 향한 기차는 떠나갔고, 그것을 놓친 이상 우리집 형편으로는 이제 어떠한 방법을 써도 미국 대학으로 유학가는 것은 불가능해졌다. 실패 또한 인생을 살면서 소중한 경험이라는 자위도 해보았지만, 그것으로 나의 안일함이 용서되지는 않았다. '내 꿈이 무엇인가, 그 꿈을 이룰 용기와 의지는 있는가, 『7막 7장』을 보면서 홍정욱 씨의 열정적인 삶을 내 자신에게 투영시켰던 것은 한낱 치기 어린 감상에 불과했던가.' 나는 내 꿈을 추구할 가치도 없었다. 꿈이 있다면 그토록 안이해서는 안 되었다. 나는 나 자신이 너무 미워서 꿈을 가질 자격이 없는 녀석으로 낙인찍었다. 내 스스로 '완벽'이라는 이름에 흠집을 냈기 때문에 적어도 당분간은 그렇게 자숙할 필요가 있다고 생각했고, 그래서 미국 명문대학에 진학하고자 하는 나의 꿈을 일단 접어버렸다. 고통 없이 대가를 얻으려는 오만한 나에게 꿈 따위는 필요하지 않았다.

돌이켜 보면 민사고 준비에 있어서 가장 내가 부족했던 것은 바로 '합격할 수 있다'는 자신감이었던 것 같다. 항상 '내가 설마 되겠어? 전국에서 20명 정도 뽑는데 정말 내가 될까?'라는 생각으로 준비를 하다 보니 공부할 때 절박함이 생기지 않았고, 그것이 결과로 나타났다고 생각한다.

언젠가 고승덕 변호사님의 글에서 읽었던 것인데, 실제로 어떤 일을 할 때 무조건 자신이 해낼 것이라고 믿는 사람은 전체의 15%밖에 되지 않고, 나머지 85%는 '내가 될까'라는 의심과, '될지 안 될지 모르겠어'라는 불확신, '난 안 될 거야'라는 부정적 사고방식을 갖고 있다고 한다. 고승덕 변호사님은 항상 자신이 해낼 것이라고 믿는 경우였는데, 그렇게 하면 실제로 자신은 된다고 확신하는 그 15%의 사람들과만 경쟁하면 되기 때문에 유효 경쟁자 수는 엄청나게 줄어든다는 것이다.

확신이 없는 나머지 85%의 사람들은 이미 실패한 것이나 다름없기 때문이다. 이렇게 해낼 수 있다는 자기 암시는 엄청난 효력을 발휘한다고 했다. 나는 그것을 과학영재학교에 들어와서 체험했다. 모든 일을 할 때 '나는 반드시 된다', '해내고 말테다'라는 생각으로 임하면 정말 안 될 일도 된다. 우리 모두는 그럴 만한 힘이 있다. 진심으로, 때로는 바보같이, 자기가 될 것이라고 믿는 것이다. 설령 그 믿음이 터무니없다고 하더라도.

하늘이 준 또 한 번의 기회

민사고에 떨어진 후, 나는 다시 공부에 매진했지만 어딘가 마음 한 구석이 계속 허전한 것을 느꼈다. 꿈과 목표를 잃은 생활은 무미건조하기 짝이 없었다. 당시 경제적으로 힘겨운 나날을 보내시던 어머니께서 나에게 불현듯 민사고 진학을 권유하신 것도 지금 생각해보면 내가 꿈을 잃지 않도록 하기 위한 어머니의 속 깊은 배려였는지도 모른다. 나는 간절히 기적을 바랐다. 제발 다시 한 번의 기회가 나에게 손을 내밀어주었으면 하고 부질없는 소원을 빌고 또 빌었다.

그런데 지성이면 감천이라고 했던가. 정말 기적 같은 일이 일어났다. 나는 또 한 번의 기회를 얻었다. 이번에는 더 가능성이 희박했지만, 꿈을 향해 돌진하는 자에게 확률은 의미 없는 숫자에 불과했다.

아버지는 신문이나 잡지에 교육관련 기사가 나오면 그걸 스크랩해서 모아두셨다. 나는 가끔 그걸 들춰보곤 했는데 어느 날 거기서 눈에 번쩍 띄는 기사를 보았다.

내가 고등학교에 들어가는 해부터 '과학영재학교'가 생긴다는 것이 었다. 기존의 과학고가 원래의 취지에 맞지 않게 지나친 입시 위주의 교육 학원으로 변질되자 정부 차원에서 막대한 예산을 들여 '과학영재 학교'를 설립하게 된 것이었다. 다행히 과학영재학교는 바로 내가 살던 부산에 생기게 되었고, 기존의 부산과학고등학교가 과학영재학교로 시스템이 전환되는 형태였다. 학교 입시 설명회도 참가하고 신문 등의 매체를 통해 과학영재학교의 자료를 모은 결과, 해외 유학의 기회도 확대시킬 계획이 있음을 알게 되었다. 내가 꿈꾸던 아이비리그 입성, 그것을 다시 한 번 실현시킬 수 있는 기회가 온 것이다.

"바로 이거다! 여기에 한번 도전하는 거야."

나는 꼭 거기에 들어가고 말겠다고 다짐했다. 그러나 전국의 영재들 이 지원하는 학교에 합격하는 것은 역시 굉장히 어려웠고, 무엇보다도 나는 영재가 아니었다. 부모님께서는 내가 문과 성향이라고 강력하게 믿고 계셨지만 내가 과학영재학교에 지원하는 것에 대해서는 그다지 반대하지 않으셨다. 나중에 부모님께서 말씀하시길, 사실 당시에 내가 합격할 것이라고는 전혀 기대하지 않으셨다고 한다.

중학교 동창 중에서 윤환이라는 친구도 같이 과학영재학교에 지원 을 했다. 윤환이는 말 그대로 천재였다. 아무도 가르쳐주는 사람 없이 혼자서 중2때 하이탑 물리II 내용을 독파했을 뿐만 아니라, 수학I과 수 학II에 나오는 미적분과 대학 물리도 중3때 마스터했다. 가끔씩 쉬는 시간만 되면 윤환이가 있는 교실에 가서 수학이나 과학 문제에 대해서 애기하곤 했는데, 나는 솔직히 윤환이 정도의 수준이면 전국에서도 손 가락을 꼽을 만큼의 실력일 것이라고 생각했다. 그런데 막상 부산에서 열린 과학경시대회에서 윤환이는 동상을 받았을 뿐이다. 나는 그때

'윤환이도 동상밖에 못 받았는데, 도대체 부산에서 금상을 타는 학생이나 전국에서 상을 타는 학생들의 실력은 어느 정도일까?'라고 생각한 적이 있었다. 그런데 이제 그런 막강한 실력과 두뇌를 가진 아이들과 겨뤄야 하는 시기가 다가온 것이다.

재미있고 신선한 입시 전형

과학영재학교의 1차 시험은 서류 전형이었는데, 중학교 때의 내신과 수상 실적, 자기소개 에세이를 제출해야 했다. 내신 성적은 전 과목을 보는 게 아니라 수학과 과학 과목의 성적만 보는 것이었다. 일단 내신은 문제될 것이 없었고, 수상 실적도 큰 것은 아니지만 부산광역시 수학경시대회에서 수상한 경력이 있어서 1,500명을 뽑는 서류 전형에서 탈락할 것 같지는 않았다(현재는 1,800명을 선발한다). 에세이는 기초의학 연구를 위해 생물학을 전공하고 싶다는 희망과 내가 생각하는 생명과학의 비전에 대해 썼다.

다행히 1차는 무난하게 통과가 되었고, 문제는 최종 선발 인원의 1.5배수를 뽑는 2차 시험이었다. 2차 시험은 수학과 과학을 보았다. 나는 수학경시대회 준비를 했기 때문에 수학은 어느 정도 자신이 있었는데, 과학은 선행학습이 전혀 안 되어 있었다. 그렇다고 해서 시작하기에는 이미 늦어버린 상황이었다. 하지만 아무것도 안 하고 그냥 손을 놓고 있을 수도 없었다. '이미 늦었으니 평소 실력대로'라는 생각을 했다가 실패의 쓰라림을 맛본 것이 바로 얼마 전이었다. 최대한 할 수 있는 것은 다 해봐야 했다. 나는 어떤 시험이든지 간에 그 시험을 앞두고는 내 시간과 에너지의 100%를 그 시험에 올인하는 경향이 있다. 나에게 주어진 시간이 단지 며칠 아니 단 하루뿐이라고 해도 오로지 그 시험만을 생각하며 시험 1분 전까지도 준비하는 것이다. 항상 그러면서 최선의 결과를 만들어나갔다. 그건 시험에 대한 일종의 예의 비슷한 것이다. 민사고에 낙방했던 경험은 나로 하여금 그 예의를 갖추는 본연의 모습으로 돌려놓았다.

'영재성을 판별하는 시험을 본다고 대대적으로 공표한 상황에서 반드시 선행학습을 해야만 풀 수 있는 문제를 낼 리 없어'.

나는 기존의 경시대회 문제와는 다른, 창의성을 시험하는 문제가 나올 것이라고 확신했다. 일단 '창의력 경시대회' 홈페이지에서 지금까지 나왔던 기출문제들을 보고 답안을 분석했다. 시간도 별로 없는 상황에서 물리II, 화학II를 풀어보는 것보다 훨씬 도움이 되는 방법이라고 생각했다.

드디어 2차 시험. 첫 번째 시간에는 수학 시험을 보았는데, 역시 경시대회와는 판이하게 다른 유형의 문제였다. 퍼즐식의 문제도 있었고, 규칙성을 발견하는 문제도 있었는데, 기존의 경시대회처럼 유형을 완전히 익혀서 거기에 맞는 풀이법을 써내는 식이 아니었다. 그러나 수학경시대회를 준비하면서 배웠던 지식을 충분히 유용하게 써 먹을 수 있었다. 경시대회를 통해 얻은 지식이 직접적으로 도움이 되었다기보다는 어려운 문제를 해결하기 위해서 계속 고민하고 문제 접근 방법을 찾으려고 했던 경험들이 긍정적으로 작용했다. 선행학습, 한마디로 중학교 학생에게 고등학교 과정의 내용을 묻는 식의 문제는 없었다. 따라서 이 시험에 대비하기 위해서는 특목고를 준비할 때처럼 정석을 푸는 것이 필수사항은 아니었다. 오히려 평소에 수학에 관련된 서적, 예컨대 『수학의 정상이 보인다』와 같은 종류의 책을 보면서 수학적으로 생각하는 방법, 창의적인 문제해결 방법을 익혀 둔 것이 상당히 도움이 되었다.

두 번째 시간에는 과학 시험을 보았는데, 바로 여기서 나는 절망할 수밖에 없었다. 해저에 매장되어 있는 메탄가스를 안전하게 수면 위로 운반하는 방법을 묻거나 달의 위상 사진을 제시하고 위상 사이의 시간을 예측하라는 식의 생전 보지도 듣지도 못한 유형의 문제들이 대부분이었다.

나는 당황했지만, 내가 풀 수 있는 문제들에 대해서는 나름대로 최대한 답을 썼다. 그나마 '창의력 경시대회' 홈페이지에서 보았던 내용들이 도움이 되었고, 나는 거기서 배운 내용들을 최대한 활용하려고 애를 썼다. 민사고 수학 면접 때 내가 생각했던 풀이 방법이 틀렸을 것이라 단정하고 발표 못 한 것이 한이 되었던 터라 내가 할 수 있는 말을 모조리 썼다. 설령 그것이 틀리고 '소설'에 불과하더라도 밑져봐야 본전이었으니까. 딱히 이 시험은 선행학습을 한다고 해서 잘 풀 수 있는 유형은 아니었다.

입학하고 나서 알게 된 것이지만, 전국 과학경시대회에서 금상, 은상을 수상한 학생들도 2차 과학 문제가 상당히 어려웠다고 하니, 문제 유형이 경시대회와는 다른 것이 분명하다.

2차 시험을 끝내고 나서, 나는 허탈한 기분으로 패잔병의 몰골을 하고 집에 돌아왔다. 2차 시험을 보고 난 뒤 '정말 떨어지겠구나.' 하는 생각밖에 안 들었다. 수학 시험은 그럭저럭 보았다고 생각했지만, 과학은 정말 소설을 쓴 기분이었다. 가뜩이나 민사고에서 한 번 낙방한 경험이 있는 나로서는 또 한 번 낙방의 고배를 마신다는 게 너무 싫었다. 이번 기회마저 놓치면 내가 미국 유학을 갈 수 있는 길은 없다는 생각에 암담함마저 느껴졌다. 그동안 은연중에 스스로 공부를 잘한다고 생각했던 나에게 일침을 가하듯, 이때 내가 실감했던 벽은 경각심을 불러일으키기에 충분했다.

어느덧 2차 합격자 발표일이 다가왔다. 불합격에 대한 확신이 컸기에 마음을 비우고 있었다. 수험번호를 기입하고 주민등록번호로 검색을 했는데, 결과는 합격이었다. 순간 어리둥절했지만, 이제 최종 합격자의 1.5배수 안에 들었다는 사실이 나를 흥분시켰다.

'정말 될 수도 있겠다!' 는 생각이 강하게 들었다. 마치 민사고를 떨어지게 하고 과학영재학교로 나를 이끄는 초자연적인 힘이 있는 듯한 기분마저 들었다. 민사고를 준비할 때는 이상하리만큼 내 본연의 모습을 잃었고, 과학영재학교를 준비할 때는 운이 따라 주었으니 그런 생각이 드는 것도 무리는 아니었다.

이제 마지막 3차 시험만 통과하면 되었다. 나는 떨리는 가슴을 진정시킬 수 없었다. 이때도 우리 부모님은 여전히 '설마 되겠냐' 하는 생각을 하셨다고 한다.

마지막 관문

3차 시험은 3박 4일간 대전에 있는 카이스트(한국과학기술원, KAIST)에서 과학캠프를 하면서 진행되었다. 시험만 사흘을 치는 것이다. (현재는 4박 5일로 캠프 기간이 연장되었다.)

3차 시험은 먼저 과학 논술을 보며, 각각 9시간에 걸쳐 수리·물리 분야와 화학·생물 분야의 시험을 보고 나서 그 시험 시간에 자신이 작성한 답안을 선생님과 교수님들 앞에서 발표한 후, 인성 면접을 보는 것으로 마무리된다.

나는 2차 합격이 된 것을 안 즉시 우리집 옆에 있는 도서관에 가서 『과학동아』와 같은 과학 잡지 최근 1년치를 모조리 탐독했다. 과학 잡지에는 최신 과학 소식과 더불어 우리의 일상생활과 관련 있는 과학 지식들이 많이 있었기 때문이다. 이렇게 생명과학, 물리학, 생활 속의 과학 등 광범위한 과학 지식을 습득하면서 3차 시험을 준비했다. 이번에도 고등학교 과정에 대한 선행학습을 요구하는 문제는 출제되지 않을 것이라는 믿음이 있었다. 그렇지만 과학에서 기본이라고 할 수 있는 물리의 핵심 개념 정도는 알고 가야 할 것 같아서 『수학 없는 물리』라는 책을 구해서 읽었다. 설명이 쉽고 재미있게 되어 있어서 개념을 이해하는 데 많은 도움을 얻었을 뿐 아니라 물리 분야에 대한 흥미도 느끼게 되었다.

그리고 내가 전공하고자 하는 것이 생물학이었기 때문에 생물은 다른 과목보다 더 신경을 썼다. 생물II에 대한 내용은 '누드교과서'로 공부했다. 민사고를 준비할 때와는 다르게, 나는 이때 할 수 있는 모든 공부를 다 했고, 하루에 최소 열두 시간 이상은 무조건 공부했다. 더 이상 후회하고 싶지 않았고 후회해서도 안 되는 절박한 상황이었다.

드디어 3차 시험날이 다가왔다. 그날따라 창공의 푸름과 까치의 울음소리가 유난히 길조를 암시하는 듯했다. 나는 뒤쪽에 책가방, 앞쪽에 옷가방을 매고 홀로 대전으로 향했다. 웬일인지 아주 기분이 좋았고 시험을 앞둔 사람답지 않게 마음도 가벼웠다. 시험에 자신이 있기 때문이 아니었다. 나는 두 가지 이유로 흥분하고 있었다. 첫 번째 이유는 바로 내가 과학영재학교에 입학할 가능성이 2/3나 된다는 사실이었다. 시작할 때까지만 해도 막연하던 것이 이제는 구체적인 가능성으로 눈앞에 다가왔다. 게다가 안 될 가능성보다 될 가능성이 높지 않은가.

두 번째는 말로만 듣던 전국의 '지존'들을 직접 눈으로 볼 수 있다는 것이었다. 나에게 동경의 대상이었던 공부의 지존들. 그 아이들은 내가 감히 범접할 수 없는 세계에 있었다. 전국대회에서 금상, 은상을 수상하는 그 얼굴들을 실제로 본다는 것만으로도 가슴 벅찬 일이었다.

카이스트에 도착해서 곧 캠프 내내 지내게 될 방을 배정받았는데, 같이 방을 쓰게 된 두 명의 학생은 모두 컴퓨터를 전공하는 친구들이었다. 서먹서먹한 분위기 속에서 그 중 한 친구가 말을 꺼냈다.

"음악 들을래? 노트북 가져왔는데."

대구에서 온 추승우라는 아이였는데, 말 그대로 내가 지금까지 한 번도 못 봤던 '컴퓨터 천재'였다. 승우는 초등학교 4학년 때 최연소 기록으로 정보처리기능사를 포함한 다양한 컴퓨터 자격증을 취득했고, 정보올림피아드에서도 대상을 차지한 경험이 있었다. 그리고 승우가 초등학교 때 개발한 컴퓨터 프로그램이 이미 시판 중이라고 했다. 또 같은 방에 있었던 동현이란 아이도 승우 못지않게 컴퓨터와 기계에 관한 한 도사였다.

룸메이트가 된 친구들과 이런저런 얘기를 하면 할수록 정말 그들의 경력은 끝이 없는 듯했고, 나는 그 사이에서 입도 뻥긋할 수 없었다. 나도 나름대로 열심히 살아왔다고 자부했는데, 나는 그동안 무엇을 했나' 하는 생각까지 들 정도로 그 친구들이 거대하게 보였다. 나를 제외한 룸메이트 두 명이서 서로 컴퓨터에 대한 얘기를 주고받는데, 기계에 약한 나는 도대체 한마디도 알아들을 수가 없었다. 만에 하나 내가 입학하게 된다고 해도 이들과 같이 경쟁하며 지내야 한다고 생각하니 마음이 무거웠다.

3차 시험은 최종합격자의 1.5배수가 봤는데 확률로 따져보면 같은 방을 쓰는 세 명 중 한 명이 떨어지는 꼴이었다. 내 생각에는 진짜 '영재'임이 분명한 승우가 떨어질 것 같지는 않았다. 동현이도 아는 게 많은 걸 보니 합격할 것 같았다. 우리 방에서 한 명이 떨어지게 된다면 그게 바로 내가 될 것 같아서 나는 정말로 불안했다. 결과적으로는 그때 같은 방을 썼던 우리 셋은 모두 합격해서 나중에 다시 만나게 되었지만 말이다.

승우가 노트북을 들고 있는 덕분에 우리 방에는 많은 사람들이 찾아왔다. 영수도 그 중 하나였다. 처음에는 웬 꼬맹이가 형을 따라왔나 싶었는데 그도 그럴 것이 그때 영수의 나이가 겨우 만 열두 살이었다. 나보다 세 살이나 어린 녀석이 과학영재학교 3차 시험까지 왔다는 것이 놀라웠다. 키도 조그마한 게 성격은 엄청나게 당찼고, 물리를 전공하고 싶다는 이 녀석의 입에서 나오는 말들은 전부 내가 알아들을 수 없는 미지의 언어였다. 그때 나는 기분이 상당히 착잡해졌다. 도대체 여긴 무슨 세상인가, 내가 올 곳이 맞긴 한지, 세상에는 얼마나 많은 천재들이 있는 건지 다시 한 번 큰 벽에 쾅하고 부딪힌 느낌이었다. 더군다나 이 녀석들은 전국에서 이름을 날리던 친구들이라 다들 출신 지역이 달라도 서로를 이미 알고 있었다. 승우와 영수는 '한국물리토너먼트'라는 전국대회에서 결승전 상대로 만났던 사이였다.

영수는 열두 살이었고 컴퓨터 천재인 승우는 나보다 한 살이 어렸으니, 어린 녀석들 사이에서 나는 어지간히 기가 죽어 있었다. 그랬지만 한편으로는 내가 조금만 더 노력하면 이 녀석들과 같이 공부할 수 있다는 사실에 흥분이 되었던 것도 사실이다. 만약 합격한다면 앞으로 펼쳐질 학창시절이 얼마나 재미있고 독특할지 무척이나 기대되었다.

첫날 시험은 과학 논술이었다. 자신의 미래 모습을 예상해 서술해보라는 문제가 주어졌다. 나는 20년 뒤 내가 프로테움(proteom: protein과 -ome의 합성어로서, 게놈 프로젝트가 DNA를 총체적으로 연구하는 프로젝트라면 프로테움은 유전자의 발현 산물인 단백질에 대한 총체적 연구 프로젝트로서 게놈 프로젝트를 잇는 차세대 개념이라고 할 수 있다.) 프로젝트를 수행하는 책임자로서 기자회견을 통해 연구의 과정과 그 성과를 밝히는 것까지 현재형으로 사실감 있게 서술해나갔다. 쓰다 보니 정말로 그런 프로젝트의 책임자가 된 듯한 느낌이 들었고, 그 느낌에 들뜨고 행복해서 시험을 보고 있다는 사실도 잠시 잊었다.

하루가 지났을 뿐인데 캠프에 참가한 친구들은 금방 친해졌다. 다 같은 또래들이다 보니 쉽게 친해졌고, 집이 아닌 곳에서 같이 며칠을 지내니 수학여행이라도 온 듯한 기분도 들었다. 하지만 나는 아무래도 다음날 있을 9시간에 걸친 수리·물리 분야 시험이 걱정되었다. 더구나 물리는 기본도 모르는 상황이었다. 물리II 교재를 걱정스럽게 들여다보고 있는데 승준이라는 친구가 말을 걸었다.

"뭐 해?"

"어, 물리가 걱정돼서. 물리 잘하면 좀 가르쳐줄래?"

나는 그냥 지나가는 말로 한 것인데 승준이는 아주 흔쾌히 하루 종일 역학에 대해 설명해주었다. 나는 승준이 덕분에 기초적인 내용은 어느 정도 파악할 수 있었고, 동시에 그 정도의 지식을 이미 축적해서 능숙하게 가르쳐주기까지 하는 그 친구에게 놀랐다.

다음날은 9시간 동안 수리·물리 분야 필기시험을 보았는데, 정답이 없기 때문에 나름대로 답을 서술하거나 사고 실험을 통해서 보고서를 쓰는 시험이었다.

'아, 정말 9시간 동안이나 한 과목을 어떻게 시험보지? 수능도 9시간은 안 보는데…….'

첫 문제를 받아보자 여기저기서 '큭큭'거리는 소리가 들렸다. 다들 문제를 보고 당황한 나머지 기가 차서 나오는 탄성이었다. 아무리 경시대회에 자주 참가하여 다양한 유형의 어려운 문제에 익숙해졌다 하더라도 예상을 완전히 벗어난 문제 유형을 보고는 당황하지 않을 수가 없었던 것이다. 네 개 행성과 달에 대한 데이터와 국문 및 영문으로 쓰여진 대학교재에서 발췌한 형태로 된 한 뭉치의 참고자료를 주고는 주어진 데이터를 이용해서 '신의 입장이라고 생각하고 새로운 태양계를 구성하라'는 것이었다. 그 큰 문제에 따라 나오는 작은 문제들도 많았는데, 그중에는 새로운 태양계의 지구 속에서 음력과 양력 달력을 작성하는 문제도 있었다. 결국 새로운 지구의 공전과 자전 주기, 위성인 달의 공전 주기를 계산하는 것이었다. 자료집에는 필요한 내용들이 모두 들어 있었다. 힘의 정의와 원리부터 뉴턴과 케플러 법칙을 비롯한 역학 법칙과 블랙홀에 대한 내용까지 모두 있었다. 사서삼경 중 하나인 『서경』에서 발췌한 음력, 양력 구분과 관련된 내용은 한문으로 되어 있어 이것을 이용해야 하나 말아야 하나 적지 않게 당황했다. 이 부분에서는 아무래도 과학경시대회를 준비했던 학생들이 유리했을 것이라 생각된다. 이미 고등학교 물리를 공부한 학생들은 문제해결에 필요한 공식을 다 알고 있었을 테니. 나는 이 분야에 대한 지식이 전무했기 때문에 문제가 무엇을 요구하는지를 파악한 다음, 자료집에서 관련된 내용을 공부하면서 문제를 풀었다. 시험 시간이 9시간이나 되었기 때문에 공부를 하면서 문제를 푸는 것이 불가능한 일만은 아니었다. 나름대로 필요한 지식을 제대로 이해했다고 생각하고 공식을 적용해가면서 문제를 풀었다.

나는 그때 얼마나 선행학습이 안 되어 있었는지 만유인력의 법칙인 Gmm'/r^2도 몰랐다가 그 공식을 문제를 푸는 과정에서 알 정도였다. 그것마저도 내가 공식을 잘못 적용했다는 것을 나중에 다른 학생들과 답을 토론하는 과정에서 알게 되었지만, 어쨌든 시험을 보면서 공부하는 색다른 경험을 하게 되어 재미있었다.

물론 선행학습이 안 되어 있던 나로서는 자료집을 보면서 내용을 찾고, 그림을 그려가며 답안을 성의 있게 작성하기에는 9시간도 부족했다. 점심시간이 중간에 주어지긴 했지만, 1~2분 만에 급하게 먹어치우고 바로 다시 문제 풀이에 돌입했다.

반면에 내 주위에는 점심때쯤 문제를 이미 다 풀고 여유 있게 자는 학생도 있었다. 나중에 학교에 입학한 뒤 그 시절을 얘기하곤 했는데, 나처럼 9시간을 전부 써가며 열심히 문제를 푼 학생이 그다지 많지는 않았다. 9시간에 걸친 시험을 마치고 내가 받은 느낌은 그저 '재미있다', '신선하다'는 것이었다. 9시간도 생각만큼 길게 느껴지지 않았을 뿐만 아니라 오히려 짧았고, 재미있는 문제를 보고 나름대로 해결해가는 과정이 상당히 흥미로웠다. 나름대로 시험을 잘 봤다고 생각하고 시험장을 나서니 같은 중학교 출신인 윤환이가 풀이 죽은 얼굴로 나오는 것이 눈에 들어왔다.

"아, 정말 나보다 못 푼 사람은 없을 거 같애. 넌 잘 쳤나?"

물리와 수학에 특출한 재능을 가진 윤환이었는데, 못 풀었다는 것이 이해가 안 갔다.

"뭐가 그렇게 문제였는데?"

"한 문제는 아예 손도 못 댔어."

"꼭 다 안 풀어도 하나라도 특출한 답안이 있으면 높게 평가하니까, 너 정도면 문제없을 거야."

그렇게 나는 윤환이를 위로해주었다. 그리고 윤환이가 합격하지 않는다면 그것은 선발 과정에 문제가 있는 것이라 확신했다.

다음날은 화학, 생물, 지구과학이 복합적으로 결합된 문제가 나왔는데, 주제는 '물'이었다. 물에 대한 자료를 주고 물이 초래할 수 있는 질병을 기술하라는 문제, 물을 이용해서 자기만의 실험을 설계하고 그 결과를 기술하라는 문제 등이 나왔는데, 나는 물과 레이저를 이용해서 유전자를 분석하는 방법에 대해서 썼다. 이때 내가 그동안 3차 시험에 대비해서 읽었던 『과학동아』의 지식, 생물II를 독학하면서 배운 지식 등을 최대한 활용했다. 나는 약간 억지로라도 과학 잡지에서 읽었던 지식을 사용하려고 노력했고, 덕분에 나름대로 그럴싸한 답안을 만들어냈다.

시험이 다 끝나고 나서, 나는 2차 시험을 친 뒤에는 느끼지 못했던 유쾌한 기분이 들었다. 문제도 무척 재미있었고, 많은 걸 얻어가는 것 같았기 때문이다. 설령 떨어진다 하더라도 그토록 동경해왔던 전국의 뛰어난 학생들을 직접 봤다는 것만으로도 만족스러웠고, 그 만남이 앞으로의 내 공부에도 충분한 자극이 될 것이라 믿었다. 더군다나 이기적일 것이라고 생각했던 '영재' 친구들이 문제에 대해서 자유롭게 토론하고 의견을 공유하는 모습이 정말 인상 깊었고, 내가 바랐던 이상적인 학교의 모습을 연상시켰다.

마지막 날에는 인성 면접과 내가 이틀 동안 총 18시간에 걸쳐 작성한 답안을 교수님들 앞에서 발표하는 관문이 남아 있었다. 발표와 면접을 앞두고 대기실에서 모두들 긴장하며 대기하고 있을 때, 안내를 담당하는 카이스트 학생 분이 대기하고 있는 우리들 명단을 죽 보시더니, "어? 여기에 90년생도 있어? 한번 손들어 봐." 하셨다.

이내 영수가 손을 번쩍 들었다.

"내가 살다가 이렇게 기가 막힌 적은 또 처음이네. 90년생이면 지금 나이가 몇 살이야, 도대체? 고작 열두 살이잖아. 너는 그냥 이번에 바쁜 87년생을 위해 양보하지 그러냐."라고 농담 섞인 어조로 웃으며 말씀하셨다. 그러자 영수는 "안돼요, 붙어야 돼요."라고 당차게 말했다.

우리는 그런 영수가 귀엽다는 듯 키득거리며 웃어넘겼다. 이때까지만 해도 이렇게 어린 녀석이 정말로 붙을까 의구심을 품고 있었지만, 영수는 보기 좋게 합격해서 입학할 때 집중적인 스포트라이트를 받았다. 그리고 과학영재학교에서도 좋은 성적을 유지하여 '최연소 MIT 합격'이라는 기록으로 우리를 한 번 더 놀라게 했으니, 이 녀석의 가능성은 어디까지인지 지금도 짐작이 안 될 정도다.

수리·물리 시험과 화학·생물·지구과학 복합 시험을 보고 난 뒤 우리는 각자의 답안에 대해 토론하면서 무엇이 문제였는지, 개선 방향이 무엇이었는지 알고 있는 상태였기 때문에 교수님들 앞에서 발표할 때는 내가 문제를 푸는 데 착안했던 아이디어 위주로 설명을 했고, 구체적인 계산 같은 것은 생략했다. 더구나 만유인력 법칙을 내가 몰라서 잘못 사용했던 것은 분명히 지적될 만한 내용이었기 때문에 내가 선수를 쳐서 "제가 그 공식을 아직 배우지 못해서 공식을 잘못 사용했는데, 제대로 푼다면 이렇게 적용해야 합니다."라고 정정했다.

물에 관련된 복합 문제에 대한 풀이를 설명할 때는 주로 내가 고안한 실험에 대한 내용을 발표했는데, 솔직히 약간 픽션의 느낌이 들긴 했지만, 물과 레이저를 이용해 DNA 단편을 조사한다는 것이 참신했다고 평가되었던 것 같다.

인성 면접 시간에는 두 분의 선생님이 계셨고, 말 그대로 편한 분위기 속에서 진행되었다. 친구들에게 듣기로는 선생님마다 아주 전문적인 지식을 물어보는 경우도 있었다고 하니 그런 면에서는 나는 운이 좋았다. 인성 면접을 보다가 조금 당황했던 순간이 있었는데, 면접관 선생님께서 나의 중학교 성적표를 보시더니 갑자기, "보통 영재들은 한 분야에 매우 뛰어나서 수학이나 과학 성적만 좋은 경우가 많은데, 넌 어째 전 과목이 다 좋냐? 이건 영재의 특성이 아닌데."라고 말씀하신 것이다. 사실 선생님 말씀이 일리가 있었기 때문에 어떻게 대답을 해야 할지 상당히 난감했다. 그러다가 갑자기 양자역학의 창시자 막스 플랑크의 얘기가 생각났다.

흑체 복사 이론으로 양자역학을 창시한 막스 플랑크라는 물리학자가 있죠. 이 분은 어렸을 당시 수학이나 과학에 특출한 재능을 보인 것은 아니었습니다. 전 과목을 두루 잘했고, 그나마 그것도 1, 2

등을 할 만큼 잘한 것은 아니었죠. 그러나 대학에 진학한 뒤 열역학에 흥미를 느껴서 물리학을 파고들었고, 평소 번뜩이는 아이디어보다는 꾸준한 노력으로 연구하는 그의 성격 덕분에 결국 양자역학의 창시자라는 위치까지 올라갔습니다. 제가 수학, 과학뿐 아니라 다른 인문 과목 점수가 높다는 것이 과학자의 길을 걸을 때 마이너스 요인이 된다고는 생각하지 않습니다. 오히려 복합적인 인재를 요구하는 현 상황에서 그것은 더욱 빛을 발할 것이라고 믿습니다.

선생님께서는 고개를 끄덕이셨고, 나는 속으로 안도의 한숨을 내쉬었다. 아마 과학 잡지에서 막스 플랑크에 대한 내용을 읽지 못 했더라면 절대로 답변하지 못했을 것이다.

3차 캠프가 모두 끝난 뒤, 우리는 서로가 경쟁자라는 생각이 전혀 안 들 정도로 친해졌고, 모두 같은 곳에서 공부하게 되었으면 하는 마음이 간절해졌다. 꼬맹이 영수, 컴퓨터 천재 승우, 중학교 동창 윤환이, 물리 강의를 해주었던 승준이, 모두 다시 만나고 싶었다.

전국에서 난다 긴다 하는 아이들을 모두 만나보았다는 사실만으로도 충분히 행복했지만 나도 그들 사이에 끼고 싶었다. 보기만 해도 뭔가 천재적인 아우라가 느껴지는 그 친구들과 정말로 같이 공부하고 싶었다. 과학영재학교 합격자 발표가 나기 전까지 나는 정말 내가 알고 있는 신이라는 신들에게는 다 빌었다. 그만큼 간절하게 합격하기를 바랐다.

내가 3차 시험을 끝마치고 돌아와 흥분된 얼굴로 그때의 감흥을 주저리주저리 늘어놓는 모습을 어머니는 아직까지도 생생히 기억하신다고 한다.

엄마, 엄마. 90년생밖에 안 된 영수라는 녀석을 봤는데요, 그 애는 BBC 방송에서 영재로 소개되기도 했는데, 장난 아니에요. 아는 게 정말 많더라구요. 뭐 그 애 말고도 승우라는 녀석이랑 룸메이트를 했는데, 애는 완전 컴퓨터 도사인데다가…….

나는 내 길을 간다

무더위도 한풀 꺾인 9월 초순. 드디어 최종 합격자 발표가 있는 날이자 내 인생의 전환점이 될 순간이 다가왔다. 결과 발표가 아직 나오지 않아서 나는 컴퓨터를 켜 놓은 채로 함께 3차 시험을 본 친구와 메신저에서 수다를 떨고 있었다. 그러다가 한 시간쯤 지났을까. 친구의 메시지가 컴퓨터 창에 떴다.

"결과 발표 지금 났는데, 아……나 떨어졌어."

그 메시지를 보자마자 나는 손이 떨려서 위로의 답장도 못해주었다. 한참 심호흡을 한 뒤, 친구에게 위로의 말을 전하고 조심스럽게 결과 발표를 조회했다.

'합격일까, 불합격일까. 제발……하늘이 또 한 번의 기회를 내게 준 것은 그만한 이유가 있을 거야. 아, 제발…….'

크게 심호흡을 한 번 더 한 뒤, 나는 '조회' 버튼을 클릭했다. 결과를 보고, 난 그 자리에서 일순간 마비되었다. 숨도 끊기고, 아무런 생각도 들지 않았다. 몇 초 정도 정적이 흐른 뒤, 드디어 함성이 터져나왔다.

"아싸!!! 붙었다. 붙었어!"

나는 돌아가신 외할머니에게 손을 모아 기도를 했다. 사실이든 아니든 나는 외할머니가 하늘에서 나를 잘 이끌어주시고 있다고 믿었다. 그래서 종교는 없었지만 항상 큰 일이 있을 때마다 하늘에 기도를 하는 버릇이 있었다. '할머니, 정말 감사합니다!'

나는 아버지께 먼저 전화를 드렸다.

"아버지, 저 과학영재학교에 붙었습니다!"

아버지의 반응은 의외로 차분했다.

"허허, 그래? 음……그럼 거기 갈 거냐?"

"당연하죠. (아니, 그걸 말이라고 하십니까?)"

"음, 그래. 집에 들어가서 얘기하자."

나는 아버지의 반응에 적지 않게 실망했다. 당연히 좋아하실 줄 알았는데 칭찬은커녕 입학에 대해서 나중에 얘기하자시니, 도대체 무엇을 얘기해보자는 말씀이신지. '설마 안 보내주시겠다는 말씀은 아니겠지?' 하면서도 불안한 생각이 들었다.

하지만 나는 꼭 가야만 했다. 내 인생의 주인은 나요, 내 운명의 선택은 내가 한다고 마음을 다잡았다.

나의 적성이 이과보다는 문과 쪽이라고 믿고 계셨던 아버지는 강경하게 반대하시는 입장은 아니었지만, 신중하게 고려해볼 필요가 있다고 조심스럽게 말씀하셨다.

"현근아, 네가 일반 고등학교에 진학한다면 인문 공부도 하고, 과학 공부도 하면서 네 적성을 발견할 수 있을 거야. 그런데 만약 과학영재학교에 가게 된다면 너의 진로가 하나로 굳어지진 않을까 아버지는 염려스럽다. 다른 길은 생각하지 않고 과학만 공부하는 것은 그만큼 위험을 동반하는 것인데, 과학영재학교에 가서 후회하지 않고 잘해낼 자신이 있니?"

나는 아버지께서 고등학교 시절 무리하게 적성에 맞지 않는 이과 공부를 하시다가 후회하셨던 적이 있다는 것을 잘 알고 있었다. 그렇지만 나는 스스로의 길을 만들어나가고 싶었다. 항상 "나는 네가 어떻게 살든지 네 뜻대로 살길 바란다. 내가 절대로 어떻게 하라고 강요하거나 간섭하진 않을 거야."라고 입버릇처럼 말씀하시던 아버지셨기에 그런 내 뜻을 지지해주시기를 바랐다. 나는 입학해서도 잘할 자신이 있었고, 무엇보다 시도해보지도 않고 포기하는 것은 내 성격에 맞지 않았다. 어떻게 될지 모르는 일에 대해서 현실과 타협하는 것은 실패자나 하는 일이라고 믿었다. 하다가 너무 힘들면 중간에 포기해도 결코 늦지 않다고 생각했다.

부모님께서는 여전히 염려를 하셨지만 결국은 내 인생은 내가 개척하는 것이 아니던가. 항상 최고가 되기 위해서 노력했던 나는 평범해지지 않기 위해서라도 힘든 길을 가야 했다. 평범하지 않다는 것은 새로운 도전과 외로움을 동반하는 일이다. 그러나 나에게는 평범해진다는 것이 오히려 내 자신에 대한 죄악처럼 느껴져서 더욱 힘들었다. 결국 부모님은 나의 뜻을 꺾지 못하셨다. 내가 이미 오래전에 공부에 있어서는 부모님으로부터 독립했기에, 그때 부모님도 나를 믿어주시지 않았나 생각한다.

이렇게 나는 당당히 합격하고서도 부모님을 설득하는 과정을 거쳐서야 과학영재학교에 입학할 수 있었다. 비록 엄청나게 힘들긴 했지만, 결국에는 부모님의 염려와는 달리 나는 과학영재학교에 잘 적응했다. 나는 지금 과학영재학교에 입학했던 것을 최고의 선택이라고 생각하고 있고, 만약 그때 내 뜻을 굽혔더라면 너무나 후회했을 것이라고 생각한다. 과학영재학교에서 과학을 배우면서 내 사고방식은 과학적이고 합리적으로 발전했고, 동시에 실증적이면서도 유연성 있는 사고를 하게 되었다. 과학을 배우지 않은 사람들이 쉽게 빠지는 독단이나 오류로부터 나 자신을 지킬 수 있었다. 무엇보다도 정말 훌륭한 친구들과 3년을 함께 공부하면서 더 넓은 세상에 대한 시야를 얻고 더 큰 꿈을 현실로 만들 수 있다는 자신감을 얻었다. 그리고 나는 과학영재학교에 있으면서 다시 한 번 내 적성을 발견할 수 있었다. 고2 때 서울대학교에서 연구 프로젝트를 할 당시 서울 법대생과 룸메이트를 했는데, 나는 그 분이 공부하던 법학 교재를 보고 머리가 어지러웠다. 부모님조차 내가 타고난 문과 체질이라고 믿으셨지만, 나는 사실 대부분의 문과 공부가 그러하듯 무작정 엄청난 분량을 외우는 것보다는 과학에 나오는 공식이나 메커니즘을 이해하는 것이 더 흥미로웠다. 문과에서는 법학보다는 논리학이 훨씬 매력적으로 다가왔다. 그래서 과학과 인문 사회학이 통합된 공부가 나에게 가장 적합하다고 판단하였고, 이것은 내가 과학영재학교에 가지 않았다면 발견하지 못했을 것이다.

그리고 나는 혹시 내가 과학영재학교에 가서 적응하지 못하진 않을까 실패하진 않을까 걱정하지 않았다. 실패를 하더라도 내가 진정으로 추구하는 길을 가는 데 후회를 남기고 싶지 않았다. 아버지는 언젠가 이렇게 말씀하신 적이 있다.

내가 지금까지 인생을 살면서 배운 삶의 철학이 있다면, 그것은 다름이 아니라 행복해야 한다는 것이야. 그러나 결과가 아니라, 살아가는 과정에서 행복을 찾을 수 있어야 해. 일제시대나 군부독재 시절에 민족운동이나 민주화운동을 하다가 감옥에서 지독한 고문을 당했던 사람들, 그 사람들도 힘들지만 그 속에서도 결국은 자기가 행복하기 때문에 계속할 수 있었던 거야.

인생은 결과가 아니라 과정이고, 여행이라 했다. 그 여행이 즐거운데, 중간에 몇 번 넘어졌기로서니 그것이 무슨 큰 대수일까. 나중에는 부모님도 과학영재학교로 진로를 결정했던 내 생각에 충분히 동의를 하시고 전폭적인 지지를 보내주셨다.

내 과학 적성은 60점?

과학영재학교에서는 입학 전에 신입생들을 대상으로 능력 검사(수리력, 과학 사고력, 추리력 등을 평가하는 검사)를 실시했다. 사전교육 기간 동안에 검사 결과를 가지고 담당 선생님과 여러 가지 상담을 하는 시간을 가졌는데, 그때 나는 내 결과를 보고 상당히 낙담했다. 과학 사고력 60점. 다른 동기 친구들은 대부분 80~90점대를 받았는데 내가 이과 적성이 아니라는 아버님 말씀을 증명이라도 하듯 보기 좋게 60점을 받은 것이었다.

'어쩐지 과학 문제가 어려워서 찍었더니…….'

그나마 가장 높았던 것이 추리력 86점이었고, 나머지는 대부분 동기들 중에서 가장 하위권이었다. 담당 선생님께서는 능력검사 결과와 함께 적성검사 결과도 보여주셨는데, 내 적성에 가장 맞는 분야는 법학(99점), 외국어(99점)였다. 과학은 95점 정도로 중간 정도 순위에 있었다.

'맙소사. 과학영재학교에 입학한 녀석이 법학과 외국어가 가장 적성에 맞고 과학 사고력이 60점이라니.'

입학 후의 공부를 어떻게 감당할지 막막하기만 했다. 나는 패잔병처럼 터벅터벅 교실에 들어섰고, 친구들은 능력검사 점수를 나에게 물어왔다. 대답할 기분이 아니어서 가만히 있는데 누군가 "아, 나는 과학 사고력이 겨우 80점밖에 안 되고, 수리력도 87점이야. 다른 애들은 대부분 90점대이던데. 아, 난 어떡하냐." 하고 큰 소리로 말했다. 이 말은 내 가슴을 후벼 파다 못해 난도질을 했다.

'제길, 그럼 난 뭐야……'

단지 능력검사 점수일 뿐이지만 적어도 나에게는 앞으로 내가 받게 될 성적표가 될 것 같아 두려웠다.

"넌 문과 적성이야. 과학을 계속 고집하다가는 네 적성에 안 맞아서 후회할 거야."라고 말씀하시던 아버지의 음성이 메아리쳤다. 특별해지고 싶은 욕심에 내가 무리하게 과학영재학교에 들어온 것인가 하는 갈등이 끊이지를 않았다. 사실 내가 판단해도 나는 그때까지 문과적인 성향이 다분했다. 수학이나 과학에 그다지 특출한 것은 아니었으니 말이다.

우울한 마음으로 계속 고개를 떨구고 있는데 어느 순간 한 친구가 요란하게 우리 교실로 들어왔다. 성격 털털하고 착하기로 유명한 동욱이였다.

"야, 나 능력검사 결과 완전 망했어."

순간 귀가 솔깃해졌다. 동욱이는 점수가 어떻게 나왔을까 궁금해서 조심스럽게 물어보았다.

"동욱아, 너 과학 사고력 몇 점 나왔냐?"

"크큭. 56점. 쪽팔린다, 진짜. 하하."

동욱이는 전국 과학경시대회에서 은상을 수상할 정도로 나와는 실력 차이가 많이 나는 친구였는데, 동욱이가 56점이라고 하니까 조금은 위안이 되었다.

'나보다 점수를 낮게 받았는데도 동욱이는 저렇게 털털하게 넘겨 버리는데, 나는 이게 뭐람. 그래, 전국에서 은상을 탄 녀석도 56점인데 60점이면 뭐 어때. 상관없어.'

나는 그렇게 스스로를 달랬다.

과학영재학교의 사전교육, 그리고 희망

과학영재학교는 입학하기 전 최종 합격한 학생들에게 사전교육을 실시한다. 내가 입학하기 전에는 사이버 교육과 영어 집중교육을 실시했다. 사이버 교육은 영어와 과학 두 과목에 걸쳐서 4주 동안 5회 과제를 제시한 뒤 학생이 답안을 자유롭게 작성하여 제출토록 하는 식으로 진행되었고, 영어 집중교육은 직접 학교에서 3~4주간 지내면서 TOEFL과 원어민 회화 수업을 집중적으로 하는 것이었다.

사이버 교육은 중학교 3학년 2학기 동안 받았다. 매주마다 각각 물리, 화학, 생물, 지구과학과 관련된 과제가 제시되었고, 우리는 약 1주일 안에 과제를 해결해서 제출하고, 또 다른 과제를 새롭게 받았다. 영어 역시 마찬가지로 다양한 과제들이 제시되었다. 나는 리포트 형식의 과제만큼은 누구보다도 열성적으로 준비하는 스타일이었다. 분량도 많이 하고, 사진을 첨부하거나 문서편집도 신경쓰는 등 시각적으로도 보기 좋게 해서 노력한 흔적을 많이 남기려고 애를 썼다.

사이버 교육을 받을 당시 영어 과제는 그리 큰 문제는 아니었다. 비록 민사고 입시에서 낙방은 했지만, 민사고를 준비하면서 쌓아놓았던 영어실력은 여전히 유용했기 때문이다. 나는 내가 아는 내용을 최대한 쓰면서 성실하게 리포트를 작성하였다. 작문을 하는 부분에서는 그동안 TOEFL 에세이를 준비하면서 갈고 닦은 작문 실력을 발휘하였고, 몇 번이나 스스로 검토를 해서 만족할 만큼의 리포트를 제출하고는 했다.

정작 골칫거리는 과학 문제였는데, 단편적인 지식을 묻는 문제가 아니었기 때문에 과학경시 공부를 한 학생들도 어려움을 느낄 정도로 문제가 복합적이었다. 이미 오리엔테이션 등을 통해서 친해진 친구들이 많아서 우리는 서로 정보를 주고받으며 문제를 해결해나갔다. 그동안 멀리서 바라만 보던 뛰어난 학생들, 결코 내가 이르지 못할 것만 같았던 학생들과 어울려서 함께 문제를 푼다는 것이 형언할 수 없을 만큼 기뻤다.

이렇게 4주 동안 영어, 과학 분야에 걸쳐 각각 5회분의 리포트를 제출하면, 그중에서 매 차시마다 최우수작 하나와 우수작 하나를 선정하여 영어 집중교육을 마칠 때 시상하기로 되어 있었다. 그러나 나는 이 영재 친구들 속에서 내가 상을 받을 수 있을 거라는 기대는 감히 할 수도 없었다.

중3 겨울 방학 때 우리는 과학영재학교에 가서 영어 집중교육을 약한 달간 받았다. 영어 집중교육은 수준별로 이루어졌는데, 교육 전에 시험 친 TOEFL 성적으로 반을 편성했고, TOEFL 점수가 높은 학생들은 5반과 6반에, 비교적 낮은 학생들은 1반부터 4반까지 편성이 되었다. 아무래도 수학과 과학 위주로 공부한 학생들이 대다수였기 때문에 영어 실력을 향상시킬 필요가 있다는 취지에서 집중교육을 실시한 것이다. 그중에서도 꼬맹이 영수는 영어가 특출했기 때문에 영어 집중교육이 면제가 되기도 하였다. 나는 수학, 과학보다는 오히려 중학교 때 영어에 신경을 써서 공부를 했기 때문에 6반에 편성될 수 있었다.

친하게 지내던 친구 중에 수학을 아주 잘하는 친구가 있었는데, 나는 그 친구에게 영어에 관련된 도움을 주었고, 그 친구는 나에게 '수학I 정석'의 내용을 총 정리해서 설명해주거나 연습문제를 직접 만들어서 내가 풀어보도록 했다. 내 또래가 벌써 수학I의 내용을 자유자재로 다룰 수 있다는 것 자체가 놀라울 수밖에 없었다.

친구에게 수학을 배우면서도 나는 전에 없이 고무되었다. 내가 대단하다고 생각했던 친구들 역시 무슨 비싼 과외를 통해서 공부한 것이 아니라 단지 나보다 일찍 경시대회를 접하고 심화학습을 했던 것뿐이라는 사실을 알았기 때문이다. 다들 좋은 학원을 다니기는 했지만 결국에는 자기 자신이 열심히 해서 그만큼 해낸 것이었지, 무슨 '비법' 같은 것이 있는 것은 아니었다. 그리고 그렇게 대단한 친구들에게도 역시 부족한 면은 있다는 것도 알았다. 수학, 과학에 대해서는 내 수준을 훨씬 능가했지만 영어 같은 경우는 내 도움을 받기도 했으니 세상에 완벽한 사람은 없다는 걸 새삼 느꼈다.

사전교육 때는 원칙상 자정이 되면 취침을 해야 하는 것이 규칙이었다. 그러나 이제 막 중학교를 졸업하는 철부지들이 그런 규제에 순순히 응할 리 만무했다. 아이들은 밤늦게까지 서로 이야기를 하거나 자기가 필요한 공부를 했다. 친구들이 공부하는 모습을 보는 것 자체가 서로 묘한 자극이 되어 입학 전인데도 경쟁의 기운이 감돌았다. 보란 듯이 '전자기학' 등의 교재를 공부하는 아이들도 있었는데, 나는 다른 학생들과 달리 전혀 선행학습이 안 되어 있던 상태라 그런 모습을 볼수록 마음이 급해졌다. 일 분 일 초라도 아껴서 남들보다 더 공부하여 하루빨리 진도를 따라잡아야 하는 상황이었기 때문에 나는 매일같이 화장실에 숨어서 늦게까지 공부하곤 했다. 기숙사를 감시하는 선생님 눈을 피하려면 아예 화장실 변기가 있는 곳에서 문을 잠그고 공부해야 했다. '12시가 되면 취침해야 한다'는 규율이 아무리 엄격하더라도 나를 막을 수는 없었다. 보통은 새벽 3시까지 공부를 하다가 잠이 들었기 때문에 잠이 많이 부족하긴 했지만, 책에서나 보던 '화장실에서의 공부'를 실제로 내가 하고 있는 것에 희열을 느끼면서 스스로에게 만족하고 있었다.

그러던 어느 날, 한참 화장실 변기에서 수학 I의 점화식 문제를 풀고 있었는데 심상치 않은 발소리가 점점 크게 들려왔다.

"뚜벅, 뚜벅, 쾅쾅!"

분명 기숙사를 감시하는 선생님이었다. 나는 공부를 하느라고 늦게까지 화장실에 있었던 것이라서 나름대로 당당하게 화장실 문을 열고 나갔다. 화가 나신 듯 선생님의 얼굴은 약간 상기되어 있었다.

"너 지금까지 안 자고 뭐해?"

"공부하고 있었습니다."

지금까지 살면서 공부하다가 혼난 경우는 없었고, 자고 있는 친구들을 방해한 것도 아니기에 나는 당당하게 말했다. 그런데 예상치 못한 반응이 나왔다.

"임마, 점호를 했으면 자야지. 규칙을 어기고 이렇게 늦게까지 있으면 돼?"

선생님은 내 배를 세게 꼬집었다. 아픈 건 둘째치고 나는 이런 상황이 이해가 되질 않았다. 아니, 공부하는 학생에게 꾸중을 하다니? 이건 예전에 내가 경험하지 못했던 다른 세상이었다. 개인의 편의보다 전체의 질서를 더 중요시하는 게 규율이라지만 그래도 나는 혼란스러웠다. 그것이 내가 처음 겪었던 어렴풋한 '사회의 틀'이었다.

영어 집중교육 동안에는 '미친 듯이' 과제가 부과되었다. 하루에 최소 100개 이상의 단어를 외워야 했고, 어떤 때는 400개를 하루 만에 외워야 할 때도 있었다. 뿐만 아니라, 그 외에도 독해와 작문 숙제가 엄청나게 주어졌다. 과제의 양에 질려서 서서히 포기하는 학생들이 생겨났다. 친구들은 매일 있는 단어 시험과 정기적으로 치르는 전체 단어 시험을 대충 보거나 숙제를 성의 없이 베껴내기도 했다. 사전교육 때의 영어 성적은 과학영재학교에 입학한 이후의 학점평가에는 반영되지 않았기 때문에 신경이 덜 쓰였던 것이다.

하지만 나는 어느 하나도 소홀하지 않으려고 애를 썼다. 그 당시의 나에게 영어 집중교육에서 좋은 성적을 받는 것보다 중요한 것은 없었다. 왜냐하면 그 순간 내가 할 일은 영어 공부였고, 그게 매순간 최선을 다하는 사람의 자세라고 믿었기 때문이다. 나에게 있어 좋은 성적이란 내가 그 순간까지 최선을 다하고 열심히 살았음을 증명해주는 훈장과 같은 것이었다.

나는 공부를 열심히 하고 있는 그 순간이 행복하다. 각자의 가치관, 인생관에 따라 자신이 살아 숨 쉰다고 느끼게 해주는 대상이 다르겠지만, 나의 경우 그것은 공부였다. 공부를 안 하고 있을 때에는 항상 불안하고 허전한 느낌이 들지만, 온 신경을 집중시켜 공부할 때에는 다른 것으로부터는 얻지 못하는 카타르시스를 느낀다.

또한 친구들은 영어 사전교육 때의 성적이 나중에 무슨 도움이 되겠냐고 말했지만, 사실 내 생각은 조금 달랐다. 학점에는 반영되지 않는다고 하더라도 공부를 하면 분명 내 영어 실력의 향상을 가져올 것이고, 그것에 내 스스로 만족을 느끼면 그만이었다. 그리고 솔직히 나는 이 성적이 나중에 어디에 어떻게든 쓰이는 날이 있을 거라고 믿었다. 학교 측이 입학생의 실력을 평가할 수 있는 기회는 사이버 교육과 영어 집중교육 기간밖에 없었다. 입학 후에 학교 측에서 한정된 일부에게 기회를 부여할 때, 분명히 이 성적이 기준이 될 수밖에 없다는 생각이 들었다. 어떻게 될지 모르는 일은 못하는 것보다는 무조건 잘해놓는 것이 좋았다. 이 생각은 적중해서, 내가 영어 집중교육 때 높은 TOEFL 성적을 받았기 때문에 나중에 중요한 전국 대회에 학교 대표로 참가할 수 있는 기회를 얻을 수 있었다. 매순간 최선을 다하면 없는 기회도 만들어진다. 기회는 준비하는 자의 것이다.

나는 악착같이 숙제를 다 해갔고, 그 많은 단어들은 밤을 새는 한이 있어도 다 외워서 항상 단어 시험에서 만점을 받았다. 나중에는 TOEFL 단어가 아니라 SAT(한국의 대학수학능력시험과 같은 미국의 표준화된 시험) 단어까지 숙제로 외워야 했는데, 계속 이렇게 자극받으면서 공부하는 것은 내가 그토록 원했던 것이어서 즐거운 마음으로 단어를 외우고 영어 공부를 했다. 그것은 자존심 싸움이기도 했다. 당시 수학과 과학에서 다른 학생보다 훨씬 뒤쳐져 있던 나로서는 영어에서조차 그렇게 되는 것은 자존심이 허락하지 않았고, 영어만큼은 앞서야겠다는 생각 때문에 더더욱 열심히 했다.

이렇게 수업 시간의 참여도와 성과, 그리고 숙제 및 단어 시험 성적을 모두 종합해서 우수한 성적을 낸 학생에게는 학교에서 상품을 주었는데 나는 가장 좋은 성적으로 그 상품을 받았다. 상품은 문화상품권이었는데, 별것 아니라고 생각할 수도 있지만 상을 받았다는 사실 자체가 기뻤다.

집중교육 마지막 날, 사이버 교육 때 제출한 영어와 과학 리포트 중에서 우수한 작품을 선정해서 시상하는 순서가 있었다.

'저 상은 누가 받을까. 144명의 괴물 같은 학생들 중에서 저 상을 받는 놈은 얼마나 대단한 녀석일까?'

이런 생각을 하고 있는데 순간 사이버 교육 영어 부문 최우수자로 내 이름이 호명되는 것을 들었다.

"나? 나라고?"

나는 박수를 치며 축하해주는 친구들 앞에서 어리둥절해졌다. 그리고 정말로, 전혀 예상치 못하게 과학 부문에서도 우수상을 수상하게 되었다. 영어에서 최우수, 과학 부문에서 우수상을 동시에 수상한 사람은 꼬맹이 영수와 나뿐이었다.

"뭐야, 이 녀석 하루가 멀다 하고 앞으로 잘할 수 있을까 걱정만 늘어놓더니, 완전 엄살쟁이잖아. 문화상품권도 받았으니 한턱내."

대단한 사람들 사이에 대단하지 않은 내가 끼어 있는 것만 해도 충분히 행복했는데, 그 사람들로부터 인정을 받는다는 것은 영원히 맛보고 싶을 만큼 달콤한 것이었다. 나는 정말 이전에는 경험해보지 못했던 성취감과 강한 자신감을 느꼈다. 같이 입학했던 학생들은 그동안 내가 이름만 들어도 주눅이 들 정도의 실력을 갖고 있는 학생들이었고, 그들의 경시대회 수상 실적이야말로 경외의 대상 그 자체였다. 그

런 친구들과 함께 공부한다는 것만으로도 감사하게 여기던 내가 그들
보다 좋은 성적으로 상을 받았다는 것은 개인적으로 큰 영광이었다.
더군다나 가장 자신 없던 과학 분야에서 쟁쟁한 친구들을 제치고, 학
교 공부 이외에는 별다른 공부를 하지 않았던 내가 상을 받을 수 있었
던 것은 순전히 노력의 대가였다. 열심히 노력해서 얻은 성과는 달콤
했다. 그러나 기쁨도 잠시, 노력, 아니 그것을 뛰어넘는 '피나는 노력',
그것만이 내가 과학영재학교에서 생존할 수 있는 유일한 길이라는 것
을 뼈저리게 실감하기까지는 오래 걸리지 않았다.

4

이것 또한
곧 지나가리라

그때 우리는 초단위로 살았다.

늘 시간이 우리의 목을 조였다.

시계초침 돌아가는 소리마저 겁이 났다.

정상적으로 한다면 주어진 시간 내에

마치기 힘든 분량의 과제들이 매일같이 쏟아졌다.

과제 때문에 밤을 새는 건 일상이 되었다.

당연히 쉬는 시간도 없었다. 과제를 제대로 해가기 위해서는

저녁에 나오는 간식을 굶고,

그 다음날 아침을 굶고, 점심까지 굶어야 했다.

물론 능력이 특출하게 좋은 친구들은

아침까지만 굶으면 되었다.

입학 – '피나는 노력'의 서막이 열리다

시작의 계절을 맞이하며 나는 과학영재학교에 입학을 했다. 그때의 희열과 감동이란 말로 표현할 수 없는 것이었다. 과학영재학교의 입학식은 내가 특별한 곳에 있다는 것을 충분히 느끼게 할 만큼 거창했다. 매스컴의 대대적인 집중 취재로 여기저기서 카메라 플래시가 터졌다. 우리는 모두 유명인사나 된 양 스스로를 자랑스러워하며 어깨에 힘을 주고 있었다.

애초에 나는 이 학교에 진학할 때 걱정하시는 부모님께 입학 후 상위 30% 안에 들 것을 약속했다. 전국에서 내로라하는 아이들이 우글거리는 이 학교에서 30% 안에만 들어도 대단한 것이라는 판단에서다. 입학식에서 동기들이 얘기하는 걸 듣고 있자니 사전교육 때 이 친구들은 자기들이 갖고 있는 실력의 10%조차 발휘하지 않았을 것이라는 생각이 갑자기 뇌리를 스쳤다. 들떠 있던 마음은 온데간데없어지고 나는 잔뜩 긴장하지 않을 수 없었다. 부산에서 전교 1등을 했다는 것은 이곳에서는 말할 거리조차 되지 않았다. 아마 누군가가 자신이 중학교 때 1등했다는 것을 자랑삼아 얘기했다가는, 순식간에 이상한 녀석으로 낙인찍힐 것이 뻔했다. 전교 1등을 안 해본 친구들이 없었고, 중학교 내신 따위는 전혀 그들의 관심사가 아니었다. 그들은 대학 수준의 물리를 논하고 있었고, 전국 규모의 경시대회에서 이름 석 자를 단골로 새겨 넣은 친구들이었다.

정작 학기가 시작되고 수업을 하다 보면 동기들과 어쩔 수 없이 격차가 생기겠구나 생각하니 갑자기 앞이 캄캄해졌다. 그렇게 영재학교의 입학식은 찝찝한 불안감과 함께 끝났다.

선택받은 아이들

과학영재학교는 전교생이 기숙사에서 생활하는데, 나는 이 점이 너무 마음에 들었다. 가족들과 떨어져서 지내는 건 섭섭했지만, 친구들과 3년을 함께 지내며 공부에 집중할 수 있으리란 기대가 있어서였다. 기숙사비는 물론 면제였다.

양질의 교육과 최고의 시설을 제공하면서도 모든 교육 관련 비용은 국가가 지원하기 때문에, 우리는 일반 고교 수준의 수업료와 급식비만 내면 되었다. 그나마 급식비도 내가 3학년이 되는 해부터는 무료가 되었다. 사교육비도 전혀 안 들었으니 나로서는 다행스런 일이 아닐 수 없었다. 어머니는 가끔씩 이런 말씀을 하셨다.

현근아, 만약 네가 다른 사립고에 들어갔다면, 아마 우리집 사정 때문에 얼마 안 지나서 다시 학교를 나와야 했을 거야. 아는 선생님 아들도 민사고에 다니는데, 돈이 너무 많이 들어간다고 하더라. 그래서 엄마는 네가 과학영재학교에 들어간 것을 참 다행스럽게 생각한단다. 돌아가신 외할머니가 너를 잘 이끌어주시는가 보구나.

우리 학교에는 나뿐만 아니라 경제적으로 넉넉하지 못한 친구들이 제법 있었다. 친구들의 부모님 중에는 시장에서 채소 장사를 하시는 분도 계시고, 아버지가 오랫동안 직업이 없었던 분도 계신다. 그렇지만 학교를 다니는 데 거의 비용이 들지 않을 뿐만 아니라 전교생에게 장학금도 지급되기 때문에, 집안 형편이 좋지 않아도 얼마든지 다닐 수 있고, 그렇기 때문에 나는 학교가 더 사랑스러웠다.

과학영재학교 첫날 간식 시간이었다. 식당에서 간식을 먹고 있는데, 갑자기 여러 명이 식탁을 '두두두두~' 하고 두드리는 소리가 요란하게 들리기에 소리가 나는 쪽을 쳐다보았다.
갑자기 한 선배님이 일어서시더니
"모두 주목해주십시오."
"와~~~!!!"
"오늘은 저희 학교의 초절정 미남, 김○○군의 생일입니다. 모두 축하해주십시오."
그 말이 끝나자 일제히 옆에 있던 동아리 친구와 모든 선배님들이 박자에 맞춰 책상을 치면서 생일 축하 노래를 불렀다. 나는 갑작스런 소란에 어안이 벙벙해졌다. 같이 밥을 먹던 친구도 멍하니 입을 벌리고 그 쪽을 쳐다보고 있었다.

"야~ 생일 축하 한번 요란하게 하는데? 원래 저렇게 하는 거냐? 오늘만 저런 건가?"

"글쎄, 왠지 원래 저렇게 하는 거 같지 않냐?"

나는 곧 그것이 부산과학고 선배님들이 지금까지 해왔던 생일 축하 전통임을 알게 되었다. 생일을 맞은 당사자 입장에서는 식당에 있는 모든 학생의 주목을 받게 되어 조금 쑥스럽기는 하겠지만, 모든 학생이 생일을 요란하게 축하해주는 것이 좋아 보였다. 내 생일 때는 별난 동아리 친구들이 마이크와 스피커까지 동원해서 축하를 해줘 굉장히 당황스럽고 쑥스러웠지만, 기분은 썩 좋았다. 그날 이후로 나는 3년간 거의 매일, 간식 시간만 되면 요란한 생일 축하 잔치를 볼 수 있었다. 나는 우리 학교 학생들이 이기적이거나 차가울 거라 짐작했는데 오히려 따뜻한 마음을 가진 친구들이 더 많음을 알게 되었다.

별난 사건은 간식 시간 이후에도 이어졌다. 입학식 날 저녁에, 기숙사 스피커에서 안내 방송이 흘러나왔다.

"지금 신의 존재 유무에 대한 토론을 도서관 세미나실에서 개최하고자 합니다. 관심 있으신 학생들의 많은 참여 부탁드립니다."

'헉! 무슨 놈의 신의 존재 유무에 대한 토론?'

나는 방송을 들은 후, 무언가 다른 세상에 온 듯한 야릇한 기분과 함께 호기심이 발동하여 세미나실에 갔다. 도대체 누가 이런 토론에 참가할까 싶었지만, 세미나실은 학생들로 북적거렸다. 나뿐만 아니라 다른 친구들 역시 과학영재학교에서 처음 열리는 이런 토론의 장에서 어떤 일이 벌어질지 관심을 가졌던 것이다. 거기에는 독실한 크리스천, 무신론자 등 다양한 입장을 가진 학생들이 있었다. 어떤 학생은 성경을 근거로 신의 존재성을 역설하였는가 하면, 어떤 학생은 물리학적으로 신의 존재를 증명하려고도 했다. 그럼 또 다른 학생은 그 증명 과정의 모순을 지적하면서 신의 존재를 부정했다. 형이상학, 변증법, 순환론 등 생소한 단어들이 세미나실을 떠돌아다녔다. 지금에야 그 토론이 얼마나 얕은 지식에 기반한 것이었는지 알 수 있지만, 그 당시만 해도 감히 나는 토론에 끼어들 엄두가 나지 않았다. 계속 듣고만 있는데 어느새 금방 두세 시간이 지나가버렸다. 결국 토론은 결론을 내지 못한 채, 기숙사 점호시간인 열한 시 반이 되어서야 마무리되었다.

침대에 누우면서 나는 여러 가지 생각을 하게 되었다. '이 학교에 같이 입학한 친구들은 하나같이 지적 호기심이 대단하고, 스스로 그것을 충족시킬 방법을 갈구하고 있다. 그래서 누가 시키지 않아도 저렇게 자발적인 토론이 가능했던 것이다. 이런 학교에서 3년 동안 지내는 것이니 앞으로 얼마나 즐거울까' 하는 기대감, 반면에 '저렇게 무서운 친구들과 경쟁해야 하나' 하는 두려움 등 복잡한 생각이 소용돌이쳤다. 이렇게 과학영재학교에서의 첫 밤이 어수선하게 지나갔다.

왜 다들 이렇게 잘난 거야!

물론 나는 이미 알고 있었다. 나와 함께 과학영재학교의 첫발을 내딛는 친구들은 하나같이 대단한 학생들이었다. 중학교 시절에 이미 고등부 수학올림피아드에서 금상을 차지해 국제 수학올림피아드의 유력한 후보였던 친구들, 전국 수학경시대회 금상 수상자들, 전국 과학경시대회 금상 수상자들, 정보올림피아드를 석권할 정도로 컴퓨터에 천재적인 친구들, 초등학교 때 이미 시판용 프로그램을 개발하고 무수히 많은 자격증을 취득한 친구, 영국 BBC 방송에 영재로 출연했던 나보다 3살이나 어린 친구 등 그 경력의 화려함은 일일이 열거할 수도 없을 정도였다.

3차에 걸친 입학시험을 치르면서 또 사전집중교육을 받으면서 나는 그 친구들이 얼마나 대단한지 이미 알고 있었고, 그들과의 경쟁에서 뒤처지지 않으려면 뼈를 깎는 노력을 해야 한다는 각오도 한 상태였다.

그렇지만 나를 정말로 경악하게 만들었던 사실은 수학이나 과학에 그토록 특출한 재능을 가진 녀석들이 단지 공부만 잘하는 게 아니었다는 것이다. 우리 학교 강당에는 그랜드 피아노가 있었는데, 많은 학생들이 틈만 나면 그곳에서 피아노 연주를 했다. 그 피아노 앞에 앉는 아이들은 다들 엄청난 실력의 소유자였다. 라흐마니노프의 피아노 협주곡, 쇼팽의 즉흥 환상곡 등이 아이들의 손끝에서 흘러나왔다. 클래식 작품을 즉흥적으로 편곡해서 연주하는 아이도 있었다. 바이올린을 비롯한 다른 악기에도 상당한 실력의 소유자들이 줄을 섰고, 미술에 천부적인 감각을 가진 친구들도 많았다. 미술 시간에 그 친구들이 만들어내는 조형물, 그림 하나하나가 내가 보기엔 걸작이었다. 미술 선생님께서도 그 작품들을 보시며 '흥분된다'는 표현을 쓰실 정도였다.

언젠가 한번 댄스 시간이 있었는데, 그때 한 친구가 나인틴 나인티(브레이크 댄스의 일종)를 멋들어지게 하는 것을 보고 상당히 놀랐다. 내 옆에 있던 친구들도 "뭐야, 애들 다 왜 이래."라며 놀라움을 금치 못했다. 나인틴 나인티를 했던 그 친구는 머쓱한 듯 한마디 날렸다.

"아~ 손이 다쳐서 2바퀴밖에 못 돌겠네."

나도 비교적 우리집 상황이 나쁘지 않았던 어린 시절에는 수영, 피아노, 바둑 등 남부럽지 않을 정도로 다양한 특기활동을 했다. 그리고 초등학교, 중학교 시절에도 예체능 실기에서 한 번도 나쁜 평가를 받은 적이 없어 나름대로의 자부심도 있었다. 하지만 이런 '괴물들' 앞에서는 그저 한없이 초라해지기만 했다.

나 외의 다른 친구들이 거대해보였다. 모든 면에 만능인 아이들만 눈에 보이니 나 또한 그저 '공부만' 했던 녀석이 아니라는 걸 보여주고 싶었다. 내가 자신 있는 건 운동이었다. 나는 중학교 체육대회 때 늘 반 대표 계주선수였고, 농구나 축구도 좋아하고 잘했다. 어머니가 '공만 보면 정신 못 차린다'고 할 정도였다.

'기회가 되면 내 축구실력을 발휘해야지.'

나는 그렇게 벼르고 있었다.

한창 뛰어다니기 좋아하는 나이의 아이들이니 우리 학교의 운동장은 틈만 나면 축구하는 아이들로 붐볐다. 벌써 누구누구는 축구실력이 대단하다, 태클 거는 폼이 예사롭지 않다, 말들이 많았다.

'뭘 저 정도를 가지고.'

나는 친구들이 나의 멋진 플레이에 환호하게 될 것을 기대하며 운동장으로 나섰다.

정확한 패스와 빠른 공간 침투와 문전처리 능력에 골 결정력까지 그 모든 것을 보여주리라 생각하며 호기롭게 나선 것까지는 좋았는데, 결과는 처참했다. 학교 운동장이 잔디로 되어 있다는 걸 간과했던 것이다. 늘 모래 운동장에서 축구를 하던 나에게 잔디구장은 낯설었다. 잔디구장은 공이 약간 뜬 상태가 되기 때문에 평소의 느낌대로 공을 차면 너무 아랫부분을 차게 된다. 게다가 공이 튀는 방향도 예측할 수가 없었다. 날카롭게 찔러주려던 패스는 상대편에게 넘어가기 일쑤였고 결정적 찬스에서 날린 슛은 붕 떠버려 골대를 훨씬 넘기는 홈런이 되었다. 게다가 그때는 축구화도 신고 있지 않아서 발놀림도 내 맘대로 되지 않았다.

하지만 무엇보다도 큰 문제는 친구들에게 완벽한 플레이를 보여주려는 내 욕심에 있었다. 잘난 녀석들 사이에서 뛰려니 잘해야 한다는 압박감에 제대로 뛰지도 못했던 것이다. 그런 압박감이 나를 꼼짝 못하게 붙들고 있었는지 내 몸이 내 몸 같지가 않았다.

"아, 축구화 안 신었더니 안 되네."

"잔디는 원래 이러냐? 공이 자기 맘대로 가."

나는 뛰면서도 계속 투덜거렸다. 나중에는 내가 그런 식으로 투덜대고 있다는 사실에도 짜증이 났다. 친구들처럼 그냥 재미있게 놀고 즐기면 될 텐데 쩔쩔매고 있는 내가 한심스럽게 느껴졌다.

내가 그렇게 좋아하던 축구에서조차 다른 아이들보다 '못한다'는 느낌이 들자 나는 더 이상 축구를 즐길 수가 없었다. 남에게 '못한다' 는 소리는 듣지 않고 자랐고, 또 그런 소리를 듣는 것을 정말 싫어하는 성격이었기 때문에 축구도 그만뒀다.

자신감이 없어지자 풀이 죽었다. 이대로 가면 미쳐버릴 것 같아서 대신 나름대로 에너지를 쏟을 만한 대상을 찾아야 했는데, 그때 떠오른 것이 바로 '탁구'였다. 영재학교 사전교육 때 잠시 친구들과 탁구를 친 적이 있었는데, 친구들이 내가 탁구를 잘 친다고 말했던 게 생각이 났던 것이다. 초등학교 4학년 때 재미가 들려서 미친 듯이 탁구를 친 적이 있었는데 그때 쌓은 실력이 몸에 밴 모양이었다. 조금이라도 뒤

처지는 듯한 건 손대지 않고 그나마 조금이라도 인정을 받는 것만을 골라 할 정도로 영재학교 입학 후 나는 심리적으로 위축되어 있었다.

2:8의 법칙

144명의 '영재'들 중에서 나를 제외한 나머지 143명이 모두 나보다 뛰어나다고 생각될 때의 그 참담함은 이루 말할 수 없었다. 초·중학교 시절에 계속 1등을 고수했던 나는, 이 우수한 집단 속에서 그저 평범한 한 학생으로 전락한다는 것이 두려웠다. 과학영재학교는 단지 하나의 도시, 하나의 지역에서 뛰어난 학생들을 모은 것이 아니라 전국에서 우수한 학생들을 모은 집단이었다. 설령 16개 시도에 있는 과학고에 진학하더라도 그 곳에서 최상위권에 드는 것이 얼마나 힘들지를 생각해 볼 때, 전국에서 내로라하는 학생들이 모인 과학영재학교에서 내 자신이 얼마나 초라하게 느껴졌을지는 쉽게 상상할 수 있을 것이다. 나는 사실 끊임없이 벽에 부딪히며 도전을 거듭해왔다. 중학교에 들어갈 때도 그랬고, 수학경시대회를 준비할 때도 그랬다. 매번 나는 지독하게 노력해서 그 벽을 넘었다. 그러나 갑자기 너무나 높아진 벽 앞에서 벽을 넘을 엄두가 나지 않았다.

물론 이런 특출한 학생들 속에 그 집단의 일원으로서 내가 존재한다는 것 자체에 만족할 수도 있었을 것이다. 그러나 나는 다른 친구들과 계속 나를 비교하면서 스트레스를 받았다. 나와는 살아온 환경, 특히 문화적 환경이 아예 달랐던 친구들, 내가 가요를 들을 때 오페라 아리아를 듣던 친구들, 생전 이름도 못 들어본 어느 아카펠라 그룹을 좋아

한다고 말하는 친구들, 취미생활로 미술전시회와 음악회를 다녔던 친구들, 그들과의 이질감이 열등감으로 다가왔다. 실제로는 그런 아이들이 소수였음에도 불구하고 나는 모두가 그런 것처럼 느껴졌다.

어느 순간부터 그런 학생들과 같이 공부하고 생활한다는 것이 이전과 같은 희열이나 흥분을 가져다주지 않았다. '절망'과 '열등', 두 단어가 끊임없이 나를 괴롭혔다. 다른 사람과 자신을 비교하기 시작하면 결코 행복해질 수 없다. 입학할 당시 평온하게만 느껴졌던 잔디 운동장, 세련된 대리석 톤의 현대적 학교 건물은 더 이상 아름다워보이지 않았다. 학교가 치열한 전쟁터이자 벗어나고 싶을 만큼 비참해지는 수용소처럼 느껴졌다. 그 속에서 나는 누가 봐도 '평범한' 한 학생에 불과했고, 더 이상 우등생이 아니었다.

부모님의 반대를 뿌리치고 내 의지로 이 학교에 입학했다는 것, 내가 선택한 길이라는 그 사실 하나가 유일하게 나를 지탱해주는 버팀목이었다.

나중에 보니 겉으로 내색들은 안 했지만, 학기 초에 나와 같은 이유로 괴로워했던 친구들은 아주 많았다. 긴장된 탐색전, 그 속에서 다들 아주 조그만 일에 절망하기도 하고 아주 조그만 일에 우쭐하기도 하는 등 마음을 안정시키지 못하고 허둥댔던 것이다. 자신뿐만 아니라 주변 사람들까지 다들 너무나 기대했던 출발이었기 때문에 그 압박감이 더했을 것이다.

열등감과 절망감의 수렁에서 나를 건져준 것은 역시 '공부'였다.

영재학교에는 많은 유명인사 분들이 오셔서 특별 강연을 해주셨는데, 그때 한 분이 이런 말씀을 하셨다.

아무리 우수하고 최고를 자랑하는 집단이라도, 여전히 그곳에서는 2:8 법칙이 성립합니다. 2는 나머지 8을 이끌어 가는 그룹, 8은 선두의 2를 따라가는 그룹입니다. 이것은 과학영재학교에서도 예외가 아닐 것입니다. 여러분, 열심히 하십시오.

그랬다. 과학영재학교에 입학했다는 사실 하나에 도취되어 공부하지 않고 현실에 안주하는 일은 결국 도태를 의미했다. 나는 첫 번째 목표를 설정했다. 바로 그 상위 2에 속하는 것. 그것은 사전교육 때 내가 가졌던 열정과 가능성이라면 충분히 꿈꿔볼 수 있는 목표였다. 전국의 '지존'들과 한판 승부를 가리는 순간이 다가온 것이다.

공부야 덤벼라

과학영재학교에서는 수업에 임하는 학생들의 눈빛 하나하나가 모두 살아있었다. 모두들 한 순간도 선생님으로부터 시선을 떼지 않았다. 모두가 나와는 비교도 안될 만큼 화려한 길을 걸어왔을 터였고, 공부에 대해서는 저마다 최고를 자부할 만했다. 이미 수업내용을 알고 있다고 하더라도 조금도 방심하지 않는 그들의 태도는 온몸의 세포까지 긴장하게 만들었다.

과학영재학교에서는 1학년 때 고등학교 이과 3년 과정을 끝낸다. 그리고 2학년 때부터는 자신이 원하는 과목들을 자율적으로 선택해서 들을 수 있는데, 그것들은 모두 대학교의 기본 및 심화 교과들이다. 다른 분야의 과목을 과감히 축소하고 필요한 공부를 집중적으로 할 수 있는 것이 과학영재학교의 큰 장점인 것이다. 우리 학교는 과목 시간표를 편성하는 데만 두 달 정도가 걸린다. 각 학생들의 요구를 최대한 반영하기 때문이다.

1학년 1학기는 적어도 나에게만은 그야말로 '지옥'이었다. 선행학습이 안 되어 있던 내가 이미 중학교 시절 경시대회를 준비하면서 고등학교 과정을 끝낸 친구들과 같은 성과를 내는 것 자체가 무모해보였다. 사전교육 때는 다른 학생들이 그렇게 큰 신경을 쓰지 않아서 내가 상을 받을 수 있었지만, 막상 성적과 직결되는 본격적인 수업에 임하니 모두가 진지했다. 다른 고등학교처럼 등수를 매기는 것은 아니지만 엄연히 학점은 나오는 것이고, 결국 그것이 평가 기준이 될 것이었다.

나는 생존을 위한 처절한 몸부림을 치기 시작했다. 냉혹한 심판의 칼이 내 목을 겨누고 있는 듯했다. 떨리는 가슴, 떨리는 눈빛으로 유유히 흔들리는 그 칼끝을 필사적으로 따라갔다. 1학년 1학기에 들었던 과목은 수학I, 물리, 지구과학, 물리실험, 지구과학실험, 국어I, 영어I, 프로그래밍I, 미술, 체육이었다. 전교생은 총 8반이었는데 5~8반은 물리와 지구과학을, 1~4반은 생물과 화학을 1학기에 수강했다.

미국에서 쓰는 원서를 교재로 채택해 수업했고, 그렇기에 교육방식과 흐름이 상당히 미국의 그것과 비슷했다. 배웠던 내용을 한국과 비교하자면 과학은 한국 고교과정의 II 수준, 수학은 I, II를 합친 수준이었다. 원서로 수업을 하다 보면 난이도는 별 차이가 없지만 사고하는 방법이나 중점적으로 다루는 내용이 다르다는 것이 느껴진다. 나는 개인적으로 미국의 교재가 더 바람직하다고 생각하는데, 문제풀이 요령이 아니라 개념이 지닌 의미를 파악하는 데 더 중점을 두고 있기 때문이다.

원서에서 충족시키지 못하는 내용에 대해서는 선생님께서 따로 보충을 해주셨다. 수학의 경우는 그다지 어렵지 않게 느껴졌다. 학생들이 원서에 익숙해지도록 일부러 어렵지 않은 교재를 선택한 것이라고 한다(물론 시험은 굉장히 어렵게 출제되었다).

돌이켜봐도 과학영재학교의 3년을 통틀어 학업으로 가장 힘들었던 시기는 바로 1학년 때였다. 친구들과 선행학습의 차이가 심했기 때문에 그것을 메우기 위한 노력을 해야 했고, 시도 때도 없이 부과되는 과제물, 리포트, 퀴즈, 발표 및 중간고사와 기말고사는 그야말로 인간의 한계를 시험하는 것이었다. 전국 과학경시대회의 빛나는 금상 수상자도 매일같이 벌겋게 충혈된 눈을 부릅뜨고 다녔다.

학교 본관 4층에 있었던 도서관 열람실, 창조관 8층에 있었던 과학 도서관 열람실 전체는 항상 과제 준비를 하거나 공부하는 학생들로 늘 자리가 없었다. 기숙사 방, 식당, 중앙 로비, 어디에나 공부하는 아이들이 넘쳐났다.

과학영재학교는 금요일까지만 수업을 하고 토요일에는 수업이 없다. 토요일에는 주로 연구 프로젝트 활동을 하고, 일요일은 완전히 자유시간이다. 하지만 자유시간이라는 것은 말뿐이었다. 일요일에는 시간 여유가 있다고 선생님들이 과제를 더 많이 내주시는 데다가 발표 준비, 퀴즈 준비로 평일보다 더 바쁘게 지냈다. 뿐만 아니라 연구 프로젝트의 시간이 길어지면 꼼짝없이 일요일을 실험에 바쳐야 했다.

1주일에 수학 수업을 다섯 시간 했는데, 총 세 분의 선생님이 번갈아 들어오셨다. 물리는 네 시간에 선생님이 두 분, 지구과학도 네 시간에 두 분, 국어가 세 시간에 세 분, 영어가 네 시간에 세 분, 실험 과목에 각각 한 분씩, 프로그래밍도 한 분, 이렇게 미술과 체육을 제외하면 과목은 여덟 과목이었지만 수업을 하는 선생님은 열여섯 분이 계셨다. 그분들이 각각 리포트, 과제, 발표 및 퀴즈 등을 매일같이 부과했으니 아무리 영재, 천재들이라 해도 감당하기가 어려웠을 것이다. 우리들은 초롱초롱했던 눈빛을 잃어갔고, 점점 전의를 상실해갔다. 선생님께서 수업을 마치고 숙제를 내주시면 처음에 우리들은 "아~ 선생님. 좀 봐주세요. 물리 리포트랑 영어 시험이랑 수학 퀴즈가 내일이란 말이에요~." 라고 애교를 떨고는 했지만, 나중에는 아예 "이건 미친 짓이예요. 도저히 사람이 할 짓이 아니라고요!"라고 울부짖기도 했다.

꽃피는 전우애

그때 우리는 초단위로 살았다. 늘 시간이 우리의 목을 조였다. 시계초침 돌아가는 소리마저 겁이 났다. 정상적으로 한다면 주어진 시간 내에 마치기 힘든 분량의 과제들이 매일같이 쏟아졌다. 과제 때문에 밤을 새는 건 일상이 되었다. 당연히 쉬는 시간도 없었다. 과제를 제대로 해가기 위해서는 저녁에 나오는 간식을 굶고, 그 다음날 아침을 굶고, 점심까지 굶어야 했다. 물론 능력이 특출하게 좋은 친구들은 아침까지만 굶으면 되었다.

1학년 때 교실에서 누군가가 "야, 우리 이제 제발 점심 좀 먹어보자."라고 하면, "하도 안 먹어서 이제 적응됐어.", "점심 소리 들어본 지가 얼마만이냐."는 소리들이 나올 정도로 점심 식사도 거르면서 과제를 해야 하는 게 우리의 일상이었다. 나중에는 아예 과감히 과제를 포기하고 "에잇, 다 먹고 살자고 하는 짓인데. 난 밥 먹으러 간다. 열심히 해라!"는 말을 남기고 식당으로 향하는 친구들도 있었다. 물론 점심을 제대로 챙겨 먹은 친구의 학점은 보장되지 않았다.

밤을 새고, 쉬는 시간과 심지어는 다른 수업 시간까지 쪼개가면서 과제를 완성하고 나면 휴대용 저장 장치(USB)에 저장을 하고 전력을 다해 인쇄실로 뛰어갔다. 개인용 프린터가 없었기 때문에 우리는 학교 인쇄실을 이용해야 했다. 그러나 인쇄실에 있는 프린터가 공용이다 보니 고장이 나는 경우가 잦았고, 그때마다 우리는 프린터가 있는 다른 곳을 찾아 또 우르르 전력질주를 해야 했다. 리포트나 발표 자료를 프린트하고 나면 다시 전력질주를 해서 마감 직전에 선생님께 겨우 제출을 하고, 다시 다음 과제를 허겁지겁 시작하는 식이었다. 과제 마감 때면 우당탕탕 뛰어다니는 우리들 발소리로 학교가 온통 시끄러웠다.

또 이런 모습도 있었다. 엄청난 과제량에 짓눌려 있던 우리들은 영어 단어 시험 정도는 따로 시간을 내지 않고 영어수업 전 10분의 쉬는 시간 동안 모두 외웠다. 외워야 할 단어가 100개가 되든 200개가 되든 무조건 수업 전 10분 동안 외웠다. 단어를 미리 외우다가는 나머지 과제를 할 수 없었기 때문에 어쩔 수 없는 선택이었다. 반 전체 학생들이 영어 시험지를 받기 직전까지 모두 앉아서 단어를 중얼중얼하고 있으면 무슨 사이비 종교단체 기도 시간 같기도 했다. 정말 진풍경이었다.

자칫하면 과제가 무엇이었는지 잊어버릴 수도 있을 만큼 과제의 수가 많았기 때문에 프로그래밍을 잘하던 영석이라는 친구가 '과제 관리 프로그램'을 만들어서 학생들에게 무료 배포했다. 이것은 정말 선풍적인 인기를 끌었다. 과제가 부과될 때마다 그것을 입력하고 마감일이

언제인지를 입력하면 무슨 과제가 며칠 남았는지 표시되고 해결된 과
제는 자동으로 목록에서 사라지는, 편리하면서도 간단한 프로그램이
었다. 1학년 내내 그 프로그램은 우리에게 없어서는 안 될 중요한 것이
었다. 항상 수업과 시험, 수많은 과제들 속에서 위태위태한 외줄타기
를 하는 듯했다. 자칫 방심해서 정신을 놓으면 줄에서 떨어질 수도 있
는 치열한 생존싸움이었다.

하지만 그 과정이 즐거웠던 이유는 우리가 모두 생존하기 위해 함께
버티고 서로 도왔기 때문이다. 우리 모두는 '과제'라는 적군(?)에 맞서
싸우는 아군이었다. 적군과의 싸움에서는 무엇보다 아군의 희생이 없
어야 했다. 우리들은 각자 잘하는 부분을 나누어 분담하는 형식으로
과제를 해결하기도 했고, 아예 자신이 했던 과제를 통째로 빌려주기도
하는 등 아낌없이 서로를 도왔다. 그렇게 서로 친구가 되어가면서 처
음에 느꼈던 나의 열등감은 사라졌다. 열등감 때문에 생기는 스트레스
가 사라지면서 다시 공부가 즐거워졌다.

학기 초에 아이들 사이에 흘렀던 묘한 긴장감은 과제 때문에 정신없
던 학기 중에는 사라지는 듯했다. 그러나 1학기 기말고사가 끝나고 성
적이 나오자 그 묘한 기류는 일시에 되살아났다. 여기저기서 충격의
탄식이 들려왔다. 중학교까지는 언제나 1등을 놓치지 않았던 친구들이
었다. 그러나 자칫하면 한없이 추락할 수도 있었다. 최선을 다했는데
도 결과가 좋지 않을 때의 절망감을 우리는 다 이해했다.

도서실 옆 화장실에서 짐승이 으르렁거리는 소리 같은 고함소리가
몇 십분 동안 계속될 때도 있었다. 절망감과 자기에 대한 분노를 이기지
못해 물건을 부수는 아이도 있었다. 어떤 아이는 커터칼로 자해를 하기

도 했다. 더군다나 과학영재학교가 처음 출범하여 불가피하게 생긴 혼란으로 몇몇 친구는 적응하지 못하고 다른 학교로 전학을 가게 됐다.

그럴 때 도와줄 수 있는 건 친구들뿐이라고 생각한다. 한 친구는 자기 책상에다가 "도구로서의 맹세-나는 공부하는 도구다. 도구 따위에게 어떤 다른 생각, 다른 행위는 용납되지 않고 필요하지도 않다."로 시작하는 장문의 글을 적어놓았다. 나와 몇몇 아이들은 틈만 나면 그 친구 방에 찾아가 주로 여학생들에 관한 소문이나 음담패설 등의 진지한(?) 대화를 나누었다. 즐거운 대화 덕분인지 그 친구는 곧 도구로서의 삶을 포기하고 우리와 같은 인간으로 돌아왔다.

제발 공부 좀 하게 내버려두세요, 네?

과학영재학교 시절에는 밤에 공부하는 것이 매우 힘들었다. 기숙사는 12시에 저녁 점호를 하면서 소등이 되고, 그 이후에는 무조건 취침을 해야 했기 때문이다. 특히나 1학년 때 나는 다른 학생들을 따라잡기 위해서는 몇 배로 노력을 해야만 했던 상황이라서, 12시에 잔다는 것은 도저히 생각할 수도 없었다. 그래서 어쩔 수 없이 12시가 넘어도 책상 전등을 켜고 계속 공부를 했다. 12시 이후에 취침하는 것은 부산과학고 선배님들 기수에서는 철저히 지켜져왔던 규칙이라 학교에서도 엄격하게 관리를 했다. 그렇지만 나는 규칙을 지키다가는 꼼짝없이 뒤쳐질 위기에 있었기 때문에 늦게까지 공부를 했는데, 그럴 때마다 어김없이 학생회 선배님들이 오셔서 "나와! 기숙사 중앙에 가 있어!"라고 호통을 쳤다. 나를 비롯해 취침시간을 어긴 몇몇 학생들은 새벽까지 계속 기합을 받았다. 기합을 받고 나면 완전히 뻗을 만큼 온 몸이 뻐근했지만, 나는 선배들이 가고 나면 다시 전등을 켜고 공부를 했다. 나는 기숙사 기합의 단골이었다.

"김현근, 너 어제도 걸렸지? 선배 말이 말 같지 않냐, 너는?"

"죄송합니다. 공부할 게 너무 많아서 어쩔 수가 없었습니다."

"그럼 낮에 하면 될 거 아냐? 왜 밤에는 자라는데 공부해?"

"낮에 해도 다 못해서 그렇습니다. 정말 죄송하지만, 어쩔 수가 없습니다. 벌 주십시오."

선배들은 기가 차 하면서 기합을 주셨다. 나는 매번, '설마 죽이기야 하겠어. 이렇게라도 해야 살아남는데……'라는 생각으로 기합을 받았다. 나도 2학년 때 학생회 간부가 되어 후배들을 단속하면서 그 마음을 알게 되었는데, 단속하는 선배의 마음도 결코 편하지 않다. 공부하려는 학생을 잡아서 기합을 준다는 것은 정말 웃기는 일이기도 하니까. 학교에서 강제취침 방침을 정한 이유는 잠이 부족하면 낮의 수업 시간에 집중력이 떨어지기 때문이라고 했다. 성장기 학생들의 건강을 생각하기도 했을 것이다. 과열경쟁을 막으려는 이유도 있었는지 모르겠다. 어쨌든 나는 학교 규율에 따라 마음 편하게 잠만 잘 수는 없는 형편이었다. 밤 늦게까지 공부해도 들키지 않으려고 별 짓을 다했다. 불빛이 복도에 새어나가지 않도록 하려고 문 틈을 수건으로 꽁꽁 메우고 전기 테이프를 붙였다. 사감 선생님이나 선배님들의 발소리가 들리면 숨을 죽이고 살짝 침대에 누워서 자는 척을 했다. 며칠간 그렇게 해서 무사히 공부할 수 있었는데, 어느 날은 그렇게 대비했는데도 불구하고 선배님들께 들켜 버렸다.

기숙사 방에 불이 꺼지고 나면 우리들은 삼삼오오 복도로 나오거나 화장실에 가서 새벽까지 공부를 강행했다.

"나와, 임마! 아주 철벽 방어를 했구만."

'어, 이상하다? 어떻게 안 거지?'

문제는 창문이었다. 복도에서는 빛이 새어나가는 것이 안 보이더라도 기숙사 밖에서 창문을 보면 빛이 어렴풋이 보이는 방들이 몇 개 있었고, 선배님들은 그것까지 감시를 하고 있었던 것이다. 나뿐만 아니라 다른 친구들도 들키지 않으려고 책상 위치를 바꾸기도 하고 이불로 책상 주위에 방어벽을 치는 등 갖가지 방법을 동원했다. 나는 검은색 골판지로 창문에 도배를 하고 문 주위에 전기 테이프를 발라서 도저히 외부에서는 알아볼 수 없게 만든 다음 공부를 계속했다. 정말 지루하게 계속되는 싸움이었다. 거의 전쟁이나 다름없었다. 나중에는 학교도 학생들의 원성을 이기지 못하고 결국 1시까지 취침 시간을 연장해주었다. 겨우 1시간 연장이지만, 학생들과 학생회가 오랜 투쟁 끝에 얻어낸 성과였다.

하지만 그것도 얼마 가지 않았다. 새벽 1시 취침을 지키기에는 할 일이 너무 많았다. 1시가 넘어서도 재우려는 쪽과 안 자려는 쪽의 줄다리기가 계속되자 학교는 아예 전기 차단 시스템을 기숙사에 설치해서 1시가 되면 기숙사 방의 전등이 저절로 꺼지도록 했다. 그 때문에 아이들은 불이 켜져 있는 복도에 나와서 이불을 깔고 공부하거나, 화장실

새벽 1시가 되면 일순간에 기숙사를 어둠 속에 가두었던 전기 차단기. 그것은 우리들의 '공공의 적'이었다. 학교의 탄압에도 불구하고 아이들은 전기 차단기를 용케 뚫어서 다시 스위치를 올리고는 했다.

에서 공부하는 진풍경까지 벌였다. 시험 때면 화장실 변기 위나 세면대 바로 앞 명당자리(?)는 자리 잡기가 힘들 정도였다. 나중에는 아예 복도 감시 카메라를 피하기 위해 복도에 불을 완전히 끄고 단단하게 봉인되어 있는 전기 차단기 스위치를 다시 기가 막히게 올리는 아이들도 있었다.

그렇지만 이 모든 과정이 행복할 수 있었던 이유는 입시에 전혀 얽매이지 않고 정말 우리가 하고 싶었던 공부를 마음껏 하면서 3년을 보낼 수 있었기 때문이다. 과학영재학교 기숙사의 전등은 꺼져도 우리들의 밤은 언제나 깨어 있었다.

나의 소속은 꼴찌그룹

현실은 냉정했다. 아무런 선행학습도 하지 않은 채 전국의 영재들 속에서 살아남기 위해서는 몇 배의 고통과 노력이 필요했다. 스스로 독해지는 길 외에는 방법이 없었다. 나는 지금까지 내가 해온 대로 열심히 수업을 듣고, 모르면 알 때까지 질문하고, 문제를 풀어보고, 집요하게 교과서를 이해하고 외우는 식으로 공부했다.

1학년 초 수학 시간에 나는 의자에 무심코 앉다가 뒤에 있던 콘크리트 벽에 뒤통수를 심하게 부딪쳤던 적이 있다. 정말 눈에 별이 '번쩍' 했다. 몇 초 동안 앞이 캄캄했고, 눈물이 핑 돌 정도로 너무 아팠다. 선생님께서는 걱정이 되셔서 양호실에 가보라고 하셨지만, 나는 계속 수업을 듣겠다고 고집을 부렸다. 내가 양호실에 간 사이 선생님께서 중요한 말씀이라도 하시면 그 부분은 그대로 놓치는 것이어서 그게 더 두려웠다. 평범한 '열등생'에겐 아플 여유조차 허락되지 않았던 것이다.

그러다가 첫 중간고사를 보게 되었다. 정말 미친 듯이 공부했다고 자신했다. 수학은 교과서에 있는 엄청난 분량의 문제를 모두 풀고, 선생님께서 주신 과제물을 철저하게 복습했다. 내가 취약한 물리는 단기간에 잘하는 것이 매우 힘든 과목이었다. 나는 수업 시간에 내준 프린트물 내용을 완전히 숙지하고, 시중에 있는 한국 고교과정 문제집 중 어려운 것들은 모조리 풀었다. 지구과학도 교과서 내용을 다 외운 뒤에 하루 만에 디딤돌 문제집 등 수능 대비용 문제집 6권을 밤새면서 풀었다. 그런데 컴퓨터 프로그래밍 언어가 너무나 어려웠다. 컴퓨터를 잘하는 친구에게 아무리 물어보고 또 물어보아도 잘 이해가 되지 않았다. 이해된 듯하다가도 다시 문제를 풀어보려고 하면 머리가 멍해졌다. 그러면 나는 다시 그 친구에게 가서 질문을 했다. 나 자신도 답답했는데 그 친구는 얼마나 답답했을까. 반복해서 가르쳐주어도 이해를 못하는 나를 보며 친구는 한심하다는 듯 살짝 한숨을 쉬었다. 아마 속으로 어떻게 영재학교에 들어왔을까 하는 생각을 했을지도 모른다.

"아니, 그게 아니라……."

그 친구는 이 말만 수십 번 되풀이했던 것 같다. 나는 바보가 된 기분이었다. 아니, 정말 바보인지도 몰랐다. 다른 친구들은 컴퓨터를 잘한다는 그 친구에게 설명을 한두 번 들으면 바로 이해하고 나서 "정말 명쾌하게 설명을 잘해줘서 고마워."라는 말까지 하는데, 나는 그런 친구에게 설명을 듣고 또 들어도 이해가 잘 안 되었다. 그날 밤 혼자서 프로그래밍 코드를 줄치고 외우고 있으려니 눈물이 다 났다. 적어도 나는 내가 그 정도로 머리가 나쁜 줄은 몰랐다. 그렇게 친구를 붙잡고 집요하게 물어보고 외운 다음에서야, 겨우 프로그래밍을 모두 공부할 수 있었다.

과학영재학교의 시험은 전부가 서술형 주관식이고, 문제 또한 굉장히 어려웠다. 한 과목이라 하더라도 가르치는 선생님이 여러 분이다 보니 문제 유형도 각각 달랐다. 시험 문제는 단순히 지식 측정이 아니라 응용력을 테스트하는 것들이었는데, 예컨대 생물의 경우 '식물의 호흡 과정에서 산소 대신 질소를 흡수하는 메커니즘일 때 식물체에 어떤 반응이 일어날지를 기술하라'는 문제가 나왔다.

과목마다 시험 난이도는 조금씩 차이가 있지만, '다변수 미적분학'(multivariable calculus)을 가르치셨던 카이스트 교수님께서는 "세계 어느 학교보다도 문제가 어렵다고 자신한다. 그러니 못 푼다고 자책하지 마라."는 말씀을 하실 정도였다. 더군다나 물리 문제는 내가 풀어본 문제집의 문제들과는 아예 차원이 달랐다. 경시대회에서 어려운 문제를 많이 풀어본 친구들은 쉽게 푸는데, 나는 시험 시간 내내 땀을 흘리며 필사적으로 풀었다.

프로그래밍의 경우도 생각보다 나에겐 너무 어려운 문제여서 그렇게 열심히 공부했는데도 잘 보지 못했다. 프로그래밍 코드를 보고 결과를 쓰는 문제들에서 아주 미세한 실수 하나 때문에 결과를 틀리게 적었던 것이다. 수학 시험은 중학교 때 수학경시대회를 '조금' 준비한 것도 있고 해서 기대를 했는데, 거의 무용지물이었다. 반면 전국대회를 휩쓸었던 친구들은 쉽게 풀었다.

결과는 참담했다. 중학교 때와는 비교도 안 될 정도로 열심히 공부했는데도 불구하고, 노력으로 극복할 수 없는 벽을 실감했다. 과학영재학교에서 내가 꼴찌그룹에 속해 있는 현실을 받아들여야만 했다. 수학은 우리 반 18명 중 나보다 점수가 높은 학생이 10명이나 있었고, 물리는 그렇게 열심히 했는데도 18명 중 12등밖에 되지 않았다. 프로그래밍의 경우 100점 만점에 어이없게 71점을 받았는데, 풀 수 있는 문제에서도 실수가 너무 많았기 때문이다. 초등학교 때부터 시험에서의 실수는 허용하지 않았는데도, 처음 배우는 프로그래밍 지식을 능숙하게 활용하는 것이 힘들었고 그렇기 때문에 문제 푸는 과정에서 실수를 연발했던 것이다.

수행평가의 비율이 30% 정도 되었기 때문에 필기시험이 절대적인 것은 아니었지만, 이런 식으로 가다가는 아무리 수행평가에서 만회를 해도 C+라는 암울한 학점이 나올 수밖에 없었다. 반대로 국어와 영어는 반에서 가장 시험 점수가 좋았다. 하지만 이것도 다른 과학 과목을 망친 탓에 빛을 잃었고, '타고난 천성이 문과'라는 부모님의 말씀이 집요하게 나를 괴롭혔다.

기숙사로 돌아와 혼자만의 시간을 갖게 되면 여러 생각들이 밀려왔다. '특별해지는 것이 이토록 힘든 것인가. 그렇다면 특별해지는 것은 그만한 가치가 있는 것인가. 그냥 일반 고등학교에 가서 공부하는 것이 옳았던 것일까.' 평범한 내가 가질 수 없는 것을 가지기 위해 아등바등하는 것이 꼴사납게 느껴졌다. 타고난 두뇌와 선행학습의 차이를 극복할 수 있을지 자신이 없었다. 지금까지 내가 속했던 좁은 세상에서는 인정받아왔다는 자부심도 내 앞에 놓인 심해(深海)에 가라앉아서 흔적조차 없이 사라졌다. 서러움에 눈물이 흘렀다. 한 번도 공부 때문에 힘들다거나 투정을 부린 적이 없던 나였지만, 어머니가 기숙사에 오셨을 때 나는 완전히 망가진 몰골로 어머니께 힘들다고 하소연을 했다. 몇 번 그런 모습을 지켜본 어머니는 안타까우셨는지, 나에게 한 통의 편지를 남기셨다.

엄마 아들 현근이에게

현근아, 이번 시험 결과가 만족스럽지 못해서 상당히 불만인 너를 보면서 엄마는 네게 해줄 말이 많았지만 네 스스로 좋은 방향으로 조절할 것이라 믿으며 그냥 지켜보았단다. 엄마 아들을 믿기에……

앞으로 수많은 시험을 거쳐야 할 텐데 그때마다 스트레스를 받으면 어떡하나 싶고 안타까운 마음에 몇 자 적어본다.

경쟁에서 남들을 이기려고만 한다면 너 자신은 항상 남을 의식하고 공부할 수밖에 없고, 결과가 나오면 언제나 너 자신만 고달파진단다. 그래서 엄마는 현근이 네가 너 자신을 상대적으로 놓고 남과 비교하면서 살지 말고 절대적인 네 삶을 살아가길 바라고 있어. 공부에 있어서도 남을 의식하지 말고 그냥 네 자신을 위해 열심히 최선을 다하는 것만 생각하렴. 그러면 공부 그 자체가 즐거워질 거야.

너보다 뛰어난 친구들은 얼마든지 앞으로도 만날 수 있어. 그때마다 경쟁을 하려고 한다면 네가 먼저 지쳐버릴 수 있단다. 그저 하루하루 최선을 다해 살다 보면 너도 모르게 생활이 즐거워질 것이야. 절대로 상대적으로 너를 평가하지 않았으면 해.

결과에 너무 연연해하지 말고 빨리 털어버리고 밝게, 즐겁게 생활하는 모습을 엄마는 기대한단다. 우리 아들은 그렇게 되리라 믿어. 고민 있으면 언제든지 선생님 찾아 뵙고, 꼭!

화이팅, 현근! 사랑한다!!!

엄마 아들 기숙사에서 엄마가.

이 편지는 나에게 많은 힘이 되어 주었다. 어머니가 진심으로 해준 이 격려의 편지는 마력을 지닌 듯 내 본연의 모습을 되찾고 공부에 매진할 수 있도록 큰 힘이 되어주었다. 어머님의 말씀이 옳았다. 이미 하늘이 주신 기회를 붙잡은 나로서는 절망할 이유도 없었고, 끊임없이 노력해서 후회를 남기지 않으면 그만이었다. 훗날 내가 공부에 여유를 찾았을 때에도 이 편지를 계속 서랍에 보관했다.

그리고 이 시기의 나에게 큰 힘이 되어준 글귀가 있었다.

"이것 또한 곧 지나가리라!"

솔로몬 왕이 전쟁에서 승리했을 때 오만해지지 않기 위해 반지에 새겨서 지니고 다녔던 글귀라고 한다. 기숙사에서 생활하다 한 달에 한 번 집에 갈 때 나는 집에 있는 냉장고에 이런 글귀가 쓰인 메모가 붙어 있기에 유심히 보았다. 슬플 때 절망하지 않고 기쁠 때 오만하지 않을 수 있는 명언이라는 생각이 들었다. 사실은 부모님이 당신들께서 사는 것이 힘들어 마음을 다잡기 위해 붙여 놓은 글귀라고 하셨다.

시험에 대한 예의

나는 중간고사를 보고 난 뒤, 예상되는 학점을 계산해보았다. 수행평가에서 거의 만점을 받고 기말고사를 아주 잘 보면 턱걸이로나마 A학점을 받을 수 있을 것 같았다. 나는 리포트, 발표 등 모든 과제에 대해서 성실하게 준비해갔고, 친구들의 도움도 적극적으로 구했다. 덕분에 수행평가에서는 거의 항상 만점을 받을 수 있었다.

　기말고사 때는 내가 중간고사에서 틀렸던 유형을 분석하고, 왜 틀렸는지를 꼼꼼하게 점검하면서 공부를 했다. 어차피 똑같은 선생님들께서 출제하는 문제이기 때문에 시험 성향이 기말고사라고 해서 크게 다를 리가 없었기 때문이다. 내가 중간고사를 잘 본 과목은 기말고사 때 투자하는 시간을 좀 줄이고, 중간고사를 못 본 과목에 대해서는 정말 필사적으로 공부했다. 특히 프로그래밍의 경우 수행평가를 아무리 잘한다고 하더라도 기말고사에서 98점 이상 받지 않으면 A학점을 놓치는 상황이었기 때문에 아예 교과서를 통째로 외우고 반복해서 계속 읽었다. 중간고사 때 71점이었던 것을 고려하면 98점은 거의 불가능에 가까운 점수였다. 더군다나 배우는 부분도 어려워서 그 당시 룸메이트였던 컴퓨터 전공 친구에게 수시로 물어보고 나서야 겨우 이해를 할 수 있었다.

　사실 나는 프로그래밍 과목의 도움을 얻기 위해 일부러 컴퓨터 전문가인 친구에게 룸메이트를 해달라고 부탁을 했다. 마음이 착한 그 친구는 무척 고맙게도 선뜻 들어주었다. 프로그래밍은 아예 이 친구가 시험 범위 전체를 다른 학생들에게 강의해주곤 했는데, 그 설명이 워낙 명쾌해서 수업 시간에 해결이 안 된 부분을 이해하는 데 많은 도움이 되었다. 과학영재학교에 있으면서 좋았던 점은, 각 분야마다 재능이 뛰어난 친구들이 있어서 모르는 내용은 그 친구들에게 물어보면 즉시 해결이 되었다는 점이다.

　내가 프로그래밍 과목을 정복하기 위한 방법은 무조건적인 암기였다. 물론 이해를 해야 암기도 할 수 있지만, 내용을 이해하는가와 시험 때 답을 써내는 것은 별개의 문제다. 나는 기말고사 98점을 목표로 프로그래밍 책을 무조건 외우기 시작했다. 책에서 어떤 프로그램을 코딩해놓으면 책에 나와 있는 컴퓨터 언어를 무조건 외웠다. 사실 이해하는 것조차 힘겨웠지만, 한번 이해를 한 뒤에는 무조건 암기를 강행했다. 한 프로그램 코드마다 4~5장에 달하는 분량이었는데, 시험 범위에 해당하는 코딩 부분을 다 합치니 몇 십 장이 되었다. 나는 그 몇 십 장 분량의 프로그래밍 언어를 줄치면서 외우고, 또 외웠다. 더 이상 내가 할 수 있는 일이란 없었다.

그러나 나에겐 굳은 믿음이 있었다.

'내가 비록 영재는 아니지만, 미친 듯이 그들보다 많이 공부하고 노력하면 반드시 영재를 따라잡을 수 있을 것이다.'

영재학교 시절을 뒤돌아보면, 나는 '영재' 친구들에게 많이 치이면서 그 속에서 몸부림치며 처절한 생존싸움을 했던 것 같다. 다른 친구들은 증명 문제가 나오는 시험 준비를 한다고 할 때, 책에 나와 있는 증명 과정의 도입 부분만 한번 스윽 보고 "음, 이건 시험 때 생각해서 풀면 되겠네." 하면서 공부를 간단히 끝낼 수 있었지만, 나는 증명 과정을 어렵사리 이해한 뒤에는 무조건 통째로 외워야 했다. 책을 보면서 겨우 이해한 내용을 시험에서 자유자재로 쓰려면 다른 친구들처럼 시험볼 때 생각하면서 풀기란 나에게 절대 불가능한 일이었다. 나는 증명 문제가 몇 개가 되든 모조리 다 외웠다. 극한의 곱의 법칙 증명, 이산수학에서 나오는 최단거리 알고리즘 증명 등 그렇게 나는 수학의 증명들을 외우면서 정복해나갔다.

나는 공부에 관한 한 누구보다 치열했다. 오죽했으면 내 별명이 '폐인'이었을까. 나는 시험 기간이 되면 어김없이 하늘색의 운동복을 입고 공부에 집중했다. 시험 기간 내내 옷도 바뀌지 않았고, 씻지도 않았다. 시험공부를 해야 한다는 그 생각 외에는 아무것도 하지 않았기 때문이다. 며칠 간 밤새는 것도 마다하지 않았다. 해야 될 공부가 너무 많았기 때문에 밤을 새는 것은 당연하게 여겼다. 룸메이트는 공부를 다 하고 태평하게 잤지만, 나는 룸메이트의 코 고는 소리를 참으며 도저히 못 참을 때는 귀마개를 하고, 그래도 못 견딜 때는 화장실에 쭈그리고 앉아서 공부를 했다. 수학 시험의 경우 맑은 정신으로 시험 보는 것이 중요하기 때문에 다른 친구들은 시험 전날에 일찍 잤지만, 선행학습이 전혀 안 되어 있던 나는 밤을 새면서 몇 번씩 문제를 풀고, 무조건 완벽하게 공부를 마치고 시험에 임했다. 시험 내내 머리가 아팠지만, 상대적으로 수학과 과학 실력이 부족했던 나로서는 어쩔 수 없는 선택이었다.

다음날, 주사위는 던져졌고 이미 기말고사 시험지는 내 앞에 있었다. 나는 마음을 비우고 문제를 풀기 시작했다. 이번 시험은 전반적으로 기분 좋게 봤다. 물리는 중간고사보다 더 어렵게 출제되어 나를 당황하게 했지만, 공부한 대로 최선을 다해서 풀었다. 시험 시간이 채 끝나지도 않았는데 다 풀고 나가는 친구들이 있기는 했지만 시험 시간은 끝까지 채운다는 원칙을 갖고 있었던 나는 문제를 다 풀고 나서도 자리에 앉아 있었다. 행여나 실수할 수 있는 부분은 몇 번이고 다시 점검하고, 다 점검하더라도 답안지를 끝날 때까지 갖고 있는 것이 '시험에 대한 예의'라고 생각했기 때문이다. 그리고 이것은 부모님께서 항상 강조하신 부분이기도 했다. 예전에 드라마 〈허준〉이 한창 유행했을 때, 드라마에서 허준이 과거 시험지를 받자마자 일사천리로 답을 적고 당당하게 가장 먼저 제출하는 모습이 나온 적이 있었다. 아버지는 그것을 보시며

나는 시험 기간이 되면 샤워도 안 하고 옷도 갈아입지 않은 상태로 계속 공부를 했다. 새벽 늦게까지 공부를 하다 보면 어김없이 그 자리에서 쓰러져 잠이 들고는 했다. 위의 사진은 크리스마스 때 찍은 사진인데, 우리 학교의 기말고사 기간이 크리스마스와 겹치는 바람에 3년 내내 크리스마스를 시험 공부로 보내야만 했다.

"현근아, 너는 앞으로 절대 저렇게 하면 안 된다. 아무리 네가 다 풀었더라도 시간을 다 쓰면서 최대한 신중하게 검토해야 돼."라고 말씀하셨다. 시험을 볼 때마다 아버지의 이 말씀을 종종 되새기곤 했다.

시험을 다 보고 나니, 좋은 점수를 기대할 수 있을 것 같았다. 걱정했던 프로그래밍도 열심히 한 덕에 생각보다 잘 볼 수 있었다.

원래 우리 학교는 기말고사가 끝남과 동시에 학기가 끝나고 방학이 시작되기 때문에, 기말 고사 성적이 나오기 전에 방학을 맞이하게 되지만, 1학년 1학기만은 기말고사가 끝나도 수업을 당분간 계속했다. 기말고사 점수를 확인하면서, 나는 나름대로 만족할 수 있었다. 수학 점수는 중간고사와 기말고사를 합산해서 18명 중 6등에 해당하는 점수였고, 충분히 A를 받을 수 있을 정도였다. 우리 학교는 절대 및 상대 평가를 채택하기 때문에 등수와 상관없이 절대적인 점수가 90점이 넘어야 A를 받을 수 있는 것이 원칙이다. 단, 90점이 되지 않더라도 전체 학생들의 성적이 낮을 경우 상대적인 요소를 감안해서 학점을 주기도 한다. 따라서 모두가 A를 받을 수도 있고, 모두가 F를 받을 수도 있다. 물리는 워낙 내가 약한 부분이라서 기말고사를 다소 잘 보긴 했어도 중간고사의 타격이 컸다. 200점 만점에 내 점수는 평균보다 18점 높았는데, A가 나올지 확신할 수는 없었다. 지구과학의 경우 문제집을 미친 듯이 풀어댄 덕에 중간고사와 기말고사 점수가 모두 높았고, 국어와 영어 역시 문제가 없었다.

남은 것은 프로그래밍. 내가 가장 우려하고 있던 과목이었다. 어떤 경우에도 98점 이하는 허락되지 않았다. 프로그래밍 시간에 선생님께서는 점수를 불러주시며 학생들에게 시험지를 나눠주셨다. 초조하게 판사의 판결을 기다리는 피고인처럼 나는 마음을 졸이고 있었다. 시험지가 절반 쯤 학생들에게 돌려졌을 때였을까, 선생님은 내 이름을 호명하셨다.

"김현근, 100점. 이야~ 대단한데?"

순간 내가 해냈음을 알았다. 기말고사에서 100점을 받은 사람은 나를 포함해 우리반에서 단 두 명이었다. 나머지 한 친구는 중간고사에서도 99점을 받았던 천재적인 학생이었는데, 그와 같은 100점이라니 말할 수 없이 기뻤다. 아마 지금도 친구들은 그때 내가 책에 있는 프로그래밍 언어를 모조리 외웠다는 것을 모를 것이다. 이제 최종적인 학점을 기다리는 일만 남았다.

영재들의 우등생이 되다

나는 방학 때 연구 프로젝트 일로 학교에 2주간 머물렀다. 학교 복도를 지나가다가 우연히 교감선생님을 뵙게 되었고, 교감선생님께서는 반갑게 인사하시며 "아, 현근아. 1학기 성적 나왔는데, 한번 볼래?"라고 말씀하셨다. 그 말을 듣는 순간 갑자기 긴장이 되며 손에서 땀이 났다.

'그래, 내가 최선을 다한 학기였어. 그 노력의 대가를 한번 보자.'라고 생각하고, "네, 보고 싶습니다." 하고 대답했다.

성적은 교감선생님께서 먼저 보셨다. 학생들의 성적을 죽 훑어보시는 듯하다가 이내 내 이름을 발견하시고는, 몇 초간 아무 말씀이 없으셨다. 순간 불안감이 엄습했다. 성적이 잘 안 나온 것일까.

"이야, 현근이 열심히 했구나. 성적이 아주 좋아. 허허."

나는 손가락으로 조심스럽게 내 이름 옆에 있는 성적들을 확인했다.

수학1 A+, 물리 A0, 지구과학 A+, 물리실험 A+, 지구과학 실험 A+, 국어1 A+, 영어1 A+, 프로그래밍 A0. 단 두 과목이 A0이고 나머지 전 과목이 A+였다. 4.5 만점에 평점 4.38. 물리와 지구과학을 배웠던 5반부터 8반에서는 전체 2등, 1반부터 8반 전교생을 통틀어서 전체 3등에 해당하는 학점이었다. 전국에서 모인 '지존' 144명의 학생들 중 3등이었다.

나는 주먹을 불끈 쥐었다. 교감 선생님께 짤막한 감사의 인사를 드린 다음, 나는 환호성을 외쳤다. 남들보다 열 배는 노력해서 얻은 값진 성과였다. 이 순간을 위해 얼마나 고생했던가. 눈물이 글썽거렸다. 물리와 프로그래밍, 내가 가장 기초가 없어서 고생했던 과목에서 A를 받았다는 것은 내 자신에 대한 승리였다. 집요하게 이해하면서 외우고, 어려운 문제를 무작정 풀면서 나는 그러한 핸디캡을 극복했다.

생각보다 매우 좋은 성적 덕분에 나는 단숨에 과학영재학교에서 '우등생'이 되었다. 당시에 내가 속한 1학년 6반은 성적이 우수한 학생들이 많았다. 그중에서도 최상위권 성적 그룹이 나를 포함해 세 명 정도 있었는데, 우연히도 그 세 학생의 성이 모두 '김' 씨라서 친구들은 우리를 '3김'이라고 불렀다. 한때 대한민국 정치를 주름잡던 '3김'이 이렇게 불릴 줄이야. 내가 과학영재학교에서 '3김'으로 불리는 것은 중학교 때 전교 1등을 했던 것과는 차원이 다른 기쁨을 주었다. 전국의 영재들이 모인 집단에서 '우등생'이 되는 것. 무엇보다 아무런 선행학습도 없이 노력과 오기 하나로 덤벼서 얻어낸 성과이기에 더욱 의미가 깊었다. 또 하나의 벽을 넘은 것이었다. 하늘도 감동할 만큼의 노력으로는 안 될 것이 없다는 자신감이 솟아올랐다.

나는 1학년 2학기 때도 1학기 때와 같이 열심히 공부했다. 과제물의 양이나 시험의 압박이 결코 1학기보다 느슨하진 않았다. 그러나 이제는 자신감이 있었다. 다른 학생들과 비록 시작점은 달랐지만, 언젠가 과학영재학교에서도 인정받는 최고가 될 것 같았다. 나는 2학기 때에는 단 한 과목에서 A0를 받고 나머지는 모두 A+를 받음으로써 4.5 만점에 4.43이라는 높은 성적을 기록했다. 그 결과 1학년 전체 성적 3등에 해당하는 평점을 받았고, 1학년 말에는 청와대가 우리 학교에서 5명의 학교 대표를 선발해 "21세기 성장동력"으로 초청을 했는데, 그때 나도 학교 대표로 청와대를 방문했다. 적어도 나에게는 지금까지 경험했던 것 중 가장 큰 영광이었다.

1학년 때 인상 깊었던 선생님은 수학을 담당하셨던 정철화 선생님이었다.

그분은 강의도 잘하셨지만 무엇보다 특출한 유머 감각으로 학생들에게 인기가 많으셨다. 틈만 나면 "나에게 물질을 바쳐라~. 성적에 반영한다~."는 농담을 던지시며 학생들에게 뇌물(?)을 요구하셨다. 학생들은 조금이라도 성적을 올려보려고 갖가지 애교를 부렸다. 새우깡부터 컵라면까지, 바치는 공물도 다양했고, 한번씩 선생님이 기숙사를 돌아다니시면 한 상자 가득했다. 물론 바쳐진 먹을거리들은 선생님이 드시는 것이 아니라 학생들이 찾아오면 먹으라고 나눠주셨다. 사전교육 때내가 화장실에서 공부하는 게 들켜서 배를 꼬집혔던 선생님이기도 했는데, 1년 동안 수업을 하면서 정말 친하게 지냈던 분이다. 그 선생님께서 하신 말씀 중에 아직도 기억에 남는 것이 있다.

"공부는 머리 좋은 녀석이 하는 게 아니라 엉덩이가 무거운 녀석이 하는 거다. 끈질기고 집요하게 공부하는 녀석이 결국 이긴다."

1학년 때 들었던 이 말씀은 그 당시 갖고 있는 것이라고는 악착같은

노력과 오기뿐이었던 나에게 큰 희망으로 다가왔다. '머리 좋은 녀석'
들의 집단인 영재학교에서 '우등생'이 되었을 때, 이 말씀의 진가를 확
인할 수 있었다. 나는 영재나 천재가 아니다. 그러나 나는 천재보다 더
공부를 잘할 수 있다는 생각으로 공부했다. 최고가 되기 위해 필요한
것은 천재적인 머리가 아니라 누구도 따라오지 못할 노력이라는 것을
굳게 믿었기 때문이다.

5

살벌, 달콤한 학창시절

나는 너무 어이가 없었고, 우리 꼴이 너무나 웃겼다.

그래도 기분은 괜찮았다. 룸메이트와 함께 했던

초라함의 극치인 크리스마스 파티.

이런 것도 행복이라는 생각이 들었다.

앞으로 해마다 성탄절이 되면

그 파티가 떠오를 것 같다.

3년간 크리스마스만 되면 미적분학,

유기화학, 분자생물학 책과 씨름하면서 보냈지만,

이렇게 기억에 오래 남을

크리스마스 또한 없을 것이라 믿는다.

별난 학생 위에 별난 선생님들

우리 학교에는 정말 특이하고 별난 학생들이 많다. 2학년 때부터 자율적으로 수강신청을 하게 되는데, 이 수강신청 프로그램을 전문 프로그래머가 아닌 학생이 만들었다. 학생들이 희망하는 예비 수강신청 결과를 토대로 100가지가 넘는 과목들을 겹치지 않게 잘 배분해야 할 뿐더러 최대한 편리하게 인터페이스를 구축해야 하기 때문에 프로그램을 짜는 일은 간단치 않다. 이 일을 맡은 죄(?)로 방학을 통째로 바쳐야 했던 종우는 맨날 울상인 얼굴로 "과목들 배치하다 보니까 경우의 수가 천문학적인 숫자야. 이거 어떻게 할지 미치겠다, 정말. 프로그램 코딩 해보니까 400페이지야, 어휴."라고 불평을 토로했는데, 나는 그저 신기하게만 느껴졌다. 그런 특출함 때문일까, 종우는 나와 함께 유학을 준비해서 MIT에 합격했다. 그뿐이 아니라, 컴퓨터의 귀재인 승우는 학생회장이 되면서 학교의 모든 관리 시스템, 예컨대 학교 시설 사용이나 외출, 외박 등의 모든 것들을 전산화하기도 했다.

아이들은 또 회장 선거를 할 때에도 단순히 기표소에서 투표를 하고 수작업으로 득표수를 계산하는 것은 재미가 없다고 해서 '선거 관리 프로그램'을 짜서 재미있게 투표 상황을 연출했다. 선거 관리 프로그램은 마치 하나의 영화를 보는 듯 흐름이 있었다. 먼저 멋있는 디자인 구성과 함께 프로그램이 가동되면 출마한 후보자들의 사진이 뜨면서 득표상황이 실시간으로 시각적 효과를 가미한 그래프로 나타나고, 개표가 완료되면 당선자가 나타나는 프로그램이었다. 우리는 강당에 있는 빔 프로젝트를 이용해서 대형 스크린에 프로그램을 띄워 놓고 방송에서나 구경할 수 있는 멋있는 구성과 함께 실시간으로 득표 상황을 보면서 마치 국회의원 총선이나 대통령 선거를 보는 듯한 기분을 느꼈다. 이것 또한 과학영재학교에서만 구경할 수 있는 풍경이었다.

그러나 별난 학생 위에는 언제나 별난 선생님이 있지 않겠는가. 우리 학교에는 특이한 선생님들 또한 많다. 미적분학II의 경우 수강자가 많아서 A반부터 F반까지(성적으로 분류한 것이 아니라 그냥 반의 이름이다) 있었는데, 까다롭기로 유명한 카이스트의 김훈 교수님은 F반에 수업하러 들어오실 때마다 "여기가 몇 반이지?"라고 웃음을 띠며 질문을 하신다. 그럼 학생들이 힘없이 "F반이요." 하고 대답하면 교수님께서 "그렇지? 열심히 하자." 하시며 기를 팍팍 죽인 뒤에 수업을 하신다. 실제로 F반에서 F학점이 쏟아져나왔던 것은 그저 우연의 일치일까.

또 다른 한 분은 카이스트 물리과의 배새벽 교수님이신데, 나는 개인적으로 이 분에게 수업을 들은 적이 없어서 아쉽기도 하다. 배새벽 교수님께서 대표적으로 가르치는 과목은 일반물리였는데, 이 분은 말투가 상당히 나긋나긋하면서도 사람을 압도하는 카리스마가 있다고 한다. 수업 첫 시간부터 교수님 특유의 말투로 "F=ma가 아니라고, 알겠어?"라는 '충격적인' 가르침(F=ma는 뉴턴의 제2법칙이다)으로 시작하여 도저히 일반물리에서는 다루지 않는 엄청난 고등수학으로 설명하시며 한 학기 내내 학생들로 하여금 충격에서 헤어나지 못하게 하셨다. 과목 이름은 일반물리지만 배우는 내용은 절대 '일반'적이지 않았다. 심지어는 다변수 미적분학 시간에 배우는 미적분보다 더 어려운 미적분이 등장했다. 이 수업을 이해하기 위해서는 선형대수학과 벡터 미적분학을 마스터해야 한다고 어느 친구가 알려주었다. 물리의 공식을 유도할 때 이 교수님의 미적분 암산 속도는 수학과 교수님들보다 빠를 정도여서 한번은 어느 학생이 "교수님께서는 어떻게 미적분 암산이 그렇게 빠르세요?"라고 질문을 했다. 교수님은 어이없다는 듯한 표정을 지으시며, "너희들은 고등학교 때 이러면서 안 노니?" 하셨단다.

배새벽 교수님은 서울대학교를 나오셨는데, 입학 시절 수학과와 물리학과가 배새벽 교수님을 데려가기 위해 다툴 정도로 특출하셨다고 하고, 대학 졸업 논문으로서는 이례적으로 스핀에 대한 이론물리 논문을 영문으로 200페이지 분량으로 쓰셨다는 등 전설이 많다.

함께 나누는 즐거움

우리 학교는 봉사정신을 언제나 강조했다. 국민이 내는 세금으로 좋은 교육을 받고 많은 혜택을 누리는 우리들이 봉사활동을 하는 것은 어떻게 보면 당연한 일이었다.

1학년 때도 한 달에 한 번씩 정신지체 장애아동을 돌보는 곳에 가서 노력 봉사를 하기는 했지만, 2학년이 되면서 나는 이제 내가 갖고 있는 것들을 이용해 좀더 의미 있는 일을 해보자는 생각을 하게 되었다. 2학년이 되면서 여유가 생기기도 했거니와 나는 당시 학생회 봉사부장을 맡고 있었다.

이것저것을 알아보던 차에 나는 친구로부터 부산맹학교에 다니는 시각장애우인 종일이를 소개받았다. 종일이는 나와 동갑인 친구였는데, 내가 할 일은 그의 학습지도를 해주는 것이었다. 맹학교에 다니는 대부분의 시각장애인들은 대학에 진학하지 않고 안마, 침술 등의 직업교육을 받고 사회에 진출한다. 하지만 종일이는 대학에 진학해서 특수교육에 관련된 일을 하고 싶다고 했다.

미숙아로 태어난 종일이는 인큐베이터에 있을 때 각막이 손상되어 시각장애를 입었다고 한다. 점자책을 보는 건 아니고 글자를 아주 크게 확대해주는 기구를 사용해 어렵게 책을 보고 있었다. 그렇게 어려운 조건인데도 공부를 하고자 하는 의지가 무척 강해서 나 역시 최선을 다해 그를 도와주고 싶었다.

나는 1주일에 한 번 종일이를 찾아가 영어를 가르쳐주었다. 종일이는 단어는 많이 아는데 독해를 제대로 하지 못했다. 각 단어의 뜻을 이리저리 조합해 뜻을 대충 꿰어 맞추는 식이었다. 나는 토플을 공부할 때 유용하게 써먹었던 '문장 구조 분석 방법'을 집중적으로 가르쳐주면서 문법과 독해 수업을 해나갔다.

"문장을 보면 일단 주어를 찾아봐. 그리고 다음에는 동사를 찾고. 그렇게 뼈대를 추려보는 거야."

"그럼 다른 것들은?"

"다른 것들은 우선은 무시하는 거지. 전치사가 이끄는 구는 일단 지워버리고 해석해봐."

종일이는 열정을 보이며 잘 따라와주었고, 덕분에 나도 신이 나서 열심히 가르쳤다. 1주일에 한 번 찾아가면 네 시간 정도 같이 공부를 했다.

그렇게 얼마가 지난 뒤 종일이가 불쑥 내게 이런 말을 했다.

"난 여태까지 일반인 친구는 없었거든. 우리 친구 맞지?"

그 말을 들으니 가슴 한 편이 아파왔다. 나는 얼른 밝게 대답했다.

"그럼 당연하지. 지금도 친구잖아."

그 후로 종일이와 나는 더 친해졌다. 공부도 같이 하고 끝나면 운동장에서 달리기 시합을 하기도 했다.

어느 날이었다. 종일이에게 갖다 줄 교재가 있어서 맹학교로 찾아가는 길이었다. 비가 추적추적 오는 날이었는데 종일이에게서 문자 메시지가 왔다.

'언제 와?'

'지금 가는 중이야.'

조금 있다 다시 문자메시지가 왔다.

'어디쯤 왔어?'

'거의 다 왔어.'

나는 답장을 보내면서 조금 짜증이 났다. 가고 있다는데 뭘 그리 채근하고 보채나 싶었다.

학교에 가보니 종일이가 우산을 쓰고 운동장에까지 나와서 나를 기다리고 있었다. 종이가방을 하나 들고 있었다.

나는 교실로 들어가 종일이에게 교재를 건네주고 교재에 대해서 몇 가지 설명도 해주었다. 나는 종일이를 버스정류장까지 바래다주고 버스가 올 때까지 같이 기다렸다.

“아, 저기 버스 왔다. 비 오는데 조심해서 가라, 종일아.”

내 말이 끝나기 무섭게 갑자기 종일이가 내내 손에 들고 있던 종이가방을 불쑥 나에게 내밀었다. 종이가방은 비에 젖어 조금 찢어져 있었다.

“이거 먹어.”

나는 안을 들여다보았다. 종이가방 안에는 치킨이 들어 있었다. 아직도 따스한 기운이 남아 있었다. 나는 갑자기 울컥해졌다. 종일이는 나에게 주려고 치킨을 사두고는 그게 식을까 봐 나를 그렇게 기다리면서 ‘언제 오느냐?’는 문자 메시지를 수차례 보냈던 것이다. 그리고는 바로 주지도 못하고 망설이다가 헤어질 때가 되어야 나에게 건넨 것이다. 나는 종일이가 너무 보챈다고, 솔직히 조금 귀찮다고 생각했던 일이 너무나 미안하게 느껴졌다. 나는 괜히 미안한 감정을 숨기려고 일부러 밝은 목소리로 말했다.

“아, 임마. 뭐 이런 걸 사고 그러냐. 돈도 별로 없을텐데. 어쨌든 잘 먹을게, 고맙다. 다음엔 내가 쏠게.”

나는 3학년 말까지 종일이와의 공부를 계속했다. 3학년 때 학과 공부와 유학 준비가 겹쳐 정신이 없을 때도 종일이와의 공부는 빼먹지 않았다. 1주일에 네 시간. 그 시간은 나에게도, 종일이에게도 매우 값지고 소중했다.

종일이가 사회복지학과에 특차지원을 하고 영어면접시험을 보는 날에는 괜히 나까지 긴장이 되었다. 면접이 끝났을 무렵에 전화를 했다.

“어땠어? 어려웠어?”

“아니, 괜찮았어.”

종일이가 합격통지를 받던 날, 나는 내 일처럼 기쁘고 감격스러웠다. 그리고 종일이가 무척 자랑스러웠다.

　나는 종일이와 공부를 하는 동시에 청각장애인 학습지도도 같이 하기를 원했다. 그래서 '가톨릭 농아인 복지회'라는 곳이 있기에 그곳에 전화를 걸어 청각장애 아이들의 학습지도를 하고 싶다고 얘기했다. 복지회 담당 수녀님께서는 세 시까지 복지회로 오라고 하셨다. 그런데 학교 규칙상 선생님의 허가를 받아야만 외출을 할 수 있었는데 하필이면 그날 선생님께서 부재중이셨다. 그래서 조금 늦게 복지회로 향하는 지하철을 탔고, 나는 수녀님께 다시 연락을 드려서 늦게 도착할 것 같아 죄송하다고 말씀드렸다.

　그런데 전화를 받은 수녀님은 "제가 분명히 세 시까지 오라고 했죠? 학생은 아무래도 자세가 안 되어 있는 것 같군요. 오지 말아요."라고 하시더니 전화를 끊어버리셨다.

　처음에는 예상치 못한 반응에 어리둥절했다. 그렇지만 나는 그대로 포기하고 싶지는 않았다. 누군가에게 '이기적인 영재고생'이라고 오해를 받는 것 같았고 그것만큼은 정말 싫었다. 나는 수녀님의 거절에도 무턱대고 '가톨릭 농아인 복지회'라는 곳을 찾아갔다. 전화를 걸어서 위치를 물어보면 쉬웠겠지만 오지 말라고 하셨는데도 가는 처지라 그럴 수도 없어서 거의 세 시간을 헤매고 나서야 겨우 찾을 수 있었다.

　전화를 받았던 수녀님은 직접 뵈니 무뚝뚝했던 전화 음성과는 달리 아주 푸근한 인상의 나이 든 수녀님이셨다.

　수녀님께서는 거기까지 찾아온 내가 조금 의외인 모양이셨다.

　"그럼 여기까지 왔으니 그냥 허드렛일이라도 해볼래요?"

　"네, 열심히 하겠습니다."

나는 그날부터 복지회 건물의 청소부터 물건 나르는 일까지 잡다한 일들을 도맡아했다. 1주일에 한 번씩 찾아가 시키는 일이 있으면 하고 없으면 일거리를 찾아 하면서 두 달이 지나갔다.

어느 날 수녀님께서 나를 아이들이 있는 공부방으로 데려가셨다. 주로 초등학생들이 방과 후 모이는 공부방이었는데 모두 청각장애아였다.

"아이들 공부를 좀 도와줄 수 있겠어요?"

"네. 자신 있어요."

나는 이번에도 씩씩하게 대답했다. 하지만 청각장애아 학습지도는 시각장애인 친구를 가르칠 때보다 훨씬 힘들었다. 시각장애인은 단지 보지 못한다는 것뿐 학습 능력 자체에는 문제가 없는데, 청각장애아들은 학습에 많은 애로사항이 있었다. 일단 의사소통이 어려웠다. 나는 공부방에 이미 계시던 선생님에게 수화를 배웠다. 하지만 나의 어설픈 실력으로는 아이들의 현란한 손놀림을 도저히 따라갈 수가 없었다. 그나마 다행이었던 것은 들을 수는 없어도 아이들은 입모양을 보고 내 말을 거의 알아들었다는 것이다. 입모양을 정확히 해서 천천히 말을 하고 중요한 말은 노트에 쓰면서 공부를 가르쳤다.

나는 국어와 수학을 주로 가르쳤는데, 가끔씩은 흥미로운 것을 해봤으면 좋겠다는 생각이 들어서 인터넷에서 재미있는 과학 실험을 조사했다. 그러고는 우리 학교 실험실에서 실험 기구를 빌려서 아이들에게 재미있는 실험을 보여주기도 했다.

그중에서도 일명 '빨간 분수 실험'이 기억에 남는다. 이 실험은 암모니아를 사용하는 것이었는데 암모니아가 물에 빨리 녹는 성질을 이용해 일시적인 기압차를 만들면 비커에 있던 물이 피펫을 타고 위로 올라간다. 물에는 염기성을 만나면 붉게 변하는 페놀프탈레인이 섞여 있어 물은 솟구치면서 암모니아를 만나 붉게 변해서 마치 빨간 분수처럼 보이는 것이었다.

아이들은 암모니아 냄새에 코를 싸쥐고 도망치면서도 빨간 분수가 솟구치는 모습에 깔깔거리며 재미있어했다. 나는 빨간 분수만 볼 게 아니라 원리를 이해하라고 잔소리하면서 계속 설명을 했다. 별로 알아들은 것 같지 않은데도 다 알았다고 우기는 아이들이 무척 귀여웠다.

그 후에도 계속 공부방에 실험 기구를 가져가서 실험 공연을 했는데, 다행히 할 때마다 반응이 좋았다.

공부방 활동을 하다 보니 조금 더 아이들과 가까워지고 싶다는 생각이 들었다. 나는 가톨릭 농아인 복지회에 계시는 여러 선생님들, 수녀님들과 마음을 모아 청각장애 아이들을 위한 여름 캠프를 기획했다.

3학년 여름방학, 거제도로 갔던 3박 4일의 캠프는 정말 즐거웠다. 아이들과 바다에서 뛰어놀기도 하고 박물관도 가고 산으로 채집활동도 갔다. 선생님 자격으로 간 것이었기 때문에 아이들을 챙기느라 힘들기도 했지만, 공부에 지친 머리를 쉴 수 있어 좋았다.

마지막 날 밤에 우리는 캠프파이어 대신 촛불 의식을 거행했다. 촛불을 밝히고 빙 둘러서서 서로에게 하고 싶은 말, 바라는 말을 돌아가며 했다. 나는 아이들에게 지금까지 하던 대로 공부도 열심히 하고 각자의 길에서 훌륭한 사람이 되기를 바란다는 말을 했다. 그것도 수화로! 나조차도 수화를 마치고 나서 깜짝 놀랐다. 그동안 조금씩 배웠던 수화가 언제 이 정도로 늘었나 싶었다. 3박 4일 동안 내내 아이들과 함께 지내다 보니 그 시간만큼이나 수화 실력이 부쩍 늘었던 것이다. '수화도 정말 언어로구나. 많이 접해보는 게 최고구나.' 생각했다.

아이들이 잠들고 선생님들끼리 얘기하는 시간을 가졌다. 거기서 수녀님은 나에게 따뜻한 말씀을 해주셨다.

"처음에 현근 학생이 온다고 했을 때는 솔직히 반갑지가 않았어. 그동안 여러 학생들이 봉사하겠다고 와서는 겨우 몇 번 들락거리다 가버려서 공연히 아이들에게 상처만 되는 일이 많았거든. 그런데 복지회에 와서 일하는 것을 보니 학생은 좀 다르겠구나 싶었지."

수녀님의 말씀을 듣고 보니 몇 달 동안 공부방에 나를 안 데려가신 이유가 이해되었다. 그게 일종의 테스트였구나 하는 생각이 들었다.

"오늘 현근 학생이 아이들에게 수화로 말해주는 모습을 보고 정말로 감동했어. 정말로 고마워."

나 역시 수녀님에게 감사했다. 믿어주고 맡겨주시는 것만큼 큰 사랑은 없는 법이기 때문이다. 공부방 아이들과의 유쾌하고 즐거웠던 추억은 오래도록 나를 따뜻하게 해줄 것이다.

마지막으로 나에게 큰 인상을 남겨준 것은 독거노인 분들의 자서전을 편찬했던 일이다.

자서전 편찬 작업은 반송복지회와 학교 선생님의 도움을 얻어서 독거노인 분들의 인생에 대한 이야기를 듣고 대필해 책으로 펴내는 작업이었다.

대부분 75세에서 80세가 되시는 10명의 노인분들의 이야기를 담아서 100페이지 가량의 사진이 실린 자서전을 만들었다. 자서전 및 사진 전시회 수익금은 모두 독거노인 분들의 복지를 위해 기증하였다. 지금은 늙고 가난해서 사회에서 소외된 분들이지만, 일제시대와 한국전쟁으로 이어진 우리의 힘들었던 역사를 겪어온 그분들의 이야기를 듣고 평범한 인생의 감동과 가치를 발견해보자는 취지에서 시작된 일이었다. 유명하고 성공한 사람들의 빛나는 인생 이야기는 아니지만, 그분들의 삶을 들여다보면서 우리들도 스스로의 삶을 되새겨보자는 뜻도 있었다.

나는 그때 이제 여든 살을 바라보는 권○○ 할머니의 인생 이야기를 썼다. 할머니의 삶은 고난의 연속이었다. 할머니는 일본군에게 붙잡혀 가지 않으려고 열일곱 살이라는 어린 나이에 결혼을 했고, 스물세 살이 되던 해에 남편이 공산군에게 총살당하고, 그 뒤로 생계를 꾸려나가려고 갖은 고생을 다하셨다고 한다. 딸은 뇌졸중으로 세 번이나 쓰러지고, 아들도 사업 실패로 어머니 곁을 떠나고, 재혼한 남편도 결혼한 지 3개월 만에 암으로 세상을 떠나고……. 말씀하시는 내내 할머니의 눈은 붉게 아른거렸다. 나는 사람이 이렇게 힘들게 살 수도 있나 하는 생각밖에 나지 않았다.

"정말 힘드셨겠어요."

내가 할 수 있는 말이라고는 겨우 이 한마디뿐이었다. 내가 어찌 할머니 주름 사이에 묻어 있는 고달픈 인생을 알겠는가.

"괜찮아. 지금은 그래도 동사무소 소장님이 좋으신 분이라 쌀도 주시고, 진료도 싸게 할 수 있어서 큰 걱정 없이 산다."

할머니는 다시 말을 이으셨다.

"이제는 정말 아무 것도 바라지 않는다. 유일한 소원이 있다면 자다가 아무도 모르게 편안히 죽는 일밖에 없어."

담담하게 말씀하시는 할머니에게서 내가 감히 상상할 수 없는 인생의 애환이 오롯이 느껴졌다. 죽는 것을 두려워하지 않는, 아니 오히려 바라고 있는 할머니의 얼굴은 약한 듯하면서도 강해 보였다. 마지막 세상을 떠나는 순간에 당신의 힘들었던 삶에 대해 보상을 받고 싶으시다는 할머니의 소박한 바람을 듣고 삶을 달관한 듯한 모습을 보면서 형언할 수 없는 복잡한 심정이 들었다. 할머니는 이제 매일 하나님께 기도를 드리는 독실한 기독교인이 되셨다. 나는 신의 존재를 믿지 않지만, 할머니가 이 세상을 떠나실 때 소망하셨던 마지막 바람만은 꼭 이루어지기를 간절히 기도했다.

봉사활동을 하면서 느끼는 것은, 봉사는 할수록 더 하고 싶어진다는 것이다. 관심을 가지고 우리 주위를 둘러보면 도움을 필요로 하는 사람들이 많다. 베푸는 삶을 통하여 우리 자신도 정화시키고, 봉사하는 대상에게도 기쁨을 줄 수 있다면 그것보다 즐거운 일 또한 없을 것이다. 주위에 뜻있는 분들과 함께 한다면 훨씬 더 보람을 느낄 수 있다.

봉사를 하고 싶어도 어디 가서 어떻게 해야 할지 모르겠다는 사람들이 많은데 요즈음에는 싸이월드(www.cyworld.com)의 '사이좋은 세상' 코너 등을 통해서도 정보를 얻을 수 있다.

미리 맛보는 과학자의 삶

우리 학교의 두드러진 특색 중에 R&E(Research and Education)가 있다. R&E는 3명에서 6명 정도의 학생이 한 조가 되어 지도 교수님을 모시고 1년간 특정 주제에 대해 대학교나 대학원 수준의 연구를 하는 것이다. 수업 시간에 강의를 들으면서 배우는 것도 많지만 실제로 서울대, 카이스트 같은 대학에서 교수님을 모시고 과학 연구를 직접 하다 보면 과학자의 삶이나 연구 과정에 대해서 생생한 공부를 할 수 있다.

나는 R&E를 정하기 전 여러 교수님들이 제안한 주제 목록을 보고 직접 10여 명의 교수님들께 전화를 드려 연구 계획과 논문으로 발전시킬 가능성 등을 여쭤보면서 주제 선정에 신중을 기했다. 우리 학교만의 장점이었던 R&E에 대한 애착이 특히 강했고, 아주 잘하고 싶었다.

나는 생물학을 전공할 계획이었기 때문에 1학년, 2학년 때 모두 생물 관련 R&E를 했다. 1학년 때는 카이스트에서 '알러지에 영향을 미치는 유전자 탐색과 SNP(단일염기다형성) 분석' 연구(유전자 내의 염기 변화를 조사해서 그것으로부터 알러지 발병률을 예측하는 연구)를 했고, 2학년 때는 서울대에서 '신경교세포 형성에 영향을 미치는 BX–C 호메오틱 유전자 분석'이라는 연구 주제(신경계는 뉴런과 신경교세포로 이루어져 있는데 초파리 발달 단계에서 신경교세포를 형성하는 데 영향을

R&E 때 찍은 기념사진. 우측 세 번째가 나다.

미치는 호메오틱 유전자를 연구하는 것)를 통해 유전자 기능을 분석하는 유전·발생학적 방법을 배웠다. 특히 2학년 때는 내가 직접 3명의 친구들을 설득해서 팀을 구성하고 지도 교수님까지도 직접 정했다. 세 명 모두 학교에서 인정받는 친구들이라 우리는 생물 R&E의 '드림팀'으로 불렸다.

실험을 하다 보면 생각처럼 안 될 때가 너무 많았다. 아직 고등학생에 불과한 우리의 기술 부족 때문에 분명히 이론상 잘 나와야 하는 결과도 잘 안 나오면 실험을 여러 번 반복해야 했다. 그렇게 되면 계획된 시간을 초과해서 연구실에서 아예 밤을 새면서 작업해야 할 때도 많았다. 다행히 1학년, 2학년 때 무척 좋은 교수님들과 조교 분들을 만나서 연구가 더 원활하게 진행될 수 있었던 것 같다. 보통의 권위적인 교수님들과는 다르게 나의 지도 교수님들은 고등학생이라도 학술지에 논문을 실어보는 경험은 소중하기 때문에 열심히 하라고 많이 격려해주셨다.

그 결과 1학년 때의 연구논문은 『생명과학회지』에 등재가 되고, 2학년 때는 제60회 한국생물학회 정기총회 학술대회에 참가하여 SCI급 학술지인 『한국유전학회』 우수 논문 포스터상을 수상했다. 한국생물학회 초록집에 연구논문이 실리기도 했다. 두 논문 모두 고등학생으로는 최초의 성과였으며, 특히 한국유전학회로부터 받은 상은 석·박사 연구팀이 포함된 92개의 연구팀 중에서 6팀에게만 수여되었던 것이었다. 고등학생으로서 석·박사 분들을 제치고 영예의 상을 받았다는 것이 감격스러웠다. 아마 내가 프린스턴 대학에 합격하게 된 이유 중 하나가 연구논문이 아닌가 생각한다. 나와 같은 팀 동료들, 교수님들이 최선을 다해 열심히 연구해서 낳은 소중한 성과가 아닐 수 없다.

우리 학교 전체의 R&E 팀을 통틀어서 우리 팀처럼 교수님과 학생의 열정이 대단했던 팀은 거의 없었다. 밤샘 작업도 마다하지 않았고, 결과가 부족하다 싶으면 계속 실험을 하면서 데이터를 쌓아나갔다. 처음 우리는 실험에 필요한 초파리 암수 구별도 제대로 하지 못했다.

"중엽아, 이게 암놈이냐 숫놈이냐?"

"암놈이네. 배에 까만 부분이 없잖아."

"그럼 virgin(처녀)이냐 아니면 교배한 초파리냐?"

"음, 되게 헷갈리네. 시간이 지나서 배가 불투명한 건지, 교배를 해서 그런 건지 모르겠는걸?"

그렇게 오랜 시간을 암수 구별, virgin 구별 같은 단순한 작업을 하다 보니 눈이 충혈되고 머리가 아팠다. 한참을 훈련한 뒤에야 우리는 능숙하게 초파리 구분을 할 수 있었다.

우리 팀원들은 2학년 때 1년간 R&E를 하면서 아쉬운 부분이 남아 더 좋은 결과를 내보려고 3학년 때도 계속 연장 실험을 했다. 교수님과 조교님은 서울대에 계시지만 우리는 부산에서 실험을 해야 해서 어려운 점이 많았다. 부산에 있는 대학교에 실험 시설을 빌려 써도 되는지 일일이 연락하고, 팀원들이 돌아가면서 각자 수업이 비는 시간에 학교 내에 있는 초파리 인큐베이터실에 가서 초파리를 교배시키고 집을 갈아주는 일을 했다. 아무리 바쁜 일이 밀려 있더라도 시간을 반드시 지켜야 되는 그 작업부터 어김없이 했다. 실험을 하고 나면 끊임없이 교수님과 연락을 취하면서 실험 결과를 해석하는 데 온 힘을 쏟았다.

"Abd-B 유전자를 과량 발현시켰을 때는 분명 신경교세포 패턴 변화가 생긴단 말이야. 왜 그런거지?"

"Phenotype suppression 때문에 다른 호메오틱 유전자 발현물들이 억제되는 것 같은데?"

우리는 실험 결과에 대한 토론을 끊임없이 했다. 토론을 하면서 발생유전학에서 결과의 해석이 얼마나 힘든 것인지 알게 되었다.

1학년 때는 마지막 결과 작업이라고 할 수 있는 SNP 통계분석을 자청해서 했다. 1년 정도 교육 받고 실험하면서 만들어낸 결과물이 얼마나 과학적으로 유의미한 것인지 내 눈으로 직접 확인해보고 싶었기 때문이다. 그때 분자생물학 연구에 쓰이는 통계분석 방법과 프로그램을 배울 수 있었다.

"오, Q576R SNP는 P value가 0.01인데, 이건 유의미한 것이겠죠? 아싸, 관련 SNP 하나 찾았다."

"실제로는 0.01이면 그렇게 좋은 수치는 아니란다. 어쨌든 통계상으로는 유의미하다고 볼 수 있지."

우리는 몇 번이고 피펫으로 시료를 만들고, 항체 염색을 하고, 현미경을 들여다봤다. 우리가 원하는 대로 결과가 나왔을 때는 긴 과학연구의 즐거움을 만끽할 수 있었고, 그것이 하나의 유의미한 자료가 된다는 사실이 매우 기뻤다. 그리고 결과를 해석하는 과정에서도 친구들과 연구원들이 서로 토론하면서 점점 과학의 통찰력을 기를 수 있었다. 경험이 가장 소중한 공부임은 부인할 수 없을 것이다.

과학영재학교에서는 R&E를 아주 중요한 교육과정이라고 여기기 때문에 매년 겨울방학 때 R&E 최종발표회를 치르고 연구일지, 발표, 포스터 등을 종합적으로 평가해서 각 분야별 최우수 팀을 선정한다. R&E에서 각 분야(수학, 물리, 화학, 생물, 지구과학, 정보과학) 1등상을 수상하는 것은 아주 영예로운 일이었다.

2학년 때 우리는 '드림팀'이라는 말까지 들으며 그 이름에 걸맞을 만큼 최선을 다했다. 발표하는 방식도 많이 신경을 썼다.

"발표가 아니라 강의하는 식으로 가는 거야. 어차피 다른 팀을 이해 시키는 게 목적이잖아?"

"지루하지 않게 하는 게 중요해. 이건 더 쉬운 말로 바꿔보자. 언제 까지나 우리의 대상은 심사위원이 아니라 학생이라고 생각해야 돼."

"대본은 필요 없어. 그냥 우리가 알고 있는 내용을 쉽게 설명하면 돼."

우리는 다른 대부분의 팀처럼 대본을 미리 만들지 않았다. 대본에 얽매이지 않고 자유롭게, 그리고 최대한 쉽게 설명하는 식으로 발표를 하고자 했기 때문이다. 그만큼 우리는 팀원들에 대한 신뢰가 컸다.

발표는 성공적이었고 학생들의 호응도 매우 좋았다. 하지만 생물 분 야에는 강력한 후보가 있었다. '암 세포 사멸기전'을 연구해 상당히 좋 은 결과를 내고 삼성 휴먼테크 논문대회에서 수상한 팀이 있었는데, 그 팀이 최우수상을 탈 가능성도 매우 높았다.

"암세포 팀이 최우수상 받지 않을까?"

"발표는 솔직히 우리가 훨씬 좋았잖아."

"상 못 받으면 어때. 결과보다 중요한 건 과정이지."

"아니야, 결과도 중요해. 하하. 이번에 최우수상 못 타면 나 정말 이 번 방학 때 한 게 없단 말이야. 큭큭……."

R&E 발표회 마지막 순서. 우수 포스터상과 최우수상이 결정되는 시 간이었다. 모든 학생들이 강당에 모여 손에 땀을 쥐고 결과를 기다렸다.

"우수 포스터상! 암세포 기전을 연구한 C팀!"

C팀의 대표는 상을 받으러 단상에 자신 있는 걸음으로 올라갔다.

"괜찮아, 최우수 팀은 우리가 될 거야. 제발, 아멘."

독실한 크리스천인 중엽이가 계속 손을 모으며 불안감을 달랬다. 나는 우리가 최우수상을 탈 것 같은 확신이 들었다. 언제나 나의 직감은 틀린 적이 없었다. 하지만 괜히 입방정을 떠는 것 같아 그 느낌은 항상 누구에게나 말하지 않았고, 이번에도 나는 묵묵히 있었다.

"그럼 영예의 최우수상은 신경교세포 관련 호메오틱 유전자 연구를 한 D팀! 축하합니다!"

"아싸, 해냈어!"

나는 너무 기쁜 나머지 전교생이 모인 자리에서 벌떡 일어나 크게 환호성을 외치고 만세를 불렀다. 친구들과 선생님들이 웃음을 터뜨렸다. 같이 동고동락한 팀원들과 조교, 교수님께 연신 감사하다는 말씀을 드렸다. 2년간의 R&E 경험은 우리 학교가 아니면 경험하지 못할, 참으로 유익한 경험이라고 생각한다.

과학영재학교만의 축제, SAF

학교마다 여러 가지 축제가 있는 것처럼 과학영재학교는 1년에 두 번의 축제가 있다. 대부분의 학교에서 하는 일반적인 성격의 축제가 있고, 또 하나는 SAF(Science Academic Festival)라고 불리는 축제가 있는데, 이것은 내가 2학년 때 학생회 활동을 하면서 생긴 것이다. 학생회 임원들은 정기적으로 모여서 주간 업무를 토론하는 시간을 가졌는데, 학기 초에 과학영재학교만의 독특한 축제를 만들어보자는 의견이 있었다. 모두들 동감하여 그때부터 학생회 임원 전체는 분주하게 축제 준비를 시작했다. 우선 축제 이름 공모와 홍보 포스터 공모 등을 통해 시작부터 학생들의 참여를 이끌어냈다. 앞으로 이 축제는 과학영재학교의 전통이 될 것이기 때문에 첫 단추가 매우 중요했다. 우리는 SAF라고 하는 축제 이름을 정하고, 멋있는 포스터를 채택하여 홍보도 적극적으로 했다. 축제 때 진행할 프로그램들을 정하고 그 준비를 하는 것 모두를 학생회와 학생들이 하다 보니 바쁘고 힘은 들었지만 하나하나 만들어가는 재미가 있었다.

주요 프로그램으로는 개막식, 과학 퀴즈대회, 팀별 과학대회 등이 있었다. 개막식 때는 1회 SAF의 마스코트였던 대형 원숭이 모형을 양쪽 줄에 매달아 마찰력을 이용해 건물 1층부터 옥상까지 끌어올렸다. 원숭이의 임계 질량이나 각종 물리적인 문제들을 윤환이의 자문을 구해서 직접 계산한 다음, 학생회 임원들이 원숭이 모형을 제작해서 개막식을 무사히 마칠 수 있었다. 학생 스스로 기획한 일들이 성공적으로 진행되는 것을 보니 정말 뿌듯했다. 선생님들과 학교에서도 적극적으로 도와주셨다.

팀별 과학대회는 팀을 구성해서 물리, 화학, 생물, 지구과학 중 하나를 선택해 제시된 과제를 가장 성공적으로 해내는 팀이 우승하는 형식이었다.

주제들이 다 재미있었는데, 물리팀 주제는 '하드보드지로 가장 튼튼한 다리 만들기'였다. 어떤 구조를 갖는 것이 가장 큰 하중을 견딜 수 있느냐를 겨뤄보는 것이었다. 화학팀 주제는 '가장 큰 비눗방울 만들기', 지구과학 주제는 '직접 기압계를 만들어 가장 정확하게 기압재기'였다.

우리 팀은 생물을 선택했는데, 주제는 '햄스터를 길들여서 가장 빨

과학영재학교의 과학 축제인 SAF 과학대회에서 가장 큰 비누방울을 만들어 1등을 수상했던 화학팀.
어떻게 저렇게 크게 만들 수 있을까?

리 장애물을 통과하기'였다. 선생님께서 경주에 참가할 햄스터를 팀마
다 한 마리씩 나눠주셨다.

"애초에 햄스터의 체력조건이 조금씩 다른 거 아니야?"

"그러게. 얘는 어째 더 비실비실한 거 같다."

"하여튼 수단방법을 가리지 말고 길들여야 돼."

우리는 며칠 동안 햄스터를 데리고 있으면서 훈련을 시켰다. 우리가
택한 방법은 철저한 '당근과 채찍' 방법이었다. 실제 상황과 비슷한 모
의 장애물을 만들어놓고 엉뚱한 곳으로 가면 손가락을 튕겨 체벌을 했
고, 제대로 길을 가면 먹이를 주었다. 오래 지나지 않아 햄스터는 출발
지점에 서자마자 반사적으로 길을 찾아 달리기 시작했다.

SAF의 과학 대회를 마치고. 원래 있어야 할 햄스터는 뛰쳐나가 어디론가 사라졌다.

다른 팀들은 어떻게 훈련시키고 있나 슬쩍 엿보았더니 햄스터를 아예 굶기는 팀도 있었고, 거의 학대하는 수준으로 대하는 팀도 있었다. 가장 엽기였던 건 자양강장제랍시고 햄스터에게 박카스를 먹이는 팀이었다.

실제 대회날, 우리 팀은 자신감을 가지고 대회장에 들어갔다. 그 곳에서 다른 팀의 친구가 햄스터 훈련을 시키고 있었는데, 우리는 그 광경을 보고 입이 떡 벌어졌다. 그 친구가 햄스터를 장애물 출발선에 놓는 순간, 햄스터가 단 1~2초 만에 장애물을 통과하는 것이었다. 햄스터는 매번 놀라운 속도로 장애물을 통과했는데, 햄스터 뇌를 조작했나 싶을 정도였다. 도대체 어떻게 했길래 햄스터가 저럴 수 있는지 궁금해서 물었더니 그는 웃기만 했다.

그 팀 때문에 우리 팀은 아쉽게 우승을 못했다. 대회가 끝나고 기념 촬영을 하기 위해 햄스터를 들고 사진을 찍으려는 순간, 햄스터가 갑자기 뛰쳐나가 대회장을 뛰어다니더니 벽 깊은 곳으로 들어가버렸다. 도저히 손이 닿지 않아 햄스터를 꺼낼 수도 없었다.

"이런, 저러다가 죽겠다. 먹을 것도 없는데."

"가엾지만 어쩔 수 없지. 그러게 누가 뛰쳐나가래."

우리는 몇 십분간 햄스터가 나오길 기다렸지만 햄스터는 끝내 벽 속에서 나오지 않았다. 그 햄스터가 어떻게 됐는지는 아직도 알 수가 없다. 가엾은 녀석.

또 하나 재미있었던 것은 과학 퀴즈대회였는데, 나는 친구 두 명과 함께 팀을 이루어서 퀴즈대회에 출전했다. 동기였던 승우가 직접 프로그래밍을 해서 대회는 굉장히 매끄럽게 진행되었다. 강당에서 대형 스크린에 문제가 제시되면, 우리가 컴퓨터로 답을 입력하고, 그 답이 스크린에 뜨면서 정답 또는 오답 처리가 되어 실시간으로 팀별 순위가 나타났다. 선생님들께서 직접 문제를 내셨는데 다들 재미있었다. 우리는 내내 선두를 달리다가 물리 문제에서 친구 한 녀석이 무심코 답을 적는 바람에 돌이킬 기회도 없이 공동 2등으로 떨어져버렸다. 가장 어이가 없었던 문제는 지구과학 문제였는데, "지구에서 가장 가까운 별이 무엇인가?"라는 질문이었다. 별이라는 것은 과학적으로는 항성을 뜻하는 것이다. 우리는 지구과학 지식이 없기 때문에 당연히 지구에서 가장 가까운 항성인 '태양'밖에 생각나지 않았다. 나는 문제가 너무 어이없게 쉬워서 모두 맞힐 것이라고 생각했다. 그런데 스크린에 뜬 답안을 보니까 '프록시마 알파성'이라는 별을 답으로 써낸 팀이 절반 가까이나 되는 게 아닌가?

"으잉? 태양 아냐, 태양? 제일 가까운 항성 맞잖아."

"맞어, 맞어. 쟤네들이 너무 복잡하게 생각한 거야."

역시 답은 '태양'이었다. 지구과학 선생님께서는 특유의 유머스러운 말투로 비꼬셨다.

"이런 무식한 놈들. 내가 너희 이럴 줄 알고 이렇게 어이없는 문제 한번 내봤다, 짜식들아."

그러니 너무 아는 게 많아도 탈인 것이다.

이렇게 과학영재학교 최초의 SAF는 매우 성공적으로 마무리되었고, 모든 학생들이 색다른 경험을 한 것에 대해 만족해했다. 이 행사를 주도했던 학생회 임원으로서 나와 다른 학생회 간부 친구들은 감회가 남달랐다. 대학에 가게 되면 참으로 그리워질 시간들이다.

탈출

3학년 1학기 중간고사를 앞둔 어느 날 중간고사뿐만이 아니라 AP(Advanced Placement, 대학의 기본 과목을 고등학교 때 미리 수업을 듣거나 시험을 쳐서 이수하는 것) 시험과 남아 있는 SAT 시험으로 시험 스트레스는 극에 치달았을 때였다. 아무리 공부해도 SAT 점수는 안 오르지 중간고사는 턱밑에 다가왔지 모두들 폭발하기 일보직전이었다.

그러던 중 친구 정한이가 갑자기 방으로 찾아왔다. 중간고사 미적분 공부를 하다 말고 왔다고 했다.

"답답하지 않냐?"

"왜 안 답답해, 답답해 미치겠지. 공부는 안 되고 시간은 없고 정말 미치겠다."

"…… 나가자!"

"엉?"

정한이는 밤에 잠깐만 기숙사를 나갔다 오자는 것이었다. '탈출'이었다. 나는 바로 책을 덮고 일어서서 동지들을 규합했다. 함께 유학 준비를 하던 치형이가 우선 포섭되었다.

그런데 뜻하지 않게 학교에서 '바른생활 사나이'로 통하던 중엽이가 거사를 함께 하겠다고 나섰다. 독실한 크리스천인데다가 착하고 예의 바르고 규칙 잘 지키던 중엽이의 동참에 우리는 더없이 고무되었다.

우리는 탈출한 뒤에 무엇을 할 것이라는 계획은 전혀 없이 단지 기숙사를 어떻게 빠져나가느냐 하는 문제에만 골몰했다.

"지금쯤이면 사감 선생님이 돌지는 않을 거 같고, 어디로 빠져나가지?"

"1층에 우택이 방 창문이 완전 열리거든. 그쪽으로 살짝 빠져나가면 될 거야."

"우택이는 이 시간에 잔다. 방해할 수 없잖아. 그냥 파이프 타고 내려가자."

"아씨. 파이프 타다가 삐끗하면 끝장인데."

다른 방법이 없었기 때문에 우리는 기숙사 3층에서 가스파이프를 타고 내려갔다. 3층이라 별것 아니라고 생각했는데 막상 내려가려고 아래를 보니 아찔해졌다. 떨어지면 최소한 중상이구나 싶었다. 5월이었는데도 밤바람이 어찌나 차던지 파이프를 잡고 내려가는 손이 부들부들 떨렸다.

"아, 이거 밤이 되니까 잘 안 보이네."

다행히 우리는 아무 사고 없이 땅바닥에 내려설 수 있었다. 기숙사 창문들에서 불빛이 새어나오고 있었다. 우리는 불빛을 피해 몸을 최대한 숙이고 발소리를 죽여 뒷문으로 학교를 빠져나갔다. 해안선을 따라 침투하는 무장간첩 같은 느낌이었다. 들키면 당장 중징계가 떨어지고 정학은 기본이었다.

일단 학교 밖으로 나오자 모두들 하아! 하고 큰 숨을 쉬었다. 마치 그 안에서는 숨도 제대로 못 쉬고 살았던 것처럼 밖은 공기마저 사뭇 다른 듯했다.

"아~ 이제 좀 살 것 같다."

"그런데 우리 뭐하지? 막상 나오니까 막막하네."

"뭘 하려고 나온 건 아니잖아. 그냥 걷기만 해도 마음이 탁 트인다."

"그래도 우리 어쨌든 나왔으니까 뭔가 사먹자."

"근데 뭘 먹지? 이 시간에 피자집도 문 닫았고, 치킨집은 그래도 할 텐데. 근데 너희 돈 많냐?"

"4천 원밖에 없어. 넌?"

"헉. 나 지갑 두고 왔다."

"아 참, 꼭 이런 인간이 있다니깐. 난 만 원 정도 있어."

"그럼 우리 비싼 건 못 먹겠고, 저기 갈비탕 하는 집 있으니까 거기로 가자."

갈비탕 집에 들어가 자리에 앉자 주인 아주머니가 다가오셨다.

"뭐 시키시겠어요?"

"갈비탕 네 개 주세요."

"술은 안 하시구요?"

'헉! 웬 술?

서로 얼굴을 쳐다보는데 중엽이가 얼른 "네, 술은 됐습니다." 했다.

주인 아주머니가 주방으로 가자 우리는 고개를 떨구었다.

"야, 우리가 그렇게 삭아 보이냐? 고등학생으로 안 보이나 봐."

"확실히 고생하긴 했나 보다."

"크크, 술을 시킬 걸 그랬나?"

주문한 갈비탕이 나왔고 별 다를 것 없는 갈비탕이지만 그날만큼은 어떤 음식보다도 맛있게 느껴졌다.

"야, 우리 그냥 술도 시킬까? 이런 때 아니면 언제 한잔 하겠어?"

"그래, 그러자."

그런데 음식점에서 자신 있게 술을 시켜본 적이 한 번도 없었기 때문에 우리는 주인 아주머니의 눈치를 보면서 주춤거렸다. 주인 아주머니는 뭔가 낌새를 채신 듯 의심의 눈길을 보내셨다.

"아주머니가 우리 고등학생이라는 걸 눈치챈 거 같애."

"아, 우린 이래서 안돼. 완전 찌질이잖아. 어쩔 수 없다야."

그렇지 않아도 공돌이 콤플렉스를 가지고 있던 우리는 자신 있게 술 하나 주문하지 못하는 우리 자신에게 '찌질이', '병신'이라고 하며 자학했다.

우리는 그렇게 갈비탕만 한 그릇씩 먹고 학교로 돌아왔다.

학교로 돌아오는 길에 정한이가 불쑥 말을 꺼냈다.

"우리 대학 잘 갈 수 있겠지?"

그 순간 밤하늘의 별이 우리를 내려다보고 있는 듯했다. 나는 대답했다.

"그럼. 당연히 잘 가지. 우리는 대한민국이 인정한 공식 영재 아니냐, 하하. 이렇게 열심히 준비하는데 당연히 잘 가겠지, 걱정마. 다들 정상에서 또 보는 거야."

서로의 불안한 마음을 함께 위로해주는 친구들, 그들과 함께 지낸 추억만큼 소중한 것도 없을 것이다. 그날은 밤하늘마저도 청명해보였다.

벌점도 1등

나는 아침잠이 많은 터라 평소에도 기숙사에서 모범생은 아니었다. 아침 기상을 알리는 요란한 기숙사 음악 방송은 나에겐 최대의 적이었고, 늦잠을 자느라 아침점호에 불참해 벌점을 수도 없이 받았다.

우리 학교는 벌점제가 있었는데 점호 불참 외에도 학교 기물 파손, 음주, 카드 같은 도박, 지각, 기숙사 무단 잔류 등이 벌점 항목에 속했다. 같은 항목에서 세 번 걸리면 점수가 더블이 된다. 벌점이 9점 이상이면 선도교육을 받게 되어 있는데, 선도교육 때는 반성문 제출, 봉사활동 4시간, 육체 훈련을 해야 한다. 선도교육을 세 번 받으면 징계 위원회에 회부되는 것이 원칙이었다.

내가 학생회 활동을 할 때는 학생회와 선생님들이 협의해 학생회 주최 캠페인에 동참하면 쌓인 벌점 중에서 1점을 감해주고, 학교장 상을 받으면 3점을 감해주는 등 상점제도도 만들었다.

1학년 때 공부한다고 늦게 자다 보니 아침점호 불참으로 벌점이 9점을 넘겼을 때가 있었는데, 그때 생전 처음으로 반성문이라는 걸 써보았다. 딱히 쓸 말도 없는데 A4 한 장을 꽉 채우는 게 정말 고역이었다. 이래서 반성문 쓰기가 '벌'에 속하는구나 싶었다. '앞으로 더 성실히 학교 규칙을 지키겠습니다.'라는 말만 계속 되풀이했다. 어떤 친구는 부당한 벌점을 강행하는 학교 체제에 반항한다고 김지하 님의 '타는 목마름으로'라는 시를 써내기도 했다.

숨죽여 흐느끼며
네 이름을 남 몰래 쓴다.
타는 목마름으로
타는 목마름으로
민주주의여 만세!

같이 웅크려서 반성문을 쓰고 있다가 그 글을 보고 얼마나 웃었는지 모른다.

3학년 말, 미국 대학 원서 준비로 너무나 바빠지면서부터는 나는 새벽 늦게 잠드는 것이 일상이 되었고, 그 때문에 3학년 전체에서 벌점 최다 득점왕이 되었다. 한 친구는 이런 말까지 했다.

"현근이 너는 점수에 관련된 거라면 항상 1등이구나. '스탯(점수) 최강 김현근', 큭큭."

그 뒤로 '스탯 최강'은 내 별명이 되어서 나를 괴롭혔다. 나중에는 벌점이 걷잡을 수 없이 불어나서 한때 28점까지 올라갔다. 나는 자포자기했고 나중에는 선생님도 포기하는 사태까지 갔다.

친구 정한이는 "야, 현근아. 네 벌점 웬만하면 좀 깎아라. 부동의 1위네. 따라올 자가 없어." 하며 놀렸다. 나는 음흉하게 웃으며 "곧 졸업이야."라는 대답으로 일관했다. 내가 벌점이 1위였던 것은 물론 늦잠을 잔 탓도 있었지만 그보다는 다른 친구들은 받아야 할 벌점을 안 받고 피해갔기 때문이다. 늦잠을 자고 아침점호를 불참해도 다른 반의 인원 검사를 맡은 친구들은 많이 봐줬는데, 우리 반의 경우는 인원 검사를 맡은 친구가 워낙 책임감이 투철해서 원칙대로 불참 표시를 했던 것이다. 억울할 것도 없었지만 괜히 억울했다.

3학년 후반이 되자 아예 사감 선생님께서는 우리 복도에 오시면 내 이름부터 부르면서 학생들을 깨우셨다.

"김~현~근! 안 일어나나!"

우리 기숙사 복도에 있는 친구들은 이런 사감 선생님의 우렁찬 외침을 들으면서 아침을 맞이했다.

나는 조금이라도 더 자려고 사감 선생님이 오시면 옷장에 숨거나 책상 밑에 숨어서 사감 선생님이 가고 나신 뒤 다시 침대에 누웠다. 말년 병장이 되면 군대가 우습게 보인다고 하듯이, 3학년이 되자 나의 동지들이 점점 많아졌다. 사감 선생님이 가고 나시면 어김없이 인기척이 여기저기서 들렸다.

"현근이 너 방에 있을 줄 알았어. 그나저나 어떻게 나중에 기숙사 나가지?"

"장사 한두 번 해보냐. 이제는 그냥 나가도 3학년은 봐주셔."

"아, 정말 2학년 때까지만 해도 안 이랬는데, 3학년 되니까 조절이 안 된다."

우리는 종종 7시 50분까지 퇴실을 해야 하는 기숙사 규칙도 어기고

8시 50분쯤에 슬쩍 사감 선생님의 따가운 눈길을 애써 피해가며 기숙사를 나섰다. 그때마다 나는 멋쩍게 웃으며 "샘, 죄송합니다."라는 짧은 한마디를 흘렸다. 지금 생각해보면 그때 나의 행동을 보면서 사감 선생님은 얼마나 어이가 없었을까. 내가 워낙 속을 썩여서 사감 선생님과는 미운 정이 많이 들었는데, 이 기회를 빌어서 죄송하다는 말씀을 전한다.

이것이 행복이다

기숙사 생활을 하다 보면 행복이라는 것이 얼마나 사소한 것으로부터 얻어지는지를 실감할 수 있다. 우리 학교는 화재의 위험 때문에 기숙사에서 개인이 발열기기를 사용하는 것은 금지하고 있었다. 따라서 우리는 컵라면 외에는 마땅한 간식거리를 마련할 수가 없었다. 저녁 식사 후 9시 30분에 간식이 제공되기는 했지만 공부를 하다 자정이 넘으면 출출해지는데, 그럴 때마다 정수기에서 뜨거운 물을 받아 컵라면을 먹곤 했다. 기숙사에서 음식을 먹는 것은 규칙 위반이었기 때문에 우리는 사감 선생님에게 들키지 않으려고 컵라면을 들고 살금살금 기다시피 해서 복도를 지나곤 했다. 그렇게 힘들게 먹는 컵라면도 자주 먹다 보니 물려서 정말 제대로 끓인 라면이 먹고 싶어졌다. 그래서 친구들은 컵라면 대신 봉지라면으로 아쉬움을 달래곤 했다. 봉지라면이란 라면 봉지를 조심스럽게 뜯고 스프를 넣은 다음 바로 뜨거운 물을 부어서 먹는 것이었다. 말하자면 일반 라면을 컵라면과 똑같은 방법으로 먹는 것이다. 나는 가르쳐준 대로 한번 해봤는데 친구 말과는 달리 맛이 정말 이상했다.

"우웩, 봉지라면 맛있다며. 이거 덜 익고 간도 안 맞아서 완전 이상해."

"그러게 물 조절을 잘해야지. 군대에선 다 이렇게 먹는대."

"여기가 군대냐?"

양은냄비에 제대로 끓인 라면에 대한 그리움이 극에 달했을 때, 우리의 구세주가 등장했다. 옆방 친구가 들고 온 일명 '라면포트'. 생긴 것은 커피포트와 비슷한데 입구가 널찍하고 커서 라면 끓이기에 딱 안성맞춤이었다. 정말 행복햇다. 나를 비롯한 기숙사 친구들은 기쁨을 감출 수가 없었다. 수업이 끝나고 나면 저녁 식사 시간이 되기도 전에 기숙사로 달려가서 포트에 라면을 끓이고 수다를 떨면서 행복하게 라면이 익기를 기다렸다.

"먹을 것에 이렇게 행복해하다니, 평소에 얼마나 행복할 거리가 없었으면 이럴까."

"시끄러워. 라면 분다, 빨리 먹어."

우리는 크리스마스가 기말시험과 겹쳐 있었기 때문에 3년 내내 한 번도 크리스마스다운 크리스마스를 보내지 못했다. 사람들이 짝을 이뤄 쌍쌍이 거리로 몰려다니는 크리스마스 이브에도 우리는 기숙사 좁은 방에 틀어박혀 책에 코를 박고 있어야 했다. 그런데 어느 해 크리스마스 이브 자정이 되자 조용하던 방안에 갑자기 캐럴이 울려퍼졌다. 고개를 들어보니 내 룸메이트 성호가 노트북 컴퓨터로 캐럴을 튼 것이었다.

"뭐냐?"

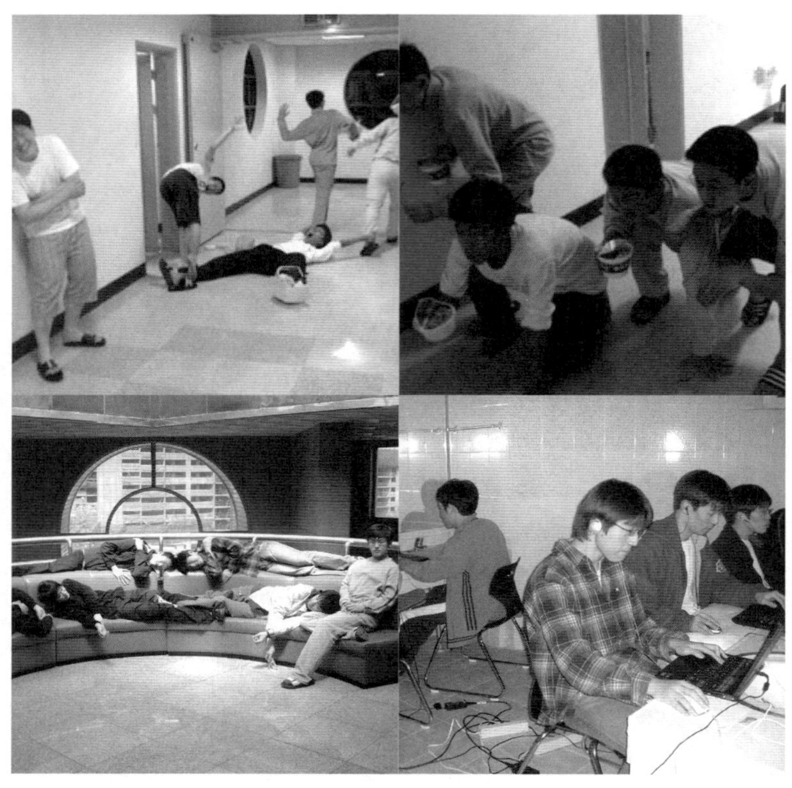

기숙사 생활을 하다 보면 진풍경들이 많이 연출된다. 사감 선생님께 안 들키고 컵라면을 먹으려고 특 공부대처럼 조심스럽게 방으로 향하는 장면, 시험 기간이 끝난 뒤 화장실에 모여서 새벽까지 '스타크 래프트', '카운터 스트라이크' 등의 게임을 미친 듯이 하는 장면도 심심치 않게 볼 수 있다. 이런 것 들이 힘든 시간을 견디게 해주는 감초였다.

"야, 우리도 크리스마스 파티 좀 해보자."

성호는 조각 케이크를 꺼냈다. 저녁 간식 때 나온 케이크 한 조각을 안 먹고 싸가지고 온 것이다. 조심스럽게 싸왔겠지만 그래도 뭉개져서 형태도 제대로 없는 케이크였다. 그 위에 초까지 하나 꽂았다.

"내가 미쳐. 초는 또 어디서 났냐?"

“식당에 있더라. 야, 빨리 불어.”

“하여튼 별 짓을 다해요.”

“촛불 끌 때 소원 비는 거냐?”

“몰라 나도.”

우리는 둘이서 촛불을 껐다. 케이크도 나눠 먹었다.

“노래도 하자. 고~요한 밤, 거~룩한 밤~”

“야!!!”

나는 너무 어이가 없었고, 우리 꼴이 너무나 웃겼다. 그래도 기분은 괜찮았다. 룸메이트와 함께 했던 초라함의 극치인 크리스마스 파티. 이런 것도 행복이라는 생각이 들었다.

앞으로 해마다 성탄절이 되면 그 파티가 떠오를 것 같다. 3년간 크리스마스만 되면 미적분학, 유기화학, 분자생물학 책과 씨름하면서 보냈지만, 이렇게 기억에 오래 남을 크리스마스 또한 없을 것이다.

힘들 때 위안이 되는 가족

과학영재학교에서 학업을 수행하고 유학을 준비하면서 생기는 피로와 스트레스는 살인적인 것이었다. 더군다나 나는 특별히 낙천적인 성격도 아니었고 스트레스를 빨리 풀어버리는 게 아니라 항상 고민하고 신경 쓰면서 스스로를 피곤하게 하는 성격이었다. 처음에는 학교 친구들과 동고동락하고 같이 생활하면서 지내는 것이 마냥 즐거웠는데, 나중에는 집이 그리워지기 시작했다. 가족들을 보면서 수다도 떨고 밥도 같이 먹으면서 위로를 받고 싶었다.

　1학년 때 한창 다른 학생들을 따라잡느라 고생하고 있을 때 어머니는 나에게 큰 힘이 되어주셨다. 내가 2학년일 때는 어머니가 재능교육 학습지 선생님을 하셨는데, 평소 몸이 좋지 않았던 터라 하루 종일 학생들을 가르치고 나면 밤에는 나무토막처럼 쓰러져 잠이 드셨다. 그런데도 불구하고 내가 어머니께 힘들다고 하소연을 하면 아무리 피곤하셔도 저녁 9시, 10시에 일을 마치시고 직접 기숙사에 오셔서 내 얘기를 들어주고 격려해주셨다. 어차피 내가 선택한 길인데 철없이 투정부리는 스스로가 한심하기도 했지만, 그만큼 그때는 정신적으로 힘든 시기였다.

　3학년이 되어서 유학 준비에 박차를 가할 시점에는 많은 시험과 그동안 벌여놓았던 특별활동이 포화상태가 되어서 나를 짓눌렀다. 때문에 정신적 스트레스가 극심했는데, 이때 나는 그렇게 가족이 그리울 수가 없었다. 그냥 딱 하루만 집에 가서 가족들과 편히 쉬고 싶다는 생각밖에 들지 않았다. 나 하나만을 바라보고 밤낮으로 학생들을 가르치러 다니시는 어머니, 그동안 마음고생만 하시다가 내가 영재학교 3학년이 되던 해부터 다행히 보험설계사 일을 하시게 되어 나를 뒷바라지해주시는 아버지. 나는 부모님들이 하시는 일이 얼마나 고되고 힘든 일인지 알고 있었다. '나'라는 희망을 붙잡고 힘든 일을 하러 매일같이 집을 나서시는 부모님들을 보며 다시 마음을 다잡곤 했다.

　한 달에 한 번 집에 가는 날이면 부모님은 늘 웃으시며 나를 반갑게 맞아주셨다. 중학교 때까지만 해도 항상 곁에 있었던 가족이고 그렇기 때문에 소중함을 미처 깨닫지 못하고 오히려 서운한 감정도 지니고 있었는데, 이제는 가족의 존재가 얼마나 큰 힘이 되는지 느낄 수 있었다.

어디에 있든 나를 생각하고 나를 지켜보는 가족. 아무리 힘들어도 가족은 존재 그 자체만으로도 모든 것을 극복해나갈 수 있는 원동력이 되어주는 것 같다.

내가 집에 오자마자 말하지 않아도 부모님은 기다렸다는 듯이 내가 제일 좋아하는 삼겹살을 구워주셨다. 기숙사에 있다 보면 삼겹살 구경하기가 힘든데, 가족끼리 모여서 삼겹살을 구워 먹으면 맛이 기가 막혔다. 기숙사에서 맨날 컵라면만 먹다가 집에 와서 양은냄비에 라면을 제대로 끓여서 먹을 때에는 별미가 따로 없었다. 식구들과 모여서 얘기할 때 가끔씩 터져 나오는 아버지 특유의 유머는 바쁜 학교 생활로 찌들어 있던 마음을 한꺼번에 풀어주었다. 그 순간만큼은 어려운 우리 가족의 생활, 나와 부모님들이 저마다 벌이고 있는 힘겨운 싸움들을 웃음으로 날려버릴 수 있었다.

"현근아, 니 미국 가면 서양 여자를 꼬셔서 결혼해라. 나는 언제든지 노란 눈 환영이다. 나도 예쁜 며느리 좀 얻어봐야지. 하하."

"하여튼 너거 아빠 주책하고는. 나는 눈에 흙 들어가도 며느리가 내 보고 "you, you" 거리는 꼴 못 보니까 알아서 해라이. 당신은 나이 먹고 예쁜 며느리 얻어 갖고 뭐할라고?"

그럼 여동생은 혀를 끌끌 차며 "아빠를 아빠라 못하고……."라고 냉소적인 한마디를 던진다.

가족들의 구수한 입담들. 3년간 얼마나 그리워했는지 모른다. 가족들의 성원과 보이지 않는 노력이 없었다면 나는 결코 훌륭한 결실을 맺지 못했을 것이다. 힘들 때마다 나보다 더 고생하고 계실 부모님을 생각했고, 꿈을 이루기 위해 최선을 다해 노력하는 모습을 부모님께 보여드리려 했다. 자식만을 위한 인생을 살아가시는 부모님에게 희망을 드리며 매순간 최선을 다하는 것이 무엇보다도 내 삶을 더 값지게 만든다고 생각한다.

6

아이비리그를
향하여

나는 세 가지 이유에서 유학을 결심했다.

첫째, 더 넓은 세계에서, 전 세계에서 모인 인재들과

선의의 경쟁을 하면서 나를 발전시키고 싶었고,

둘째, 내가 어디까지 해낼 수 있는지를 시험하고 싶었으며,

셋째, 더 큰 세계 속에서 내가 원하는 것을 찾고 싶었다.

그런데 이런 소망을 충족시키기 위해서는

유학을 가더라도 최고의 대학을 가야만 했다.

2주간의 미국 체험

과학영재학교에서는 다양한 해외연수 프로그램을 운영한다. 물론 본인 부담은 전혀 없다. 아무리 좋은 연수 기회가 많이 있다고 하더라도 조금이라도 경제적 부담이 되었더라면 나는 가지 못했을 것이다.

1학년 때는 전교생이 자기 선택에 따라 미국의 퍼듀 대학이나 러시아의 모스크바 대학으로 연수를 갔다. 2, 3학년 때는 일정 기준을 통과하는 희망자에 한해서 해외연수 기회가 주어졌다. 미국의 일리노이 수학과학고등학교(미국의 영재학교), 아이비리그 대학인 컬럼비아 대학, 호주의 ASMS(Australian Science and Mathematics School), 이스라엘의 와이즈만 연구소, 중국 상하이 국제 청소년 과학기술 박람회, 태국 왕립학교 등등이 우리 학번(03학번)의 아이들이 연수를 다녀온 곳이다. 1학년 때 전교생이 해외연수 프로그램을 받는 것 이외에도 약 40%는 2, 3학년 때 해외연수의 기회를 추가로 얻게 된다. 최근에는 학교 측에서 해외연수 기관의 수를 대폭 늘려서 06학번 학생들은 1학년 때 미국의 스탠퍼드 대학, 노스웨스턴 대학, 미시건 대학, 퍼듀 대학, 러시아의 모스크바와 노보시비르스크, 이오페 연구소, 호주의 ASMS, 영국의 노팅햄으로 해외연수를 갈 수 있다. 앞으로도 점점 늘려나갈 계획이라고 한다.

나는 1학년 때는 미국의 퍼듀 대학으로 연수를 갔고, 3학년 때는 중국 상하이에서 열린 과학기술 박람회와 태국의 마히돌(Mahidol) 왕립 학교에서 열린 국제과학 전시회에도 참가했다. 특히 중국의 과학기술 박람회에 참가할 때는 학교 대표로 선발되기 위하여 성적이 우수했던 친구들에게 적극 권유를 해서 직접 '드림팀'을 만들었다. 고등학교 때 미국, 중국, 태국 이렇게 세 곳을 돈 한 푼 안 들이고 갔으니 학교의 해외연수 프로그램이 고마울 따름이다.

세 번의 해외연수 중에서도 나는 특히 퍼듀 대학에 갔던 일이 기억에 남는다. 1학년 때 우리는 미국과 러시아 중 하나를 선택할 수 있었는데, 나는 아무런 망설임없이 미국을 가기로 결정했다. 다른 친구들은 앞으로 미국은 가 볼 일이 많으니까 이번 기회에 러시아를 가는 것이 좋을 것이라고 했지만, 나는 내 꿈을 펼치게 될 그곳을 미리 가보고 싶었다. 1학년 1학기 말, 퍼듀 대학 연수를 앞두고 나는 무척이나 들떠 있었다. 난생 처음 해외로 나가는 것이기 때문이다. 더군다나 나는 비행기도 처음이었다. 내가 무척 어릴 때 가족끼리 제주도로 여행가면서 비행기를 타봤다고는 하는데, 나는 전혀 기억이 없었다. 때문에 이때가 내 기억에 남아 있는 첫 비행이다.

2, 30명의 친구들과 함께 비행기 좌석에 앉아 출발을 기다리면서 나는 가슴이 두근두근했다. '미국에 간다. 내가 목표한 그곳, 그곳의 공

나는 고등학교 시절 학교 지원을 받는 해외연수 프로그램에 참여하여 외국인들과 교류할 수 있는 기회를 가졌다. 가장 위 두 사진은 상하이 과학기술 박람회에 갔을 때, 중앙 두 사진과 아래 좌측 사진은 세계평화캠프에 참가했을 당시, 아래 우측 사진은 APEC 캠프에 참가했을 때의 사진이다. 돈 안 들이고 외국인들과 많이 만날 수 있었던 건 정말 행운이었다.

기를 미리 맡아보려 가는 것이다. 미국 아이비리그에 합격하여 미국행
비행기에 오른다면 기분이 어떨까. 지금의 이 비행이 대학 입학식을
위한 거라면 얼마나 좋을까.' 15시간의 비행 내내 나는 좁은 좌석에 앉
아 있었지만 불편한 것도 몰랐다. 비행기가 미국 상공으로 진입했다는
안내방송이 나올 때는 가슴이 벅차오르기까지 했다.

드디어 시카고 국제공항에 도착했다. 입국수속을 밟고 난 뒤 우리는
리무진 버스를 타고 2주간 공부하게 될 퍼듀 대학으로 향했다. 달리는
버스 안에서 우리가 본 것은 끝없는 들판과 듬성듬성 있는 건물들뿐이
었다. 넓은 평원을 보지 못하고 자란 나는 그 별다를 것 없는 풍경에도
넋을 뺏겼다.

우리는 퍼듀 대학에 도착하기 전 코리아타운에 들러 식사를 했다.
겨우 2주 있을 예정이면서도 우리는 마치 이민이라도 온 양 미국에 있
을 동안 마지막으로 먹을 한국 음식인 갈비탕을 먹으며 서운해했다.

마침내 퍼듀 대학에 도착했고, 각자 기숙사를 배정 받고 도우미들에
게 앞으로의 주의사항을 들었다. 나는 이때부터 미국에 온 실감을 하
게 됐는데, 왜냐하면 도우미들의 영어가 생각보다 훨씬 빨랐기 때문이
다. 단어가 어렵거나 문장구조가 복잡해서가 아니라 말이 너무 빨라서
알아들을 수가 없었다. 또래들 중에서 나름대로 영어는 좀 한다고 생
각해왔는데, '이 녀석들, 지금 한국인이라고 일부러 못 알아듣게 빨리
말하는 건가?' 하는 생각까지 들 정도였다.

어쨌든 뜨문뜨문 들리는 단어로 뜻을 조합해서 대충 주의사항을 숙
지한 다음, 우리는 식당으로 향했다. 우리는 식당에 들어가자마자 황
홀감을 감출 수 없었다. 스파게티, 스테이크, 원하는 대로 토핑을 해주

는 피자 등 맛있는 메뉴가 가득했기 때문이다. 그러나 2주 내내 그런 종류의 음식을 먹어 나중에는 느끼해서 모두 입맛을 잃고 말았다. 1주일이 채 지나기도 전에 김치와 쌀밥이 그리워졌다.

퍼듀 대학 연수는 미국 각지에서 온 학생들과 한국에서 간 우리들이 같이 모여 수업을 듣는 식으로 이루어졌다.

나는 수의학과 음파학을 들었는데, 개인적으로 수의학 수업이 더 재미있고 유익했다. 선생님도 인격적으로 매우 좋은 분이셨다. 그 당시 내 영어 실력으로는 수업 내용을 완전히 이해할 수는 없었지만 그럭저럭 따라갈 수는 있었다. 나름대로 프레젠테이션도 하고, 개 해부도 실제로 해봤다. 개 해부를 할 때는 4명이 한 조가 되었다. 4명 앞에 턱 놓여진 큼지막한 개를 보니 '이걸 어쩌란 말인가' 하는 암담한 느낌이 들었다. 개 시체 특유의 냄새가 코를 찔렀다. 나는 무척 떨렸지만 최대한 태연하게 보이도록 노력하며 개복(開腹)을 시도했다. 생각보다 질겼고, TV에서 보던 것처럼 메스로 스윽 그으면 열리는 게 아니었다. 게다가 안의 뼈들은 왜 그리 단단한지. 장기들의 배치도 상상했던 것과는 달랐다. 늘 그림이나 모형으로 포유류 장기를 봐온 터라 '이건 간, 이건 위' 하고 한눈에 봐도 알 수 있도록 제 자리를 차지하고 있는 줄 알았다. 그런데 막상 열어본 배 속은 뭐가 뭔지 알 수 없이 복잡하고 모든 게 엉켜 있었다. 아주 신기하기는 했지만 그리 유쾌한 경험은 아니었다.

그렇게 2주 동안 잊지 못할 추억들을 만들고 나서, 마지막 날 나는 수의학 선생님께 준비해 간 하회탈을 선물했다. 그리고 하회탈에 대해서 영어로 설명을 했다. 아니, 하려고 했다. 한국 역사에서 조선시대는 양반과 평민이 있던 계급사회였고, 평민들이 양반들을 풍자하기 위해서 이 탈을 쓰고 양반을 조롱하던 놀이를 했다는 내용을 말하고 싶었는데 그게 쉽지가 않았다. 원어민이 내 말을 주의깊게 듣고 있다고 생각하니 아는 단어도 잘 떠오르지 않고 긴장만 되었다. 나는

"Hmm……about 600 years ago, there was Jo-sun dynasty……which was the old generation of Korea. And there were upper and lower classes in Jo-sun dynasty……."

까지 말했다. 하지만 영어로 양반을 '풍자'하고 '조롱'하려니 도저히 어떻게 말을 해야 할지 생각이 나질 않았다. 나는 더듬거리다 결국,

"Oh, God! English is too difficult!!!"

라고 외쳤다. 선생님은 끙끙거리는 내가 안쓰러우셨는지,

"Yeah, English is difficult!"

하고 웃으시며 속상해하는 나를 다독거려주셨다. 마지막 날 내내 이 일이 마음에 걸리고 편치 않아서, 나는 미리 영작을 해놓고 완벽하게 외운 다음 선생님을 다시 찾아뵙고 하회탈에 대해서 다시 설명을 드렸다. 그제서야 선생님은 완전히 이해를 하시고,

"Ah-Ha! Thank you very much!"라고 고마움을 표하셨다.

음파학 수업은 애초에 물리에서 배우는 파동에 대해서 배울 줄 알았는데, 음향학에 관련된 수업이라서 처음에 조금 당황했다. 나와 내 친구들은 학교에서 배운 물리 지식으로 이 시간에 미국 학생들을 완전히 기죽게 해서 한국인의 힘을 보여주려는 계획을 갖고 있었다. 하지만 수업을 들어보니 실제로는 음향학 수업이어서 그 야심 찬 계획은 모두 수포로 돌아갔다. 이 수업 시간에는 음향과 관련된 무대설치 등을 배워서 약간은 지루했다.

미국에서 이것저것 많은 것을 느끼고 왔지만, 미국은 우리나라보다 훨씬 더 가정환경에 따라 교육환경이 좌우되는 사회라는 것을 알게 되었다. 나와 우리 학교 친구들은 학교에서 해외연수 비용을 지원해줘서 온 것이지만, 이 영재 프로그램에 참가하는 미국 학생들은 전부 본인 부담으로 몇 백만 원을 투자하여 참가하는 것이었다. 우리나라는 뛰어난 학생들을 발굴하여 대학이나 교육청에서 영재센터를 운영하여 지원해주지만, 미국 같은 경우 이러한 영재 프로그램에 참가하기 위해서는 본인이 상당한 부담을 져야 했다. 미국은 전체적인 교육환경이 좋긴 하지만, 주어진 훌륭한 교육환경을 누릴 수 있는 것은 개인의 부에 따라 많이 차이가 난다. 교육환경이 좋은 것과 그 교육환경을 실제로 누리는 것은 별개의 문제인 것이다.

미국에서 우수한 사립학교 및 공립학교는 대체로 경제적 수준이 높은 지역에 있고, 반대로 가난한 동네에 있는 학교는 상상을 초월할 정도로 교육환경이 열악하다. 다른 무엇보다도 교육기회에 있어서는 평등의 이념을 중시하는 우리나라와는 다르게 미국은 엘리트 교육, 수준별 교육을 중시한다. 그러한 의식은 미국 전반에 이미 깊게 뿌리 박혀 있어 미국의 선택된 소수에게만 제공되는 엘리트 교육은 선택되지 못한 사람들에게는 난공불락의 철옹성과 같다. 그만큼 가난한 학생이 좋은 대학에 들어가기는 구조적으로 어렵다는 것이다.

최근에는 미국에서도 이러한 사회적 계층 간에 현격히 차이 나는 교육의 기회를 극복하고자 하는 많은 움직임이 있다고 한다. 대학 입시도 그러한 여론에 따라 서서히 바뀌는 조짐을 보이고 있다. 예를 들면 학생을 선발할 때 그 학생이 다닌 학교, 지역, 가정 형편 등을 보고 이 학생에게서 기대할 수 있는 학업 성과가 어느 정도인지 그 기대치를 설정한다. 절대적인 점수가 아니라 각자에게 다른 기준을 부과하여 학생을 선발하는 방식으로 다양한 계층의 학생들을 입학시키는 것이다.

기다려라, 프린스턴!

내가 과학영재학교에서 우수한 성적을 받으려고 그렇게 애를 썼던 가장 큰 이유 중의 하나는 미국 아이비리그 진학을 준비하기 위해서였다. 나는 세 가지 이유에서 유학을 결심했다. 첫째, 더 넓은 세계에서, 전 세계에서 모인 인재들과 선의의 경쟁을 하면서 나를 발전시키고 싶었고, 둘째, 내가 어디까지 해낼 수 있는지를 시험하고 싶었으며, 셋째, 더 큰 세계 속에서 내가 원하는 것을 찾고 싶었다. 그런데 이런 소망을 충족시키기 위해서는 유학을 가더라도 최고의 대학을 가야만 했다.

사실 과학영재학교는 입학한 순간, 카이스트 입학이 보장되고 포항공대의 경우도 거의 그렇다. 서울대학교를 비롯한 다른 대학에 진학할 때에도 많은 직·간접적인 특혜를 받을 수 있다. 그렇지만 이제 처음 출범하는 학교인데다가, 우리가 과학영재학교 시스템을 도입한 이후 첫 졸업생이 되기 때문에 미국 대학에는 아직 알려져 있지 않은 상태였다. 이미 미국에 아주 우수한 학교로 명성이 나 있다면 점수가 설령 낮더라도 감안을 하겠지만, 그렇지 않은 상황에서 아이비리그를 위해서는 무조건 높은 성적을 받아야만 했다. 1학년 때의 성적으로 자신감을 얻은 나는 원래의 계획대로 유학을 준비하기 시작했다. 하지만 미국 대학의 입시가 어떻게 이루어지는지, 무엇을 준비해야 하는지 아무런 정보가 없었던 나는 내 손으로 직접 찾아보는 수밖에 없었다. 과학영재학교를 선택한 것도, 유학을 가겠다고 고집했던 것도 내가 선택한 길이었다.

나는 내 손으로 모든 정보 수집과 준비를 해보리라 결심했다. 이미 부모님께서는 스스로 개척하는 힘을 지닐 수 있도록 교육을 시켜주셨고, 내가 직접 뛰고 부딪혀서 목표를 성취하면 되는 것이었다.

나는 직접 인터넷 사이트에서 미국 대학을 가기 위해 준비해야 하는 것들, 신문 기사 등등을 있는 대로 수집해서 꼼꼼히 읽어보았고, 전문가가 쓴 책을 빌려 읽으면서 유학 준비에 대한 개요를 잡기 시작했다. 내가 유용하게 읽었던 책은 『콜린 박의 유학파일』이 대표적이다. 그 당시에는 유학을 준비하고 있던 학교 친구도 딱히 없었다. 유학 관련 책들을 대부분 읽어본 결과, 하버드, 프린스턴, 예일, 스탠퍼드, MIT 등의 명문대학들은 입학이 생각보다 훨씬 까다로웠다. 세계 제일이라고 불리는 이유를 알 만했다. 나는 반드시 이 다섯 개 대학 중 하나에 합격하고 말겠다는 의지를 굳혔다. 그리고 그중 첫 번째 목표로 프린스턴 대학을 택했다.

내가 프린스턴에 지원한 이유는 첫째로 미국 대학 중 학부가 가장 우수한 대학, 특히 아이비리그 과학 프로그램이 우수한 대학으로는 프린스턴을 꼽기 때문이다. 둘째로 나의 경우 대학원을 하버드로 진학하기를 희망하는데, 학부와 대학원 과정을 서로 다른 곳에서 공부하는 것이 똑같은 곳에서 6년간 공부하는 것보다 훨씬 견문을 쌓는 데 도움이 될 것이라 믿었기 때문이다. 어차피 인생은 여행하는 것이라고 생각하기 때문에, 다양한 곳에서 공부하고, 느끼고, 경험하는 것이 좋다고 생각했다. 뿐만 아니라 하버드 대학원에 진학하려면 하버드 학부를

프린스턴 대학은 미국에서 캠퍼스가 아름다운 학교 3위 안에 들 정도로 캠퍼스가 인상적이다. 캠퍼스가 아름다운 또 다른 학교로는 예일, 코넬, 듀크가 유명하다. 4년간 저 곳에서 공부할 수 있다니!

졸업하는 것보다 비슷한 수준의 다른 대학을 졸업하는 것이 더 유리하기도 했다(미국의 대학원은 다양성 문제 때문에 아주 우수하지 않으면 자기 대학 출신들을 잘 뽑지 않는다). 뉴욕 근처에 있어서 경력을 쌓거나 인턴십을 할 수 있는 기회가 상대적으로 많다는 점(대학원을 MBA나 로스쿨로 진학한다면 이 점은 아주 중요하게 작용한다)도 마음에 들었다. 프린스턴 대학은 캠퍼스의 아름다움이나 날씨 면에서도 가장 매력적이었다.

MSN에서의 소중한 만남

나는 유학을 준비하는 데 가장 필요한 것은 전문가들이 쓴 책보다는 실제로 유학 준비를 경험하고 명문대학에 간 사람들의 조언이라는 생각을 했다. 부산과학고등학교 선배님들 중에서 미국 학부로 유학을 가신 분은 내가 아는 범위 내에서는 9기 권수현 선배님(프린스턴 대학), 12기 조준한 선배님(듀크 대학)이었다. 두 선배님들이 성심껏 조언을 해주셨지만 나와는 다른 상황에서 유학을 준비하셨기 때문에 나는 또 다른 선배님들의 조언이 듣고 싶어졌다.

　나는 인터넷 포털 사이트의 커뮤니티나 카페를 검색하면 명문대학에 입학한 사람들의 모임 같은 것이 나오지 않을까 하는 막연한 생각을 해보았다. 그러다가 무심코 프리챌 사이트에서 '프린스턴'으로 검색해 봤는데, 프린스턴에 관련된 커뮤니티는 불행히도 없었다. 그 다음 '하버드'로 검색하니까, 예상대로 하버드대학 한인 학생회가 있었다. 한국에서 고등학교를 다니거나 미국에서 고등학교를 다닌 후 하버드에 입학한 한국인 학생들이 만든 커뮤니티였다. 나는 그 커뮤니티에서 우연히 하버드 한인 학생들의 MSN 주소 목록을 발견할 수 있었다. ‘이거다!’ 하는 생각과 동시에 나는 거기에 있는 모든 MSN 주소를 다 등록했다. 다른 대학에도 이런 커뮤니티가 있을 것이라 생각되어 명문대학들을 모조리 검색했고, 몇몇 대학들에 합격한 분들의 MSN 주소를 구할 수 있었다. 이것은 생각지도 못했던 수확이었다.

나는 그렇게 모은 유학생 분들의 MSN 주소를 학교별로 그룹을 만들어놓았다. 며칠 뒤 ‘스탠퍼드’ 그룹에서 MSN 창에 로그인을 했다는 표시가 떴다. ‘이제 미국 명문대생과 이야기를 나눌 수 있겠구나.’ 하는 생각에 무척 떨렸다. 나는 그분께 정중하게 말을 걸었다.

“안녕하십니까. 저는 한국과학영재학교에 재학 중인 김현근이라는 학생입니다. 유학에 대한 조언을 구하고 싶어 등록했습니다. 이렇게 부득이하게 실례하게 된 점 사과드립니다. 혹시 앞으로 가끔씩 질문을 드려도 괜찮겠습니까?”

“……”

메시지를 입력한지 10초가 넘었는데 아무런 답이 없었다. 조금 불안해지기 시작했다. 그러자 잠시 뒤, 답을 입력하고 있다는 메시지가 보였다.

“87년생?”

“네. 이제 고2 됩니다.”

“그럼 내가 한참 위니까 말 놓을게.”

“아, 네. 괜찮습니다.”

“흠……내 MSN 아이디는 어떻게 알았니?”

“아, 프리챌 커뮤니티에서 보고 등록했습니다.”

"그럼 다른 애들도 다 이런 식으로 등록했어?"

"네, ……. 일단은요."

"조언을 구하고 싶으면 좀 정상적인 방법으로 문의를 해야지. 이런 식으로 허락도 없이 무턱대고 MSN에 등록해서 물어보면 곤란해."

나는 아무 말도 할 수 없었다. 선뜻 도와줄 것이라 기대했던 내가 바보였나. 뭔가 뒤통수에 큰 걸 얻어맞은 느낌이었다. 유학을 희망하는 한 후배가 조언을 요청하면 기쁘게 응해줄 것이라고 생각했던 건 전적으로 내 희망사항일 뿐이었다.

나는 조금 낙담했다. 다른 분들도 혹시 이러진 않을까 불안했다. 아니나 다를까. 바로 다음날 '스탠퍼드' 프리챌 커뮤니티 MSN 주소 게시판이 비공개로 설정이 바뀌어 있었다. 나는 다른 유학생 분들에게도 똑같은 방법으로 조언을 구하고자 했다. 그러나 매번 돌아오는 건 냉정한 거절이었다. 나는 그들의 배타적인 행동에 조금은 화가 났다. 그것이 그렇게 프라이버시를 침해하는 행동이라 생각하지도 않고, 왜 가진 자가 구하고자 하는 자를 도와주지 않는지 이해할 수 없었다.

'그래. 내가 저 사람들이 다니는 대학에 합격하면, 그들이 모인 자리에서 당당하게 말할 거야. 도움을 필요로 하는 사람들에게 마음의 문을 열자고. 이 땅에 수많은 학생들이 큰 꿈을 품고 미국에서 공부하기 위해 유학을 준비하고 있는데, 단지 우리 학교 후배가 아니라고, 우리 지역 후배가 아니라고 도와주지 않는다는 게 말이나 되냐고. 고작 그것도 못하면서 어떻게 앞으로 사회를 위해서, 공익을 위해서 일을 하겠냐고.'

나는 이 말을 수십 번이고 되뇌었다. 당당하게 합격한 다음, 그들이 다 같이 모인 자리에서 일어나 신랄하게 말하는 내 모습을 상상했다.

그러자 마음이 조금 누그러졌다.

　나는 포기할 순 없었다. 이왕 시작한 것, 단 한 사람이라도 나를 도
와주는 분이 있다면 그것으로 만족하리라 생각했다. 얼마 뒤, ‘하버드’
그룹에서 또 한 분이 로그인했다는 표시가 떴다. 아이디가 ‘소라’였다.
아마도 이름인 듯했다. 그런데 이번에는 그쪽에서 나에게 먼저 말을
걸었다.

　“실례지만, 누구세요?”

　나는 이미 거절을 많이 당했던 터라 조금은 조심스러웠다. 나에게는
“누구세요?”라고 묻는 것부터가 따지는 투로 들렸다. 그래서 별 기대는
하지 않았다.

　“저기……안녕하세요? 저는 한국과학영재학교라는 곳에 다니는 김
현근 학생입니다. 유학을 준비하고 있는데, 주위에 도움을 주실 분들
이 거의 없어서 부득이하게 이렇게 조언을 구하고자 MSN에 등록을 했
습니다. 폐가 되신다면 정말 죄송하구요. 그래도 꼭 도와주신다면 정
말 감사하겠습니다. 당연히 시간은 많이 뺏지 않겠습니다.”

　“그렇구나. 저는 누구신가 해서 여쭤본 거였어요. 그럼 지금 고2겠
네요?”

　“네.”

　“아~ 내 도움이 필요하면 언제든지 말해요. 도움이 될지는 모르겠
지만, 할 수 있는 데까지는 도와드릴게요.”

　드디어 지원군을 얻었다. 가슴이 벅차서 눈물이 났다. 서러움 때문
일까. 소라 누나의 친절한 몇 마디가 나를 감동시켰다. 누나와 나는 그
뒤로 MSN으로 많은 대화를 했고, 상당히 친해졌다. 누나는 내가 하려

는 계획, 지금까지 했던 활동들을 검토해주시는 등 성심껏 나에게 도움을 주셨다. 내가 만약 우연히 프리챌 커뮤니티에서 '하버드'를 검색해보지 않았더라면, 나는 아무런 조언자도 만나지 못한 채 시행착오를 거듭했을지도 모른다. 그러나 그 우연이 나로 하여금 더욱 효율적으로 유학 준비를 할 수 있도록 조언자를 만나게 해주었으니, 지성이면 감천이라는 옛말이 틀린 말이 아닌가 보다.

'유학박사' 가 되다

영재학교 2학년. 그 1년 동안 정보수집의 기간이라고 불러도 과언이 아닐 만큼 유학에 대한 방대한 자료 및 계획, 각종 대회 정보 및 조언을 수집했다. 여기저기 인터넷 사이트를 뒤져가면서 미친 듯이 미국 대학 입시 및 특별활동과 관련된 정보를 수집한 결과 나는 '유학박사'라는 별명까지 얻었다. 스탠퍼드 대학에 특차 합격한 본준이는 "처음에 어떻게 준비할지 몰라서 솔직히 네가 하는 것을 그대로 따라했어. 네가 하는 것은 항상 해야만 할 것 같았고, 네가 무언가를 안 한다고 하면 나도 '하지 말아야 하나?' 갈등까지 했을 정도니까."라고 고백했다. 본준이뿐만이 아니라 미국 유학을 준비하는 친구들은 모르는 게 있을 때마다 나를 자주 찾아왔다.

또 한 가지 내가 유학을 준비할 때 많은 도움이 되었던 것이 Admission posting인데, 이것은 미국 명문대학에 진학한 사람들이 자신이 했던 활동, 점수, 추가 조언 등을 일목요연하게 정리한 것이다. 나는 Admission posting을 보면서 내가 해야 할 일을 확인했고, 이들과 비교해서 내 수준이 어느 정도인지를 수시로 파악했다. Admission posting은 cafe.
daum.net/newrealsat(미국 학부 유학 카페)에 많이 소개되어 있다. 그리
고 www.collegeconfidential.com에도 미국 학생들의 다양한
Admission posting이 있는데, 이 사이트는 어디까지나 미국 학생들이
작성한 것이므로 참고만 하기 바란다.

2학년 초, 프린스턴 대학을 다니고 계신 권수현 선배님께서 우리 학
교 유학설명회에 오셔서 유학 준비에 관한 여러 가지 유익한 말씀을
해주셨다.

"하버드나 프린스턴처럼 경쟁률이 아주 심한 학교는 유학 시험 성적
이 좋아서 되는 것이 아니라 자기만의 특별한 무엇이 있어야 합니다."

'나만의 특별한 무엇', 딱히 떠오르는 게 없었다. 국제대회 수상 실
적이 가장 확실한 것이겠지만 나에겐 그런 실적이 없었다. (선배님은
국제 수학올림피아드 금상을 수상하셨다.)

"선배님, 국내대회에서 상을 탄 것도 반영이 되나요?"

"그렇게 많이 보지는 않겠지만, 어쨌든 좋게 작용은 하지."

난 이때 결심했다. 어느 것 하나를 특출하게 부각시킬 순 없어도, 모
든 것을 완벽하게 하자고. 그때부터는 어느 것 하나도 대충 넘어가서는
안 된다는 것을 깨달았다. 학업성적과 논문, 리더십과 음악, 체육, 저널
리즘 활동, 추천서까지도 완벽하게 준비하기 위해 철저한 계획을 세웠
다. 나름대로의 컨셉을 정하고, 관련된 활동을 검색해나갔다.

나는 프린스턴 대학에 입성하기 위한 여섯 가지 계획을 세웠다. 점
수로만 학생을 선발하지 않는 미국 명문대학에 합격하기 위해서는 여
러 가지를 완벽하게 해내서 다양성(well-rounded)을 부각시켜야 했다.

1. SAT I, SAT II, AP, TOEFL에서 우수한 성적을 얻을 것. SAT I과 TOEFL을 통해 영어 실력이 우수함을 보이고 SAT II와 AP로 학업적 능력을 충분히 보여줄 것.

2. 학교에서 제공하는 해외연수 기회를 적극적으로 살려서 해외 활동들을 부각시킬 것.

3. 최대한 내가 전공하고자 하는 분야의 심화 과목을 많이 수강해서 스트레이트 A를 받고, 나아가 최고의 성적을 받아낼 것.

4. 내가 2년간 하게 될 R&E에서 좋은 실적을 내어 학술지에 등재를 하거나 논문상을 반드시 수상하고, 학회 참가, 과학 동아리 활동, 실험실 보조 등을 적극적으로 하여 과학 분야의 전문성을 보여줄 것. 국내 주요 과학대회에서 수상하여 학업적 성과를 보여줄 것.

5. 음악, 운동, 저널리즘에 관련된 활동들을 꾸준히 하여 다양성을 보여주고, 매년 리더십을 보여줄 수 있는 활동을 할 것.

6. 꾸준한 봉사활동을 통해 많은 것을 느끼고, 내가 가진 것을 적극 활용해서 특별한 봉사활동을 많이 해볼 것. 그리고 그 과정을 진솔하게 에세이에서 표현할 것.

나는 항상 일을 진행하기 전에 완벽한 계획을 세워놓고 실행하는 성격이라 많은 사람들의 조언을 참고한 뒤, 내가 지금까지 해온 것들과 앞으로 해야 할 일들을 총 정리했고, 그것들을 하나씩 해나갈 때마다 계획표를 업데이트했다. 나는 계획표에 있는 것만큼은 어떠한 일이 있어도 해낸다는 일념 하나로 내 프로필을 완성해나갔다.

나는 과학영재학교 신문사 편집위원, 국제부서장, Teentimes 영자신문 명예기자, 국제신문 명예기자 및 인턴 활동, 교내 오케스트라에서의 트럼펫 연주, 농구팀 창단 등 저널리즘, 음악, 운동과 관련된 활동들을 꾸준히 했으며, 전교 학생회 선발위원, 전교 학생회 봉사부장, 선거관리 위원회, 3년간의 반장 활동 등 리더십을 발휘할 수 있는 활동도 열심히 했다.

음악 활동에 대해서 조금 얘기를 더 한다면, 내가 교내 오케스트라에서 트럼펫 연주를 하게 된 데에는 나름의 사연이 있었다. 나는 오케스트라에 들어가고 싶었지만 다룰 줄 아는 악기가 어릴 때 배웠던 피아노밖에 없었다. 그러나 불행히도 그 실력으로는 예비전공자 수준의 아이들을 제치고 피아노 파트를 맡기란 불가능했다. 그래서 트럼펫을 선택했다. 무언가라도 해야 한다는 강박감이 있었기 때문에 아무도 선택하지 않는 악기를 선택했을 뿐이다. 그래도 트럼펫의 소리가 재즈 음악이나 영화에서 심금을 울리는 무언가가 있었기 때문에 싫지는 않았다. 나는 부는 방법 정도만 연습을 한 다음 오케스트라에 들어가고 싶다고 음악 선생님께 말씀을 드렸다. 이렇게 해서 단지 트럼펫을 불 줄 안다는 것만으로 오케스트라에 들어갈 수 있었다. 나는 부족한 실력을 보충하기 위해 옥상에서, 학교 화장실에서, 학교 앞 산 속 등 장소를 가리지 않고 열심히 연습했고, 그 뒤로 천천히 실력이 향상됐다.

유학을 준비하면서 미리 계획을 하지 않거나 그때까지의 과정을 기록하지 않는 사람들도 많은데, 그건 절대 금물이며 항상 아이디어가 생기거나 기억이 날 때마다 자신만의 노트나 컴퓨터에 저장을 해놓는 습관이 중요하다. 그렇게 하면 자신이 무엇을 보충해야 하는지, 무엇을 줄여야 하는지를 정확하게 파악할 수 있기 때문이다. 나의 경우는 내가 했던 활동이나 해야 될 것들에 대해서 정리를 꾸준히 해왔기 때문에 원서를 쓸 때 상당히 편했다. 그리고 중간에 아이디어가 생길 때마다 항상 메모하는 습관을 가짐으로써 좀더 '특별하게' 나를 미국 대학에 부각시킬 수 있었다.

덧붙여, 나는 미국 명문대학에 진학하기를 꿈꾸는 분들에게 꼭 드리고 싶은 말이 있다. 결코 자신이 늦었다고, 너무 평범하다고, 집이 넉넉하지 않다고 생각해서 그 목표를 포기하지 말라고 말하고 싶다. 아이비리그에 진학한 사람들 중에는 고등학교 3학년 초까지 국내 입시 준비만 하다가 뒤늦게 미국 대학을 목표로 해서 SAT를 비롯한 유학 준비를 시작해 코넬 대학에 합격한 사람도 있다. 외국에서 살았던 적도 없고, 그 전부터 영어가 특출했던 것도 아닌데다가 수능 공부만 했기 때문에 유학을 결심했을 당시 토플 점수는 300점 만점에 겨우 100점에 불과했다고 한다. 그러나 피나는 노력의 결과 유학 준비 1년 만에 아이비리그 입성의 결실을 이뤄낸 것이다.

정말 자신이 유학을 간절히 원한다면, 아무리 조건이 열악하다고 해도 꿈을 잃지 말고 과감히 도전할 것을 권하고 싶다. 꿈을 포기하는 것만큼 인생에서 후회스러운 일은 없다고 생각한다. 미국 대학의 경우는 특히나 주어진 환경에서 최선을 다하는 학생을 선발하기 때문에 의지를 갖고 포기하지 않으면 반드시 원하는 목표를 이룰 것이라 확신한다.

유학 vs 학교 공부

한국과학영재학교는 국가에서 지원해주는 학교이기 때문에 외고나 민사고처럼 공식적으로 유학을 학교 차원에서 지원하지 않는다. 따라서 유학을 준비하려면 각자 알아서 해야 했다. 시간표를 짜는 일도 각자의 몫이었다.

과학영재학교는 2학년 때부터 과목 선택을 자율적으로 하지만, 막상 시간표를 짜보면 다들 선택한 과목이 비슷했다. 필수, 기본 과목에 대해서는 보통 같은 시기에 수업을 듣기 때문이었다. 그런데 나는 나머지 전교생 143명과 완전히 시간표가 달랐다. 대부분 2학년 때 듣는 제 2외국어나 국사 등을 모두 3학년 2학기로 미뤄놓았기 때문이다.

뿐만 아니라 나머지 모든 학생들은 2학년 1학기에 미적분학I을 들은 뒤에 별 의심이나 복잡한 생각 없이 2학기에는 미적분학II를 수강했는데, 나는 어차피 들어야 할 과목이면 서두를 필요가 없다고 생각했다. 미적분학II는 굉장히 악명이 높은 과목이었기 때문에 중요한 2학년 2학기 성적이 보장이 안 될 뿐 아니라 미적분학II에 시간을 쏟다가는 내가 정작 들어야 하는 다른 심화과목들을 충분히 듣지 못할 것 같았다. 대신 나는 화학과 생물 관련 심화과목을 2학년 2학기에 무려 다섯 과목이나 신청했다.

나는 SAT 시험과 AP 시험, 장학금 및 대학원서 준비 등이 몰려 있는 3학년 때에는 부담을 줄이기 위해 일부러 2학년 때 심화과목들을 대부분 다 들었고, 덕분에 3학년 때는 학교 공부에서 부담을 느끼지는 않았다. 졸업을 위해서는 심화과목을 32학점 이상 들어야 하는데, 나는 36학점을 수강했다. 그 결과 모든 과목에서 스트레이트 A를 받으며 전교를 통틀어 가장 높은 GPA를 받을 수 있었다.

처음에 친구들은 내 시간표를 보고는 어이없어했다. 그러나 그것은 내가 미국 명문대학에 나를 부각시키기 위해 전략적으로 짠 시간표였다. 대세를 거스르고 과감히 나 혼자 과목 배치를 바꾼 결과는 아주 좋았다. 다른 친구들이 전교생이 듣는 대로 미적분학 II 과목을 이수하다가 재수강, 삼수강까지 하는 소모전을 펼칠 때 나는 가장 효율적으로 많은 심화과목들을 수강해서 대학에 강한 인상을 줄 수 있었다.

2학년 2학기 미적분학II 중간고사 직후, 친구들은 내 시간표를 보고 '최고의 선택'이라고 치켜세우기까지 했다. 친구 정한이는 울상이 되어서 불만을 토로했다.

"임마, 너 시간표 짤 때 미리 귀띔 좀 해주지. 미적분학II 때문에 인생이 꼬인다."

거의 모든 학생이 2학년 2학기에 불만족스러운 성적표를 받아든 채 3학년 1학기 때 미적분학II를 재수강해야만 했다. 그 시간에 나는 더 많은 심화과목을 듣는 데 총력을 기울였다. 미국 대학에 지원할 때 성적과 과목이 반영되는 3학년 1학기까지는 어떤 일이 있어도 남들보다 심화과목을 많이 들어서 우리 학교 커리큘럼의 장점을 부각시키고 싶었다.

지난 3년, 나는 평범한 머리로 과학영재학교의 '진짜 영재'들과 경쟁하고, 복잡한 유학 계획을 스스로 짜고 실행하면서 나를 '매니지먼트'했다.

아니 우리가 무슨 박사과정이야?

한국과학영재학교의 3년간 커리큘럼은 실질적인 유학 지원을 받는 것 이상의 이점을 가지고 있다. 대학 수준의 심화과목, 논문 발표나 학술대회 수상 실적으로 발전시킬 수 있는 연구 프로그램, 해외 연수의 지원, 다양한 특별활동과 봉사활동 지원이 바로 그것이다.

과학영재학교에서는 2학년 때부터는 대학의 교과들을 배운다. 통상적으로 어려운 과목은 AP 과목 또는 IB(International Baccalaureate, 국제 수능이라고도 불림) 프로그램 정도로 표시되지만, 과학영재학교에서 2학년 때부터 배우는 과목들은 AP나 IB와는 비교자체가 불가능할 정도로 어려운 과목들이다. 그래서 우리는 미국 대학에 성적표를 보낼 때, 따로 "College Level"과 "AP"를 분리해서 명시했는데, "College level"은 그야말로 대학의 심화과목을 뜻하는 것이었다.

과학영재학교에서 수학이나 물리를 전공할 학생들은 미분방정식, 선형대수학, 현대 물리 등을 수강하기도 하는데, 무리하게 어려운 과목들을 여러 개 수강하다가 몇 과목을 그대로 포기해버리는 학생들이 정말 많았다. 나도 2학년 2학기 때에는 과학 심화과목을 다섯 개나 무리하게 듣는 바람에 따로 유학 준비는 신경도 못 쓸 정도로 학교 공부에 매달릴 수밖에 없었다.

그중에서도 유기화학 수업이 특히 기억에 남는데, 이 수업은 미국 유학 경험이 있는 교수님께서 강의를 하셨다. 유기화학은 생물학이나 의학을 공부하는 사람에게는 매우 중요한 학문임을 강조하셨고, 이 교수님의 특징이 있다면 거의 수업을 하지 않으셨다는 것이다. 사실 어려운 유기화학 내용을 이해하려면 자세한 설명이 필요한데, 교수님은 알아서 자율적으로 공부하도록 시키셨다. 우리는 할 수 없이 주어진 교재로 죽도록 공부를 했고, 매번 엄청나게 어려운 시험 문제 앞에 좌절감을 맛봐야 했다. 시험 준비를 위해서 'Solomon 유기화학' 교재에 있는 문제를 모조리 푸는 학생도 있었다. 다행히 나는 이 과목에서 A0를 받았다.

그러나 흥미로운 과목들도 많았다. 대표적으로 재미있었던 과목은 이산수학과 미적분학II, 분자생물학 등이었다.

이산수학에서는 기본적으로 컴퓨터 알고리즘을 구상할 때 쓰이는 수학을 배우게 되는데, 생성함수(generating function), 그래프 이론, 정수론과 조합론 기초 등을 공부했다. 예전에 수학경시대회를 준비했을 때처럼 수학적으로 생각하고 문제를 푸는 과정이 재미있었고, 그 때문에 이산수학은 상당히 즐기면서 공부했다.

미적분학II(다변수 미적분학)는 학생들이 대부분 재수강과 삼수강까지 할 만큼 악명이 높은 과목이었는데, 교수님께서 워낙 명쾌하게 설명하시고 많이 도와주신 덕분에 수업을 열심히 듣고 시험 기간에만 공부를 집중적으로 하고도 어렵지 않게 A+를 받을 수 있었다. 나도 그렇지만, 많은 공과대학 학생들이 수학 중에서 미적분학을 가장 선호하기도 하는데, 그것은 별로 복잡하게 생각할 필요 없이 계산만 하면 되는 단순함 때문이 아닐까 생각한다.

분자생물학은 생물체 내에서 일어나는 것을 미시적인 시각으로 자세히 알 수 있었던 수업이었다. 단순히 전사(transcription), 해독(translation) 정도로 알고 있었던 과정도 무수히 많은 복합체의 연동에 의해서 일어난다는 사실을 배우고 나서는 조물주의 능력에 감탄할 수밖에 없었다. 반면에 그렇게 경이로운 자연 앞에서 인간의 지식이 얼마나 진리에 가까워질 수 있을지 조금은 회의를 가져볼 수도 있었던 수업이기도 했다.

한 학기 먼저 과학영재학교를 졸업하고 MIT에 입학한 '90년생' 영수는 과학영재학교에 있을 때보다 MIT에서 오히려 더 좋은 성적을 얻었다. 세계의 과학 영재들이 모인 MIT에서도 "지금 배우는 것은 너무 쉽다."라고 말하며 물리 클래스 전체에서 2등을 기록하고, 2001년 노벨 물리학상을 수상한 교수로부터 극소수만 받을 수 있다는 "excellent"의 평가를 받았다고 한다. 그리고 대학 전체에서 10명만 선발된다는 라비 장학생으로 컬럼비아 대학에 한 해 먼저 입학한 89년생 창현이도 어렵지 않게 그곳에서 최고의 GPA를 받았다. 한국에서 고등학교를 졸업하고 미국 대학에 진학한 학생들 상당수가 미국 대학에 적응하지 못하고 성적도 좋지 않다고 하는데, 한국과학영재학교에서 단련된 실력은 대학에 가서도 빛을 발할 만큼 그 수준이 대단하다는 것을 증명한 셈이다.

학교 공부만 해도 사람을 녹초로 만들어 유학 준비에 따로 시간을 못 낼 정도로 바쁘고 힘든 과정이었지만, 결국엔 그런 힘들었던 과정이 미국 대학에 어렵지 않게 적응할 수 있게끔 학생을 단련시켜서 좋은 성적을 받게 하는 것이 아닐까 하는 생각을 해본다. 그리고 이번 해에도 조기졸업자를 제외한 첫 졸업생들이 유학반이 없음에도 불구하고 미국 명문대학에 많이 합격할 수 있었던 가장 큰 이유 중 하나가 바로 그러한 힘든 과정을 미국 명문대학에서 인정해준 것이라고 나는 믿는다.

예전에 우리 학교의 한 선생님께서 미국 대학 진학으로 유명한 모 외고 카운슬러에게 전화를 해서 미국 대학에 학교에 대한 홍보를 어떻게 해야 하느냐고 질문을 드렸더니, 그분께서는 "적어도 3년은 꾸준하게 홍보를 해야 서서히 미국 대학에서 학생을 선발하기 시작합니다."라는 답변을 주셨다고 한다. 실제로 민사고나 서울 소재 외고들의 진학 실적을 보면 유학반 출범 이후 최소 3년간은 미국 명문대학 진학이 크게 두드러지지 않았다.

우리 학교에서 유학을 준비했던 학생들도 바로 이 점을 우려했다.

과학영재학교가 이제 첫 졸업생을 배출하기 때문에 아직 미국 대학에 학교 홍보가 제대로 되지 않았기 때문이다. 그렇지만 과학영재학교는 다른 학교와는 차별화되는 특징이 매우 많았기 때문에 미국 대학에 부각시킬 요소들은 많았다. 전교생의 R&E(연구 프로젝트) 활동, 대학 심화교과목들, 우수한 선생님들과 학생들, 원서 강독과 해외연수 기회 등을 비롯해서 추천서와 에세이 등도 훨씬 색다르게 나올 수 있었다.

이를 입증이라도 하듯이 현재 과학영재학교 첫 졸업생 중 16명의 유학이 확정됐다. 구체적으로 살펴보면, 프린스턴 2명, MIT 2명, 스탠퍼드 1명, 칼텍 2명, 펜실베니아 1명, 듀크 4명, 컬럼비아 2명, UC 버클리 8명, 시카고 6명, 코넬 4명, 브라운 1명, 노스웨스턴 2명, 카네기멜론 5명, 미시간(앤아버캠퍼스) 4명, 라이스 2명, 존스홉킨스 1명, 뉴욕 1명, UCLA 5명, UC 샌디에이고 1명, 일리노이(어버너 샘페인캠퍼스) 5명, 텍사스(오스틴캠퍼스) 3명, 위스콘신(메디슨캠퍼스) 1명, 텁츠 1명이다(각 대학의 합격자 수는 중복 합격자를 포함한 숫자다).

고시원에서의 한여름 밤의 꿈

고2 여름방학이었다. 유학을 준비하는 다른 친구들은 고1 겨울방학 때부터 서울에 있는 학원을 다니면서 SAT와 TOEFL 공부를 집중적으로 했다. 나도 SAT를 처음 접하는 것이라 불안한 마음에 고1 겨울방학 때는 SAT 학원을 부산에서라도 다녀볼 계획으로 학원에서 상담을 받아봤지만, 생각보다 학원비가 너무 비쌌다. 그래서 어쩔 수 없이 혼자서 공부해야 했다. 집에서는 도저히 공부할 여건이 안 되어서 인근에 있는 도서관에 가서 단어를 외우고, 문제를 풀면서 나름대로 SAT와 TOEFL 공부를 했고, 그 결과 점수가 오르긴 했다. 그렇지만 아무래도 불안했다. SAT 전문 학원에서는 어떻게 가르치는지, 다른 친구들은 어떻게 공부하는지, 학원 수업은 얼마나 효과가 있는지 알아보고 싶었고, 한번쯤은 그럴 필요가 있다고 생각했다. 나는 2학년 여름방학을 앞두고 한동안 고민하다가 부모님께 한 달만이라도 서울에서 학원을 다니고 싶다고 어렵게 말을 꺼냈다. 적지 않은 돈이 필요했기 때문에 부탁드리는 내 입장이 죄송스러웠다. 어머니는 "그래, 아빠랑 의논해볼게."라고 말씀은 하셨지만 얼굴이 어두워지시는 것을 느낄 수 있었다.

며칠 뒤 부모님은 서울에서 학원 다니는 것을 허락해주셨다. 우리 학교는 여름, 겨울 방학이 각각 2개월이었기 때문에 대체로 다른 친구들은 두 달 동안 서울에서 학원을 다녔지만, 우리집 형편으로 두 달치 수강료를 내는 것은 무리였다. 그래서 한 달 동안만 서울에서 학원을 다니기로 했다. 그때 어머니는 재능교육에서 학습지 선생님으로 일을 하실 때였다. 부모님은 한 달 동안 서울에서 지낼 방세, 생활비, 학원비로 90만 원을 챙겨주셨다. 서울 물가를 생각한다면 부족한 돈이었지만, 부모님께서 힘들게 마련해주시는 돈인 만큼 이번 기회를 통해 많은 것을 얻어 오리라고 다짐했다. 나중에 알게 된 사실이지만, 내가 이때 한 달 동안 서울에서 학원을 다니는 것 때문에, 내 동생은 석 달 동안 학원을 다니지 못했다고 한다. 난 그 말을 듣고는 동생에게 너무 미안해서 어쩔 줄을 몰랐다.

나는 공부에 필요한 책과 몇 벌의 옷을 넣은 짐 가방을 가지고 무작정 서울로 올라갔다. 그야말로 무작정이었다. 오늘 당장 어디서 자야 할지 공부는 어디서 해야 할지 아무것도 정해진 것이 없었다. 어머니는 아는 사람도 없는 타지에 아들을 보내는 것을 걱정하셨지만, 나는 어떻게든 되겠지 싶었다. 생계에 매여 있는 부모님에게 이런 일로 걱정을 더해드리고 싶지 않았다.

그런 나를 보고 친구 정한이는 한마디 했다.

"네 인생은 왜 그렇게 무대뽀냐?"

정한이는 무슨 일을 하기 전 항상 꼼꼼하게 챙기고 걱정하는 성격이어서 대책 없이 일을 추진하는 내가 조금은 이해가 안 되었던 것 같다. 그러나 어쨌든 나 혼자 알아서 할 일이었다.

짐가방을 들고 품 안에는 90만 원의 돈을 넣은 채 서울역에 내렸다. 기차에서 내린 사람들은 다들 어디론가 바쁘게 걸어가는데 갈 곳을 정하지 못한 나는 잠시 멍하니 서 있었다. 왠지 조금 막막한 기분이었다.

정신을 차리고 일단 서울역 근처에 있는 PC방으로 갔다. 거기서 인터넷으로 앞으로 지낼 만한 고시원을 찾아보고 가장 싼 곳이 어디인지 알아보았다. 시설 따위는 중요하지 않았다. 설마 사람이 못 살 정도겠느냐 하고 생각했다. 불편하더라도 열심히 공부만 하면 되는 일이었다. 처음에는 학원과 가까운 강남 근처에서 고시원을 구하려고 했는데, 너무 비싸서 신림동 고시촌에 있는 고시원에 가게 되었다.

내가 살게 될 고시원은 한 달에 19만 원만 내면 되었다. 근처 고시원 중 가장 싼 곳을 골랐기 때문에 시설은 상당히 안 좋았지만 어쩔 수가 없었다. 어차피 다른 친구들처럼 원룸 따위는 생각도 못했으니 서울에 온 것만 해도 감사할 따름이었다. 밥은 고시원에서 제공했지만, 반찬은 내 몫이었다. 마땅히 요리할 시간도 없고, 식기도 모두 공용이라 나혼자 민폐를 끼치며 냄비를 붙잡고 요리할 상황도 못 되었기에, 적당히 참치 통조림, 비엔나 소시지나 계란 프라이로 때우면서 생활했다.

고시원에서 공용으로 제공하는 쌀이 질 좋은 것이 아니었는지 나는 밥을 먹어도 항상 허기가 졌다.

사실 난 아무리 싼 고시원이라고 해도 사람이 사는 곳이니 제법 괜찮지 않을까 상상했는데, 현실은 그 상상을 여지없이 깨뜨렸다. 내가 공부했던 방은 한 평 남짓 됐는데, 내 어깨 너비 정도 되는 작은 책상과 다리를 쭉 펼 수도 없는 짧은 침대, 그리고 집에서 온 택배 상자를 놓고 나면 내가 설 곳이 없을 정도로 공간이 좁았다. 사실 공간이 좁은 것 정도는 아무 문제가 되지 않았지만, 더위는 참기 어려웠다. 이 고시원은 어떻게 된 노릇인지 서울의 그 무더위에도 마땅한 에어컨 하나 없었다. 복도 중간에 에어컨이 하나 있긴 했지만, 내 방이 있는 곳에는 문을 열어놓아도 전혀 그 냉기가 오질 않았다. 주인 아주머니께 부탁을 해서 선풍기를 가져다 침대 위에 놓기도 해봤으나 더운 공기에 선풍기를 틀어봐야 돌아오는 건 더운 바람뿐이었다. 나는 겨우 한 달 동안 그런 곳에서 지냈을 뿐이지만, 오랜 기간 동안 그런 고시원에서 지내시는 분들은 정말 대단하다는 생각이 들었다. 나는 너무 더운 나머지 공부하다가 그 자리에서 쓰러진 적도 있었다. 공부를 하고 있으면 땀이 흘러서 책 위로 방울방울 떨어지곤 했다. 중학교 때 집이 너무 추워 고생한 경험이 있어서 내가 유독 추위를 타는 체질이라고 생각했다. 그런데 더위 역시 만만히 볼 게 아니었다.

학원 수업은 학생이 모의고사 문제를 풀고 강사가 그것을 풀이하는 식으로 진행되었고, 매일 단어 시험을 보았다. 어느 학원이나 마찬가지겠지만, SAT 점수를 높여주는 '비법' 같은 것은 없었고, 매일 모의고사를 풀면서 실력이 조금씩 올랐던 것 같다.

그때 같이 학원에서 유학을 준비하는 일부 친구들을 보면 참 편하게 공부한다는 생각이 들기도 했다. 그 친구들은 주로 강남에 있는 원룸에서 생활하며 두 달 동안 학원을 다니고, 반찬도 집에서 다 해서 보내주거나 아니면 부모님이 직접 오셔서 해결해주셨다. 뿐만 아니라 학원에서 개설되는 강좌가 SAT reading, writing 등 여러 개가 있으면 나는 그중에서 가장 필요한 한 개만 골라서 들었는데, 그 친구들은 모든 강좌를 들었다. 나는 사실 그것이 별로 좋아보이지는 않았다. 돈 문제는 그렇다 치더라도 꼭 필요한 부분 이외의 것은 혼자서 공부하는 게 더 효과적일 수도 있기 때문이다. 결국 SAT는 단어를 외우고 문제를 많이 풀어보는 게 중요하니까 그렇게 비싼 돈을 주고 학원에서 공부할 필요성을 별로 느끼지 못한 것이 사실이다. 명문대학에 진학한 선배들 역시 대부분 혼자서 영어를 공부하는 게 더 효과적이며 학원에서 해줄 수 있는 부분은 한계가 있다고 말한다.

나는 힘들 때마다 프린스턴 대학에 합격한 후의 내 모습을 상상해보았다. 친구들과 아무 근심 없이 자전거 여행을 떠나고, 삼삼오오 모여서 술도 한잔 하고, 모교의 유학설명회에 참가해 당당한 모습으로 후배들에게 내 경험을 들려주는, 소박하지만 행복한 미래의 나날들을 꿈꿨다. 그리고 프린스턴 대학에 들어간 뒤에 아인슈타인이 프린스턴 대학 교수 시절 자주 거닐었다는 고등과학원의 올든 레인(Olden Lane)을 거닐고, 근처에 있는 뉴욕 맨해튼에서 거리의 재즈를 마음껏 즐기며, 영화 〈뷰티풀 마인드〉에 나오는 웅장한 록펠러 컬리지(Rockefeller College)의 계단을 오르며 사색하는 내 모습을 상상했다.

어느 날, 나는 고시원에 돌아와서 좁은 침대에 누워 낮은 천장을 뚫어지게 응시했다. 문득 '비록 지금 이 순간 내가 있는 곳은 스프링이 망가진 딱딱한 침대, 한 평 남짓 되는 좁은 공간이지만, 내 가슴속의 꿈만큼은 세상을 품을 만큼 넓고 웅장하다. 내게 주어진 이 기회에 감사하자.'는 생각이 들었다. 가슴이 벅차올랐다. 내가 꿈을 잃지 않도록 격려해주시고 묵묵히 지켜봐주시는 부모님이 감사할 따름이었다. '언젠가 내가, 그리고 우리 가족이 고생한 것에 대해 보상을 받는 날이 올 것이다.' 나는 그렇게 속으로 수없이 되뇌었다. 괜스레 눈이 따끔거렸다.

벼락치기 AP 시험

5월은 유학을 준비하는 학생에게는 'AP의 달'이라고 해도 과언이 아니다. 여러 과목에서 AP 시험을 쳐 점수를 높게 받는다는 것은 학생의 학업능력을 증명해주는 것이기 때문에 미국 대학입시에서 이 AP 점수는 매우 중요하다.

AP는 5점 만점이며, 3점 이상 받으면 대학에서 학점으로 인정되지만, 명문대학의 경우 4점 또는 5점 이상을 받아야만 학점으로 인정된다. AP는 SAT 시험과는 다르게 1년에 한 번, 5월에만 이루어지며, 이 기회를 놓치면 또 1년을 기다려야 한다.

나는 2학년 때 AP라는 것을 처음 알고 시험을 보려고 했지만, 접수 시기를 놓치는 바람에 2학년 때는 칠 수가 없었다. 대신에 3학년 때 10과목 정도를 볼 야심 찬 계획을 세웠다.

AP 과학 과목들은 학교에서 배운 과목들이라 내용상 어려운 점은 없었지만 영어로 된 시험을 준비하는 것은 또 별개의 문제이기 때문에 나는 2학년 겨울방학 때부터 AP 시험 준비를 하려고 했다. 그런데 겨울방학 때 집중적으로 이루어지는 R&E와 논문작업 때문에 생각처럼 AP 공부를 하지 못한 채 3학년을 맞이할 수밖에 없었다. 나는 학기가 시작되면 결코 AP 공부를 할 수 없다는 사실을 알고 있었다. 학교 수업과 교과 외 활동뿐만 아니라 신경 쓸 일들이 계속 생기기 때문이다. 현실적으로 남아 있는 시간을 고려했을 때 10과목 AP 시험을 치는 것은 무리였다.

'AP 통계학과 컴퓨터 과학은 포기할 수밖에 없겠다.'

나는 AP 미적분학, 물리학 3과목, 화학, 생물학, 미시/거시 경제학을 보기로 결정했다.

'1학년이나 2학년 때 AP가 있다는 걸 알았다면 미리 시험을 쳐서 3학년 때는 훨씬 부담을 줄일 수 있었을 텐데.'

나는 무척이나 후회했지만 어쩔 수 없는 일이었다. 주위에 유학을 간 사람도 없고, 정보도 전혀 없는 상태에서 유학을 준비했던 나로서는 직면할 수밖에 없는 상황이었다. 그리고 우리 학교는 외고나 민사고처럼 유학반이 있는 것이 아니기 때문에 따로 AP 시험을 준비시켜주지도 않았다. 따라서 학교에서 배운 내용을 기반으로 AP 시험 대비는 혼자서 해야만 했다.

AP 시험을 몇 과목이나 볼 것인지 정할 때는 너무 욕심을 부리는 것보다 여러 상황을 고려하는 것이 좋다. 만약 자기가 다니는 학교에서 미국 대학에 간 사람이 있다면, 그 사람이 대학에 진학할 때 AP를 몇 과목이나 보았는지 확인하고 자신이 볼 과목의 수를 정하는 것이 좋다. 미국 대학은 학생이 다닌 학교의 수준과 그 환경 속에서 학생이 해내야 할 학업적 성과를 예상하기 때문이다. AP를 하나도 안 보는 고등학교에 다니면서 자신이 AP 시험을 많이 봐야 한다고 압박을 받을 필요는 없다는 뜻이다. 나의 경우에도 한 해 전 MIT와 컬럼비아 대학을 갔던 우리 학교 학생이 AP를 각각 3과목만 봤기 때문에, 그렇게 AP를 많이 안 봐도 되는 상황이었지만 목표를 높게 잡았다. 나와 같이 유학을 준비하는 우리 학교 학생들은 전부 열성적이었기 때문에 선의의 경쟁을 하면서 서로 자극이 되었던 것이 큰 영향을 미친 것 같다.

대신에 자신이 다니는 학교가 AP에 중점을 두고, 학생들도 AP 시험을 많이 보는 학교라면, 자신도 AP 시험을 많이 볼 것을 각오해야 한다. 같은 학교에 다니면서 그 학교 학생들보다 적은 수의 AP를 본다면 미국 대학에서 그 학생의 학업적 능력을 의심할 수도 있기 때문이다. 요즈음은 한국 학생들이 예전보다 훨씬 AP 시험을 많이 보는 추세라서, 미국 대학을 준비하는 학생이라면 AP 시험은 꼭 볼 것을 추천한다.

나는 준비를 전혀 못 한 상태에서 AP 시험을 한 달 앞둔 4월 초부터 공부를 시작했다. 4월 말에는 학교 중간고사 및 과제가 너무 많아서 시간을 정말 쪼개서 쓸 수밖에 없었다. 24시간은 무심할 만큼 짧았기 때문에 하루에 한 시간 이상 잠을 잘 수가 없었다. 다량의 커피와 녹차, 새벽에 허기를 채우기 위한 컵라면으로 밤을 꼬박 새우며 미리 공부해두지 않은 것을 후회, 또 후회했다. 나는 시험이 다가올수록 긴장감 때문인지 극한의 집중력을 발휘한다. AP 시험 때도 그 긴장감을 십분 활용했다.

나는 처음에는 한국인들이 많이 보는 교재인 배론스 출판사에서 나온 AP 문제집과 프린스턴 리뷰 사에서 나온 AP 문제집을 같이 샀는데,

배론스 출판사에서 나온 문제집은 너무 불필요한 내용들이 많은 게 흠이다. 그래서 실제로 공부한 것은 프린스턴 리뷰 사에서 나온 문제집이었다. 나는 AP 미적분학 BC(AB 포함), 물리학 BC(역학, 전자기학), 화학, 생물에서는 5점을, 미시경제학과 거시경제학은 4점을 기록하며 CollegeBoard(미국 대학 진학 지원 단체)에서 주는 'AP Scholar with Distinction'(AP 성적이 우수한 학생에게 수여되는 가장 높은 등급의 상)을 받았다.

삼성 이건희 4년 전액 장학금을 받다

미국 대학에서 공부하는 데에는 수업료 및 생활비를 포함해서 1년에 약 5천만 원까지 필요하다. 유학을 준비하는 학생들 중 일부는 집안 사정이 매우 좋아서 학비를 자비로 감당하는 경우도 있겠지만, 나는 장학금이 없으면 절대로 미국 대학에서 공부할 수 없는 상황이었다. 장학금은 내가 현실적으로 유학을 갈 수 있느냐 없느냐를 결정짓는 것인 만큼 반드시 확보해야만 했다.

학부 유학을 가기 위한 장학금은 삼성 장학금, 대통령 과학 장학금(이공계 학생들에 한한 장학금), 관정 장학금, 이 세 개가 대표적이다. 삼성 장학금은 8월 말에 마감을 하고, 대통령 과학 장학금은 12월 말, 관정 장학금은 4월에 마감을 한다. 때문에 세 장학금 중에서 가장 먼저 지원을 받는 것이 삼성 장학금이었다.

한창 SAT 공부에 열을 올리고 있을 3학년 8월 초순, 나는 삼성 장학금에 지원하기 위한 준비를 시작했다. 장학금 지원 준비에 필요한 것은 A4 용지 2~3매 분량의 자기소개서, 3~5매 분량의 에세이였다. 그리고 GPA, SAT 및 AP 점수, 수상 실적을 기록하면 되었다.

우리 학교 출신 영수가 이미 한 해 전에 삼성 장학금을 타고 MIT에 유학하고 있는 상태여서 나는 영수에게 조언을 구했다. 2년 전 삼성 장학금을 받은 조준한 선배님도 자기소개서와 에세이를 쓰는 것에 대한 많은 조언을 해주셨다. 영수는 "형, 어차피 실제 면접에 들어가면 임기응변이 중요해. 그때는 형의 임기응변 실력을 믿는 수밖에 없지 뭐." 하고 말했다. 그러나 나는 임기응변 능력이 거의 없었다. 한 번도 어떤 시험에서 임기응변으로 대처해 성공해본 적이 없었다. 중요한 시험이나 면접 등에서 대담하게 임기응변을 할 만큼 나는 잘난 녀석이 아니었다. 무조건 미리 연습하고 외워야 실전에서 그만큼의 능력을 발휘할 수 있었다. 영재학교에 있다 보면 다른 친구들은 준비를 전혀 안 하고도 자연스럽게 발표를 하는데, 나에겐 그런 능력이 없었다. 무조건 외우고 미리 연습하기, 이 두 가지가 유일한 무기였으니 참 피곤하기도 하였다.

자기소개서와 에세이는 개인적인 얘기가 많이 들어간다는 점에서 중복될 수가 있는데, 적절하게 내용을 배분하는 게 필요하다. 나는 자기소개서에 가난했던 환경, 그 속에서 더욱더 오기를 가지고 꿈을 향해서 노력했다는 점, 과학영재학교에 입학해서 처음에는 나보다 뛰어난 학생들 속에서 힘들었지만 끊임없는 노력으로 극복했다는 점 등을 썼다.

그리고 에세이에는, 친척 중에 병으로 돌아가신 분들이 많아서 어릴 적부터 인간의 생로병사에 대한 궁금증이 많았다는 점을 중심으로 내가 생물학을 공부하고자 하는 동기를 언급했다. 그렇지만 더 큰 규모의 연구를 위해서 의대 진학보다는 생물학을 전공한 다음 메디컬 스쿨에서 의학 및 면역학 공부를 마친 뒤 대규모 프로젝트를 진행하고 싶다는 포부를 밝혔다. 그리고 과학영재학교에 있으면서 내가 과학자로서의 소양을 많이 갖출 수 있었고, 앞으로 나아가야 할 방향을 정확하게 파악할 수 있었다는 점도 역설했다. 마지막으로 2년간 학술대회에 참가하면서 느꼈던 것을 바탕으로 우리나라도 연구 전통의 전환점을 맞이해야 하고, 그 전환점의 중심에 내가 있을 것이라고 자신 있는 어조로 에세이를 마무리했다.

9월 말쯤에 전화로 내가 1차 서류심사에서 합격했다는 소식을 접했다. 실제로 삼성 장학금은 1차 서류심사에서 대부분 탈락했기 때문에 1차에 합격했다는 것은 상당히 기쁜 일이었다.

나는 그때부터 공부하던 SAT를 접어두고 10월 초에 있을 면접 준비에 전력투구했다. 10월 SAT는 면접 바로 이틀 뒤에 있었기 때문에, 할 수 없이 10월 SAT에는 신경을 쓰지 못했다. SAT는 11월과 12월에도 기회가 있지만, 삼성 장학금은 이번 한 번밖에 기회가 없었고, 다른 무엇보다도 장학금을 확보하는 것이 가장 중요했기 때문이다. 이때 장학금을 확보해놓지 않으면 나중에 대학 원서를 쓸 때 다른 장학금 준비도 같이 해야 했기 때문에 심적인 부담도 엄청나고, 대학 원서에 집중하기가 힘들어지는 상황이었다. 실제로 대통령 과학 장학금을 받아야 했던 학교 친구들은 미국 대학 정시 원서와 장학금 원서를 같이 준비하느라고 정말 인간 이하의 삶을 살았다.

삼성 장학금은 무척이나 매력적인 장학금이었다. 매년 5만 달러씩 4년 동안 총 20만 달러가 지급되는데, 주요 세 개 장학금 중에서 가장 먼저 학생을 선발하기 때문에 특히 우수한 학생들이 많은 것, 그리고 지금까지 1, 2, 3기 장학생 선배들이 해외 명문대학에서 우수한 성적을 내고 있기 때문에 미국 대학에 충분히 우수성을 입증하고 있다는 것 등은 나중에 내가 대학에 지원할 때 충분히 이점으로 작용할 부분이었다. 그리고 무엇보다 삼성 장학생이 되면 삼성 장학재단에서 인적 네트워크를 충분히 형성할 수 있도록 많은 신경을 써주고, 국내외 학술캠프 및 여러 행사를 통해 지식 공유와 휴먼네트워킹이 자연스럽게 이루어지도록 도와준다. 삼성 장학금의 구성을 보면 학부 20명 내외, 석사 50명 내외, 박사 30명 내외로 학부뿐 아니라 석·박사 과정의 해외 장학금도 있기 때문에 석·박사 과정의 삼성 장학생들은 선배로서 유익한 조언을 많이 해줄 수도 있다.

나는 2차 면접에 나오는 질문, 면접의 분위기, 지켜야 할 것들, 신경 써야 할 부분 등에 대해 영수를 포함한 우리 학교 출신 삼성 장학생 선배에게 물어보면서 준비를 해나갔다. SAT 점수가 대학에서 아주 중요함에도 불구하고 10월 SAT는 이미 내 머릿속에서 지워지고 없었다. 그만큼 나는 삼성 장학금 하나에 무서우리만큼 집중을 했다.

조기졸업을 하고 각각 MIT와 컬럼비아 대학에 진학한 두 친구는 자기들이 삼성 장학금 2차 면접에 갔을 때 서울이나 수도권 지역 학생들은 학원까지 다니면서 철저히 준비를 했더라고 전했다.

그 얘기를 듣고 나는 불안한 마음에 면접 학원을 조금 다녀볼까 생각도 했다. 하지만 주위에 마땅한 면접 학원이라는 것도 없었고, 어머니도 찬성하지 않으셨다.

"학원에서 가르쳐주는 대로 준비하면 학생답지 않다는 인상을 주지 않을까? 엄마 생각에는 조금 부족하더라도 패기 넘치고 자신감 있는 인상을 심어주는 게 더 좋을 거 같은데."

나 역시도 면접에서는 전문적인 지식보다는 나에 대한 질문이 많을 것이기 때문에, 결국 나를 가장 잘 아는 내가 직접 준비하는 것이 더 나을 것이라고 판단했다.

나는 자기소개서와 에세이에 쓴 내용 중에서 질문이 들어올 만한 부분들을 체크한 뒤 예상 질문에 대한 답변을 나름대로 정리했다. 면접 때 해야 하는 에세이 프레젠테이션 준비도 하고 나니 겨우 빠듯하게 시간을 맞출 수 있었다. 하지만 프레젠테이션을 실전처럼 크게 소리내면서 연습해보지 못한 게 계속 마음에 걸렸다. 그토록 철저하게 준비하려고 노력했건만, 그래도 '이 정도면 충분하다'는 만족감이 생기지 않았다.

나는 면접장인 용인 인력개발원으로 가는 버스 안에서 프레젠테이션 대본을 계속 암기했다. 이미 외운 대본이지만, 불안한 마음에 계속 입으로 중얼거리며 암기했다. 15분 이상을 쉬지 않고 프레젠테이션을 해야 하니 외워야 할 분량도 상당히 많았다.

점심 식사는 인력개발원 내의 식당에서 했는데, 4년간 2억 원이라는 큰 장학금이 걸린 면접이 코앞인데 밥이 제대로 넘어갈 리가 없었다. 나는 기운을 차리기 위해 밥을 억지로 넘기고 대기실에서 준비를 했다.

고등학교에 다니면서도 면접이나 프레젠테이션의 경험이 많았지만 이처럼 긴장되기는 처음이었다. '긴장하면 망하는데.'라고 생각하니 더 초조해졌다.

'김현근, 할 수 있다. 자신감을 갖자.'

계속 나에게 암시를 걸었다.

첫 번째는 인성 면접이었다. 인성 면접 때는 자기가 1차 심사 때 제출한 에세이를 기반으로 해서 15분간 프레젠테이션을 해야 하고, 그 이후에 에세이나 자기소개서를 중심으로 '나'에 대한 질문들이 이어진다. 면접을 하기 직전이 되자 긴장감이고 뭐고 아무것도 느껴지지 않았다.

'그래, 주사위는 던져졌고, 부딪혀보는 거야. 평소에 말하는 거라면 항상 자신 있었잖아. 그냥 나에 대해서 말하면 되는 거야.'

면접실에는 네 분이 계셨는데, 생각보다 젊으신 분들이었다. 영수에게 들기로는 인성 면접 때는 나이가 많으신 기업체 대표나 장관급 인사, 대학 총장 분들이 주를 이루고, 전문성 면접 때는 한창 현장에서 연구하시는 교수님들이 계신다고 했는데, 올해는 조금 달랐다.

"점심은 맛있게 먹었어요?"

이것이 첫 질문이었다.

"네, 돌솥밥이 있길래 맛있게 먹고 왔습니다."

나는 웃으며 대답했다.

"그래, 이제 15분간 프레젠테이션을 하면 되는데, 시간은 많으니까 서두르지 말고 하면 돼요."

면접관님들은 나의 긴장감을 풀어주시려고 많이 애쓰셨다. 나는 심호흡을 한 번 하고, 준비해온 에세이 프레젠테이션을 했다. 이 프레젠테이션은 일반적으로 하는 발표와는 다르게, 파워포인트 등의 어떠한 도구를 사용하지 않고 순전히 말로만 하는 발표여서 자칫하면 흐름을 놓치기 쉬웠다. 몇 번이나 암기했던 내용이기 때문에 처음에는 별 문제 없었다. 말을 하면서 서서히 안정을 찾아갔고, 제스처도 자연스럽게 나왔다. 그러다가 예상치 못한 일이 벌어졌다. 중간에 말이 끊긴 것이다. 그 다음 내용이 생각나지 않았다. 불과 몇 초 사이에 나는 다음 내용이 무엇이었는지 필사적으로 생각해내려 했지만, 너무 혼란스러워서 생각이 나질 않았다. 그 몇 초가 몇 시간처럼 길게 느껴졌고, 앞이 캄캄하면서 머릿속이 아득해졌다. 온몸의 땀샘에서 땀이 빠져나가는 듯한 느낌이었다. 나는 그래도 당당한 모습을 보여주기 위해 살짝 웃으면서 "죄송합니다. 제가 너무 지금 긴장을 한 탓에 내용을 잠시 잊어버렸네요."라고 하면서 일단 생각나는 내용부터 말을 해나갔다. 겉으로는 여유 있는 척했지만 정말 아찔했다. 다른 면접이면 몰라도 장학금이 걸린 면접이었기에 이때는 가슴이 쿵쾅거려 정신이 없었다. 원래 한번 막히기 시작하면 계속 막히는 법. 그 뒤에도 몇 번 더 말이 막혔는데 계속 생각나는 대로 말을 하다 보니 준비한 내용은 겨우 다 발표할 수 있었다.

질의응답 시간에는 왜 생물학을 공부하고 싶은지, 영재는 무엇이라고 생각하는지, 남는 시간에는 무엇을 하는지 등 평소 내 생각들을 묻는 질문들이 나왔고, 나는 소신껏 대답했다. 면접실을 나올 때 나의 모습은 완전히 패잔병의 그것이었다. 눈이 풀리고, 정신이 멍하고, 아무 생각도 나지 않았다. 그저 '망했다'는 절망감만 들 뿐이었다.

두 번째는 전문성 면접이었는데, 오히려 이때는 마음이 편했다. 별로 부담감도 느껴지지 않았고, 초연해졌다. 사실은 그냥 멍해 있었는지도 모르겠다. 마음을 비우고 나는 곧바로 전문성 면접실에 들어갔다. 한창 프론티어 연구에 몰두하시는 교수님들이었는데 나이가 지긋하신 분들이셨다. 인상이 다들 좋으셔서 안심이 되었다. '전문성'이라고 하면 전문적인 지식을 물어본다고 생각하기 쉬운데, 사실은 학생의 비전이나 학업을 해왔던 과정, 학문적인 관심사 등을 물어보는 것이 대부분이고, 가끔씩 재치를 테스트해보는 돌발 질문이 나오기도 한다.

전문성 면접의 대표적인 질문 유형으로는 "화학이 무엇이라고 생각하는가?", "왜 생물학을 공부하고 싶은가?" 등 비교적 예상하기 쉬운 질문들이 많다. 그러나 이렇게 기본적인 질문에 답변을 잘하지 못하면 그 뒤는 내내 대답하기 곤란한 질문들이 이어진다고 한다. 나는 이런 기본적인 질문에 어떻게 답할 것인지를 미리 준비하고 에세이, 자기소개서에 있는 내용들에 대해서는 충분히 숙지를 하고 갔기 때문에 질의응답 시간에는 충분히 내가 원하는 만큼 대답을 할 수 있었다. 과학영재학교에 있으면서 알게 모르게 축적된 지식이 대답하는 데 많은 도움이 되기도 하였다.

"life science와 medical science의 차이점이 뭐라고 생각하나?"라는 질문을 받았을 때는 "life science는 생명과학을 폭넓게 아우르는 말인데, 생명현상의 미시적 또는 거시적인 메커니즘을 연구하는 학문으로서 요즈음은 기계철학에 입각한 분자적 단위에서의 연구가 활발합니다. 그러나 medical science는 암 연구와 같이 질병과 직결되는 연구로 국한되며, medical science의 기초가 life science라고 할 수 있습니다."라고 어렵지 않게 답변할 수 있었다.

전문성 면접이었지만 인성 면접에 나올 법한 질문들도 많았다.

"가장 인상 깊게 읽었던 책이 무엇인가?"

"저는 『7막 7장』을 가장 인상 깊게 읽었습니다. 개인적으로 허구성이 있는 소설보다는 실제 한 인간이 인생을 살아가면서 느꼈던 생생한 경험과 철학을 담은 책을 좋아합니다. 『7막 7장』은 제가 유학을 결심하게 된 동기가 되었으며, 꿈과 야망에 대한 열정을 일깨워주었습니다."

많은 질문이 있었지만, 그중에서도 내가 준비한 덕을 톡톡히 본 질문이 하나 있다.

"자신의 장점과 단점이 무엇이라고 생각하는가?"

나는 인터넷에서 면접에 대비하기 위한 자료들을 많이 읽으면서 자신의 장점이나 단점에 대한 질문을 어떻게 대처해야 하는지 미리 알고 있었다. 장점은 솔직하게 말하되, 단점 같은 경우 보는 관점에 따라 장점이 될 수도 있는 부분을 말해야 하고, 답변을 할 때 그것이 꼭 단점이라기보다는 장점으로 작용할 수도 있다는 점을 주지시켜줘야 한다고 했다. 그래서 나는 이렇게 답변했다.

"한 가지 일에 몰두하다 보면 주변 일에 무신경해지는 단점이 있는데, 이것은 제가 사회생활을 하고 좀더 성숙해지면서 시정해나갈 부분이라고 생각합니다. 그러나 그것은 제가 목표한 일에 대해서는 그만큼 에너지를 집중시킨다는 것을 의미하기 때문에, 일을 추진력 있게 진행해야 할 때에는 장점이 될 수도 있다고 생각합니다. 지금까지는 그런 성격의 덕을 많이 본 편이기도 하고요. 물론 본의 아니게 오해를 많이 사기도 하지만 말입니다."

그러자 한 분이 농담 삼아 얘기하였다.

"그럼 학생은 단점이 없는 거네?"

면접실에 있는 분들과 나는 웃을 수밖에 없었다.

면접은 전반적으로 화기애애하게 진행이 되었는데, 나는 모르는 질문에 대해서는 일단 내가 아는 대로 이야기를 한 뒤, "아직은 제가 지식이 부족해서 이 정도만 말씀드리겠습니다. 대학에 가면 더욱 열심히 공부하겠습니다."라고 덧붙였다. 아예 전혀 모르는 질문이 나왔을때는 그냥 "모르는데요." 하고 끝내지 말고 "지금은 그것에 대해 잘 모르지만 굉장히 흥미 있는 분야라고 생각합니다. 그것을 교수님께 배울 기회가 앞으로 있었으면 좋겠습니다."라고 말하는 적극성도 필요하다. 전문성 면접은 마음이 편안한 상태로 임해서 그런지 예상보다 잘 볼 수 있었다.

나는 면접이 모두 끝난 뒤 장학재단에서 일하시는 분과 담소를 나누었다. 인성 면접 프레젠테이션 때 다소 머뭇거린 게 너무 마음에 걸린다고 했더니, "면접관 분들도 학생들이 긴장한다는 것을 충분히 알고 계시니까 너무 신경 쓰지는 마라." 하고 위로를 해주셨다.

나는 장학금에 무척이나 많은 신경을 썼다. 유학을 위한 모든 준비를 했다고 해도 장학금이 없으면 아무 소용이 없기 때문이었다. 사실 미국 대학에 진학하는 데 있어서 GPA는 일정 수준 이상만 되면 큰 문제가 없었지만, 장학금 때문에 최고의 GPA를 받고자 많은 노력을 했다. 어차피 객관적인 기준이 필요한 장학금 선발에서 우리 학교 학생들 사이에서 쉽게 비교될 수 있는 것이 GPA였기 때문이다. 나는 A- 를 받은 과목도 한 학기 동안 다시 듣는 수고를 해가며 A+로 올렸다. 뿐만 아니라 이틀 후에 있을 10월 SAT 시험도 포기해가며 면접 준비를 했으니, 장학금을 받기 위해 무던히도 애를 쓴 셈이다. 그리고 하늘이 무심하지 않다면 그에 따른 보상을 해줄 것이라 믿었다.

드디어 최종 합격자 발표가 있는 10월 24일이 다가왔고, 이때는 10월 SAT 결과도 같이 나오는 운명의 날이었다. 우리 학교에서는 장학금 1차 합격자 네 명이 면접을 봤는데, 나는 이 중에서 두 명 정도가 최종 합격되지 않을까 하고 예상했다. 하루 종일 심장이 떨려서 밥 한술도 제대로 넘어가지 않았다.

'발표가 날 때도 됐는데…….'

시간이 갈수록 초조해졌다. 점심을 먹고 학교 독서실로 향하는데 갑자기 전화가 울렸다. 그날따라 왜 그리 요란하게 전화가 울리던지.

"현근아, 지금 삼성 장학금 발표가 났는데, 종우는 됐다고 하더라. 너도 빨리 확인해봐."

"응, 그래."

나는 태연한 척 대답했지만, 가슴에서 쿵쾅거리며 울리는 심장 소리가 선명하게 들렸다. 나는 컴퓨터를 켜고, 메일 확인을 했다. 나는 버릇처럼 이번에도 할머니께 기도를 했다. 메일의 받은 편지함에는 '삼성 이건희 장학금 최종 합격자 발표'라는 제목의 메일 한 통이 와 있었다.

'제발……그동안 누구보다 열심히 살았으니 제발 도와주시옵소서.'

마음속으로 빌면서 나는 메일을 클릭했고, 클릭하자마자 "삼성 이건희 장학생으로 선발되신 것을 축하합니다."라는 문구가 보였다. 나는 말없이 그 자리에서 일어나서 주먹을 불끈 쥐었다. 몇 초 후 합격된 것을 실감하고 학교가 떠나갈 만큼 함성을 질렀다. 이제는 돈 걱정 없이 대학 준비만 하면 되었다. 부모님도 유학 경비 걱정을 많이 하셨기 때문에 무척 기뻐하셨다. 친구들은 "이야~ 정말 축하한다. 그럼 우리 이제 뭐 먹을까?"라고 축하(?)의 말을 아끼지 않았다.

삼성 장학생으로는 유학을 준비하는 모든 학생을 통틀어 국내에서 단 17명만이 선발되었다. 전국에서 17명 안에 든다는 것은 3년 전만 해도 내가 감히 상상도 못할 수준이었다. 내가 지원 자격이 안 되어 지원조차 못했던 민사고 국제반의 학생들도 대부분 받지 못하는 장학금을 당당하게 거머쥔 것이다.

더 좋은 것은 면접을 본 우리 학교 네 명의 학생들이 모두 최종 합격자로 선발되었다는 것이었다. 과학영재학교 첫해부터 좋은 실적을 낸 것은 우수한 선생님과 학생들, 전폭적인 투자가 없었으면 결코 불가능한 일이었을 것이다. 이 기회를 빌어서 내가 이만큼 성장할 수 있었던 배경이 되어준 과학영재학교와 미국 대학에서 공부할 수 있도록 지원해준 삼성 이건희 장학재단에 진심으로 감사드린다.

또 하나의 추천서

줄기세포 연구로 황우석 교수님이 세계적으로 주목을 받고 과학자로서는 이례적인 관심을 불러일으킬 때였다. 3학년 때 학교 지원으로 미국 일리노이로 한 달간 해외연수를 다녀온 친구가 문득 이런 말을 하는 것이다.

"원래 미국의 주 신문에서는 자기 주 얘기가 거의 대부분이고, 국가 전체에 관련된 기사조차도 거의 안 다뤄. 국제적인 기사는 아주 특별한 얘기가 아닌 이상 아예 싣지를 않는데, 일리노이 주 신문에서 1주일간 1면 머리기사로 황우석 교수 얘기를 다루더라. 새삼 황우석 교수님이 유명하다는 걸 알았지."

그때 나는 엉뚱한 상상을 해보았다.

'황우석 교수님의 추천서를 받는다면 정말 좋을 것 같은데.'

그러다가 나는 문득 '응? 진짜로 한번 해봐?' 하는 생각이 들었다.

나는 국제대회 수상 실적이나 아주 뛰어난 특기가 없었기 때문에 학업 성적, 특별활동, 에세이, 추천서 모두 누구도 따라올 수 없을 만큼 완벽히 준비하고 싶었다. 그렇기 위해서는 남들과 차별화된 무엇인가를 항상 고민해야 했다. 그것은 끝이 없었다. 특별한 요소들이 많으면 많을수록 미국의 최고 명문대학들에 합격할 가능성은 높아진다.

'그런데 하루에도 수백 통이 넘게 메일이 온다는데 내가 보낸 메일을 읽어나 볼까?'

나는 이것이 고민이 되었다. 그러나 무조건 시도하고 보는 것이 내 스타일이었다. 인생의 좌우명이 '후회 없이 살자'이기 때문에 시도조차 안 해보고 포기하는 것은 정말 적성에 안 맞았다.

나는 치밀하게 전략을 짰다. 수백 통의 메일 중에서 내가 보낸 메일이 돋보이게 하기 위해서 내가 수업 시간에 배운 줄기세포에 대한 모든 지식을 동원해 나름대로 에세이라고 불러도 될 만큼 장문의 편지를 썼다. 그리고 그것을 무려 여섯 시간에 걸친 수정 끝에 보냈다.

안녕하십니까? 황우석 교수님. 저는 과학영재학교 3학년 김현근 학생이라고 합니다. (중략) 차후 교수님의 연구방향에 대해서 알고 싶습니다. 체세포를 이용해서 줄기세포를 복제해낸 연구성과 뒤에는, MHC 주조직 복합성 인자 차이에 따른 문제점 등……. 과학영재학교 김현근 드림.

'과연 읽어 보실까?' 그런데 놀랍게도 며칠 뒤 교수님으로부터 답장이 왔다.

김현근 학생. 현근이의 수준 높은 질문에 기분이 매우 좋구나. 자세한 답변은 우리 연구내용의 보안을 위해서 아직은 말해주기 어렵다는 점을 이해해주면 고맙겠다. 다만 자네같은 뛰어난 영재가 대한민국의 기둥이므로 앞으로도 더욱 정진하여 태극의 무늬가 세계에

떨칠 수 있도록 해주면 좋겠구나. 나도 현근이의 앞날을 위해 기도하마. 우리 현근이 학생 건승하라. 황우석 보냄.

그렇게 바쁜 분이 내 메일을 읽어보셨다는 것 자체가 감동이었다. 덧붙여 내가 고등학생답지 않은 지식과 통찰력이 있다는 칭찬도 하셨다. 내가 과학영재학교에서 배웠던 과학 지식은 이런 식으로 빛을 발했다. 나는 그 이후에도 수십 통의 메일을 보냈다.

여러 신문기사를 읽어보면서 교수님의 개 복제 성공에 대한 내용을 읽어보았습니다. 특히 개는 인간과 동일한 질병을 많이 공유하고 있기 때문에 인간의 질병 연구에 큰 지름길이 될 것이라는 내용이 있었습니다. 그런데 저는 이번 개 복제에 대한 기사를 다 찾아봐도 풀리지 않는 궁금증이 있었습니다.

만약 배아줄기세포를 이용한 질병치료 연구에 개를 사용하려면, 굳이 복제된 개를 사용해야만 하는 이유가 무엇인지 모르겠습니다. 만약 어떤 개를 인간과 동일한 질병에 걸리도록 한 다음, 그 개의 배아줄기세포를 주입하는 방식의 치료법을 테스트 하려면, 복제된 개가 아닌 보통 개를 사용할 수 있지 않나요?

어떤 개로부터 배아줄기세포를 추출한 다음, 그 실험 개로 하여금 질병에 걸리게 해서 치료효과를 보는 방식으로 말입니다. 분명 어디선가 제가 생각하지 못한 부분이 있을 것 같은데, 그게 무엇인지 모르겠습니다. 교수님의 답변 기다리겠습니다. 안녕히 계십시오.

물론 교수님이 성가시다는 느낌이 들지 않게끔 메일 보내는 간격을 잘 조절하고, 메일을 보낼 때마다 참고문헌과 자료를 조사해서 만반의 준비를 한 다음 메일을 보냈다. 나는 세계가 주목하는 석학으로부터, 노벨상 수상자보다도 더 유명한 교수님으로부터 추천서를 받을 수 있다는 생각에 상당히 들떠 있었다. 고작 고등학생에 불과한 내가 세계적인 석학과 교류하고 있다는 것이 스스로 믿기지가 않았다. '구하는 자에게 복이 있다'는 말을 그때처럼 실감했던 적도 없다. 나는 대학 원서를 작성하기 1주일 전에 조심스럽게 추천서를 부탁드렸다.

다음날 교수님께서 그렇게 해주시겠다는 답장을 보내오셨다.

"해냈다!"

추천서를 꼭 유명한 사람한테 받을 필요는 없었지만, 이번에는 솔직히 경우가 달랐다. 유명해도 보통 유명한 분이 아니었던 것이다.

나는 프린스턴 대학 입학원서 마감일이었던 11월 1일에는 황우석 교수님의 추천서를 보내지 못했다. 잦은 해외 출장 때문에 여유가 없었던 것이다. 몇 번이나 메일을 보내고, 조교한테 전화를 직접 하면서 겨우 연락이 닿았고, 내가 직접 서울대학교를 방문해서 마침내 추천서를 받을 수 있었다.

조교분께 들었던 것이지만, 미국 출장을 가셨다가 일본으로 가시던 도중 한국으로 잠시 들러서 내 추천서를 마무리하시고 다시 일본으로 가셨다고 한다. 일개 고등학생이었던 나를 위해서 당시 가장 바빴을 시간을 할애해주신 것이 감사했다. 조교분 또한 무척이나 친절하셔서 정말 기분이 좋았다. 약 이틀 정도 늦기는 했지만, 나는 마지막까지 최선을 다하기 위해 황우석 교수님의 추천서를 추가로 프린스턴 대학에 보냈다. 정말, 누가 봐도 최선을 다했다고 할 수 있을 만큼 정성을 들였다는 생각이 들자 기분이 홀가분했다.

프린스턴 합격 발표 후 하루 뒤, 황우석 교수님의 줄기세포 의혹이 증폭되는 가운데 일명 '미즈메디 사건'이 터졌다. 그때 우리 부모님은 잠을 못 이루셨다고 한다. 나는 그다지 걱정을 하지 않았지만 말이다.

7

새로운 항해의 닻을 올리다

과학영재학교에서 3년을 공부한 것도,

능력 이상으로 많은 것을 누리며 유학을 준비한 것도,

모두 내가 이 사회에 빚을 진 것이다.

그런 소중한 빚 덕분에, 나는 계속 전진할 수 있는

기회를 얻을 수 있었다. 나만을 위한 전진은 아닐 것이다.

이 사회와 국가를 위해 내가 값진 역할을 해줄 것이라는

암묵적 약속이 있기 때문이다. 그러기 위해서

나는 더욱 온몸으로 배우고, 전진하며, 깨달을 것이다.

프린스턴 수시에 지원하다

미국 대학에는 수시 특차 전형과 정시 전형이 있다. 특차는 다시 Early action과 Early decision으로 나뉜다. Early action의 경우는 합격을 하더라도 정시에서 다른 대학 지원이 가능하며 Early decision은 불가능하다. 대학에 따라 Early action을 채택하는 학교도 있고 Early Decision으로 특차 학생을 뽑는 대학도 있다.

수시 특차 전형은 미국 명문대학의 경우 대체로 11월 1일에 마감하며, 12월 중순에 발표가 난다. 정시 전형은 1월 1일이 마감이며 4월 초에 발표가 난다. 수시로 지원을 하는 것이 좋으냐, 정시로 지원하는 것이 좋으냐 하는 문제는 여러 가지 요소를 고려해야 한다. 객관적인 합격률 수치만 놓고 보면 대부분 수시 특차 전형이 합격률이 높다. 그러나 만약 서울대 법대나 의대의 수시 합격률이 설령 50%나 된다고 하더라도 안심할 수 있겠는가? 정말 실력 있고 자신 있는 학생들만 지원했기 때문에 두 명 중 한 명을 뽑는다고 해도 안심할 수 없을 것이다. 물론 정시 지원자들 중에서는 '거품'이 많기 때문에 오히려 원서 준비를 더 철저히 한다면 수시 특차 지원보다 유리할 수도 있다.

그렇기 때문에 에세이나 추천서 등 모든 것이 만족스러울 만큼 완벽한 원서 준비가 되어 있지 않다면 수시 특차를 지원하는 것은 무모하다고 말하고 싶다. 명문대학의 수시 특차를 지원하는 학생들은 대부분 학업과 교과 외 활동에서 특출하며 합격할 자신이 있을 경우에 한다. 그러나 원서를 충분히 준비했고 꼭 가고 싶은 대학이라면 과감하게 수시 특차를 노려보는 것도 좋다. 만약 자기가 가고 싶은 대학이 Early Decision을 채택하고 있으면 더욱 수시 특차로 지원하는 것이 좋다. 대학 입장에서는 다른 학교보다 자기 대학을 가장 우선으로 생각하는 학생을 당연히 선호할 것이기 때문이다. 현재 국내에서 유학을 준비하는 학생들의 숫자가 급증하고 있기 때문에 수시 지원에 올인하여 승부수를 던지는 것이 합격할 확률을 더 높이는 방법이라 할 수 있다.

나는 망설임 없이 프린스턴 대학에 수시 특차로 지원했다. 프린스턴 대학은 Early Decision을 채택하고 있었기 때문에, 붙으면 무조건 가야 했다. 그만큼 나는 다른 대학은 생각하지 않았다. 하버드 대학이 '아주 특이한 학생'을 선발하는 것으로 유명하다면, 프린스턴 대학은 '아주 공부 잘하는 학생'을 선호한다는 고정관념이 있을 정도로 프린스턴 대학은 '학문'을 중시하는 대학이다. 공부와 학문 그 자체를 동경하며 지금까지 꿈을 향해 달려왔던 나에게 프린스턴 대학만큼 이상적인 곳은 없었다.

나는 원서 준비를 시작했다. 대입 원서는 정말로 챙길 것이 많았다. 우선 1학년부터 3학년 1학기까지의 성적이 기록된 성적표. 여기에는 내가 수강했던 모든 과목의 학점들이 기록되어 있었다. 내가 한 과목도 소홀히 할 수 없었던 이유이다. 성적표에는 자기의 성적과 그 학교의 재학생 중 가장 성적이 우수한 사람의 성적을 같이 기입한다. 내 성적 4.23, 재학생 중 가장 높은 성적 4.23을 같이 기입하게 될 때 나는 내가 이 괴물집단에서 결국 해내는구나 싶어서 감개무량했다. 솔직히 입학 당시에는 나조차 내가 이만큼 해낼 줄은 전혀 예상하지 못했다.

그리고 이력서에는 내가 했던 특별활동, 수상 실적, 봉사활동 등을 적어넣었다. 한정된 공간에 최대한 나를 부각시킬 수 있도록 효과적으로 써야 하기 때문에 몇 번이나 생각하고 몇 번이나 다시 고쳤다. 선생님이 써주시는 학교 리포트(secondary school report)에는 일정한 형식에 따라 우리 학교에 관한 정보와 커리큘럼, 학점, 그리고 담임선생님의 코멘트를 넣었다.

외국 대학은 특히 추천서가 중요하다. 나는 생물 선생님과 정치경제 선생님 두 분에게 추천서를 받았는데 두 개의 추천서에 최대한 겹치는 부분이 없게 나의 학문성과 인성, 비전에 대한 내용으로 추천을 받았다. 프린스턴에서 요구하는 추천서는 두 장이었지만 나는 그 외에 청각장애아 봉사활동을 할 때 만났던 가톨릭 농아인 복지회 수녀님에게 추천서를 한 장 더 부탁드렸다. 내가 처음 봉사활동을 하고 싶다고 말씀드렸을 때 필요없다고 거절하셨던 수녀님이신데, 이후의 내 노력을 가상히 여기셨는지 흔쾌히 추천서를 써주셨다.

이것만으로도 원서 준비는 마친 셈이었지만 나는 내가 2년간 했던 R&E에서 썼던 연구논문 초록을 추가로 준비했다. 1학년 때의 논문과 2학년 때 논문이 모두 유력 학회지에 등재가 되었거나 학회로부터 수상한 경력이 있기 때문에 충분히 플러스 요인이 되리라고 생각했다.

이런 서류들을 준비하는 것은 순전히 혼자서 해야 하는 일이었기 때문에 상당히 골치 아팠다. 차근차근 준비를 한다고 했는데도 나는 계속 허둥대고 마감 마지막 날까지도 이리저리 뛰어다녔다. 원서를 부치고 나니 완전히 탈진할 정도였다.

그런데 며칠이 지나도 프린스턴에서 원서를 받았다는 확인 메일이 오지 않았다. 슬슬 불안해지기 시작했다. 나는 온라인으로 지원하지 않고 조금 더 완벽하게 원서를 작성하기 위해 일일이 페이퍼 원서에 작성을 했는데, 이럴 경우 드물지만 분실의 위험도 있었다.

전화를 걸어서 연락을 해보고 싶었지만, 대학에서는 그런 일로 일일이 전화하는 학생을 별로 달갑지 않게 생각한다고 하길래 기다리는 쪽을 택했다. 수천 개 이상의 원서가 오는데 당연히 업무 처리에는 시간이 걸릴 법도 했다.

2주가 지나자, 드디어 프린스턴에서 원서를 모두 받았다는 연락이 왔다. 원서가 별 사고 없이 도착했다는 소식을 기다리는데도 이렇게 초조한데 합격 통지를 기다리게 되면 오죽할까 싶었다.

지금 내가 보낸 원서가 프린스턴 대학에 있는 누군가의 손에 있다. 입시를 담당하는 사람들 중 누군가가 지금 내 원서를 보고 있을 것이다. 지금 내 에세이를 읽고 있을까? 읽으면서 어떤 표정을 지을까? 공부를 하면서도 자꾸만 그 생각이 났다. 합격 소식을 기다리는 그 늦가을은 참 길기만 했다.

꿈은 이루어진다

나는 원서 접수 이후에도 계속 정시 전형 준비를 하고 있었다. 프린스턴 대학의 수시 특차 결과를 모르기 때문에 다른 대학 지원 준비도 소홀히 할 수 없는 일이었다.

12월 12일이었다. 컬럼비아 대학을 비롯한 몇몇 대학들에서는 수시 특차 합격자 발표가 났다는 소식이 들렸다. 나는 프린스턴 대학도 발표가 났을 것 같은 생각에 궁금함을 참을 수가 없었다. 나는 새벽에 몰래 1층 사감 선생님 자리로 가서 직접 프린스턴 대학에 전화를 했다. 발표가 났냐고 물어보니 오늘 저녁에 합격 편지를 보낼 예정이니 내일 다시 전화를 달라고 했다. 서서히 심장이 뛰기 시작했다. 바로 내일, 내 운명이 결정되는 것이다.

나는 다음날 새벽 다시 1층으로 몰래 내려갔다. 사감 선생님 책상은 1층 로비에 있었다. 내가 전화하는 소리가 복도를 통해 2층 라운지에 모여서 공부하고 있는 녀석들에게 들릴 수도 있었다. 내가 전화로 합격 여부를 묻고 있는 걸 알게 되면 친구들이 모여들지도 몰랐다. 합격한다면 다행이지만 혹시 떨어진다면? 나는 그 민망함을 당해낼 자신이 없었다.

프린스턴 대학과 전화가 연결되었다. 나는 손으로 입을 가리고 최대한 소리가 새나가지 않도록 조심스럽게 물었다. 너무 긴장된 나머지 나는 영어로 말을 잘 못할 것 같아 미리 종이에 할 말을 적기까지 했다.

"This is the student from korea who applied to Princeton, was the admission decision announced?"(한국에서 지원한 학생입

니다. 합격자 발표가 났나요?)

"Yes, I will connect you to the department."(네, 연결해드리겠습니다.)

이내 연결음이 들리고, 다른 분이 전화를 받았다.

"Sir, I want to know if I can verify my admission decision."(저, 제 결과를 알고 싶습니다.)

"What's your name?"(이름이 뭐죠?)

"Kim, Hyeon, keun, sir."(김, 현, 근입니다.)

컴퓨터 자판을 두드리는 소리가 들렸다. 그리고 잠시 정적이 흘렀다.

"What's your address?"(주소가 뭐죠?)

"XXX, YYY, Busan"(부산광역시 XXX, YYY입니다.)

다시 이어지는 자판 소리. 그리고 강력한 한 번의 타자음이 들렸다. 분명 그는 엔터 키를 눌렀으리라.

"Your name's Kim Hyeon Keun, and you live at XXX, YYY, correct?"(이름이 김현근이고, 주소가 XXX, YYY 맞습니까?)

"Yes, Sir."(네, 맞습니다.)

이미 그의 컴퓨터에는 내가 합격인지 불합격인지 나와 있을 것이 분명했다.

"Hmm……"(흐음.)

심장이 덜컥 내려앉았다.

'어라? 왜 이 사람이 한숨을 쉬는 거지? 설마 떨어진 건가? 왜 이렇게 뜸을 들이는 거야?'

불안했다. 온몸의 땀구멍에서 땀이 새어 나오는 것 같았다.

"You were admitted."(당신은 합격했습니다.)

너무도 딱딱하고 무거운 목소리였다. 나는 내가 들은 것이 맞는가 싶어서 약간 상기된 어조로 다시 물어보았다.

"You said that I was admitted?"(지금 제가 합격했다고 하셨습니까?)

전화 저편에서 갑자기 톤이 높아진 웃음 띤 대답이 돌아왔다.

"Yeah~Congratulations! Welcome to Princeton University!"(네~ 축하합니다! 프린스턴에 입학하는 것을 환영합니다!)

그는 웃으며 축하해주었다. 그제서야 이 사람이 나를 놀리느라고 일부러 낮고 무거운 어조로 말했다는 것을 알았다.

합격, 꿈에 그리던 합격이었다. 어떻게 전화를 끊었는지 기억이 나지 않는다. 감격스러웠다. 내 주변의 모든 것에 감사했다. 나 자신에게도 역시 감사했다. 이것이 누구보다 치열하게 노력한 것에 대한 대가임을 잘 알고 있었다. 조용한 새벽, 아무도 없는 기숙사 1층에서 내 영혼이 활활 타는 듯했다. 처음 우연히 『7막 7장』을 아버지 서재에서 무슨 책인지도 모르고 뽑아들었던 순간, 그 책을 읽고 온몸이 전율하며 유학을 결심했던 것, 그리고 민사고에서 낙방의 고배를 마셨던 것, 과학영재학교에 입학했을 때 모두가 대단한 천재로 보였던 것, 과학영재학교에서 혼자 밤을 새며 힘든 과목과 씨름했던 것, 그리고 마침내 최고의 성적을 받으며 여기에 오기까지의 수많은 과정이 무성영화의 필름처럼 뇌리를 스쳐갔다. 그토록 꿈꿔왔던 '완벽한 그림'의 한 장이 깨끗하게 완성되는 순간이었다.

전화를 끊고 2층으로 올라갔다. 새벽시간임에도 불구하고 언제나처럼 기숙사 2층 라운지는 졸업논문을 쓰거나 정시에 보낼 대학 입학원서 준비에 바쁜 친구들로 가득했다.

나는 입구에 서서 상기된 얼굴로 외쳤다.

"합격했어! 합격했다구!"

친구들이 일제히 나를 쳐다보았다. 친구들은 잠시 영문을 모르겠다는 듯 서로 쳐다보다가 이내 표정이 상기되었다. 친구들은 곧 나에게 우르르 몰려들어 몸이 부서져라 포옹을 했다. 내 어깨에 올라타고 주먹으로 두들겨대는 녀석도 있었다. 정한이는 자기가 더 감격에 겨운 표정이었다.

"거 봐, 된다고 했잖아. 진짜 축하한다. 정말 축하한다, 임마!"

차갑게 가라앉았던 새벽 공기가 일시에 시끌벅적해졌다. 고마운 친구들은 나보다 더 흥분하며 기뻐해줬다. 그들의 축하가 얼마나 진심이었는지 나는 알고 있다. 3년을 내내 동고동락했던 친구들이었다. 힘들고 어려울 때, 실망하거나 좌절했을 때 누구보다도 가까이에서 나를 잡아주던 친구들이었다.

부모님 생각이 났다. 당장 식구들을 보고 싶은 마음이 간절했다. 전화를 할까? 시계를 보니 새벽 3시가 다 되어가는 시간이었다. 하지만 바로 전화를 드리지 않으면 안 될 것 같았다. 전화를 걸었다. 조금 지나 어머니께서 전화를 받으셨다. 나는 일부러 나지막히 말을 했다.

"지금 주무세요?"

"아니, 왜?"

주무시다 받은 것이 분명했지만 어머니는 아니라고 하셨다. 나는 속삭이듯이 말했다.

"저 프린스턴에 합격했어요."

"……"

수화기 저 쪽에서는 잠시 아무 말이 없었다. 그리고는 살짝 목이 메이는 목소리가 들려왔다.

"……진짜 수고했다, 아들아. 축하한다. 오늘은 잠 못 자겠다. 그치?"

어머니 또한 나지막히 말씀하셨지만, 그 기분이 어떨지는 누구보다 내가 더 잘 알고 있었다. 갑자기 『7막 7장』에서 홍정욱 씨가 하버드 합격 소식을 부모님께 전화로 알려드리는 장면이 떠올랐다. 그 책을 읽으면서 나도 그와 같은 장면을 연출할 수 있기를 얼마나 바랐던가. 얼마나 꿈꿔왔던 순간인지 몰랐다. 곧 이어 문자메시지가 한 통 왔다.

네 19년과 엄마의 19년 총 38년의 노력이 빚은 결실이구나 수고했다 아들아

어머니가 보내신 문자였다. 어머니의 19년은 나를 기르고 가르치고 나를 위해 살아왔던 그 19년이었다. 나는 어머니가 19년을 온전히 나를 위해 바쳤다는

19년을 오롯이 나를 위해 사셨던 어머니와 함께.

것을 알고 있었다. 내 인생의 행보를 지켜보는 것이 어머니가 가진 삶의 의미 그 자체임을 누구보다 잘 알고 있었다. 어떤 축하의 말보다 어떤 상찬보다 "수고했다 아들아" 하는 어머니의 한 마디는 나를 가슴 벅차게 했고 행복하게 해주었다.

"엄마, 나 1등했어요.", "엄마, 나 이번에 상 타요.", "엄마, 합격이래요.", 어린 시절부터 이런 말을 할 때마다 언제나 나지막하게 "어머나, 그러니? 수고했다, 축하한다."고 해주셨던 어머니.

부모님이 나를 자랑스러워한다는 사실, 나를 믿어준다는 사실, 그것이 나에게는 무엇과도 바꿀 수 없는 큰 선물이었다.

나는 그 문자메시지를 여전히 내 휴대폰에 저장해두고 있다. 그건 언제 들여다봐도 가슴이 따뜻해지고 힘이 나는 어머니의 음성이다.

합격, 그 후

전화로 합격을 확인한 다음날, 이메일 함을 열어보니 프린스턴 대학교에서 메일이 와 있었다.

현근 학생에게

우리는 현근 학생이 프린스턴 대학에 합격했다는 소식을 전하게 되어 기쁩니다. 위원회는 당신의 원서를 검토한 결과 최종 합격을 결정하였습니다. 프린스턴 대학에 특차로 지원한 학생들 모두가 매우 강력했고, 그중에서도 당신의 실적과 가능성, 그리고 열정이 이 우수한 특차 지원 그룹에서도 당신을 돋보이게 했습니다. 현근 학생의 뛰어난 학업 성과, 특별활동, 그리고 인성은 저희를 감동시켰습니다. 다시 한 번, 당신을 합격시키게 되어 기쁩니다.

합격을 알리는 편지와 다른 자료들은 12월 13일자로 송부해드렸습니다. 만약 다음 주말까지 도착하지 않는다면, 우리에게 알려주십시오. 내년에 만나게 될 것을 기대합니다!

다시 한 번, 현근 학생에게 축하한다는 말 전합니다. 이 놀라운 소식을 전하게 되어 우리는 매우 기쁘고, 프린스턴 대학의 일원으로 맞이하게 되어 특히 감회가 새롭습니다.

프린스턴 대학교 입학 관리부

다음날, 프린스턴 입학 관리부에 있는 분으로부터 또 한 통의 메일이 왔다.

"축하합니다. 현근 학생! 프린스턴의 가족이 된 것을 환영해요. 내년 가을에 개인적으로 만날 것을 기대하고 있습니다. 행복한 방학 되세요!'

S. Jean Lee
입학 관리부 공동 부장

며칠 후 페덱스로 합격을 알리는 서류가 도착했다. 편지 마지막에는 입학 관리처장의 친필 사인이 되어 있었는데, 합격한 학생들에 대한 학교의 세심한 배려가 인상 깊었다.

전화로 합격 사실을 듣고 친구들하고 펄펄 뛰며 기뻐하고 부모님께 전화도 하고 했지만 나는 그날 밤 침대에 누워 '혹시 이게 꿈은 아닐까?' 하는 생각이 들었다. 하지만 절대 꿈이 아니라는 듯이 합격을 알리는 메일이 오더니 다음날, 메일이 한 번 더 오고 며칠 후 합격서류까지 받고 나서야 아주 마음이 푹 놓였다. 며칠 동안을 축하의 홍수 속에서 살았다. 친구 정한이는 "현근이 너 이제 '미국 10개 명문대학 동시 합격!' 이거는 물 건너갔네~ 하하." 하고 농담 삼아 놀렸다. 프린스턴 대학은 특차에서 합격이 되면 정시에서는 다른 학교를 지원하지 못하기 때문이었다.

"10개 동시 합격하면 10개 다 갈 수 있냐? 가고 싶은 데 하나만 가면 되지"

"하긴 그건 그래. 어쨌든 이 녀석 삼성 장학금도 받고, 대학도 수시에서 마무리지었으니. 너 보면 고생 끝에 낙이 온다는 게 뭔지 알겠다. 3년을 너를 봤지만 정말 넌 감동이야, 임마."

"뭘 또 감동씩이나 하냐."

"아냐. 내가 전에도 말했지만 솔직히 네가 다른 애들보다 머리가 좋은 건 아닌 것 같은데, 진짜 독하게 공부했잖아. 누가 봐도 천재인 녀석들보다 더 좋은 성과를 내는 거 보면 참 신기해. 노력으로는 뭐든지 다 되는구나 싶고. 정말 너 같은 녀석은 처음 봐. 아마 앞으로도 보기 힘들지 싶다."

"사실 학교 덕분이지 뭐. 우리 학교에 오지 않았으면 이만큼 해내지도 못했겠지."

"그래, 우리 학교 대단하긴 하지. 네가 우리 학교 처음 입학했을 때 주눅 들어서 한숨 푹푹 쉬던 모습이 생생한데, 이제는 1등이라니. 보통 과학고등학교에서 1등해도 천재 소리 듣는데, 남들이 보면 네가 완전 천재인 줄 알겠다. 하하. 솔직히 그건 좀 아니잖아? "

나는 합격 후 그동안 도움을 주신 분들께 일일이 감사의 인사를 드렸다. 내가 무작정 MSN 메신저로 유학에 대한 도움을 청했을 때 선뜻 기쁘게 도와주시며 지난 2년간 많은 조언을 해주신 하버드 대학의 성소라 누나. 전혀 만난 적도 없는 모르는 사람이 불현듯 인터넷상에서 유학에 대한 도움을 부탁할 때 자기 일처럼 신경 써서 도와주기란 참 힘들 것이다. 그런데도 소라 누나는 내 계획을 보고 성심껏 코멘트를 해주거나 자신의 에세이를 보여주면서 열심히 도와주셨다. 2년 전 하버드 대학에 합격했지만, 아프리카에서 선교활동과 봉사활동을 하기 위해 하버드 대학에 1년 휴학계를 낼 만큼 존경스러운 누나다.

그리고 2학년 여름방학 때 우리 학교에서 열린 APEC 캠프에서 만난 후 일 년 반 동안 성심껏 조언해주시며 많은 도움을 주신 MIT의 안민정 누나에게도 고맙다는 말씀을 전했다. 민정이 누나는 자신의 경험을 자세하게 들려주시며 마지막 원서 쓰는 시기까지 물심양면으로 조언을 아끼지 않으셨다. 민정이 누나는 서울 과학고등학교를 졸업했기 때문에 나와 상황이 비슷했고, 때문에 특히 많은 도움이 되었다.

프린스턴에 합격했다는 소식을 알려드리자 누나들은 자신들의 일처럼 좋아하며 흥분을 감추지 못하셨다. 정말 진심으로 감사할 따름이다.

"하버드보다 프린스턴이 더 공부 잘하는 애들 중심으로 뽑는다는

데. 어쨌든 축하한다. 너랑 처음 MSN에서 대화하던 게 생각나네, 참. 하버드에서 못 봐서 아쉽다. 꼭 보스턴에 놀러 와라."

"아~ 우리 현근이 보스턴 안 오고 날씨 좋은 프린스턴 가는 거야? 이 녀석 보스턴 데려오려고 했더니 날씨 좋은데 가겠다 이거지?"

지금 생각해보면 인터넷을 뒤져가며 전혀 모르는 사람들에게 무작정 MSN 메신저로 유학에 대한 도움을 부탁하며 인맥을 만들어나간 나도 참 대단하다는 생각이 든다. 남다른 열정이 없었으면 이렇게 할 수는 없었을 것이다.

합격발표가 난 다음날, 나는 우리 학교 국제교육부에서 유학과 해외연수를 담당하시는 선생님을 찾아갔다. 선생님께서는 축하와 격려를 아끼지 않으셨다.

"현근아, 이제 너도 앞으로 미국 대학을 생각하는 후배들을 위해서 직접 학교에 와서 경험담도 들려주고 그래라. 그럼 후배들에게 많은 도움이 될 거야."

내가 3년간 꿈꿔왔던 장면, 대단할 것도 없는 극히 소박한 장면, 3년 전 프린스턴 대학에 다니시는 권수현 선배님께서 학교 유학설명회에 오셔서 강연하셨을 때부터 소망했던 일이 이제 현실로 다가왔다.

'언젠간 나도 저 자리에서 보란 듯이 강연을 할 거야.'

최고의 대학에 합격해서 후배들에게 자랑스럽게 경험담을 들려주는 것. 3년간의 힘든 유학 준비 과정에서 위안이 되었던 것은 이렇게 소박한 장면 하나였다. 아무리 힘들어도, 프린스턴 대학에 합격한 후 후배들에게 유학에 대한 설명을 열정적으로 하고 있는 내 모습을 그려보면서 마음을 다잡고는 했다. 이런 소박한 모습을 꿈꾸며 의지할 만큼 그동안의 시간들은 고달프고 힘든 과정의 연속이었다.

나는 대학에 합격한 후에도 여전히 바빴다. 과학영재학교를 졸업하기 위해서는 반드시 졸업논문에서 통과가 되어야 하기 때문이었다. 나는 2학년 때 연구한 내용을 좀더 발전시켜 '모델 동물 초파리에서 신경계 발달 기작과 글리아 세포 분화에 필요한 유전자 탐색'이라는 주제로 논문을 작성했다. 그동안 유학 준비 때문에 짧은 기간 내에 졸업논문을 작성해야만 했던 나는 물론 계속되는 밤샘 작업에 힘들었지만, 그토록 염원하던 것을 이뤄낸 뒤라 그것마저도 즐겁게 느껴졌다.

나는 과학영재학교 졸업생이다

과학영재학교의 졸업식은 아주 성대하게 치러졌다. SBS, YTN 등 언론에서 취재를 나왔고, 기자들도 여기저기서 학생들을 붙잡고 인터뷰를 했다. 자매결연을 맺었던 미국의 일리노이 수학과학 고등학교 교장을 비롯한 외국 영재학교의 인사들, 한국 고등과학원, 과학기술부 등에서 나온 장차관급 인사들이 초청되었다.

이 학교에 입학할 당시에는 우리 입학식을 찍는 TV 카메라에 흥분하고 어깨가 으쓱해지기도 했지만 졸업식 때는 우리도 많이 자란 때문인지 그렇지는 않았다. 나는 졸업을 하며 이런 훌륭한 동기들 사이에서 내가 살아남고 또한 좋은 성과를 만들어냈다는 것이 자랑스러웠다.

우리 학교는 특성상 순위를 매기는 학교는 아니었다. 하지만 졸업식 때는 여러 기준에 의해서 학생들에게 상을 수여했다. 상은 학업상(평점 4.0 이상에게 주어지는 상), 탐구상(전국 과학대회에서 은상 이상 수상자에게 주어지는 상), 공로상(학생회에서 부장 이상으로 활동한 학생에게 수여되는 상), 외부상(종합적인 요소를 고려하여 뛰어난 학업 실적, 리더십 등 모범을 보인 학생에게 수여되는 상) 네 가지였다.

이 네 개의 상을 전부 수상한 학생은 전체 졸업생 중 나와 웅철이 둘뿐이었다.

웅철이는 나와 마찬가지로 삼성 장학생이고 같이 프린스턴 대학에 합격한 친구이다. 웅철이는 정말로 천재가 아닐까 싶은데 내가 죽도록 공부할 때 이 녀석은 책 한번 슬쩍 봐주면 점수가 비슷할 정도여서 꽤나 스트레스 받기도 했다.

학업상을 수상하고 나서 다시 탐구상을 수상하러 가고, 또 내려와서 공로상을 수상했다가, 잠시 쉬고 외부상인 한국고등과학원장(KIST)상

졸업식에서 학업상을 수상하는 장면. '지진아'였던 나에게는 너무나 힘든 3년이었기에 이때의 감동은 이루 말할 수 없다.

을 받았는데 그렇게 단상을 오르내리는 모습이 조금은 쑥스러우면서도 떳떳했다. 그건 3년간 내가 남들보다 몇 배는 더 노력해서 얻은 것이었기 때문이다. 이 모습을 상상하면서 그토록 졸업식이 빨리 다가오기를 기다렸는지도 모르겠다. 항상 나를 기특하게 여기시고 주위 분들에게 자랑하고 다니시는 할아버지, 할머니 앞에서도 좋은 모습을 보여줄 수 있다는 게 행복했다. 할아버지께서는 졸업식이 끝난 뒤 연신 눈시울을 붉히셨다.

"장하다, 이 자식아. 내가 너한테 잘해준 것도 없어서 그게 내가 한인데……진짜 장하다, 현근아."

"할아버지는 또 무슨 쓸데없는 말씀을 하고 그러세요. 그냥 삼겹살이나 먹으러 가요. 배고파요."

졸업식을 모두 마치고 가족과 찍은 사진. 가족들의 지지와 고생이 없었더라면 지금의 나는 없었을 것이다.

중학교 입학식 때 1등으로 선서를 하고, 중학교 졸업식 때 학업 최우수자로 대표 수상을 하고, 괴물 같은 친구들만 모인 영재학교 졸업식에서도 최고의 성적으로 졸업하는 모습을 내 가족들에게 보여줄 수 있다는 것이 얼마나 행복했는지 모른다. 내가 그리 잘난 사람인 것도 전혀 아니었고, 한 번도 스스로를 대단하다고 생각해본 적도 없지만 누구보다 치열하게 공부해왔다는 것만큼은 자부한다. 항상 먼저 잠자리에 드는 친구들을 보면서 늦게까지 공부했던 순간, 다른 친구들이 게임할 때 묵묵히 교과서를 펼쳤던 순간, 다른 친구들이 제주도 여행을 갈 때 SAT 공부를 해야만 했던 순간들이 다 자랑스럽게 느껴졌다. 억울함 같은 것도 없었고, 후회도 없었다.

내가 생각하는 공부의 왕도

공부의 기초는 '공부하고자 하는 의지'라고 생각한다. 공부를 잘하기 위한 모든 방법을 섭렵한다고 하더라도 의지가 없다면 무용지물이다. 공부를 잘하기 위해서는 공부하고자 하는 의지와 오기가 남달리 강해야 한다. 의지가 강하다면 이미 반은 성공한 것이라고 본다.

그런데 문제는 아이들 스스로 '공부하고자 하는 의지'를 갖기가 쉽지 않다는 데 있을 것이다. 아이들은 부모가 공부 좀 하라고 다그치면 공부는 해서 뭐하냐고 반문하기 일쑤다. 어느 것 하나 부족함 없이 자라기 때문에 꿈도 목표도 잘 생기지 않는 것 같다.

그래서 모든 것을 갖추고 있다는 게 꼭 좋은 것만은 아니라는 생각도 든다. 실제로 과학영재학교에는 집안 형편이 좋지 않은 친구들도 많았다. 그러나 친구들은 그러한 자기 환경에 불만을 표하거나 굴하지 않고, 공부만큼은 악착같이 하겠다는 오기를 가지고 있었다. 오히려 그런 가난한 환경이 그들로 하여금 목표를 갖게 하고 더욱 강력한 의지를 불어넣어준 원동력이 되었던 것이다.

또한 요즘에는 인터넷, 게임 등 공부 외에 관심을 가질 만한 대상들이 주위에 많은 것도 사실이다. 특히 남자아이들의 경우 '게임'에 중독될 가능성이 높은데, 중독의 특성상 한번 중독되고 나면 빠져나오기 쉽지 않다. 물론 나 역시 컴퓨터 게임을 좋아한다. 심심할 때 가끔씩 하면 그렇게 재미있는 것도 드물다. 스타크래프트, 디아블로, 삼국지 시리즈 등 중독성 있는 것은 오랫동안 밤을 새며 한 적도 있다. 그러나 게임을 하다 보면 반드시 질리고 허무한 시점이 있었다. '내가 이뤄야 할 목표가 있는데, 이렇게 시간을 허비해서 되나.' 하는 생각이 드는 것이다. 게임을 아주 잘하는 것이 아니라서 더 빨리 질렸을 수도 있지만, 어쨌든 나는 그 허무한 느낌이 너무 싫어서 스스로 게임에 빠지는 것을 경계했다.

스스로에게서 목표나 꿈을 찾을 수 없으면 주변에 시선을 돌리는 것도 하나의 방법이 될 수 있을 것이다. 예를 들어 봉사활동 등을 통해 어렵게 살아가는 사람들, 자신과 다르게 살아가는 사람들을 직접 만나다 보면 그동안 미처 생각하지 못했던 목표나 꿈을 가질 수도 있을 것이다. 또한 고전적인 방법이긴 하지만 책을 통해 자신의 역할모델을 찾고, 그와 닮고 싶다는 욕구를 갖는 경험도 중요하다. 나의 경우에도 책이 많은 자극을 주었다.

어릴 적에 처음 읽었던 위인전이 아직도 기억에 생생하다. 그건 바로 외할머니께서 내 손을 잡고 서점에 들어가서 사주셨던, 그림책으로 된 아인슈타인 전기였다. 그때부터일까. 어린 마음에도 '천재', '학자'에 대한 동경이 생겼던 것 같다. 초등학생, 중학생이 되어서도 나는 천재들의 이야기, 학문을 탐구하는 사람들의 이야기를 가장 흥미 있게 읽었다.

중학교 시절부터는 본격적으로 내 자신에게 동기부여를 하고 자극을 주기 위해서 대형 서점에 앉아서 공부 방법이나 공부 잘하는 사람들의 이야기를 쓴 책들을 자주 봤다. 재미있기도 했고, 저자가 나와 비슷하게 공부하고 있다는 생각이 들면 괜히 뿌듯하기도 했다. 저자들이 힘든 상황을 이겨내고 자신이 원하는 것을 이뤄낼 때에는 더없이 공감하기도 하면서 내 자신을 채찍질했다. 『7막 7장』, 『아버지가 사는 이유, 내가 공부하는 이유』, 『과학고등학교 아이들』 등 이런 종류의 책만 해도 읽은 것이 열 권이 넘었다. 누가 가르쳐주지는 않았지만, 내 스스로와 싸워서 이기고 나를 발전시키기 위해서는 스스로에게 자극 주는 것을 멈추지 않아야 한다는 것을 알고 있었다.

'공부하고자 하는 의지'가 있다면 그 다음부터는 자신의 공부 방법에 맞게 남보다 악착같이 공부하는 것만 남았다. 의지가 약하거나 없다면 공부를 잘할 가능성은 거의 없으며, 잘한다 하더라도 결코 최상위권의 성적은 불가능할 것이다. 의지가 약한데다가, 쉬운 공부법이나 노력하지 않고 성적을 올리는 비법만 찾는 사람이 있다면, 그는 공부를 잘하게 될 가능성이 없다고 감히 확신한다. 집안이 아주 부유하다면 억지로라도 고액과외를 해서 어느 정도 성적을 올릴 수는 있겠지만, 결코 최고의 명문대학이라고 불릴 만큼의 우수한 대학을 가는 것은 힘들 것이다.

서점에 가보면 저마다의 공부 방법을 소개한 많은 책들이 있다. 나는 그런 류의 책들을 많이 보는 편이라, 거기서 소개한 공부 방법과 내가 하고 있는 공부 방법을 서로 비교도 해보았고, 그러한 과정을 통해서 내 공부 방법에서 보완해야 할 점들을 찾기도 했다. 거기에 소개된 특별하고 다양한 공부 방법에 사람들은 혀를 내두른다. 무슨 방법이 옳은 것인지, 어떤 방법이 가장 효율적인지, 소개해 놓는 공부 방법들을 직접 다 해볼 수도 없고 난감하기 그지없다. 그런데 내가 공부를 해나가면서 깨달은 것은 이 책들이 소개하는 방법론에 공통분모가 있다는 사실이다. 다름 아닌 '집중력'이다. 머리 나쁜 사람은 공부를 잘할 수 있어도, 집중력이 없는 사람은 공부를 잘할 수 없다. 집중력은 모든 공부 방법의 기본이자 뿌리이며, 이것이 없는 상태에서 아무리 '비법'이니 '공부 노하우' 등을 찾아서 따라 해봤자 아무런 소득이 없다. 반대로, 집중력 하나만 제대로 갖추고 있으면 공부 방법은 저절로 터득할 수 있다.

그래서 집중력을 키우는 것이 가장 중요하다. 원래부터 집중력이 좋은 사람도 있겠지만, 만약 자신이 그렇지 않다면 훈련을 해야 한다. 나도 훈련을 한 경우에 속한다. 일단 10분이라도 딴 생각을 절대 하지 말고 공부에 집중하는 연습을 하고, 그것이 익숙해지면 점차 자신의 수준에 맞게 집중하는 시간을 늘려가도록 한다. 집중할 때에는 딴 생각을 절대 하지 말아야 한다. 오로지 하고 있는 공부에만 몰두해서 정해진 시간을 버텨야 한다. 만약 자기가 15분 동안 집중하기로 마음을 먹었으면 하늘이 무너져도 그 15분간은 공부에만 몰입하도록 한다. 타임워치를 사용해서 시간을 재는 것도 좋은 방법이다. 만약 누군가가 방해를 하거나 말을 건다면 "잠시만, 3분 뒤에 얘기하자."고 양해를 구하는 것도 필요하고, 어떻게든 약속한 시간만큼은 집중해서 채워야 한다. 그렇게 해서 딱 40~50분만 집중할 수 있다면, 더 이상 특별한 비법은 필요하지 않다.

자신이 진정으로 해낼 수 있다고 믿고 자신이 할 수 있는 모든 노력을 쏟는 자에게는 일반적인 상식이나 가능성을 매기는 확률 따위는 아무 의미가 없다. 그것은 결코 '아무것도' 이야기해주지 않는다. 그러나 자신의 뼈를 깎는 노력을 포기하지 않고 하기 위해서는 누구보다 강한 공부의 열정과 오기가 없이는 불가능할 것이다.

꿈이 없다면 공부도 없다

'최고노력파'. 친구들이 나에게 붙여준 별명이다. 영재들의 집합소인 과학영재학교에서 나보다 우수한 학생들 틈에서 생존하고, 그것을 넘어 가장 높은 성적을 얻고, '최고노력파' 라는 별칭까지 얻게 된 것은 미국 유학의 꿈에 대한 열정과 의지가 있었기 때문일 것이다. 초등학교 때부터 고등학교를 마치는 순간까지 누구보다 치열하게 공부하면서 꿈을 좇아 왔다고 생각한다. 나는 천재도 아니고, 부잣집 아들도 아니어서 과외나 비싼 학원을 다녀본 적 역시 없다. 혼자서 공부하는 방법을 연구하고 전략을 세워서 최대한 효율적으로 공부하는 방법을 택했을 뿐이다. 그리고 남들보다 훨씬 더 집중하고, 훨씬 더 많이 공부해서 내가 부족한 것을 극복해나갔다.

친구들은 "좋은 대학 가면 다 잘 살고 성공하냐?"고 묻는다. 그때마다 나는 잘 살고 성공하기 위해서 공부하는 것이 아니라고 대답한다. 아버지 또한 좋은 대학을 가는 것, 공부를 잘하는 것과 인생에서 성공하는 것은 별개라고 강조하셨다. 솔직히 말해서 최고의 명문대학을 가고 싶은 가장 큰 이유는 바로 그것이 내가 공부를 열심히 했다는 것으로 자기만족을 할 수 있는 증표이기 때문이다. 난 돈보다 인류가 이루어놓은 이성과 지식을 더 사랑하고, 더 위대한 가치로 추구했으며, 그것을 더 멋있게 생각해왔다. 사람마다 각자가 최고로 추구하는 가치가 있을 것이고 그것을 성취했다면 사람들은 나름대로 자기 멋에 도취되어 살 수 있다고 생각한다. 춤추는 것을 가장 중요하게 생각하는 댄서라면 자신이 춤을 아주 잘 춘다는 이유 하나만으로도 행복할 수 있듯이 말이다. 어른들은 이런 나를 보면 세상 물정을 모르는 철부지라고 생각할지 모르지만, 나는 생활하는 것에 큰 불편함이 없을 정도의 돈만 있다면 자신이 가장 높게 평가하는 가치를 추구하고 그것을 성취하느냐가 행복의 기준이라고 생각한다. 제 멋에 사는 세상, 가치의 다양성이 인정받는 세상을 누구나 꿈꿀 것이다. 그러나 그런 세상을 아직 현실이 인정하지 않는다면, 자신이 그런 세상을 만들면 되는 것이다. 삶과 행복이란 매우 주관적이고 상대적인 것이니까.

내가 공부하는 것을 옆에서 계속 지켜본 친구들은 조금은 의아스러워했다. 내가 왜 그토록 '필사적으로' 공부를 하는지. 처음에 공부를 미친 듯이 했던 이유는 나를 빛낼 수 있는 것이 공부 하나밖에 없다는 사실을 자각했기 때문이다. 돈 많고 부러울 것 없이 사는 친구들 앞에서도 기죽지 않고 내가 당당할 수 있었던 것은 공부를 잘한다는 사실 그것 하나밖에 없었다. 내 스스로가 빛나고, 남들에게 인정받을 수 있는 유일한 길이 공부였다.

　나의 자존심을 지탱해주는 버팀목이 될 수 있다는 점 때문에 공부에 매력을 느꼈지만 점점 공부는 그 자체로서 나의 일부가 되었다. 공부하는 것이 즐거웠고, 끊임없이 배우고, 느끼고, 깨닫는 과정이 사랑스러웠다. 이제 그것은 완전히 떼놓을 수 없는 나의 일부가 된 것이다.

　사실 그러한 자기만족을 위한 공부는 극히 이기적인 것일 수도 있다. 그러나 이제는 공부를 나만을 위한 것으로 생각하지는 않는다. 언젠가 과학영재학교 시절 한 국어 선생님께서 말씀하셨다. "너희들은 이제 길가에 있는 거지에게도 빚이 있다."고. 그렇다. 과학영재학교에서 3년을 공부한 것도, 능력 이상으로 많은 것을 누리며 유학을 준비한 것도, 모두 내가 이 사회에 빚을 진 것이다. 그런 소중한 빚 덕분에, 나는 계속 전진할 수 있는 기회를 얻을 수 있었다. 나만을 위한 전진은 아닐 것이다. 이 사회와 국가를 위해 내가 값진 역할을 해줄 것이라는 암묵적 약속이 있기 때문이다. 그러기 위해서 나는 더욱 온몸으로 배우고, 전진하며, 깨달을 것이다.

현근이의 영어 공부법
기초를 닦은 후 TOEFL에 뛰어들어라!

부모님께서 다른 어느 과목보다 영어를 중요시하셨기 때문에 나는 당시로서는 조금은 이르다고 할 수 있는 초등학교 2학년 때부터 영어 공부를 시작했다.

학원에서 영어를 배웠는데, 수업은 원어민 선생님과 한국인 선생님이 번갈아가면서 가르치는 형태로 진행되었다. 학원마다 여러 가지 특색이 있지만, 내가 다녔던 학원은 외국 출판사에서 나온 책을 교재로 삼고 그 내용을 중심으로 다양한 수업을 진행했다. 아마 요즘의 학원들과 큰 차이점은 없을 것이라고 본다. 일단 그런 식의 회화 수업을 초등학교 6학년 때까지 하다 보니, 영어회화나 독해, 단어 실력이 어느 수준까지는 도달할 수 있었다. 내가 영어 공부를 처음 시작할 때는 발음을 공부하는 파닉스 수업도 병행했는데, 어릴 때 파닉스 수업을 들은 덕분에 발음을 비교적 제대로 익힐 수 있었다. 만약 발음을 정확히 익히고 싶다면 일단 혼자서 영어 테이프 등을 활용해 다른 사람이 발음하는 것을 최대한 따라해본 다음, 어느 정도 됐다 싶으면 원어민에게 잠깐이라도 제대로 교정을 받는 것이 좋다고 생각한다. 영어 발음은 한번 잘못된 채로 굳어지면 교정하는 데 상당한 시간과 비용이 든다.

중학교 1학년이 되어서는 본격적으로 독해와 문법 위주의 공부를 했다. 그때부터 회화는 하지 않았고, 기초 문법 코스를 들으면서 문법 지식을 쌓고, '링구아 포럼'에서 나온 TOEFL 교재로 단계적인 TOEFL 공부를 했다.

중학교 1학년 방학 때, 그동안 다니고 있던 학원에서 단기 속성으로 기초 문법을 배운 다음 m-TOEFL이라는 교재로 독해와 듣기, 문법을 공부했다. 그리고 이때 처음으로 문제풀이를 통해 영어 실력을 다지는 방향으로 공부를 시작했다. 그 다음에는 i-TOEFL을 거쳐 중학교 2학년 9월부터 정식시험인 CBT TOEFL을 배웠다. CBT TOEFL을 배웠던 것은 순전히 영어 실력 향상과 당시에 목표로 했던 민족사관고등학교 준비를 위해서였다. 수능시험 준비에 필요한 영어라면 이미 회화 수업을 통해 어휘력과 독해능력을 꾸준히 길러왔고, 중학교 1학년 때 기초 문법 지식을 배우면서 준비한 상태였다. 나는 중학교 때 수능시험 다음날 신문에 실리는 수능 기출문제를 재미삼아 풀어보곤 했는데, 물론 다른 영역은 당시의 나로서는 너무 어려워서 제대로 풀지 못했지만 외국어 영역만큼은 항상 다 맞출 수 있었다.

우리나라에서는 유학을 준비하지 않으면 TOEFL 시험을 잘 안 보는데, 나는 개인적으로 TOEFL 공부가 입시뿐만 아니라 영어 실력 향상에 매우 도움이 된다고 본다. 요즘에는 IBT(Internet-Based TOEFL)라고 해서 말하기가 추가되는 등 시험이 복잡하게 변형되었지만 굳이 TOEFL을 봐야 하는 상황이 아니라면 IBT 시험에 맞출 필요는 없고, 이전의 시험 형태인 PBT(Paper-Based TOEFL)나 CBT(Computer-Based TOEFL) 내용에 맞추어서 공부하면 된다. 그 공부를 제대로 한다면 고등학교 영어 내신 및 수능 영어는 걱정할 필요가 없을 뿐 아니라 그 이후에도 요긴하게 쓰일 만큼의 영어 실력을 갖출 수 있다.

TOEFL에서 강조하는 문법 지식과 문장구조 분석 방법은 독해에 필요한 만큼의 문법만 핵심적으로 가르쳐주는 것이다. 시중에는 쓸데없을 정도로 많은 문법 지식을 암기하게 하는 문제집들이 많은데 문법만 달달 외우는 것은 거의 쓸모가 없다. 내가 문법을 공부한 방법은 TOEFL의 Structure(문장구조, 문법) 파트 문제를 계속 풀어보는 것이었는데, 내가 이때 항상 했던 훈련은 주어와 동사를 찾고 '전치사 + 명사구'를 삭제하는 아주 단순한 것이었다.

> During the late nineteenth century, most **laborers** in the United States **worked** six days a week, often ten or more hours a day. (19세기 후반에 대부분의 미국 노동자들은 하루에 열 시간 이상씩, 1주일에 6일을 일했다.)

위의 문장에서 주어와 동사를 찾아보도록 하자. During부터 century까지는 During이라는 전치사 이후에 따라오는 명사구들이다. 이런 것들은 문장에서 골격이 아니기 때문에 삭제한다. 여기서는 laborers가 주어고, in the United States는 '전치사+명사구' 형태이므로 삭제한다. 본동사가 worked이고 six days부터 끝까지는 역시 중요하지 않은 부사구다. 그러므로 이 문장에서 결국 하고자 하는 말은 'labores worked', 즉 '노동자들이 일을 했다'는 것이다. 이 단순한 연습을 계속 하다 보면 긴 지문 독해를 할 때도 문장이 한눈에 보인다.

　주로 복잡한 문장에서는 which, that, who 등의 관계대명사가 들어가는데 이럴 때에는 관계대명사 부분부터 본동사 바로 앞까지 (　　　)로 묶어서 관계대명사 앞에 있는 것을 수식한다고 표시하는 연습을 하는 것이 좋다.

The long **history** in the development of a concept or any of the unproductive approaches (that were taken by early mathematicians) **is not always** addressed in mathematics courses. (개념의 발달이나 초기 수학자들에 의해 행해진 비생산적인 접근 방식에 대한 역사는 언제나 수학 수업에서 가르쳐지진 않았다.)

　위의 문장은 다소 복잡해보이기는 하지만 '삭제의 원칙'만 잘 적용하면 어렵지 않게 주어와 동사를 찾을 수 있다. 주어는 history이고 in(전치사)부터 is 앞까지는 전부 '전치사＋명사구'이므로 삭제한다. 본동사는 is not addressed로 수동태다. 결국 문장의 골격은 'history is not addressed'(역사가 가르쳐지지 않았다)이다. 그러나 여기서 눈에 띄는 것은 중간에 있는 'that were taken by early mathematicians'라는 관계대명사 부분인데, 앞에서도 말했듯이 that부터 본동사 바로 앞인 mathematicians까지 묶어주고 화살표로 앞에 있는 approaches를 수식한다고 표시하면 된다.

　처음 이 방법을 쓰게 되면 반드시 혼란스러운 부분이 생기는데, 긴 문장에서 본동사처럼 보이는 동사 부분이 많아질 때 그런 현상이 발생한다. 예를 든 문장에서도 were taken이 본동사인지, is addressed가 본동사인지 헷갈릴 수 있는데 일단 알아둘 것은 하나밖에 없다. '동사가 n개이면 접속사는 n-1개'라는 공식이다. 문장에서는 관계대명사 that이 접속사다. 접속사는 if, while 등 매우 많은데 외울 것이 아니라 문장을 자주 접하다 보면 저절로 익히게 된다. 어쨌든 이 공식을 알고 있는 상태에서 동사가 그저 접속사에 딸려 나오는 것인지, 정말 주어와 연결되는 본동사인지 구분하는 연습을 하면 된다. 구분하는 방법은 간단하다. 당연히 접속사에 가까이 있는 동사가 접속사에 딸려 나오는 동사다.

나는 문법과 관련해서 이렇게 주어와 본동사를 찾는 연습 외에는 공부한 것이 전혀 없다. 이 연습만 중학교 2학년 2학기 때 두 달간 했다. 두 달 동안에는 연필로 표시를 해가면서 했지만 나중에는 그냥 눈으로만 봐도 무엇이 주어고 본동사인지 다 가려낼 수 있었다. 이는 독해실력 향상에 큰 도움을 주었다. 영어 학원에 다닐 때 문법을 가르쳐주신 선생님이 부산에서 명강사로 통했는데, 그 선생님은 항상 수업 시간에 이 말씀만 하셨다.

"주어 뭐고, 본동사 뭐고? 전명구(전치사+명사구) 줄 쫙쫙 치고~ 그럼 답이 뭐고?"

얼마나 간단한가. 이 방법으로 영어 문법과 독해에 도사가 되어서 TOEFL 고득점을 받은 사례를 실제로 수없이 보았고, 나도 그 경험을 했기 때문에 이 방법이 효과가 있다고 확신한다.

또한 TOEFL 독해는 수능에 비해서 상당히 수준이 높기 때문에 TOEFL 공부를 꾸준히 하다 보면 단어나 독해 실력이 비약적으로 향상되고, 따로 수능에 대비해서 외국어 영역 공부를 하지 않아도 된다. 만약 대학 입시에서 영어 듣기가 별로 필요하지 않다면 TOEFL 듣기 파트는 공부하지 않아도 무방하지만, 유학을 준비한다거나 영어 실력 자체에 관심 있다면 공부해야 한다.

영어 작문의 경우에도 내가 효과를 본 방법이 있다. 나는 초등학교 때까지는 기초적인 영어 일기를 쓰다가 어느 날 문득 집에 있는 『영작문법』을 접하게 되었고, 그 책에 나와 있는 어려운 표현들이 괜히 멋있게 보여서 무조건 따라하며 영작 연습을 했다. 물론 낡은 표현들도 많았지만 실제로 그 덕분에 약간 어려운 문장을 쓰는 법도 알게 되었다. 중학교에 올라와서 내가 한 영작 연습 방법은 딱 한 가지뿐이다. 먼저 TOEFL 에세이 문제집(모범답안이 포함되어 있는)을 구한다. 이왕이면 한쪽은 영문 답안, 한쪽은 한글 답안으로 되어 있는 것을 구한다. 그러고 나서 영문 답안을 보지 않은 채, 한글 답안을 보고 내 나름대로 영작을 해본다. 즉 한글 답안을 영어로 번역하는 것이다. 모르는 단어가 있으면 사전을 찾아서 쓰면 된다. 그렇게 에세이 하나를 다 번역한 다음, 영문 답안과 한 문장씩 비교해본다. 사람마다 차이가 있겠지만 의외로 비슷한 부분이 많다는 것을 알게 될 것이다. 동시에 자신이 쓰는 문장 표현력이 얼마나 부족한지도 깨닫게 된다. 자신의 표현 방식에서 개선할 점과 표현의 다양성에 초점을 맞추어 연습을 계속하다 보면 실력이 부쩍 늘게 된다.

다음으로, 영어로 된 글을 많이 읽는 게 중요하다. 짧은 신문기사나 잡지, 소설 등 자신이 관심 있는 것을 읽으면서 좋은 표현을 외우고 익히면서 그것을 의식적으로 사용하다 보면 영작 실력이 금방 좋아진다.

여담이지만, 조금 더 재미있게 영작 실력을 키우는 방법도 있다. 나는 중학교 시절 게임을 즐기는 대신 미국에 사는 펜팔 친구와 이메일을 주고받았다. 누구든지 한 다리 혹은 두 다리만 건너면 미국이나 캐나다 등 영어권 국가에 유학 가 있는 펜팔 친구를 구하는 것은 그리 어려운 일이 아닐 것이다. 같은 한국인이라 하더라도 일부러 영어로 이메일을 주고받다 보면, 솔직히 재미도 있고 영작 실력도 많이 는다. 또 한 가지, 요즘은 일상적으로 채팅을 많이 하는데, '야후' 등의 미국 사이트에서 미국 사람들과 채팅을 하는 것을 취미로 삼아도 작문에 도움이 된다. 물론 채팅에서 고급 영어를 기대하기는 어렵겠지만, 자기의 생각을 영어로 빨리 쓰는 연습을 할 수 있고 다양한 표현을 배울 수 있다는 장점이 있다. 중학교 시절, 나도 컴퓨터를 하다가 심심하면 야후 사이트에서 미국 사람들과 채팅을 했다. 내가 쓰는 영어를 미국 사람들이 이해하는구나 하는 생각에 더욱 자극이 되어서 영어 채팅에 빠져들었던 것 같다.

영작이라는 것은 결국 영어로 글을 쓰는 것이기 때문에, 기본적인 어법을 깨우치고 나면 표현과 사고의 문제만이 남게 된다. 그렇기 때문에 결국 한국어(말 또는 글) 표현력이 뛰어난 사람이 영작도 역시 잘할 수밖에 없다.

만약 영어에서 남들보다 앞서가고 싶어 하는 학생이 있다면, 현실적으로 학원의 도움을 받기를 권한다. 그러나 학원을 선택할 때 비싼 학원을 선택할 필요는 전혀 없다. 대체로 가격이 합리적이면서도 규모가 큰 학원들이 양질의 교육을 제공하고, 그 정도의 교육으로도 충분히 실력을 올릴 수 있으니 굳이 비싼 곳을 다녀야 한다는 부담을 가질 필요가 없다. 학원에 있어서는 싼 게 비지떡이 아니다. 그리고 영어에 기초가 잡혀 있지 않은 학생들도 처음에는 학원의 도움을 잠시 받기를 권한다. 영어의 경우 내 경험이나 선생님들의 말씀으로 볼 때, 어느 수준 이상만 되면 자기 혼자 공부해도 전혀 무리가 없다. 그러나 그 수준에

도달하기 위해서 장기간 동안 회화 수업을 들으며 자연스럽게 영어의 감각을 익힐 수도 있을 것이고, 또는 단기간 동안 기초 문법 수업을 듣거나 독해에 필요한 기본적인 방법을 배울 수도 있다.

개인의 영어 공부 사례들을 다룬 책들에 많이 등장하는 방법만 가지고는 영어를 잘할 수 없다는 게 내 생각이다. 다른 건 몰라도 언어만큼은 남의 지도가 있는 것이 좋고, 약간의 도움을 받으면서 그런 책에서 소개하고 있는 방법을 병행해야 최고의 효과를 얻을 수 있다. 기초도 안 되어 있고 아무것도 모르는데 혼자서 영어를 정복할 수 있다는 생각은 하지 않는 것이 좋다. 유학성공기를 담은 책에서 영어를 100% 혼자 공부했다는 식으로 쓰는 경우가 많은데, 아주 예외적인 경우를 제외하고는 대부분 실제보다는 과장되어 소개되었다고 볼 수 있다. 언어만큼은 반드시 처음에 남이 잡아주는 과정이 필요하다고 생각한다.

과학영재학교에 입학할 당시 수학·과학에는 뛰어난 재능을 보이지만 영어 실력이 모자라서 고생하는 친구들이 많았다. 그중에서 몇몇 친구들은 다른 영어 공부 방법은 다 제쳐두고 오로지 TOEFL 공부만 열심히 했다. 틈만 나면 TOEFL 테이프를 들으면서 dictation(받아쓰기)을 하고, 단어 암기와 독해 연습도 꾸준히 했다. 이 모든 과정을 학원의 도움 없이 스스로 했고, 부족한 것은 영어를 잘하는 친구들에게 도움을 구했다. 그렇게 피나는 노력 끝에 그 친구들은 현재 영어 실력이 많이 향상되었다. 물론 말하기 실력은 부족하지만 독해와 듣기에서 엄청난 수준의 실력을 갖추게 되었다. 어학연수 한 번 다녀오지 않고도 TOEFL만 공부해서 미국 유학을 준비할 수 있는 수준까지 영어 실력을 끌어올린 것이다.

왜 과학영재학교인가

최고의 교육을 최저의 비용으로

부산광역시에 위치한 한국과학영재학교는 2000년에 제정된 영재교육진흥법에 따라 기존의 부산과학고를 과학영재학교로 전환하여 설립하였으며, 기존에 각 시도 지역마다 설립된 과학고등학교가 원래 목적에서 다소 벗어나서 입시위주의 교육기관으로 전락해버린 것에 대한 대안으로 출발하였다.

2003년 첫 신입생 144명을 선발하였으며, 2005년에는 공식적으로 '한국과학영재학교'로 개명되었다. 과학영재학교는 대한민국에 있는 다른 모든 학교와는 다르게 교육부와 과학기술부의 동시적인 지원과 정책하에 운영된다. 정부의 전폭적인 지원뿐만 아니라 그에 따르는 혜택과 독특한 커리큘럼은 정말로 타의 추종을 불허한다고 할 수 있다.

뿐만 아니라 과학영재학교에 적용되는 법률 또한 교육부 법률이 아닌 영재교육진흥법이라서 모든 시스템이 다른 학교와는 차별화된다. 더구나 향후 공립에서 국립으로 전환하여 교육부가 아닌 과학기술부에서 직접 운영을 맡게 될 예정이어서 정부의 지원 또한 획기적으로 확대될 전망이다.

백양산을 병풍 삼아 늘 푸른 잔디 구장에 지어진 현대식 학교건물과

학교의 설비 및 기자재는 아주 우수하다. 전신인 부산과학고등학교의 건물이나 부지가 좋기도 했지만, 한국과학영재학교로 시스템이 전환되면서 많은 시설과 건물이 추가되었다. 80억 원을 투자하여 '창조관'이라고 불리는 과학 연구 전용 건물을 세웠는데, 여기에는 다카하시 천체 망원경을 비롯하여 SEM(주사전자현미경), TEM(투과전자현미경), NMR(전자기공명기) 등 고가의 실험기자재들이 구비되어 있다. 주로 전문 교과 선생님들의 연구실로 사용된다.

뿐만 아니라 최근에는 '예지관'이라고 하는 건물을 신축하면서, 학생들의 다양한 특별활동을 장려하는 장소를 마련하였는데, 여기에는 컴퓨터 음악실, 오케스트라실, 노래방, 당구장, 밴드부실, 사물놀이부실, 사진실, 미술실 등 아주 많은 특별실이 있고, 그 안의 시설물도 우수한 것들이다.

중학교 재학생 또는 졸업자 중 수학·과학 분야의 성적이 뛰어나거나 특출한 재능이 있다고 판단되어 학교장의 추천을 받은 자면 누구나 지원이 가능하다. 중학교 1학년부터 3학년은 물론이고, 심지어는 고등학교 학생도 지원이 가능하다. 실제로 04학번 학생 중에는 고등학교 1학년 때 지원을 하고 합격이 되어 다니고 있는 학생이 있다. 이렇게 지원 자격을 까다롭지 않게 정한 이유는 반드시 내신이 좋고 큰 수상 실적이 있는 학생만이 영재인 것은 아니라는 전문가들의 의견 때문이다. 전국에서 학생들이 지원하는데, 지역별 지원자 수는 대체로 지역별 인구 비례와 일치한다. 합격자 분포를 보면 서울 및 경기 지역의 학생들이 50% 정도이며, 나머지 지역 출신 학생들이 골고루 분포되어 있다.

수업료는 분기당(3개월 간) 40만 원 이내이고, 따라서 총 120만 원의 공납금이 있는 것이다. 그러나 기숙사비와 식비가 무료이며, 전교생이 1년에 100만 원부터 300만 원의 장학금을 받는다. 조만간 수업료도 무료가 된다고 하니, 학비 걱정은 할 필요가 없다. 더군다나 사교육이 필요 없다는 점을 감안하면 대한민국 최고의 교육을 가장 저렴한 비용으로 받을 수 있는 것이다.

커리큘럼은 무엇이 다른가

과학영재학교에서는 일반 고교의 이과 과정 학생들이 배우는 내용은 1학년 때 집중적으로 끝내고, 2, 3학년 때에는 대학 수준의 응용과목을 학생들이 자율적으로 선택해서 배운다. 교과 및 연구 이수 학점이 총 170학점이고, 총 120개 정도의 강좌가 있는데, 학생들의 기호와 필요에 따라서 점점 더 늘어나고 있다. 필수과목 이외의 과목들은 100% 자율적으로 선택하며, 6명 이상의 학생이 원하는 경우 과목이 개설되기도 한다.

기본적인 교육과정은 교과과목 145학점 이상을 취득하면 졸업을 하게 되는 무학년제이고, 이것은 곧 정규과정보다 빨리 또는 늦게 졸업할 수도 있다는 것을 뜻한다. 영재학교는 학년을 마치면 졸업하는 것이 아니라, 필수, 기본 선택, 심화 선택에 걸친 교과의 학점 이수를 마치면 졸업을 할 수 있다. 다른 학교와 달리 중등교육법이 아닌 영재교육진흥법에 따라 운영이 되므로 학점만 취득하면 졸업이 가능한 것이다. 그리고 학생들은 교과과목 145학점 외에 추가로 R&E(Research &

Education, 과학연구 프로젝트)로 30학점을 취득해야 하고, 졸업 전에 일정 수준의 영어 능력을 TOEFL 점수로 증명하고 졸업논문을 작성해야 한다.

　수업 교재는 국어와 국사 외에는 모두 영어 원서를 사용한다. 이는 학부 유학 또는 대학원 유학을 할 때 특히 유리할 뿐만 아니라, 국내 명문대학에서 영어 원서로 수업을 할 때도 쉽게 적응할 수 있는 기반이 되며, 영어 독해 실력에 많은 향상을 가져온다. 해외연수의 기회도 1학년 때 전교생에게 학교 지원으로 주어지며, 2학년과 3학년 때에도 일정 자격만 갖추면 역시 학교 지원으로 3~5주간 해외연수를 추가로 다녀올 수 있다.

　과학영재학교의 해외연수의 기회는 해마다 증가하고 있다. 2006년도 04학번 학생들이 참가하게 되는 해외연수를 몇 가지 언급해 보자면, 영국의 최고 명문대학인 케임브리지와 임페리얼 대학의 과학 캠프에 2~4주간 가게 되고, 미국의 예일 대학에서 summer session(여름학기)을 통해 예일 학부생들과 동일하게 수업을 듣고 학점을 취득할 수 있도록 마련한 프로그램에 5주간 참여한다. 또한 독일 괴팅겐 대학교의 과학 캠프에도 3주간 참여하게 된다. 이런 해외연수 프로그램들은 자기 부담으로 참여하려면 돈이 아무리 많아도 참가자격이 되지 않는 한 힘들고, 참가한다고 해도 엄청난 부담이 되지만 과학영재학교에서는 매우 활발하게 해외 명문대학의 연수 프로그램을 지원한다.

　뿐만 아니라 미국의 일리노이 수학과학 고등학교(IMSA)와 같은 해외 명문학교와 자매결연을 맺고 있기 때문에 이 학교의 학생들과 국제교류를 할 기회가 많다. 국제교류는 온라인 화상을 통해서 하기도 하고 외국 학생들이 직접 과학영재학교에 몇 주간 연수를 와서 영재학교 학생들과 기숙사 생활을 같이 하기도 한다. 2006년의 경우 미국 IMSA 학생들과 태국 왕립학교 학생들이 과학영재학교에 와서 몇 주간 수업을 들으며 같이 생활한다.

카이스트 교수님이 직접 가르치신다

과학영재학교의 학생 당 교사 비율은 6:1로 매우 낮은 편이며, 재직하고 계신 선생님들은 국내외 유수 대학으로부터 박사학위를 받으신 분이 60%(전문교과 77%) 이상, 석사가 90% 이상일 정도로 우수한 실력을 자랑한다. 해마다 박사급 전문 강사를 더 채용하여 현재는 심화 전문교과의 경우 모든 선생님들이 박사학위를 가진 분들이며, 상당수가 명문대학의 교수님들 또는 교수 경험을 하신 분들이다. 또한 심화 전문교과들은 대부분 카이스트 파견 교수님들이 직접 강의를 하시며, 진학 및 생활지도 전반에 걸친 학생들의 관리를 위해서 6명당 1명의 Academic Adviser 선생님(학업과 생활 전반에 대한 조언 및 관리를 담당하는 선생님)이 있다. 같은 AA 선생님이 관리하는 학생들끼리는 자주 모임을 가지면서 더욱 친밀해질 기회가 많다. 수업 방식은 강의, 토론, 발표 등 다채롭게 진행되고, 시험 문제도 단편적인 지식을 묻는 문제가 아니라 창의력과 응용력을 테스트하는 문제들이 출제되어서 사고의 폭을 넓힐 수 있다.

과학영재학교의 특징 중 하나가 R&E인데, 지도교수 1명과 학생 3~

6명이 팀을 이뤄서 1년간 심도 있는 과학 연구 주제를 선정해서 집중적으로 실험 및 연구를 하고 사사교육을 받는 시스템이다. 각 학생당 총 2년간의 R&E를 통해서 학생들의 연구수행 능력과 창의적인 사고능력이 많이 향상되는 것이 입증되어서, 현재 몇몇 과학고에서는 일부 소수의 학생들에 한해서 시행하고 있다. 그리고 무엇보다 R&E를 통해 우수한 성과가 나오면 전문 학술지에 게재가 되고, 그 성과물의 수준 또한 대학 및 대학원의 그것에 해당될 정도로 높다.

해마다 R&E의 지원과제가 늘어나는 추세이고, 그에 따른 지원 규모도 점점 확대되고 있다. 연구 주제는 '삼각형 종이비행기의 비행역학 원리 실험', '유행성 독감 바이러스의 RNA 유전자에 대한 구조 연구', '인공신경회로망에 기초한 패턴인식 연구' 등 수학, 물리, 화학, 생물, 지구과학, 정보과학에 걸쳐 매우 다양하다. 학생 스스로 연구 과제를 정하는 경우도 있고, 지도 교수님께서 연구 과제를 제안하기도 한다. 지도 교수님들은 주로 영재학교와 협약을 맺은 서울대, 포항공대, 카이스트에 계시는 분들이다. 학생들은 매 주말마다 R&E를 위해 영재학교 또는 해당 대학 연구실에서 실험을 하고 교육을 받으며, 방학이 되면 최소 2주에서 3주까지 집중적으로 대학 연구실에서 실험을 해서 논문을 작성한다. 만약 우수한 논문을 작성하여 학술지에 게재가 된다면 대학 진학(해외 대학 포함)이나 장학금 확보에 있어서 상당히 유리한 이점으로 작용한다. 또 논문을 준비하고 작성하는 과정에서 과학 연구에 대한 심층적인 이해를 할 수 있다.

특히 학교 측에서는 특강의 기회를 자주 만드는데, 우리 학교에서는 하버드 등 세계 유명 대학의 교수님들이나 노벨상 수상자, 황우석 교수님, 진대제 정보통신부 장관님 등 각계각층에서 활동하고 계신 유명

인사 및 석학 분들이 특별 강연을 하셨다.

서울대와 카이스트 진학은 기본,
유학은 선택이다

무엇보다도 과학영재학교의 가장 큰 매력은 수능과 내신에서 해방된다는 것이다. 지금까지 창조적인 인재를 양성하는 데 수능과 내신을 통한 대학입시가 걸림돌이 된다고 여겨졌는데 과학영재학교는 정부 차원에서 과감히 이 틀을 벗어났다. 카이스트와 포항공대의 경우 졸업 학점을 이수한 학생에 한해서 수능이나 내신성적 없이 심층면접만으로 학생을 선발하기로 협약하여 대학진학 문제를 해결한 것이다. 사실 상 카이스트는 본인이 원하는 경우에는 전원 진학이 보장되며, 포항공대도 마찬가지다. 그에 마땅히 과학영재학교에서는 학생들의 실력과 질을 엄격하게 보장한다.

특히 포항공대에서 1학기 수시 특기자 전형으로 선발한 학생들은 대부분 과학영재학교 출신이라고 해도 과언이 아니다. 그만큼 과학영재학교가 다른 학교와 차별화된 교육을 통해서 학생들의 실력을 키워왔다는 것을 보여준다. 그외 서울대학교 같은 경우도 이·공과 대학 수시 전형에서 수능이 반영되지 않는 등 선발 방법이 바뀌면서 과학영재학교 학생들의 진학이 매우 유리해졌다. 서울대의 경우 과학영재학교에서 진학할 수 있는 방법은 2학기 수시모집 특기자 전형인데, 여기에 37명이 지원했고, 24명이 최종 합격했다. 과학영재학교는 따로 수능을 준비하지 않기 때문에 대부분 수시 전형으로 대학에 진학한다. 만약 정시에 지원하고 싶다면 개인적으로 수능을 준비해야 한다.

이미 교과과정에서 수능 준비 대신에 전공과목에 대한 심화학습이 이루어지기 때문에 별다른 준비 없이도 심층면접에서 우수한 성적으로 합격할 수 있는 실력들을 갖추게 된다. 실제로도 서울대에 합격한 학생들 대부분이 면접 준비를 따로 하지 않고 평소의 실력으로 면접을 보았다. 특히 영어수업으로 연마한 전공 실력은 유학을 가거나 대학 진학을 했을 때 다른 학생과 차별화되는 부분이다. 뿐만 아니라 학교에서 제공하는 다양한 커리큘럼을 살려서 해외 유학에 활용한다면, 해외 명문대학 진학도 타 학교에 비해서 많이 유리할 수 있다.

첫 졸업생들의 대학 진학 실적을 보면, 카이스트 117명, 포항공대 16명, 서울대 24명, 미국 명문대학 16명(중복 합격 포함) 등 졸업생 전원이 국내외 명문대학에 합격하는 성과를 거두었다.

한편 과학 분야 전공자들의 전망은 밝다고 생각한다. 앞으로 직업의 폭은 넓어질 것이고, 요구되는 자질(quality)은 높아질 것이다. 현재 세계적인 공과대학인 MIT 졸업생들은 정치, 경제, 과학 연구 분야에 활발히 진출하고 있다. 뿐만 아니라 동급의 명문대학 출신 중에서도 이공계 분야에서 학위를 취득한 사람들이 고부가가치 직업 활동을 많이 하고 있는 것 또한 사실이다. 맥킨지를 비롯한 세계적인 경영 컨설턴트 그룹이나 로펌(law firm)의 인재들은 대부분 이공계 분야 학위를 취득한 다음 대학원에서 MBA를 전공하거나 로스쿨을 졸업했다. 과학을 학부, 대학원까지 꾸준히 전공해서 그 분야의 연구자나 대학 교수가 되는 전통적인 코스를 밟는 경우도 있겠지만, 앞으로는 더더욱 다양화되고 전문화된 분야로 이공계의 인재가 진출할 것이다. 그리고 과학기술이 범람하고 이에 따라 지적 재산 문제나 기업 경영의 문제에 있어서 과학을 모르고는 감히 뛰어들 수 없는 고부가가치 영역마저 생기고 있다. 이런 추세를 선도해나가기 위해서 한 예로 MIT는 학생들에게 항상 6:4 교육을 중시한다. MIT가 비록 공과대학이긴 하지만, 과학 60%, 인문사회과학 40%의 교육을 실시하여 한 분야에만 정통한 전문

한국과학영재학교가 좋은 8가지 이유

1. 수능이나 내신 없이 명문대 진학이 보장된다.
2. 수능에 시간과 노력을 투자하는 대신 전공과목에 대한 심화학습을 통해 상당한 수준까지 실력을 향상시킬 수 있다.
3. 국어, 국사를 제외한 모든 과목을 원서 교재로 수업하고, 해외연수의 기회도 많아서 영어 수업 적응력을 키울 수 있다.
4. 훌륭한 커리큘럼과 선생님들이 있다(R&E 연구, AP, PT, 해외연수, 학점 제도, 조기 졸업 제도 등).
5. 기숙사, 식비 등이 면제되어 학비 부담이 거의 없고, 해외연수 비용, R&E 연구 비용 등이 지원된다.
6. 대부분의 학생이 장학금 혜택을 받을 수 있고, 해외 유학 장학금 수혜의 폭도 넓다
7. 학교 차원에서 특별활동과 봉사활동을 전폭적으로 지원한다.
8. 훌륭한 시설과 지원 속에서 전국 최고의 영재들과 같이 공부할 수 있다.

가가 아닌 통합적이면서도 전문적인 인간상을 추구한다는 게 MIT의 교육 방침인 것이다. 이는 앞으로 변모할 최첨단 직업의 형태를 반영한다고 하겠다.

한국과학영재학교 입시 가이드

한국과학영재학교는 입시 방침을 다른 특목고처럼 점수화시켜 공개할 경우 필연적으로 파생되는 조기 과외 열풍 등의 부작용을 막기 위해서 기출 문제, 선발 과정 등을 비공개로 하고 있다. 이것은 미국 대학이 채택하고 있는 방식이기도 하며, 그렇다고 해서 주관적인 개입이 있는 것은 절대로 아니다. 그 과정은 충분히 전문가들의 객관적인 평가에 의해서 이루어진다.

영재학교는 총 3차에 걸친 선발 과정이 있고, 1차에서는 학생이 제출한 기록물과 성적을 평가해서 1,800명을 선발한다. 1차는 사실상 수학·과학 내신과 수상 실적이 중요하다고 할 수 있다.

1차 통과자 1,800명은 파트별로 선발하게 되는데, 수학+과학 내신 합계 군, 수학 내신 군, 과학 내신 군, 실적물 우수 군, 수상 실적 우수 군 등 총 5개의 그룹으로 나눠서 뽑는다. 앞의 세 개 군에서는 내신이 가장 중요한 평가항목이 되고 실적물 우수 군, 수상 실적 우수군에서는 공인된 실적물이 기준이 된다. 물론 앞의 세 개 군에서도 수상 실적이 있으면 가산점을 부여받는다. 실적물 우수 군과 수상 실적 우수 군은 실적이나 경력이 아주 특출하면 내신이 안 좋더라도 선발하는 경우이다. 수상 실적은 올림피아드 등의 비영리단체가 주관한 공인된 대회에서 수상한 것이어야 하며, 상별로 등급을 매기는데 수여자(장관, 교육감 등) 등의 등급에 따라서 점수가 달라진다. 그리고 각 지방 대회에서 수여한 상인지, 전국 대회에서 수여한 상인지에 따라서도 구분이 된다. 시도 대회에서 대상을 탄 것보다 전국 대회에서 동상을 수상한 것이 점수가 더 높다. 합격자들의 유형을 보면 시도 단위 경시대회에서 수상한 경력이 있고, 학교의 수학·과학 내신이 최상위인 경우가 많다. 참고로 수상 실적은 최상위 하나만 반영이 된다.

1차 서류전형에서는 실적물을 제출하라고 되어 있는데, 실적물에는 수상 실적 외에도 여러 가지가 포함될 수 있다. 유의미한 실적물로는 리포트, 논문 등의 실험 보고서류가 있을 것이고, 만약 각 시도 영재센터나 공인된 기관에서 진행한 연구라면 그 가치를 훨씬 높게 평가받을 수 있다. 특허 출원한 발명품 등도 물론 가능하다. 창의성, 가치성, 정교성, 진실성 등을 기준으로 평가하게 되고 남들과 차별화되지 않는 실적물은 반영이 안 된다. 서류 접수를 받다 보면 발명품이라고 보기 어려운 것들을 제출하는 학생들도 간혹 있는데, 작년의 경우 구멍 뚫린 삽을 제출한 학생도 있었다. 이런 것은 별로 도움이 되지 않으며, 누가 봐도 실적으로 인정할 수 있는 것이 좋다. 그리고 실적물 점수는 사람마다 형평성 문제가 있기 때문에 어느 정도 이상은 점수에 반영하지 않는다. 제출한 실적물 점수를 합해서 평균을 구하니 좋은 것만 엄선해서 내야 한다. 그렇지 않으면 오히려 평균을 낮추는 결과를 초래하게 된다. 실적물 그룹에서는 자기소개서와 추천서 점수도 합산한다. 자기소개서는 어디나 그렇듯 자신이 관심 있는 과학 분야에 대한 열정, 계획, 동기 등을 서술하면 되고, 추천서는 '자신을 잘 아는' 학교 선생님이나 영재교육원 선생님께서 단순히 좋은 말을 나열하는 게 아니라 특별한 에피소드를 중심으로 써주시는 것이 좋다.

　2차에서는 창의적 문제해결력을 평가하는데, 수학 및 과학 분야에서 문제가 출제되며, 입학 정원(144명)의 1.5배를 선발한다. 2차부터는 본인의 실력이 정말로 중요하다고 할 수 있다. 참고로 1차 때 점수가 2, 3차에 누적되어 합산되지 않고, 각각의 전형은 완전히 별도로 취급된다.

　3차에서는 과학적 문제해결력, 창의력, 인성 등을 종합적으로 평가하고 4박 5일간의 캠프를 한다. 이미 2차에서 1.5배수가 선발되었기 때문에 거의 입학에 다다랐다고 볼 수 있다. 특별한 준비과정이 필요한 것은 아니고, 지금까지 자기가 해왔던 공부를 복습하거나 부족한 부분이 있다면 보충하는 식으로 2차 시험을 준비하듯이 페이스를 유지하면 된다.

　3차는 2003년 첫해의 경우 3박 4일 동안 과학 논술, 총 18시간에 걸쳐 수리·물리 분야와 화학·생물·지구과학 분야의 필기시험을 치고, 자신의 답안을 선생님들께 발표한 다음 인성 면접을 거쳐서 선발되었다. 그러나 2004년부터는 실험이 추가되면서 캠프 기간이 4박 5일로 연장되었다.

　2005년의 경우 3차 시험은 개인별로 주어진 주제에 맞게 실험을 설계해서 실험한 다음, 자신의 실험 설계 과정과 결과를 발표하는 것이었다. 물리의 경우 메스실린더 안에 기름을 넣고 얼음을 떨어뜨려서 여러 가지 운동을 관찰하는 것이었고, 화학은 25가지 물질의 성질을 구분하는 것, 수학은 한 시간 동안 문제 푼 다음 15분 동안 자신이 쓴 풀이를 발표하는 것이었다. 9시간 동안 보는 필기시험에서는 개미에 대한 충분한 자료를 받은 다음 여러 가지 문제에 대한 답을 기술했다. 개미의 특성을 연구하기 위한 방법 등을 실험 설계(사고 실험)하고 나름대로 결과를 예측해서 정리하는 것이었다. 일개미가 알을 낳으면 그 알을 공격하고 여왕개미의 알은 공격하지 않는데, 여왕개미와 일개미의 알이 가지는 차이는 무엇인지 설명하라는 문제도 있었다. 물론 참고자료는 제공된다. 인성 면접에서는 지원서에 썼던 내용에 대해서 주로 질문을 한다.

2, 3차 시험을 준비할 때는 선행학습을 어느 정도 해놓으라고 권하고 싶다. 내가 시험을 봤던 첫해에는 상당히 창의력과 사고력을 요구하는 문제가 나왔지만, 가끔씩 고등 지식을 묻는 문제가 출제되기도 하기 때문이다. 솔직히 일반물리와 같이 대학에서 배우는 과목을 미리 공부할 필요는 전혀 없지만, 중학교 과정과 연계되는 부분은 선행학습을 해놓을 필요가 있다. 예를 들어 화학의 오비탈 단원은 중학교에서는 전혀 나오지 않는 부분이라 무시해도 되지만 중학교 때도 기체, 액체, 고체에 대한 내용은 나오기 때문에 고등학교 화학 과목에서 기체, 액체, 고체에 대한 부분은 공부해두는 것이 좋다. 고등학교 과학 Ⅰ, Ⅱ (되도록이면 Ⅱ과정)의 경우 어느 한 과목에 치우치지 말고 물리, 화학, 생물, 지구과학을 골고루 선행학습하는 것이 좋다. 실제 시험에서도 비슷한 비중으로 모든 분야가 출제되기 때문이다.

수학의 경우는 공통수학을 공부하고, 가능하다면 수Ⅰ의 행렬, 수열, 확률 단원을 공부하는 것도 좋다. 그렇지만 수학은 선행학습보다는 경시대회 문제를 많이 풀어보면서 고민하는 것이 더 도움이 된다.

심화학습과 선행학습은 다르긴 하지만, 상당히 접점이 많다. 심화학습에서 중요한 창의력은 아무것도 없는 맨바탕에서 나오지는 않기 때문이다. 창의력은 자신이 알고 있는 정보의 조합으로 나오는 것이고, 선행학습은 더 많은 과학적 사실에 대해 알아가는 것이다. 그러므로 선행학습은 영재학교 시험을 위해서 분명히 필요한 부분이라고 하겠다.

그런데 선행학습이 꼭 긍정적으로 작용하는 것만은 아니다. 중학생인데도 불구하고 대학 교과목인 일반물리, 일반화학은 물론이고 더 심화된 교과목(필수세포생물학, 유기화학 등)까지 공부한 학생들도 있는데, 그러한 학생들 중 상당수가 2차에서부터 탈락하는 경우가 있다. 이러한 학생들은 선행학습을 통해 워낙 어려운 전문지식들을 많이 습득한 터라 2, 3차 시험을 칠 때 단순히 자신이 알고 있는 어려운 지식들을 죽 나열하는 '실수'를 범할 우려가 있는데, 그렇게 하면 안 된다. 그래서 오히려 선행학습이 정말 부족한 학생들이 '자기만의 소설'을 잘 써서 2, 3차 시험을 잘 보는 경우도 많다. 그러니까 어려운 지식만 나열하는 건 절대 안 된다. 『뉴턴』, 『과학동아』 같은 잡지, 그리고 『수학의 정상이 보인다』, 『골드바흐의 추측』 등 많은 수학·과학 관련 교양도서를 읽으면서 다양한 지식을 쌓고 창의적인 생각, 엉뚱한 생각, 내가 알고 있는 지식이 과연 맞을까 하는 의심 등을 해보는 시간을 갖는 게 필요하다. 쉽게 말하면 자기 나름대로 상상의 나래를 펴보는 습관이 중요하다는 것이다. 그리고 '창의력 경시대회' 홈페이지에서 지금까지 나온 문제와 답안을 공부하여 과학적 지식을 쌓는 것도 유용하다.

그리고 내 주위에서 영재학교를 준비하는 학생들을 보면 이미 과학에서는 선행학습을 충분히 해놓고도 계속 과학에 중점을 두어서 공부하는 학생들이 많았는데, 이는 입학을 위해서라면 사실 소모적이라고 생각한다. 영재학교 입시의 원칙은 수학과 과학 시험 성적의 총점이 높은 순서로 선발하는 것이고, 특출하게 한 분야에서 점수가 높으면 다른 분야에서 과락이 생기지 않는 한 선발을 한다. 그런데 영재학교 입시에서 '특출한 몇 명' 안에 들어가기를 기대하는 것은 현실상 무리다. 그렇기 때문에 과학의 선행학습이 충분하면 당연히 수학 공부를 하는 것이 옳다. 내가 아는 한 학생은 일반물리, 일반화학, 일반생물 및 필수세포생물학까지 공부해놓고도 수학에서 과락이 생겨 2차 시험에서 탈락하였다. 차라리 대학 과정의 과학을 공부할 시간에 수학 공부를 했다면 2차 시험을 충분히 통과했으리라 생각한다.

수학 공부를 할 때에는 KMO 기출문제, '올림피아드 수학의 지름길' 교재 같은 질 좋은 수학경시 문제를 가지고 한 문제당 몇 시간이 걸리든 여러 가지 방법을 생각하면서 고민하고 풀어보는 연습을 해야 한다. 안 풀리더라도 다양한 해법을 나름대로 생각해봐야 한다. 그런데 귀류법 증명과 같이 기술이 필요한 문제들은 혼자서 해결하기 어려운 만큼 학원의 도움을 받는 것도 나쁘지 않다.

참고로 각 시도마다 있는 영재센터를 적극적으로 활용하는 것도 좋다. 실제로 영재학교에 합격한 학생의 대다수가 영재센터에서 교육을 받은 경험이 있으며, 영재센터는 선행학습은 물론이고 다양한 과제, 실험 등을 통해서 과학적 창의성과 전문성을 기르는 데 도움이 된다. 실제로 3차 시험에서는 실험을 하기 때문에 영재센터에서 어느 정도 실험의 기본기를 익힌다면 유용하다. 그 외에도 영재센터에서 그룹을 만들어 연구 프로젝트를 수행했다면 그것도 충분히 가치 있는 실적물이 되기 때문에 1차 평가에서 유리할 수 있다.

2, 3차 시험에서는 문제해결능력, 창의력에 초점을 두고 평가가 이루어지는 만큼 답안 작성을 할 때에는 심사위원들이 '아, 이 학생은 어려운 지식들까지 공부를 많이 했지만 그것들을 단순히 나열하는 게 아니라 그 지식을 다르게 해석하거나 접근하고 창의적으로 발전시키는 능력이 있구나. 그리고 때로는 그 지식을 뒤집고 완전히 다른 생각도 하는 구나.' 라고 여기게끔 하는 것이 가장 이상적이다. 그게 바로 시험에서 요구하는 것이기도 하다. 그런 평가를 받으려면 비록 소설처럼 여겨지더라도, 최대한 창의적인 생각, 남들과는 다른 접근방법과 풀이법을 써야 한다. 시험에서는 정확한 정답을 요구하는 게 아니기 때문에 얼마든지 '합리적인 소설'을 쓰면 되는 것이다. 물론 몰라서 엉뚱하게 썼다고 오해받지 않도록 자신이 알고 있는 관련 지식들도 함께 쓰는 것이 좋다. 그리고 영어에 대해서도 궁금해하시는 분들이 많은데, 영재학교 입시에서 영어 실력은 중요하지 않다. 합격 후 영어를 공부해도 충분하고 영어 실력이 부족해도 입학에 직·간접적인 영향을 미치지는 않는다.

마지막으로 하고 싶은 말은, 과학영재학교는 대학 입시가 목표가 아니라는 것이다. 물론 직·간접적으로 대학 입시에서 많은 이점이 있기는 하지만, 어느 학교처럼 서울대가 목표이거나 그렇지는 않다. 과학영재학교는 정말 남다른 의미가 있다고 생각한다. 우수한 선생님과 친구들, 대한민국 어디에서도 볼 수 없는 시설과 커리큘럼 등 독특함과 차별성으로 넘쳐나는 학교이다. 입시에 전혀 얽매이지 않고 정말 자기가 하고 싶은 공부를 맘껏 해보는 이상적인 교육을 원하는 학생과 학부모라면 과학영재학교에 도전해보기를 진심으로 권유한다.

좀더 얘기를 확장시켜서, 특목고에 대한 내 생각을 정리하자면, 중학교 시절에 특목고를 위해서 준비하는 과정은 다 피가 되고 살이 된다는 것이다. 나는 민사고에 비록 떨어졌지만, 민사고 입시를 위해서 열심히 했던 영어 공부가 고등학교 때는 물론이고 지금까지 유효할 정도로 많은 도움이 되었다. 잠깐 했던 것뿐이지만 경시대회 공부는 더 큰 세상이 있음을 일깨워주었다. 특목고에 들어가든 들어가지 못하든, 입시를 준비하면서 경험하는 모든 것들이 평생의 재산인 것이다.

현근이의 유학 준비 노트

미국의 대학들

미국에서는 대학 학부 순위는 잘 받아들이지 않지만, 나름대로 대학원 입학률, 학생 만족도, 신입생 평균 SAT 점수 및 GPA, 졸업생 기부금 비율 등 객관적인 요소를 기준으로 순위를 매기기는 한다.

전문가들은 보통 5개 대학을 하나의 등급으로 해서 미국 전체 대학을 300개 등급으로 나눈다. 하버드, 프린스턴, 예일, 스탠퍼드, MIT는 단연 최고 등급에 있는 대학이고, 입학률과 명성을 따졌을 때 하버드, 프린스턴, 예일, 스탠퍼드, MIT, 칼텍은 '빅6'라고 불릴 만큼 입학이 까다롭고 명성이 대단하다. 이 대학에 합격하기 위해서는 SAT 성적과 GPA가 아주 우수해야 하며, 남들과 차별화된 특별활동이나 수상 실적, 에세이, 추천서가 요구된다.

미국에서 가장 대중화된 리서치 기관인 US news & World Report에 따르면 프린스턴이 2003년까지 4년간 단독 1위를 차지했고, 하버드와 예일이 2, 3위였다. 2004년부터는 계속 프린스턴과 하버드가 공동 1위를 차지했다. 그러나 다른 리서치 기관에서 조사한 결과에 따르면 스탠퍼드나 하버드가 1위인 것도 있으니, 사실상 확실하게 말할 수 있는 것은 절대적인 순위가 아니라 '최고 명문대'라는 적당한 범주일 것이다. 그러니 이 안에서 순위를 가르는 것은 무의미하다고 해도 과언이 아니다. 펜실베니아 대학의 경우는 한국에 잘 알려지진 않았지만이 대학의 경영학부(Wharton school)나 헌츠맨 프로그램은 다섯 개의 최고 명문대학만큼 명성이 높고, 입학도 까다롭다.

우리가 잘 알고 있는 아이비리그는 동부의 명문 8개 대학을 지칭하는 것인데, 하버드, 프린스턴, 예일, 브라운, 다트머스, 코넬, 컬럼비아, 펜실베니아 대학을 말한다. 이 중 하버드, 프린스턴, 예일은 입학이 아주 까다롭지만, 나머지 아이비리그 대학은 '빅6'에 비해서는 상대적으로 입학이 쉽다. GPA와 SAT 성적이 우수하다면(GPA는 학교에서 최상위권, SAT 성적은 New SAT 기준으로 2100점 이상) 합격할 가능성이 꽤 높은 학교라고 하겠다.

그 외 아이비리그와 '빅6' 대학이 아니더라도 미국에서 아주 우수한 명문대학이라고 인정되는 학교로는 듀크, 노스웨스턴, 존스 홉킨스, 시카고, 버클리 등이 있다. 미국의 5%에 속하는 상류층으로서 나머지 95%를 이끄는 사람들의 출신 대학이 상위 40개 대학에 속한다는 것을 감안할 때, '빅6'를 비롯한 아이비리그 및 앞서 언급한 명문 사립대학들은 상당히 우수한 대학이라고 할 수 있다.

이 대학들은 저마다 독특한 문화와 입시 기준을 가지고 있어서 진학을 위해서는 보다 철저한 준비와 정확한 정보가 필요하다.

미국 대학과 관련한 한국 사람들의 가장 큰 오해는 하버드 대학을 '미국의 서울대'로 착각한다는 점이다. 오래전에 방송됐던 〈하버드 대학의 공부벌레들〉 같은 드라마 탓인지, 한국에서는 하버드에 대한 애착과 환상이 이상할 만큼 강하다. 하버드 대학은 미국의 우수한 대학 중 하나일 뿐이지, 우리나라의 서울대처럼 독점적인 지위를 지녀서 다른 대학의 경쟁력을 떨어지게 만드는 그런 위치에 있지 않다. 법학, 수의학, 물리, 화학, 경영, 경제 등 모든 학과가 전국 최고를 자랑하는 기이한 현상은 미국에서는 일어나지 않는다.

우선 우리가 알고 있는 하버드의 이미지는 학부가 아닌 대학원의 이미지라고 보는 것이 옳다. 물론 하버드 학부도 최고임에는 재론의 여지가 없지만, '하버드만이 최고'라는 것은 잘못된 생각임을 말하는 것이다. 그리고 한국에서 접하는 모든 대학 순위들은 실제로 학부가 아니라 대학원 순위다. 세계 대학 순위라고 나와 있는 것들도 모두 대학원 순위다.

또한 미국은 '최고의 대학'을 나온 사람들이 반드시 '최고의 실력'

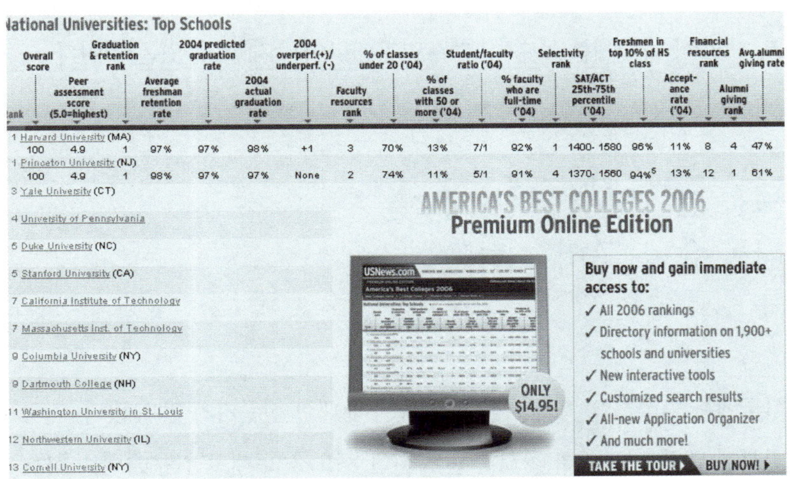

National Universities: Top Schools

Rank	Overall score	Peer assessment score (5.0=highest)	Graduation & retention rank	Average freshman retention rate	2004 predicted graduation rate	2004 actual graduation rate	2004 overperf.(+)/underperf.(-)	Faculty resources rank	% of classes under 20 ('04)	% of classes with 50 or more ('04)	Student/faculty ratio ('04)	% faculty who are full-time ('04)	Selectivity rank	SAT/ACT 25th-75th percentile ('04)	Freshmen in top 10% of HS class	Acceptance rate ('04)	Financial resources rank	Alumni giving rank	Avg. alumni giving rate
1 Harvard University (MA)	100	4.9	1	97%	97%	98%	+1	3	70%	13%	7/1	92%	1	1400-1580	96%	11%	8	4	47%
1 Princeton University (NJ)	100	4.9	1	98%	97%	97%	None	2	74%	11%	5/1	91%	4	1370-1560	94%[5]	13%	12	1	61%
3 Yale University (CT)																			
4 University of Pennsylvania																			
5 Duke University (NC)																			
5 Stanford University (CA)																			
7 California Institute of Technology																			
7 Massachusetts Inst. of Technology																			
9 Columbia University (NY)																			
9 Dartmouth College (NH)																			
11 Washington University in St. Louis																			
12 Northwestern University (IL)																			
13 Cornell University (NY)																			

가장 대중적인 리서치 기관인 US news & World Report의 2006년 대학 순위다. 학부 순위는 정확하게 매기는 것이 힘들기 때문에 보통은 등급으로 평가를 한다. 2003년까지는 프린스턴 대학이 단독 1위, 2004년부터 현재까지는 프린스턴 대학과 하버드 대학이 공동 1위를 기록하고 있다.

을 갖춘다고 생각하지 않는다. 미국의 최상위층에 있는 사람들은 이렇게 말한다.

"아무리 좋은 대학을 나와도 그 명성이 유효한 것은 대학 졸업 후 1, 2년 정도일 뿐, 그 다음부터는 철저하게 실력으로 평가받는다. 그리고 그 실력은 출신 대학과는 크게 상관없다."

개방과 경쟁 체제가 철저하게 작동하는 것이 미국의 대학, 미국의 사회다. 현재 스탠퍼드 대학 총장인 존 헤네시는 빌라노바 대학에서 전자공학을 전공하고, 뉴욕 주립대학에서 컴퓨터 공학으로 석·박사 학위를 받았다. 학벌은 사실 내세울 만한 게 없으며, 전자공학과 조교수로 임용되면서 처음으로 스탠퍼드 대학과 인연을 맺었다. 별 볼일 없는 타대학 출신이 스탠퍼드 대학 총장이 된 것이다. '총장은 우리 대학 동문이 해야 된다'는 생각을 고수하기에는 미국 땅이 너무 넓은 것일까. 이런 사회에서는 당연히 명문대학이라는 기준이 넓어질 수밖에 없고, 그래서 미국에는 무수히 많은 명문대학이 존재할 수 있는 것이다.

토종 한국인을 위한
미국 유학 준비 노하우

한국에는 솔직히 말해서 미국 학부 유학에 대한 전문가가 많지 않다. 미국 입시에 대해서 정확히 파악하고 확실한 정보를 토대로 카운슬링을 하는 사람은 손에 꼽을 정도다. 그렇기 때문에 확실하게 입증된 전문가의 조언이 아니면 너무 맹신하지 않는 것이 좋다. cafe.daum.net/ newrealsat에

아이비리그 및 미국 유수 대학들의 캠퍼스.
전 세계의 인재들이 함께 저마다의 꿈을 추구하는 경기장이다.

가면 유학에 관련된 좋은 정보들이 있고, 여기에 있는 자료들은 엄선된 것들이기 때문에 대부분 신빙성이 있다고 보면 된다.

그리고 선배 유학생들로부터도 많은 도움을 얻을 수 있다. 사람마다 의견 차이가 있을 수 있지만 반드시 이로운 조언들은 하나씩 있다. 그 속에서 힌트를 발견하고 자기 자신을 어떻게 발전시켜나갈 것인가 연구하도록 한다. 하다못해 '하버드 한인 학생회' 게시판에 있는 답글마저도 소중한 자료가 될 수 있다. 실제로 나는 굉장히 세심한 부분까지 모두 확인해서 도움이 될 만한 정보들을 모조리 수집했다. 내 컴퓨터에는 '조언들'이라는 폴더가 따로 있을 정도다. 조언을 해줄 사람을 구하는 것은 자신의 몫이다.

특히 선배 유학생들이 받은 시험 점수와 GPA, 특별활동 및 봉사활동 등을 정리해놓은 admission posting은 자신의 상황을 점검하고 목표를 정하거나 구체적인 유학 준비 계획을 세우는 데 많은 참고가 될 수 있다.

유학에 관련된 신문기사도 많은 도움이 된다. 그것이 명문대학에 합격한 사람들을 소개하는 기사든, 입시 경향에 대한 기사든 읽어두면 반드시 유익한 정보를 얻을 수 있을 것이다. 다음은 내가 그동안 유학을 준비하면서 터득한 노하우를 정리한 것이다.

1. 정시보다는 수시로 지원하라

요즘은 미국의 베이비 붐 세대의 2세들이 대학에 입학하는 시기라 미국 내에서도 지원자가 폭증하고 있어 입학생 중 외국인 학생 비율이 점점 줄어드는 추세다. 뿐만 아니라 특히 한국에서 유학을 준비하는 학생들이

기하급수적으로 늘어나(2007학년도에 대학 원서를 내는 대원외고 유학
반이 100명 이상, 민사고 국제반이 75명이나 되는 등 각 특목고에서 유학
을 준비하는 학생 수가 계속 늘어나는 추세다) 제한된 쿼터(할당량)에 비
해 지원자가 너무 많아 경쟁률이 점점 치열해지고 있다. 이런 현상은
계속 지속될 것이며 따라서 정시에서는 좋은 결과를 기대하기가 힘들
다. 자신이 굉장한 스탯(점수와 경력)을 갖추고 있어서 정시에서도 확실
히 붙을 것 같다는 확신이 없는 이상 자신이 가장 원하는 대학의 수시
전형에서 승부를 보는 것이 좋다. 수시는 ED(Early Decision)와 EA(Early
Action) 전형이 있는데, 되도록 ED로 지원하도록 하자. ED로 붙으면
다른 대학 정시에 지원할 수 없는데 그만큼 지원한 학교에 진학하고 싶
다는 의사를 강하게 반영하기 때문에 합격률도 상대적으로 높다. 정시
지원에 비해 특별히 이득이 있는 것도 아니므로 EA는 웬만하면 지원하
지 말도록 하자.

결론적으로 ED로 자신이 가고 싶은 대학을 정하고 그것에 집중하
기를 권한다. 프린스턴, 컬럼비아, 코넬, 다트머스, 펜실베니아 대학 등
아주 많은 명문대학들이 ED를 시행하고 있다.

2. 유학 준비에도 블루오션 전략이 필요하다

만약 자신의 학교에서 유학을 준비하는 사람이 많다면 반드시 그들과
차별화될 수 있는 것을 고민하도록 한다. 유학을 준비하는 사람이 많
으면 많을수록 경쟁이 심해지기 때문에 민사고나 대원외고 등 유학반
이 있는 학교에 가는 것이 능사는 아니라고 생각한다. 물론 그러한 우
수한 학교에 가면 꼭 대학 진학을 위해서가 아니더라도 여러 가지로 인

생에 도움이 될 만한 경험들을 할 수 있고 유익한 영향을 많이 받을 수
는 있을 것이다.

그러나 순수하게 유학만을 생각한다면, 나는 유학반이 있는 외고나
민사고보다 인문계 고등학교에서 유학을 준비하라고 권하고 싶다. 인
문계 고등학교에서 최고 성적권에 든 다음, 남는 시간에 다양한 활동
을 하고 AP 시험을 쳐서 '환경을 극복했다'는 인상을 주는 것이 미국
명문대학 진학에서 더욱 유리하게 작용한다. 그리고 요즘은 정보가 많
아서 인문계 고등학교에서도 얼마든지 유학을 준비할 수 있다. 한국에
서 바로 미국 대학에 진학하는 학생 중 매년 4~5명 정도가 하버드 대
학에 입학하는데, 최근 2~3년 동안 일반고 출신자가 항상 있었다.

현재 외고와 민사고의 유학반 인원은 늘어나고 있다. 다들 전국에서
내로라할 만큼 똑똑한 학생들인데 이들 사이에서 자신이 높은 GPA를
받고 더 두드러지는 것은 현실상 힘들다. 조금 과장을 보탠다면 유학
반 인원이 100명이든 200명이든 한 학교에서 하버드나 프린스턴, 스탠
퍼드 등에 진학하는 숫자는 각 한 명밖에 되지 않는다고 할 수 있다. 그
러므로 유학에 있어서도 블루오션 전략(차별화 전략)을 쓰는 것이 필요
하다.

3. SAT 점수에 목매지 마라

"SAT 점수가 얼마 이상 되어야 아이비리그를 간다."는 말이 떠도는데,
이런 말에는 그냥 귀를 닫아버리라고 말하고 싶다. 미국 대학은 점수
로만 학생을 선발하는 것이 아니므로 SAT 점수가 낮다고 해서 명문대
학에 합격하지 못하는 건 절대 아니다. 미국 대학은 SAT 점수 역시 학

생이 다닌 학교를 고려하여 상대적으로 평가한다. 이미 우리나라에서 꽤 많은 학생들이 미국 학부로 유학을 갔기 때문에, 미국 대학은 그 학생들을 모니터링하면서 우리나라의 교육 시스템이나 수준, 제도에 대해서 잘 알고 있다. 따라서 어느 고등학교가 좋은지, 그 고등학교에서는 어떤 수업을 하는지, 영어를 중점적으로 사용하는 학교인지에 대해서도 잘 파악하고 있다.

만약 학생이 영어권 국가에서 살았다거나, 민사고나 외고처럼 영어를 잘하는 학생이 많고 학교 커리큘럼상 영어를 중요시하는 학교를 다녔다면 미국 명문대학들은 학생들에게 SAT reading과 writing에서 높은 점수를 기대한다. 반면 영어권 국가에 한 번도 산 경험이 없고 영어 중심의 커리큘럼이 아닌 학교를 다닌 학생에게는 SAT가 다소 낮더라도 다른 특별한 점이 있다면 그것을 중요하게 여긴다. 즉 민사고나 외고에서 700점을 받은 학생과 과학고에서 700점을 받은 학생을 똑같이 평가하지 않는다는 것이다. 그 대신에 과학고 출신들은 다른 학교에서는 가질 수 없는 과학고만의 특성을 잘 부각시키는 것이 중요하다. 실제로 과학고 출신이 미국 명문대학에 진학할 때는 상대적으로 낮은 SAT 점수로 진학하는 경우가 많은데, 그럼에도 불구하고 미국 대학에 가서는 우수한 성적을 거두었다. 이러한 다년간의 기록들이 미국 대학 선발 과정에 큰 영향을 끼치는 것이다. 미국 대학은 사실상 reading이 600점 이상이면 학업에 문제가 없다고 판단하며, SAT 점수가 낮아도 대학에서 우수한 학업 결과를 보이는 학생들이 많기 때문에 SAT 점수는 그야말로 어느 적정 수준만 넘으면 더 이상 판단기준이 되지 않는다고 보는 것이 옳다. 그렇기 때문에 SAT보다는 GPA가 입학에서 더 중요한 기준이 된다.

　SAT I 점수는 단적으로 얘기해서 1400점 이상(기존 SAT I 시험 기준)이면 큰 문제가 되지 않는다. 물론 스탠퍼드의 경우는 SAT 점수를 많이 보는 대학으로 알려져 있기 때문에 1500점 정도를 받아야 합격 가능성이 있다는 설이 지배적이다. 어쨌든 전반적으로 SAT 점수가 1400점 이상이라면 이때부터는 다른 요소들이 더 중요하게 평가된다는 점을 기억할 필요가 있다. SAT 점수가 얼마나 입학에 결정적인 영향을 주는지는 내가 유학을 준비하는 내내 쟁점이 되었던 부분이기는 한데, 결론은 'SAT 점수가 높다면 좋겠지만, 점수가 높다고 최고 명문대학이 뽑는 것은 아니다. 그럼 SAT 점수가 낮으면 뽑히지 않는가? 일정 수준만 넘긴다면 절대 그렇지 않다.'이다. SAT는 수많은 지원자들 사이에서 그나마 '뽑을 가치가 있는 지원자'를 가려내기 위한 척도에 지나지 않는다는 말이 있을 정도다.

　어쨌든 확실한 것만 얘기하자면, 특별한 경우가 아닌 이상(부모님들이 지원하고자 하는 대학 출신자이거나, 유명 정치권 인사의 자녀, 세계적인 예술가 또는 운동선수 등) GPA가 가장 중요한 요인이다. GPA는 학생의 고등학교 3년 동안의 생활을 통째로 반영하는 것이고, GPA가 높은 학생이 일반적으로 대학에서도 우수한 학업 성과를 낸다고 알려져 있기 때문이다. 그렇다고 해서 쉬운 과목에서만 A를 많이 받는 것은 그다지 좋은 인상을 주지 못한다. 오히려 학교에서 어려운 과목들을 많이 개설했는데도 쉬운 과목만 듣는다면 상당히 안 좋은 인상을 줄 수 있다. 물론 학교 자체가 어려운 과목을 제공해주지 않는다면 쉬운 과목을 듣는 것이 불가피하므로 큰 문제가 되지 않는다. 그러나 역시 명문대학에 진학하려면 일반 고등학교를 다니더라도 AP 시험이나 SAT II를 많이 쳐서 높은 점수를 얻든지, 또는 간단한 논문을 쓰거나 대회에서 수상한다든지 해서 학업적 성과를 최대한 보여주는 노력이 필요하다. 그럼 어려운 과목만 들으면 되는 것인가? 그렇지 않다. 어려운 과목에서 좋은 성적을 얻는 것이 중요하다.

4. 공부 이외의 활동은 선택이 아니라 필수다

미국 대학에 지원하려면 일단 봉사활동이나 특별활동 등 공부 이외의 활동에도 적극적으로 참여해야 한다. 만약 저널리즘에 관심이 많은데 학교에서 관련된 활동을 하기 어려운 조건이면 학교 밖에서라도 저널리즘에 관련된 활동을 찾아서 참여할 필요가 있다. 신문사 인턴십을 한다던가, 명예 기자 활동을 한다던가 하는 식으로 학교 밖에서 자신의 활동 공간을 만들어나가도록 한다. 유학을 준비하는 과정은 끊임없이 자신의 강점을 키우고 약점을 보완해나가는 방법을 찾는 것이다. 2년 전 내가 MSN 메신저로 연락을 했던 형(스탠퍼드 대학 재학)은 "일단 많은 활동을 해라. 그럼 나중에 뭐라도 써먹을 것이 생긴다."라고 했는데, 맞는 말이다.

특히 미국 대학에서는 여름방학을 어떻게 보냈는지를 매우 중요시한다. 미국은 여름 방학이 3개월이라서, 이 기간 동안 학생이 어떤 특별한 활동을 하기를 기대한다. 특히 고3 여름방학을 어떻게 보냈는지는 매우 중요하다. 고3 여름방학의 활동에 대해서 원서에 쓰는 부분도 있고, 심지어 인터뷰에서 질문을 하기도 한다. SAT 공부만 열심히 했다고 하는 것은 떨어뜨려 달라고 부탁하는 꼴이다. 우리나라에서는 여름, 겨울방학 기간이 비슷하기 때문에 겨울방학 때도 자신이 하고 있는 봉사활동에 대한 팸플릿을 제작한다든지, 친구들과 합심해서 연주회를 주최한다든지, 장기간 봉사활동을 기획해본다든지, 단기적으로 인턴을 해본다든지, 대회를 나간다든지 하면서 보낼 필요가 있다.

봉사활동을 알아보는 방법으로는 사실 인맥을 활용하는 것이 가장 좋기는 하지만, 그렇지 못하다면 '싸이월드' 등의 사이트를 적극적으로 이용해서 찾기 바란다. 유네스코나 해비타트 홈페이지를 참조하는 것도 좋다. 단, 해비타트 집짓기 활동은 한때 대학 진학에 유리하다는 소문이 돌면서 한국 학생들이 한꺼번에 몰리는 바람에 미국 대학에서는 안 좋은 인상을 갖고 있으므로 해비타트 활동을 어설프게 하지는 말아야 한다. 해외 봉사활동을 가는 사람도 많은데, 단기적으로 가는 것은 좋은 인상을 주지 못한다. 2개월간 아프리카 오지에서 선교활동이나 봉사활동을 평생 기억에 남을 만큼 했다면 모를까, 10일 정도 가는 것으로는 별 효력이 없다.

봉사활동 관련 사이트는 무수히 많다. 나의 경우에는 특히 서울 청소년 문화교류센터 사이트(www.mizy.net)에서 많은 정보를 찾았다.

봉사활동 관련 사이트

www.goodneighbors.org(굿네이버스)

kiv.kado.or.kr(해외 인터넷 청년 봉사단)

youth.unesco.or.kr (유네스코 청소년팀)

www.mizy.net(서울 청소년 문화교류센터)

www.sy0404.or.kr(서울 청소년 자원봉사센터)

www.volunteer.or.kr(한국 자원봉사 연합회)

www.youthvol.net(한국 청소년 자원봉사 센터)

이 사이트는 국제 활동에 대한 정보도 아주 많이 제공하고 있으므로 특별한 활동을 원하는 사람에게 유용할 것이다.

그럼 어떤 봉사활동을 어떻게 하는 것이 좋을까? 전국 중고생 자원봉사대회 사이트(www.soc.or.kr)의 봉사활동 수기 게시판에 특별하고 인상 깊은 봉사활동에 대한 각종 경험담이 많이 올라와 있으니 참고하도록 한다.

한편 대회 수상 실적이 꼭 필요한 것은 아니지만, 자신이 전공하고자 하는 분야에서 상을 타면 전문성을 보여줄 수 있고, 그 외의 분야에서 상을 타면 다양성을 보여줄 수 있는 척도가 되기 때문에 바람직하다고 볼 수 있다. 절대적인 영향을 미칠 수는 없겠지만 지원자의 캐릭터(특징)를 세심하게 이해하는 데 도움이 되는 것이다. 이런 세세한 부분들이 하나하나 모이면 입학관리 담당자가 원서를 봤을 때 그 지원자에 대해 전체적으로 긍정적인 느낌을 가질 수 있다.

5. 에세이와 추천서로 지원서의 신뢰도를 높여라

미국 대학은 굉장히 치밀하게 학생의 캐릭터(특징)를 평가하기 때문에 원서나 에세이, 추천서를 작성할 때 세심한 사항까지 신경을 써야 한다.

많은 학생들이 대학에서 well-rounded(여러 방면에 두루 잘하는) 캐릭터를 선호하니까 이것저것 다 하려는 경향이 있다. 그렇게 여러 활동들을 피상적으로 해서 원서에 한 줄로만 남긴다면 아무런 의미가 없다. 따라서 자신이 중점을 둘 활동을 3~4개 정도로 압축시키기 바란다. 그리고 그 내용은 반드시 에세이나 추천서에 반영하는 것이 좋다. 대개 2~3개의 추천서를 받게 되는데, 그 추천서에 자기가 중점적으로 한 활동에 대한 자세한 언급과 에피소드가 있다면 금상첨화다. 가장 좋은 경우는 추천서를 써주실 선생님께서 그 활동을 함께 하고 있어서 자연스럽게 활동 내용들이 추천서에 들어가는 것이지만(친구들과 그룹을 만든 다음 선생님도 함께 참여할 수 있는 기회를 만드는 것도 능력이다), 그렇지 않다면 적어도 그 선생님께 수시로 자기가 하고 있는 활동을 말씀드리고 이야기를 나누는 것이 필요하다.

그리고 자신이 오랫동안 했던 봉사활동 기관이나 연구 기관 등에서 추천서를 받는 것도 좋다. 각각의 추천서에서는 자신의 다른 활동, 다른 측면을 보여줄 수 있도록 신경을 써야 하고, 내용이 중복되는 것은 바람직하지 않다. 무엇보다 에피소드를 많이 소개해서 '말하는' 게 아닌 '보여주는' 추천서와 에세이를 작성하는 게 중요하다.

보통 원서에는 기재란이 제한적이라서 자신이 했던 활동을 모두 쓰지 못한다. 그러므로 기재란에는 가장 중요하고 특별한 활동이나 수상 실적만 기입하고 추가로 'resume'(자신의 활동, 수상 실적 등을 카테고리를 나누어서 보기 좋게 정리한 것. 주로 엑셀 프로그램으로 작업함)을 1~2장 정도 작성해서 보내는 것이 좋다. 이때 리더십, 스포츠, 음악, 국제활동 등 자신의 취향에 따라 카테고리를 나눈 뒤 보기 좋게 활동을 정리하면 된다.

한 가지 주의할 점은 미국 대학은 원서를 통해 드러나는 학생의 캐릭터가 일관되기를 기대한다는 것이다. 만약 에세이를 읽으면서 자연스럽게 떠오른 학생의 이미지가 A였는데, 추천서에는 생각했던 것과는 전혀 다른 B의 이미지가 나타나 있으면 에세이와 추천서의 내용을 신뢰하기 어렵다고 판단한다. 물론 에세이에 드러나지 않은 자신의 장점을 추천서에서 보여주는 것은 좋지만(그렇기 때문에 대학 에세이를 쓸 때도 자신의 여러 면을 보여주도록 중복된 내용 없이 쓰는 것이 좋다) 원서나 에세이에서 드러나는 이미지와 추천서에서 드러나는 이미지가 서로 충돌하면 곤란하다.

한국에서 고등학교 3학년 초, 미국에서 고등학교 11학년 말쯤이 되면 한국에서 미국 명문대학에 합격한 사람들이 쓴 에세이, *50 Successful Harvard Essays* 등의 에세이 책을 보면서 좋은 에세이가 어떤 것인지 감을 익히도록 한다. 직접적으로 말하지 않고 간접적으로 '보여준다'는 느낌이 어떤 것인지 확인하도록 한다. 에세이를 쓰기 직전인 8, 9월에 다른 사람의 에세이를 보면 무의식적으로 모방하고 싶어진다. 그럴 경우 당연히 자신만의 독창적인 에세이가 되기 어려워진다. 그렇기 때문에 그전에 미리 봐두면서 에세이에 대한 감을 익히는 것이 좋다.

6. 빅6 대학을 생각한다면!

하버드, 프린스턴, MIT, 스탠퍼드, 칼텍, 예일 정도의 대학에 지원하려면 무언가 특별한 것이 더 필요하다. 국제대회에서 수상을 했거나, 좋은 논문을 발표했거나, 어려운 대학 과목을 10개 이상 들었거나, 유학 관련 시험 점수가 타의 추종을 불허할 만큼 매우 좋거나(AP 12개 만점, SAT 만점 등), 대학 연구실이나 정부기관에서 오랫동안 연구에 참여했다던가, 오지를 돌아다니면서 멸종 위기 동물을 구제하는 작업을 오랫동안 했다던가, 음악 분야에 매우 뛰어난 실력을 갖추고 있어서 연주 단체를 창설하고 좋은 취지의 연주회를 자주 갖거나 연주회의 적당한 수입으로 좋은 일을 했다던가 하는 등의 특별함이 필요하다. GPA가 만점 또는 그에 상응하는 내신 등수(수준이 높은 고등학교일수록 효과가 강력하다)이거나 SAT, AP 시험에서 점수가 아주 좋지 않는 한 이러한 특별함은 더욱 절실하게 필요하다.

반면에 학업 성적이 아주 뛰어나고, 유학 관련 시험 점수가 어느 정도 받쳐준다면, 아주 특별한 활동이나 수상 실적이 없더라도 (만약에 아주 특별한 수준을 100으로 놓는다면) 70~80 정도의 특별한 활동들을 여러 개 하고, 그것을 각각 에세이와 추천서로 다양하게 표현해낸다면 빅6 대학에 합격할 조건이 어느 정도 충족된다고 볼 수 있다. 이런 경우에는 무엇보다 강력한 에세이와 추천서가 중요하다.

7. 재정 보조(Financial Aid)를 신청하면 합격률이 낮아진다

미국 대학에서 유학하는 것은 큰 돈이 드는 일이다. 작년까지만 해도 유학을 준비하는 학생 숫자에 비해서는 수혜자가 아주 적긴 해도 '삼성 이건희 장학재단'이 있었지만 올해 사회환원을 계기로 사라졌다. 대통령 과학 장학금도 전체 10명 이내로 선발하지만 이공계 학생에게만 수여되고 사실상 과학고 학생들이 대부분 그 수혜자라고 보면 된다. 따라서 유일하게 남은 것은 관정 장학금인데, 관정 장학금도 학부의 경우 20명 내외를 선발하고, 이것마저도 30%는 현재 해외 고등학교에 다니고 있는 학생들에게 지급된다. 그러므로 학부 유학을 생각하고 있다면 금전적인 부분에 대한 대책을 미리 세울 필요가 있다. 외국 학생의 경우 대학에 Financial Aid를 신청하면 합격 가능성이 줄어든다.

8. 한국인 지원자들 사이에서의 경쟁력을 갖춰라

미국 대학 입시에 있어서, 한국에서 유학을 준비하는 학생들은 미국 학생들과는 분명히 다르다. 따라서 입시기준을 보편화시키거나 미국 학생들과 동일시하면 절대 안 된다. 사실 미국 학생들 중 하버드나 프린스턴, 예일에 합격하는 학생들을 보면 정말 입이 딱 벌어질 정도로 대단한 사람들이 많다. 암묵적인 얘기기는 하지만 geographical factor(지리적 요인) 때문에 대학 커뮤니티의 다양성에 기여할 학생을 선발하기 위해서 아시아 학생 또는 한국의 학생에게 일정 부분 할당량을 준다고 보는 것이 맞다. 그렇기 때문에 국가도 다르고, 지리적 요건도 다른 한국 학생과 미국 학생을 같은 잣대로 평가하지 않는다. 결국 미국의 학생들이 아닌 한국 내의 다른 지원자들과의 경쟁인 만큼 그 해의 한국 지원자들 가운데에서 자신이 경쟁력을 갖고 있다면 도전해볼 만하다.

지금까지의 내용을 토대로 유학 카페 사이트 등의 도움을 얻어 학부 유학을 준비한다면, 언젠가 자신이 원하는 결과를 손에 쥐게 될 것이라고 생각한다.

해외 유학 장학금 및
재정 보조

미국의 명문 사립 대학 유학에 필요한 돈은 수업료, 생활비 등 모든 항목을 고려했을 때 약 4,000~5,000만 원 정도가 된다. 아마 이 정도의 돈을 지속해서 감당해낼 수 있는 사람은 드물 것이다. 그렇기 때문에 국내에서 미국 대학에 진학하는 경우, 일반적으로 해외 장학금을 받거나 대학에서 제공하는 재정 보조(Financial Aid)를 통해 유학을 간다.

해외 장학금을 받으며 미국 대학에 간다면 더할 나위 없이 좋겠지만, 삼성 이건희 장학재단, 대통령 과학 해외 장학금, 관정 이종환 장학재단 등의 대표적인 장학금은 그 문이 좁다. 더욱이 2006년부터 삼성 이건희 장학재단이 사라지면서 장학금 수혜는 더 힘들어졌다고 하겠다. 남아 있는 것은 대통령 과학 해외 장학금(이하 대장금)과 관정 장학금인데, 미국 학부 과정 장학금 선발 인원은 각각 10명, 24명 내외이다. 관정 장학금의 경우 인문 사회 20% 이내, 자연·이공계 70% 이상, 예능계 10% 이내로 선발한다. 대장금은 이름에서 알 수 있듯이 모두 이공계 장학금이다. 그리고 관정 장학금의 경우 고등학교 3학년 4월에도 신청이 가능하고(1년 이내에 미국 대학으로부터 합격 통보를 받을 수 있는 자에 한해 수혜를 함) 또한 입학 결과를 받은 해 4월에도 지원이 가능하다.

현 상황을 보자면 미국 학부 유학을 지원하는 장학금을 받기란 '하늘의 별따기'다. 더구나 이공계 이외의 전공을 희망하는 학생들에게는 기회가 매우 적다. 그나마 인문사회 계열은 민사고, 대원외고 등 유학반이 있는 특목고 학생들이 대부분 장학금을 받으며, 이공계의 경우도 과학영재학교, 민사고 및 기타 과학고에서 유학을 준비하는 학생들이 대부분을 차지한다. 그리고 관정 장학금의 경우 대학 합격 발표가 난 이후에 선발하기 때문에 아주 좋은 대학으로부터 합격통보를 받지 못하면 불리할 수 있다.

무엇보다 문제인 것은, 실제로 장학재단에서는 예정된 인원 모두를 선발하지는 않는다는 것이다. 지원자들의 실력이나 자질을 보고 장학금 수혜 자격이 안 된다고 판단되면 아무에게도 안 줄 수 있다는 것이 장학재단의 입장이다. 그렇기 때문에 선발 인원이 중요한 것이 아니라, 자신의 능력 계발이 더욱 중요한 것이다.

해외 장학금에 있어서 한국과학영재학교의 이점은 실로 크다. 우선 엄청나게 쟁쟁한 지원자들을 제치고 장학금을 받기 위해서는 학업면에서 매우 우수하다는 것을 증명해야 하는데, 그것의 객관적인 기준이 되는 것이 GPA, 유학 관련 시험 성적, 논문이나 큰 대회 수상 실적 등이다. 한국과학영재학교에서 3년을 공부하다 보면 다른 어느 학교와도 차별화되는 대학 교과과정을 이수하고, 논문 등재의 기회를 가질 수 있으며, 주요 대회 입상 실적을 갖출 수 있기 때문에 훨씬 유리한 측면이 많다.

뿐만 아니라 대통령 과학 해외 장학금의 경우는 정부에서 출연하는 재단이기 때문에 과학기술부에서 설립한 한국과학영재학교를 졸업했다는 사실이 긍정적으로 작용하며, 실제로 영재학교 학생들은 심화과목 및 연구 활동, 그리고 탁월한 수상 실적 등으로 다른 어느 학교 출신들보다도 유리한 위치에 있다. 올해 대통령 과학 해외 장학생 10명 중

6명, 국내 장학생 100명 중 46명이 한국과학영재학교 출신이라는 것을 보면 그 이점이 충분히 설명될 것이다.

현재 과학영재학교 03학번 학생 중 미국 대학에 진학하거나 합격통보를 받은 학생이 16명인데, 관정 장학금이 발표나지 않은 시점에서 이미 12명이 삼성 및 대통령 장학금의 혜택을 받았고, 나머지 학생들도 관정 장학금의 결과를 기다리고 있다. 세 장학재단의 수혜자를 다 합해서 50명 가량 된다는 것을 고려할 때, 관정 장학금을 제외하고도 12명이 한국과학영재학교 학생인 것이다.

해외 유학 장학생의 선발은 미국 대학 입시에 비해 객관적인 자료에 많이 의존한다. 주로 1차 서류 심사로 대부분의 지원자를 걸러내고(삼성의 경우 서류 심사의 경쟁률만 10:1이 넘는다), 2차 면접을 통해서 최종 선발자를 가려낸다(2차의 경우 경쟁률은 2~3:1이 일반적이다).

장학금을 받기 위해서는 일단 객관적인 요소들이 뛰어나야 한다. 학업성적(GPA)은 아주 뛰어나야 하고, 큰 수상 실적이나 논문 실적 등이 있으면 경쟁력을 갖춘다고 할 수 있다.

2005년에 우리 학교에서 삼성 장학금과 대통령 해외 장학금을 받은 10명은 국제 수상 경력은 없다. 그러나 논문 등재 등 다른 고등학생들이 쉽게 할 수 없는 특별한 점을 부각시키고, 대학 과목 중심의 커리큘럼을 배우면서 여느 학생들과 차별화되는 캐릭터를 형성했다는 것이 장학금 선발에 큰 영향을 미쳤다고 본다.

관정 장학금의 경우는 대학 합격이 발표된 이후에 선발을 하기 때문에 자신이 합격한 대학이 아주 중요한 선발 요소로 작용한다. 그렇기 때문에 관정 장학금을 받기 위한 가장 확실한 길은 '일단 아주 좋은 대학에 합격하는 것'이라 하겠다. 상당수의 관정 장학생들은 국제대회나 논문 실적 등에서 객관적으로 아주 특별한 점은 없지만, 봉사활동과 특별활동에 대한 에세이, 추천서 등 모든 요소들이 우수함을 인정받아 미국 명문대학으로부터 입학 허가를 받은 학생들이다.

장학금에 대한 더 자세한 사항은 한국과학재단－대통령 과학 장학재단 홈페이지(www.kosef.re.kr)와 관정 이종환 장학재단 홈페이지(www.ikef.or.kr)에 나와 있다.

그렇다면 장학금을 받지 못하면 미국 대학을 진학하는 것이 불가능한가? 물론 아니다. 대부분의 미국 대학에서는 재정 보조(Financial Aid)를 하고 있으며, 재정 보조의 형태도 여러 가지다. 지원하는 학생이 미국 대학의 비싼 수업료와 생활비를 감당할 수 없을 때, 대학 원서를 보내면서 동시에 재정 보조 지원서도 보내게 되는데, 만약 학생이 매우 뛰어나다면 굳이 재정 보조 지원서를 보내지 않더라도 대학에서 장학금 형태로 전액을 지급(merit-based scholarship)하거나 재정 보조 신청을 했다면 대학이 평가한 뒤 역시 장학금 형태로 전액을 지급한다(need-based scholarship). 재정 보조는 신청했을 경우 입학에 영향이 없는 need blind 제도와 입학에 영향을 주는 need aware 제도로 나뉘는데, 하버드, 예일, 프린스턴, MIT, 윌리엄스, 스미스 대학이 외국인에게 need blind를 시행하고 있다. 시민권자나 영주권자라면 need blind 혜택을 받는 대학의 범위가 훨씬 늘어난다. 미국 영주권이나 시민권이 없는 상태에서 유학생 신분으로 미국 대학을 지원할 경우, need blind가 아니라면 합격률이 다소 낮아진다. 장학금 형태로 전액을 지급해주는 재정 보조 형태 말고도 학생 대출(student loan), 학생이 일을 해서 수업료를 벌 수 있게 해주는 제도(student employment) 등

대학마다 여러 가지의 재정 보조가 있다. 주로 최고 명문대학일수록 재정 상황이 좋기 때문에 재정 보조 제도도 뛰어나다.

자신이 가고 싶은 대학에서 어떤 재정 보조를 지원하는지 각 대학 홈페이지를 참고하도록 한다. 보통 장학금이나 재정 보조 없이 미국 대학에 입학하는 경우, 1년 정도는 수업료를 납부하고 2학년이 되면서 재정 보조를 학교 측에다가 신청하는 경우가 많다. 이럴 때는 1학년 학업 성적이 우수해야 하며, 시민권·영주권자가 아닌 경우 애초에 해당 대학에 지원할 당시 재정 보조를 신청한 학생이 아니면 2학년 때도 재정 보조를 받기가 힘든 경우도 있다. 재정 보조 신청은 장·단점이 있는 만큼, 자신의 목표와 상황을 잘 고려해서 신중하게 판단해야 한다.

SAT 고득점을 받기 위한 5Step 공부 전략

먼저 본격적인 SAT 공부를 시작하기에 앞서 자신의 영어 실력이 부족하다고 생각되면 일단 토플 공부를 해놓기를 권하고 싶다. 토플이 CBT 기준으로 250점 이상(PBT 600점)이 되었을 때 SAT 공부를 시작하는 게 공부의 효율성을 높일 수 있다.

다음에서 소개하는 5단계로 충실하게 공부를 한다면 학원에 다니지 않고서도 충분히 고득점을 얻을 수 있다고 생각한다. 5단계를 모두 수행하는 데 소요되는 기간은 영어 실력에 따라 2개월에서 4개월 정도다. 3년간 SAT를 준비해도 점수 향상이 별로 없는 경우가 대부분인 것을 고려할 때, 이 방법은 굉장히 효율적이고 효과적이라고 생각한다. 여기서 훈련하는 부분은 SAT verbal 섹션의 critical reading 파트다. verbal 섹션의 sentence completion은 1단계가 완료된 후, 따로 문제를 많이 풀어보면 점수가 오르니까 별로 걱정하지 않아도 된다.

● step 1

단어만 외운다

이 단계에서는 아무 것도 하지 말고, 오로지 단어만 외운다. 먼저 *Word Smart 1+2* 통합본(번역판)을 구해서 단어를 모조리 외우도록 한다. 경험상 단어는 단기간에 많은 분량을 외운 다음 꾸준히 잊어버리지 않도록 복습해주는 것이 좋다. 그렇다고 *Word Smart*를 모두 외우는 데 보름 이상 소요하지는 말도록 하자. 총 1,700단어 정도가 있으니, 하루에 100개 이상을 외운다는 생각으로 암기하면 된다. 시간이 지날수록 앞에서 외운 단어는 잊어버리기 마련이니, 반드시 2~3일 간격으로 앞에서 외웠던 단어는 대충 눈으로 훑으면서 확인하도록 한다. 한글로 풀이된 뜻만 외워도 큰 상관없지만, 종종 번역이 부정확하게 된 경우도 있으니 영어 뜻풀이를 한 번쯤 읽고 넘어가면서 뉘앙스를 이해하도록 한다. 이 단계가 완료되면 2단계로 넘어가도록 하고, 2단계로 넘어가서도 단어를 잊어버리지 않도록 수시로 확인해줘야 한다.

600점 후반의 고득점을 원하면 추가로 *3500 Barron's word list*의 단어들을 외울 것을 강력히 추천한다. 또한 배론스 출판사에서 나온 *How to prepare for the SAT 1* 부록으로 단어 리스트가 있는데, 분량은 많지만 고득점에서는 꼭 필요한 단어들이다. 이 단어를 외울 때는 반드시 10일 안에는 끝내겠다는 마음을 먹어야 한다. 기간이 길어질수록 지치고 상당수의 단어를 잊어버리게 된다. 나 또한 단어장을 오랫동안 붙잡고 있다가 실패를 거듭했던 적이 있다. 그래서 아예 SAT 직전 3일 동안 미친 듯이 단어를 외웠다. 그것이 훨씬 효과적이었다. 배론스 단어 리스트까지 외우기가 부담스럽다고 생각할 수 있는데, SAT 고득점은 토종 한국인들에게는 특히 정말 힘들다. 당연히 그 정도의 노력은 해야 고득점을 얻을 수 있다. 딱 20일 정도만 고생하자. 평생을 좌우할 수도 있는 대학 입시가 걸린 문제인데 20일을 못 투자하겠는가?

● step 2

SAT 모의고사로 연습하기

2단계는 상당히 중요한 과정이고, 문제 푸는 습관을 확립하는 단계라고 할 수 있다. 습관을 들일 때 양질의 문제로 훈련하는 것이 도움이 된다. 2단계에 쓰이는 재료는 SAT 모의고사이다. 교재는 *10 Real SAT* 와 *Official guide for the New SAT*를 사용하는 것이 좋다.

일단 마음을 편하게 가져야 한다. 무슨 말이냐 하면, 자신이 SAT 시험을 보는 사람이 아니라고 생각할 정도로 완전히 긴장을 풀고, 한 발짝 뒤로 물러난 듯한 기분으로 문제를 풀어야 한다. SAT 문제를 풀 때 너무 몰입을 해버리면 항상 오답에 빠진다. 그러니 '틀리면 틀리는 거지, 뭐.' 하는 제3자의 마음가짐으로 느긋하게 문제를 풀 필요가 있다.

2단계에서 문제를 풀 때는 시간을 재지 않도록 한다. 느긋하게 적당한 속도로 지문 전체를 '해석하면서' 읽는다. 무슨 말인지도 모른 채 넘어가지 말고 되는 데까지 해석하면서 지문을 읽는다. 단, 이 과정에서 사전을 찾아보는 일은 금물이다. 모르는 단어는 유추하도록 한다. 1단계에서 배론스 단어 리스트까지 다 마쳤다면 사실 모르는 단어는 거의 없다고 해도 과언이 아니다. 그렇게 지문 전체를 다 읽으면서 무슨 내용인지 거의 확실하게 알았다 싶을 때 문제를 풀기 시작한다.

문제를 푸는 과정에서 반드시 연습을 해야 하는 것이 있는데, 그것은 '지문에서' 근거를 찾고, 왜 이 보기가 답이 되는지 '반드시 지문에 근거해서' 논리적 추론(reasoning)을 하는 것이다. 한 번에 답을 고르기가 힘들 때에는 왜 나머지는 답이 안 되는지, 예컨대 지문에서 언급이 없었다든지, 너무 범위가 좁은 답이라든지, 넓은 답이라든지 하는 이유를 들어서 P. O. E(Process of Elimination, 답이 안 되는 보기를 지워 나가는 것)를 해야 한다. 첫 번째로 정확한 지문 해석과 이해, 두 번째로 지문에서 근거를 찾고, 그것으로 올바른 논리적 추론을 하는 것. 이 두 가지를 이루는 것이 2단계의 목표이다. 결코 서두를 필요 없고, 천천히 지문을 해석하면서 누군가를 가르친다는 심정으로 왜 이 보기가 답이 되는지, 나머지는 왜 안 되는지 반드시 '지문에서' 그 근거를 확보하는 연습을 하도록 한다. 주로 line reference(문제에서 해당 라인 제시)가 있을 경우 위아래로 2~4줄 안에 답이 있고, 그 line이 속해 있는 단락에서 답을 발견할 수 있으니 어떻게든 그 안에서 힌트를 찾고 답을 고르는 연습을 해야 한다. 논리적 추론을 하는 과정에서 쉽게 답을 고르지 못하겠다면, 해당 단락에서 말하고자 하는 내용, 더 넓게는 지문 전체에서 말하고자 하는 중심 내용을 생각하면서 그것을 뒷받침하는 보기를 고르도록 한다. 마음대로 찍으면 2단계 공부의 효과는 없게 된다. 'serves to', ' to emphasize', 'in order to', 'suggest', 'means'가 들어가는 문제를 많이 틀린다면 논리적 추론이 잘 안 된다는 신호이니 참고하기 바란다.

당연히 한 지문을 푸는 데도 시간이 꽤 걸릴 것이고, 짧을수록 좋기는 하겠지만 긴 지문의 경우 한 시간까지 걸릴 수도 있을 것이다. 이 과정을 한 달 정도 하면 되는데, 일단 하루는 그런 식으로 모의고사 1회 분량의 문제를 푼 다음 채점하지 않고 내버려 둔다. 그리고 다음날 똑같은 문제를 똑같은 방식으로 지문에서 근거를 찾고, 논리적 추론을 해서 문제를 다시 푼 다음 채점하도록 한다. 그렇게도 이해가 안 되었던 문제가 다음날 신기하게도 풀리는 경우가 있기 때문에 논리적 추론 실력이 늘어가는 것을 실감할 수 있다. *10 Real SAT*와 *Official guide for the New SAT*는 아주 드문 경우를 빼고는 답이 명확하기 때문에, 답을 확인하고 나서는 왜 이게 답이 되는지 반드시 이해를 하고 넘어가도록 한다. 원래 답이 되는 보기들은 답의 냄새를 살짝 풍긴다. 즉, 어느 한 쪽으로 극단적으로 치우친(never, always 등) 느낌이 없고 중립적인 느낌이 든다. 그러나 'XX 라는 등장인물이 애초에 무엇을 가정(assumption)했는가?'라는 유형의 문제에서는 답에 never, always 등이 포함되는 경우가 많다. 그 외에는 절대로 극단적인 답은 없다고 보면 된다. 2단계를 밟으면 첫 번째로 독해 실력이 늘고, 두 번째로 문제를 푸는 요령이 생긴다.

● step 3

실전처럼 문제 풀기

2단계에서 충분히 연습을 한 뒤, 실전처럼 시간을 재면서 문제를 푸는 연습이 3단계다. 이때는 시간이 없기 때문에 2단계와는 독해하는 방법에서 약간 차이가 나는데 그 방법을 소개하고자 한다. 한 지문이 있으면 단락이 여러 개가 있을 것이다. 단락을 읽을 때 그 단락 전체를 읽지 말고, 읽어나가다가 "아~이런 소리 하는 거구나." 싶으면 바로 다음 단락으로 넘어가서 읽도록 한다. 주로 단락 중간에 but, however 등이 없는 이상 한 단락에서 하고자 하는 말은 하나로 통일된다. 그러니까 빠르게 훑어보면서(skimming) but, however 같은 접속사가 없으면 바로 다음 단락으로 넘어가자. 지문 중간에 for example이나 dash(−)로 처리된 부분은 이해를 도와주기는 하지만 부수적인 내용들이므로 시간이 없다면 그냥 넘긴다. 과학 지문처럼 아주 깔끔하게 정리된 지문은 단락별로 처음 두 문장만 읽어도 그 지문에서 하고자 하는 말이 파악된다. 그럼 다음 단락으로 넘어가면 되는 것이다. 문제를 풀 때는 2단계에서 연습했던 방법으로 똑같이 풀면 된다. 이 연습을 1~2주 정도 한다(모의고사 약 7회 분량). 2단계가 충분히 연습되지 않은 상태에서 3단계로 넘어가면 잘못된 문제 풀이 습관을 가지게 되어서 좋지 않다. 프린스턴 리뷰사에서 나온 *11 practice tests*와 *cracking the new SAT 2006*, 카플란에서 나온 *Kaplan new SAT*(2005년 판)에 있는 모의고사 부분을 추천한다.

3단계까지 완료했을 때 SAT 점수가 600~650점이 된다면 성공적이라고 할 수 있다. 이 점수가 나올 때까지 1~3단계를 하고, 4단계로 넘어가도록 하자. 4단계부터는 600점 중·후반, 700점 이상의 아주 높은 고득점을 위한 단계이다.

'가르치면서 더 많이 배운다', '가르치는 것이 가장 확실하게 배우는 길이다'라는 말이 있다. 이 단계에서는 바로 가르치는 것을 통해 배우는 원리를 적용한다.

일단 자신보다 SAT 점수가 낮은 친구 한 명과 그룹을 만든다(학생의 SAT 점수는 550점 정도가 바람직하다. 어느 정도 지문을 이해할 능력이 되기 때문이다). 자기가 과외 선생 역할, 친구는 학생 역할을 맡는다. 과외 횟수는 약 10번 정도로 잡는다. 교재는 *Official guide for the New SAT*로 한다. 매일 하는 것은 부담스러우니 1주일에 3~4회 정도가 적당할 것이다. 친구보고 25분짜리 문제 한 섹션을 풀어보라고 한다. critical reading 부분만 하니까 21~22분 정도가 걸릴 것이다. 독해는 지문 길이에 따라서 1분 30초~3분 정도 시간을 주고, 시간이 되면 무슨 내용이었는지 물어본다. 그리고 어느 정도 지문의 중심 내용에 대한 친구의 의견을 들은 다음(이때 자기가 직접 중심 내용을 말해주는 것은 안 되지만, 친구가 중심 내용을 완전히 잘못 이해하고 있다면 어느 정도 얘기를 주고받으면서 조율을 해주어야 한다) 문제를 풀도록 시키고, 한 문제씩 풀이를 해주면 된다. 자신이 과외 선생님이니까 당연히 모든 질문에 대한 해답을 알고 있어야 한다. 학생이 물어보면 명확하게 설명해주어야 하니까. 반드시 '지문에서' 근거를 찾아서 설명을 해주고, 질문을 하면 그냥 자기 생각을 말하지 말고 지문의 내용을 근거로 해서 설명해줘야 한다. 나머지 보기는 왜 답이 안 되는지도 가르쳐줄 수 있을 정도로 준비하도록 한다.

이 방법은 내가 공부하고 있을 때에는 하지 못했던 것으로, 내가 프린스턴에 합격한 후 학생들을 가르치면서 터득한 방법이다. 나 자신도 현재는 이 방법을 통해서 750점 이상을 받는다. 특별히 영어 실력 자체가 늘었다기보다 SAT의 답이 보인다고 하는 것이 정확할 것이다.

● step 5

다시 실전처럼 모의고사 풀기

4단계가 마무리 되고 나면 분명히 실력이 향상되었음을 실감할 수 있을 것이다. '답이 보인다'는 느낌을 갖게 되면 성공이다. 이제 다시 실전처럼 모의고사 푸는 과정을 3단계와 동일하게 밟는다. 5단계에서는 4단계에서 익힌 감각을 잊어버리지 않는 것이 중요하다. 약 2~3주 동안 모의고사 10회분 정도를 풀어보고 실전 시험을 치르도록 한다. 아마 600점 중·후반대의 점수가 나오거나 효과가 좋다면 700점 이상도 가능할 것이다. 이 정도면 미국 명문대학 진학에 충분한 SAT 점수다.

SAT/AP 시험 준비용 추천 교재

효율적으로 공부하기 위해서는 좋은 교재로 공부하는 것이 필수적이다. 나는 이 부분에 있어서 조언을 들을 만한 선배가 부족해 상당히 많은 시행착오를 겪었다. 이런 나의 전철을 밟지 않기를 바라기에 유학 시험 과목별로 좋은 교재를 추천한다.

1) New SAT : *The Official SAT Study guide for the New SAT, 11 practice tests for the New SAT, How to prepare for the New SAT, Cracking the New SAT, Kaplan new SAT 2005*

2) SAT II Math1C&2C : *Cracking the SAT Math 1 and 2 Subject Tests*

3) SAT II Physics : *Cracking the SAT Physics Subject Tests*

4) SAT II Chemistry : *Cracking the SAT Chemistry Subject Test*

5) SAT II Biology : *Cliff's AP Biology Exam*

6) SAT II World History/US History : *Kaplan SAT II World History*

7) AP Calculus AB/BC : *Cracking the AP Calculus AB&BC Exams*

8) AP Physics B/C : *Cracking the AP Physics B&C Exams*

9) AP Chemistry : *Cracking the AP Chemistry Exam*

10) AP Biology : *Cracking the AP Biology Exam, Cliff's AP Biology Exam*

11) AP Economics : *How to prepare for the AP Micro/Macro Economics*, 『맨큐의 핵심경제학』(2판)

SAT II 시험의 경우 마지막에 *Real SAT Subject Tests* 문제집을 풀어 보는 것이 좋다.

New SAT의 수학 파트는 한국의 교육과정을 마친 학생이라면 어렵지 않게 문제를 풀 수 있다. 중3, 고1에서 배우는 개념들이 주를 이루며, 문제를 절대로 어렵게 내지 않기 때문에 개념만 알면 별 무리 없이 풀 수 있는 수준이다. 따라서 수학 파트는 프린스턴 리뷰 사에서 나온 문제집을 한번 풀어보는 것으로 대비를 하면 충분할 것이라고 생각한다. 여기서는 실수를 하나라도 하면 만점을 못 받기 때문에 실수를 줄이는 연습이 가장 중요하다.

New SAT의 독해 파트는 문장에서 빈칸이 있고, 빈칸에 들어갈 단어의 용법을 묻는 문장구조 문제, 단문 독해와 장문 독해 문제로 나뉜다. 예전의 SATI 시험은 단기간에 단어만 외우면 상당히 많은 효과를 보았지만, New SAT는 독해 파트가 대폭 늘어나고 독해 지문을 푸는 데 할당되는 시간도 기존의 SATI 시험보다 상당히 적은 편이기 때문에 영어권 국가에 살았던 경험이 없거나 영어 위주의 커리큘럼을 가진 고등학교를 다니지 않는다면 높은 점수를 받기가 참 힘든 부분이라고 하겠다. 공부 방법으로는 꾸준한 독서가 가장 바람직하겠지만, 단기간에 정복하고자 할 때에는 단어 암기와 꾸준한 문제 풀이가 가장 효과적이다. 문제 풀이를 할 때에는 시간 배분 연습을 많이 해야 한다(New SAT는 특히 지문을 푸는 시간이 부족하다).

단어를 외울 때에는 눈, 귀, 입, 손을 동시에 이용해서 암기력을 극대화시켜야 한다. 단어를 눈으로 보고, 입으로 소리 내어 읽으면서 그 소리를 귀로 듣고, 단어를 써보는 것이다. 보통 단어를 외울 때 한 번에 확실하게 외우기 위해서 한 단어를 수십 번씩 써가면서 너무 오랫동안 외우는 사람이 있는데, 이것은 나와 내 친구들의 경험으로 미루어보았을 때 좋은 방법이 아니다. 긴 시간 동안 한 단어를 확실히 외우고 다음 단어를 외운다 해도, 어차피 시간이 지나면 단어들은 계속 보지 않는 한 잊어버리기 마련이다. 따라서 단어를 많이 외워야 하는 사람들에게는 단어 리스트를 훑듯이 여러 번 보는 방법을 추천한다. 오히려 이것이 기억에 더 오래 남고 외우는 속도도 훨씬 빠르다. 나는 처음 단어를 외울 때에는 단어를 보고, 소리 내어 몇 번 읽은 후, 한번 써보고 나면 바로 다음 단어를 똑같은 식으로 하면서 외웠다. 그런 식으로 한번 단어를 쭉 훑고 나도 그 단어를 전부 외울 수는 없다. 나의 경우 그렇게 한번 훑은 직후 다시 점검을 해보면 50~60% 정도 기억에 남아 있었다. 그리고 두 번째부터는 그냥 눈으로 훑으면서 여러 번 반복해서 단어 리스트를 봤다. 이렇게 해도 안 외워지는 단어에 대해서는 여러 번 소리 내서 읽어보거나 몇 번 써보는 것으로 넘어가면 다 외워졌다. 나중에 단어가 눈에 익숙해지게 되면 눈으로 훑고 갈 때 한 단어에 1초 이상 머무르지 않게 되고, 3분 안에 100개 단어를 다 볼 수 있다. 이렇게 단어 보는 시간이 단축되고 나면 단어를 외울 때 시간적인 부담감도 훨씬 줄어들어서 능률도 오르고, 한 번에 천천히 외우는 방법보다 훨씬 기억에 오래 남을 수 있다. 나중에 이 방법이 익숙해지면, 처음 보는 단어라고 해도 손으로 쓰거나 소리 내어 읽는 과정을 생략하고 빨리 눈으로 보면서 외울 수 있다. 그리고 처음 단어를 볼 때에는 너무 정확한 뜻을 외우려고 하지 말고, 그 단어의 이미지('대충 이러한 뜻이다'는 정도)를 외운 다음, 다음 번 볼 때부터 확실하게 구체적인 뜻을 외우는 게 좋다.

나는 영어권 국가에서 산 적도 없고, 고등학교도 과학영재학교를 다녔기 때문에 SAT 독해 부분은 역시 어려움이 있었다. 그리고 과학영재학교의 강도 높은 수업에서 버티고 좋은 성적을 받는 것도 힘들었기 때문에 SAT를 꾸준히 공부할 여건이 되지 않아서 결국 단시간에 점수를 올려야만 했다. 사실 SAT에 대비하기 위해서는 오랫동안 영어 소설이나 영문 잡지 등을 읽으면서 독해 실력을 키우는 것이 가장 바람직하다. 하지만 과연 이것을 꾸준히 실천할 수 있는 사람이 몇 명이나 될까? 나는 영어 소설은 읽기가 너무 부담스럽고 문학적인 표현도 어려워서 읽지 않았지만, 영어 신문 기사나 *TIME*, *Economics*와 같은 영문 잡지는 종종 친구에게 빌려서 읽었는데, 고급스러운 표현을 익힐 수 있어서 좋았다. 자기가 좋아하는 분야에 관련된 책을 흥미를 갖고 꾸준히 읽는 것이 도움이 되지 해석도 안 되는 영어 소설을 스트레스 받으며 붙잡고 읽을 필요는 전혀 없다. 영어 소설을 술술 읽어나갈 정도이면 이미 원어민 수준이라고 판단할 수밖에 없다. 이러한 잡지가 너무 사회문제에 관련된 내용밖에 없다는 생각이 들면 *Scientific American*과 같은 과학 영문 잡지도 읽었다. 특히 잡지를 보면 SAT 수준의 단어가 많이 나오기 때문에 해석할 때 보람을 느끼며, 짧은 시간 안에 특정 주제에 대한 내용을 다 볼 수 있다는 장점 때문에 독해 능력 신장에 효율적이고, 재미도 있다. 사실 영어 실력이 뛰어나지 않은 한국인이 영어 소설을 처음부터 끝까지 다 읽는다는 것은 매우 고통스럽기 때문에 별로 추천하고 싶은 방법은 아니다. 그런데 잡지를 보는 방법을 선택할 때 반드시 유념해야 할 것은 하루에 단 10분이라도 시간을 할애해서 매일 조금씩 영어 기사를 읽어야 한다는 것이다. 언어는 반복이 가장 중요하기 때문에, 하루에 조금씩이라도 영어 기사를 읽는 습관을 들인다면 몇 개월 후면 독해 능력이 눈에 띄게 향상될 것이다. 미래를 위해서 하루에 10분 정도 못 투자하겠냐고 생각하겠지만, 막상 해보면 결코 쉬운 것만은 아니다. 그렇기 때문에 지루할 정도로 반복하고 연습하는 사람이 성공하는 것이다.

단기간에 SAT 점수를 올려야 했던 내가 선택한 방법은 많은 분량의 문제를 풀어서 전략을 습득하는 것이었다. 물론 여기에는 어휘력이 전제가 되어 있어야 한다. 그리고 무조건 문제를 많이 푼다고 좋은 것이 아니라 난이도, 유형 면에서 실전과 흡사한 '양질'의 문제를 풀어야 하기 때문에 앞서 추천한 교재로 공부하는 것이 좋다. 미국의 대학입학 시험인 SAT를 대비하기 위한 좋은 문제집은 의외로 빈약하다. 우리나라의 경우 수능 대비 문제집이 서점을 메울 정도로 다양하고 분량도 셀 수 없이 많지만, 미국은 SAT 대비 문제집을 출판하는 회사가 몇 개 안 되고, 그나마 좋은 문제집이라고 알려진 것은 프린스턴 리뷰, 배론스, 카플란 세 개 정도이다. 따라서 SAT 문제집이 상당히 적다. 이것은 SAT 하나로 학생을 평가하지 않고, 일정 수준 이상의 SAT 점수만 받으면 다른 항목을 더 중시하는 미국의 대학입시 제도와도 직결되는 사항이다. 실제로 미국 학생들은 SAT는 별로 공부하지 않는다. 우리나라는 수능 하나로 대학 입시가 결정나기 때문에 수능 대비를 위한 문제집과 전략이 범람하는 것이 당연한 일이다.

파트별 세부 공략법은 다음과 같다.

● **sentence completion 문제의 유형들**

1) ____ , (phrase or clause)

자주 나오는 유형이다. 빈칸 뒤의 구나 절은 빈칸에 들어갈 정답
의 뜻이거나 비슷한 의미, 또는 그 단어를 묘사하는 내용이다.

2) ____ , and, so, because, colon(:), semicolon(;)

이와 같은 접속사나 문장부호가 문장 안에 쓰였다면 그것의 전후
내용은 거의 유사하다. 뒷부분에서 설명하는 내용이 빈칸에 들어
가면 된다.

3) but, yet, though, although, despite, however

이와 같은 단어가 오면 문장의 흐름이 바뀐다. 즉, 앞뒤 내용이 반
대이다.

4) 빈칸이 두 개 있을 경우, 풀기 쉬운 빈칸부터 해결하고, 나머지
빈칸을 해결하도록 한다.

● **문제 푸는 순서**

1) 문장을 전체적으로 다 읽으면서 key word(transition word 등)를
표시한다.

2) 빈칸에 들어갈 단어의 '느낌'을 연상한다.

3) 보기를 보면서 그 느낌에 어울리는 단어를 고른다. 나머지 단어
   들은 적용할 수 없는지 반드시 확인을 한다. 그렇지만 그 느낌이
   매우 확실한 것이면 그냥 넘어가도 무방하다.

4) 애매한 문제일수록, 자기가 고른 단어를 빈칸에 넣어보고 말이
   되는지 살펴본다.

● **반드시 가져야 할 습관**

   1) transition word(but, and, so, semicolon 등)를 반드시 표시한다.

   2) 문장을 처음부터 끝까지 다 읽어야 한다. 읽다가 중요한 단어는
      반드시 표시하도록 한다.

   3) 단어 암기가 가장 중요하다.

   4) 무엇보다 S/C는 문제를 많이 풀면 저절로 실력이 는다.

>>> Critical Reading

● **문제 푸는 순서**

   1) 처음에 나오는 이탤릭체 부분을 유심히 읽어본다. 그리고 어떤

내용일지 대충 예상한다.

2) 처음 단락은 서론(introduction)으로 글의 전체 방향을 가르쳐주므로 유심히 읽어본다.

3) 두 번째 단락부터는 처음 한두 문장을 유심히 보면서 전체적으로 글을 훑어서 읽는다. 세부적인 내용은 과감하게 뛰어넘고(예컨대 for example, dash로 연결된 부분 등) 핵심 단어 중심으로 빠르게 읽어나간다. 중요한 단어, 주제에 도움을 주는 단어나 문장은 눈에 띄게 표시를 한다.

- however, but이 지문에 나오면 그 뒤의 내용이 주제와 관련이 깊은 내용이다.
- 한 문단의 중심 내용은 반드시 어떤 하나의 입장을 취하게 되어 있다. 특정 문단을 읽다가 그 문단에서 말하고자 하는 바가 이해된다면 계속 읽으면서 시간 낭비하지 말고 다음 문단을 읽어나가도록 한다. 단, 다음 문단으로 넘어가기 전에 읽고 있던 문단의 흐름이 혹시 막판에 바뀌지는 않는지 마지막 문장을 살피거나, 흐름을 바꾸는 접속사(but, however) 등이 없는지 확인한다. 이것을 숙달하면 지문 읽는 속도가 확 빨라진다.

4) 전체적으로 훑어보고 나서 '대강 이런 글이구나.' 하는 감이 와야 한다.

5) 문제로 넘어간다.

- 문제들은 모두 지문의 순서대로 배열되어 있다. 4번 문제에 대한 답은 3번 문제와 5번 문제 사이에서 찾을 수 있다.

- 복합 지문 문제를 풀 때는 첫 번째 지문을 읽고 관련 문제를 풀고, 두 번째 지문를 읽고 관련 문제를 풀고, 마지막으로 두 지문 사이에 있는 관계를 묻는 문제를 풀도록 한다. 주로 두 지문 사이의 관계는 비판적이거나 대조적이다. 심할 경우에는 처음 지문를 읽고 관련 문제를 풀고 나서, 두 번째 지문의 이탤릭체 부분을 읽고 필자가 어떤 사람일 것이라는 것을 예상한 다음, 처음 지문에 대해 비판적이거나 대조적인 느낌의 답을 찍어도 정답 확률이 상당히 높다.

- 지문이 두 개 있는 섹션은 가장 끝 문제부터 먼저 본 다음, 문제를 풀 때 지문 어느 부분까지를 참고할 것인지 파악한다. 가끔씩 일부 부분만을 질문하는 지문도 있기 때문이다.

● 유의할 사항

1) 문제 유형

- main idea question(주제)
- line reference question(지문의 특정 부분을 묻는 문제, 가장 비중이 큼)
- inference question(지문의 내용을 바탕으로 추론하는 문제)
- vocab-in-context(문맥을 통해서 동일한 뜻을 가진 단어 찾기, second meaning)

2) 주제를 묻는 문제는 훑어보기를 했을 때 명확하게 주제가 잡힌다면 바로 풀어도 되지만, 이왕이면 가장 나중에 푸는 것이 좋다.

가장 먼저 풀어야 할 것은 지문의 몇 번째 줄에 관련된 내용을 찾으라고 하는 line reference question이다. 일단 그 유형부터 풀고, 그 문제와 관련된 단락에 대한 다른 문제를(문제가 있다면) 풀도록 한다. 그리고 다시 다른 단락의 line reference를 풀고, 역시 그 해당 단락의 다른 유형들을 풀도록 한다.

3) line reference 문제를 풀 때 문제에 주어진 행 번호가 3~5행인 경우, 정답은 항상 주어진 행 번호 위아래 3~4행에 있다. 주로 위에 있다. 문제에 주어진 행 번호가 8~9행 정도일 경우(드물지만) 정답은 그 행 안에 있다.

4) vocab-in-context를 제외한 모든 문제를 풀 때는(특히 inference question!) 주제를 생각해야 한다. 흐름상 주제를 지지해주는 내용을 선택해야 한다.

5) 항상 한 단락 안에서 놀아라. 해당 단락의 중심 내용을 생각해서 그 안에 있는 문제들을 풀면 된다. 결코 다른 단락으로부터 내용을 끌어 와서 복잡하게 생각할 필요 없다.

6) 정답을 고를 때 한 번에 옳은 답을 구하려는 것보다 명백하게 틀린 것들을 하나씩 지워나가는 것이 좋다. 지워나갈 때는 반드시 분명한 이유가 있어야 한다. 그 이유들을 소개하면 다음과 같다.
   - 해당 지문과 상관없는 보기
   - 본문에 사용된 어휘가 그대로 들어 있는 것(TOEFL과 마찬가지로,

동의어 또는 그 내용을 다른 단어로 풀어 쓴, 내용이 들어 있으면 거의 무조건 답이다)

- 극단적인 단어가 포함되어 있을 경우(always, must, never) – 무조건 답이 아니라고 보면 됨
- 지문에 나와 있기는 하지만 주어진 행의 범위 안에 없는 것
- 본문과 상반된 내용의 보기

7) 정답은 항상 본문으로부터 나온다. 섣불리 추론하지 말고 반드시 지문에 근거한 답만 선택해야 한다.

8) 문제를 풀 때 항상 해당 단락의 중심 내용, 글 전체의 주제가 무엇인지 생각하도록 한다. 모든 문제는 주제를 지지해주는 내용과 관련해서 나온다.

마지막으로 가장 중요한 것인데, 각 보기들이 왜 답이 되고 안 되는지 반드시 본문에 근거해서 논리적으로 추론하는 연습을 하도록 한다. 처음에 SAT 독해를 연습할 때는 시간을 재면서 할 필요는 없다. 천천히 모두 해석해가면서 느긋한 자세로 문제의 보기가 답이 되는지를 따져가며 푸는 연습을 하도록 한다. 절대 괜히 복잡하게 생각해서 스스로 꼬이는 일이 없도록 한다. 그것을 방지하려면 일단 정확하고 빠른 독해력이 필요하기 때문에 처음에는 사전에서 단어를 찾지 말고 천천히 해석해나가면서 본문을 이해한 다음 문제를 푸는 것이 좋다.

● **Writing에서 유의할 사항들**

1) 문장 쓸 때 자신 없는 표현, 그리고 조금이라도 맘에 걸리는 것이 있으면 지우고 쉽고 간단하더라도 그걸로 고친다. 평소에 많이 쓰던 편하고 익숙한 표현을 쓰는 것이 낫다.

2) 전체 내용은 4단락 또는 5단락 형식, 즉 서론, 2~3개의 단락으로 이루어진 본론, 결론으로 구성한다. 본론을 3단락으로 구성하면 예시가 많이 들어가야 한다는 부담이 있는 대신 글이 비교적 상세하지 않아도 되며, 본론 단락이 2개일 경우에는 예를 들어야 하는 부담이 없는 대신 한 개의 본론이 길어야 되기 때문에 아주 특별한 예를 들어야 하며, 글의 흐름이 수준 높아야 하는 부담이 있다. 서론은 시험지 기준으로 7줄 정도가 적당하며, 본론은 12~13줄, 결론은 6~7줄 정도가 가장 바람직하다. 되도록 시험지 분량은 거의 다 채우도록 한다. 그러면 기본 12점 만점에 9점은 먹고 들어감. 9점까지는 구성에 대한 점수라고 봐도 된다. 내용이 좋으면 9점부터 점점 가산점이 붙는다.

3) 구체적이고 확실한 예문이 필요하다. 단, 개인 경험에 대한 예는 안 쓰는 것이 좋다. 자신이 작가가 아니라면 말이다. 역사, 역사적 인물, 최근 사건, 문학작품 등에서 예를 뽑아내는 것이 좋다.

4) 에세이의 논리적 구조나 일관성이 아무리 맞고 좋더라도 표현면
   에서 단어, 구문의 다양성을 보여주지 않으면 최고득점을 하기
   어렵다. 아래의 4가지 구문은 반드시 최소한 1문장 이상 보여주
   도록 한다.
   - 분사구문 – 최소 1개 이상
   - 관계대명사 구문 – 특히 전치사 + 관계대명사 꼴(with which 등)
   - 도치구문 – 정말 중요함. Not only~but also도 좋음.
   - 가정법 – 정상문장을 가정법으로 바꾸는 것도 좋다.

5) 시간 내에 끝내기. 25분을 받으면 딱 시간을 할당해서 써야 한다.
   1~2분 동안 세 개 정도의 예를 생각해내고, 무작정 쓰기 시작해
   야 한다. 예는 '코에 붙이면 코걸이', '귀에 붙이면 귀걸이'식으로
   주제와의 연관성을 억지로라도 찾아서 논리적으로 설명하면 된
   다. 1~2분 정도 남을 때까지 결론까지 모두 쓴 다음, 마지막에는
   단어가 반복되지는 않았는지 문법이 틀리진 않았는지 확인한다. 시
   제, 수 일치 등에서 주로 실수를 많이 하니 주의해야 한다.

● **쓰는 법과 틀**

서론

Whether "topic question" can lead to many discussions. Some
people think that "내가 생각하는 의견과 반대되는 의견".

However, I have a differing opinion from these people that "나의 중심 주장!!!(반드시 필요함)" because "핵심 이유". By observing the examples of 1st example, 2nd exmple, 3rd example, we can see that "paraphrasing thesis". (또는 The examples of 1st, 2nd, 3rd example bolster my view로 해도 좋음)

PS) 예는 되도록 시간 순서 등 정해진 순서가 있는 것이 좋다.

본론(본론은 특별한 양식이 없음)

First of all, consider "1st example". 예를 들 때는 이름(최대한 본명 그대로 써주는 것이 심사관들에게 인상을 남긴다. President Kennedy 가 아니라, the 35th President John Fitzgerald Kennedy, who held office from 1961 to 1963라고 하면 고득점에 한 발 다가가는 것이다), 연도는 최대한 정확히 써주도록 한다. 마틴 루터 킹이 두루뭉술하게 mid-twentieth century에 활동했다가 아니라, 정확히 몇 년도에 노벨 평화상을 받은 사람인지 써 주도록 하고, 연도는 자세할수록 좋다. 프 랑스 혁명이 1789년도에 일어났다고 써주는 것이 가장 바람직하지 만, 정 기억이 안 나면 at the end of 1780's라고 해도 괜찮다.

　본문 구성은 사실(Fact)을 최대한 자세히 쓰고(아예 백과사전에 있 는 문장을 그대로 외워서 쓰면 많은 도움이 된다. 그런 고급 문장들을 그대로 써주면 만점도 가능함), 사실 뒤에 이 사실이 어떻게 주장을 뒷받침하는지 나의 분석을 쓰는 것으로 마무리하면 된다. 그리고 가장 마지막에 이 예가 주장과 어떤 관련이 있는지를 멋진 문장으로 표현하면 된다. (예를 들면, Thus, this case clearly shows that a hero is who speaks out his or her thoughts with the risk of disapproval)

Next, we can take another example from the story of "2nd example".
똑같은 방식(사실+분석)

Finally, "3nd example" also bolsters what I try to stress.
똑같은 방식(사실+분석)

결론

Above two(or three) examples provide the robust support that "Thesis". 본문 1, 2, 3 각각의 중심 내용이나 관점을 한 번 더 요약하면서 언급한다(여기까지가 요약). 더 좋은 점수를 따기 위해서는 전망, 평가 등의 의견 진술이 들어가면 좋은데, 가장 무난한 것은 Therefore, I advise people that "적당한 말"을 따르도록 한다. 또는 From this aspect, I predict that "적당한 말"도 괜찮다.

서론과 결론은 틀이 분명하기 때문에 쓰는 데 시간이 매우 짧게 걸린다. 심지어 결론은 30초도 안 걸린다. 반드시 이 틀을 숙지하고 실전 시험에서 적용하도록 한다. 점수는 본론에서 얼마나 구체적이고 설득력 있는 예를 들었고, 그것을 자세하게 잘 설명했느냐에 달려 있다.

SAT II 공략법

SAT II Math 1C & 2C

SAT II Math 1C & 2C 과목은 많은 한국 학생들이 800점 만점을 받는 과목이다. 사실 SAT II 과목들은 750점 이상만 넘으면 아주 높은 점수라고 판단하기 때문에 굳이 만점을 받을 필요는 없지만, 한국 학생이 수학 과목에서 800점을 받지 못하면 심리적인 부담이 상당히 크다. 대체로 명문대학에 진학하고자 하는 학생들은 1C보다는 2C 과목을 시험 보는데, 2C의 경우 우리나라 교육과정의 고1 수준의 내용이 많이 나오며, 중3과 고2 때 배우는 내용도 일부 포함되어 있다. 고2 때 배우는 내용 중 대표적인 것은 극한, 순열과 조합 등인데 개념만 알면 풀 수 있는 기본적인 난이도로 나오기 때문에 큰 걱정을 할 필요는 없다. 공통수학을 한번쯤 본 수준에서 math 2C 공부를 하는 것이 효율적이다. 배론스에 있는 내용은 너무 불필요한 내용들이 많아서 추천하지는 않지만, 만약 자기가 수학이 부족하다고 생각하면 문제 풀이 테크닉을 익히기 위해서라도 한번쯤 풀어보기를 권한다. 나는 처음 SAT를 시험볼 때 math 2C 과목을 시험봤기 때문에 긴장이 되어서 배론스, 프린스턴 리뷰 책들을 모두 풀었다. ETS에서 나오는 문제들은 매년 유형이 정해져 있기 때문에, 무엇보다 실전과 비슷한 문제를 많이 풀어보면서 문제 푸는 방식을 익히고, 수학 용어를 영어로 확실하게 알아두면 어렵지 않게 대비할 수 있다. 1C의 경우 50문제를 다 맞아야 800점이고, 2C의 경우 50문제 중 5~6문제를 틀리는 것까지 800점을 받는다.

SAT II Physics

SAT II Physics는 생각보다 고득점이 쉬운 과목이다. 75문제 중에서 10개를 틀려도 만점이 나오기 때문에, 같은 노력으로도 다른 과목보다는 만점 받기가 수월하다. SAT II Physics에서 다루는 내용은 우리나라 고등학교 물리1-2 수준의 내용을 다루며, 약 50분 안에 75문제를 풀어야 하기 때문에 개념을 묻는 문제나 간단한 계산을 요구하는 문제가 주를 이룬다. 역시 짧은 시간 안에 문제를 빨리 푸는 능력을 키우기 위해서 많은 연습 문제 풀이가 가장 중요하다. SAT II Physics의 경우 배론스에서 나온 문제집은 절대 풀어보지 말기를 권한다. 문제집인데도 불구하고 문제가 거의 없으며 다루는 내용도 실전과는 매우 동떨어져 있다.

SAT II Chemistry

외고 학생들이 주로 과학과목의 SAT를 볼 때 화학을 많이 선택하는데, 물리에서 요구하는 계산보다는 지식 위주의 문제들이 많이 출제되므로 비교적 쉽다고 생각하기 때문이다. 그러나 경험상 chemistry 과목은 만점 받기가 결코 쉽지가 않으며 85문제 중에 6개 이상 틀리기만 해도 만점이 안 나온다. 그러나 실제 시험을 쳐보면 85문제를 모두 풀고 OMR 카드에 마킹하는 시간까지 합해서 1시간 안에 해야 하기 때문에 엄청난 속도로 문제를 풀어야 하며, 중간에 함정이 많아서 실수하기가 매우 쉽다. 때문에 화학을 800점 받으려면 웬만한 시간과 노력을 투자하지 않고는 불가능하다고 봐도 과언이 아니다. 같은 노력으로 더 높은 점수를 받기는 오히려 물리가 더 쉽다는 게 내 생각이다. 그러나 물론 과목마다 이렇게 난이도나 만점을 받기 위해 허용되는 오답 수가 다르기 때문에 같은 점수라고 해도 그것을 똑같이 생각해서는 안 된다. 예를 들어 화학은 800점 만점이면 98%(상위 2%)이며, 물리는 800점 만점을 받아도 93%(상위 7%)이다. 따라서 단순히 점수보다는 상대적인 백분위가 그 학생의 수준을 가늠하는 더 중요한 척도로 작용한다. 물론 모든 과목을 막론하고 750점 이상이면 별 문제가 되진 않고, 화학은 점수 받기가 더 어렵기 때문에 750점을 받아도 괜찮지만, 물리는 750점을 받으면 상대적인 백분위가 떨어져서 물리를 잘한다는 인상을 주기는 힘들다.

화학은 고등학교 화학1–2 내용을 다루는데, 화학2 과정에 더 가깝다. SAT II chemistry에 대비하기 위해서는 생각보다 공부를 많이 해야 하는데, 이때에는 프린스턴 리뷰 출판사에서 나온 *Cracking the SAT chemistry subject tests* 문제집과 배론스 출판사에서 나온 *How to prepare for the SAT II chemistry* 문제집을 병행해서 공부하길 권한다. 프린스턴 리뷰 출판사 문제집의 특징은 시험에 대비하기 위한 최소한의 내용과 전략을 담은 것이기 때문에 이 문제집에 있는 내용은 무조건 다 숙지해야 한다. 그러나 이 문제집에서 담지 못하는 내용에 대해서는 배론스 문제집을 참고하면서 공부를 하는 것이 좋다. 화학은 내용이 많기 때문에 모의고사를 한번 쳐본 다음, 내용의 범위나 문제의 수준이 대충 어느 정도인지를 파악하는 것이 바람직하다. 그렇게 한 다음 배론스 문제집을 공부하면서 거의 필요 없다고 생각되는 부분은 건너뛰면 된다. 이때도 짧은 시간 안에 많은 문제를 풀어야 하기 때문에 모의고사를 최대한 풀어보면서 훈련하는 과정이 필수적이다.

SAT II Biology

SAT II Biology는 한국에서 응시하는 학생이 별로 많지 않다. 내용도 너무 광범위하고, 800점 만점을 받기는 '하늘의 별 따기'만큼 힘들다. 단적인 예로, 국제 생물 올림피아드에서 금상을 수상한 사람도 SAT II Biology를 760점 받았으니, 800점 만점이 얼마나 힘든지 예상할 수 있을 것이다. 생물 올림피아드를 준비했거나, 학교에서 심화 과목으로 생물을 배우지 않은 학생들에게는 공부하지 말라고 말하고 싶다. 똑같은 시간을 투자해서 더 수월하게 높은 점수를 받을 수 있다면 그 SAT 과목을 택하는 것이 더 효율적이기 때문이다. 나는 다행히 학교에서 생물 심화 과목을 많이 들었기 때문에 모의고사를 2개 풀어보는 것만으로 SAT II Biology를 대비했다. 나의 경우 770점을 받았음에도 불구하고 98%(상위 2%)가 나왔는데, 같은 점수라면 다른 과목보다 백분위가 훨씬 높게 나올 정도로 고득점이 힘들다. 문제 수는 총 80문제이며 이 중에서 3~4개 이상 틀리면 만점이 안 나온다. 그러나 앞으로 생물을 전공할 계획이 있거나 생물 공부를 평소에 해둔 사람이라면 시험보는 것이 좋다. 생물은 무엇보다 용어를 외우는 게 가장 중요하다. 생물에 관련된 용어가 매우 많이 나오는데, 적어도 문제집에 있는 용어들은 전부 외워야 한다.

SAT II 과목을 공부할 때는 자기가 해당 과목을 배우지도 않았는데 무리하게 일찍 준비하는 것보다는, 해당 과목을 배우고 나서 지식이 축적된 다음 공부하는 것이 훨씬 효율적이므로 자신이 어느 시기에 시험을 칠 것인지 신중하게 생각하길 바란다. 결코 빨리 친다고 더 좋을 것은 없으며, 차라리 그때 다른 과외활동이나 봉사활동에 열심히 참여하는 것이 바람직하다. 나의 경우 math 2C는 2학년 5월, chemistry는 2학년 11월, physics와 biology는 3학년 5월에 시험봤다. 현재 유학을 준비하고 있는 학생들에 비해 결코 빠른 시기에 시험본 것이 아니다. 내가 화학을 시험볼 당시에는 일반화학과 유기화학을 학교에서 배운 상태였고, 물리와 생물을 시험볼 때에는 역시 대학 과정의 물리와 생물을 배운 상태였기 때문에 SAT II 과목에 대한 시험 공부량을 최소화할 수 있었다. 특히 3학년 5월에 physics와 biology를 시험볼 당시에는 AP physics와 biology도 공부하고 있었기 때문에 AP를 공부하면서 자연스럽게 SAT II까지 대비할 수 있었다.

AP 시험 공략법

현재 미국 학부 유학을 준비하는 많은 한국 학생들이 AP 시험을 치는 이유는 대학 학점을 미리 이수한다는 것보다는 가산점을 받기 위한 방법으로 활용하기 위함이다. 특목고에 다닌다면 반드시 AP 시험을 보는 것이 좋고, 일반학교에서 유학을 준비하더라도 AP 한두 과목 정도를 시험봄으로써 자신의 학업 능력이 뛰어남을 증명해준다면 입학에 유리하게 작용한다. 미국 대학은 AP를 볼 만한 여건이 안 되는 학생이 AP 시험을 쳐서 높은 점수를 받는 것을 아주 좋게 평가한다. AP는 객관식과 주관식으로 이루어져 있고, 대체로 50:50의 배점 비율을 가지나, 과목마다 약간씩 다르다. AP는 4~5점을 받으면 명문대학에서 학점으로 인정해준다. 나는 AP 과학과목은 컴퓨터 과학을 제외하고는 모두 시험봤으며, 학교에서 배우진 않았지만 미시/거시 경제학 시험도 쳤다. 만약 민사고처럼 AP 수업이 아예 학교 커리큘럼으로 있다거나, 외고의 유학반처럼 AP 수업을 해주는 학교가 아니라면 독학을 해야 하는데, AP는 한 과목이 늘어날 때마다 상당한 노력과 시간이 투자되기 때문에 신중하게 생각을 해야 하며, 무리하게 많은 과목을 시험볼 필요는 전혀 없다. 나는 8과목을 3학년 때 벼락치기로 한 번에 보느라고 고생을 했지만, 많은 과목을 볼 계획이면 해마다 나눠서 응시하는 것이 바람직하다.

AP Calculus BC(&AB)

AP Calculus는 한국 고교 교육과정의 '미분과 적분'에 해당한다고 볼 수 있으며, BC 시험의 경우 Taylor's Theorem이 추가된다. 프린스턴 리뷰사에서 나온 *Cracking the AP Calculus AB & BC exam* 교재로 공부하고 모의고사를 풀면 큰 무리 없이 준비할 수 있고, 나도 그 외에는 따로 공부한 것은 없다. AP Calculus의 경우 자신의 점수가 만점의 70% 이상이면 5점을 받기 때문에, 한국 학생들은 그다지 어렵지 않게 준비할 수 있다. 주관식에는 영어를 많이 쓸 필요는 전혀 없고, 깔끔하게 식의 전개를 해나가면서 아주 약간씩 영어로 식이 전개되는 과정을 설명하면 된다. 2005년의 경우 Calculus 주관식이 상당히 어렵게 나왔는데, 설령 이렇게 나온다 하더라도 상대적으로 5점의 커트라인을 정하기 때문에 제대로 공부했다면 크게 걱정할 필요가 없다. 더군다나 푸는 과정을 보고 핵심적인 항목이 들어갔는지 여부에 따라 부분 점수를 주기 때문에 답이 틀린다 하더라도 과정이 올바르면 주관식에서 높은 점수를 얻을 수 있다.

AP Physics B(&C)

AP Physics B는 한국 고교과정 물리2에 해당하는 내용이라고 볼 수 있고, C는 대학 물리에 해당하는 내용인데 역학과 전자기학으로 나뉜다. 물리는 영어로 된 용어가 많지 않기 때문에 기본 개념과 문제 푸는 방법을 알고 있으면 어렵지 않게 준비할 수 있다. 역시 프린스턴 리뷰에서 나온 *Cracking the AP physics B&C exam* 교재를 차근차근 공부하면서 용어를 정리하고 문제 풀이 방법을 익히면서 공부했다. 공식 같은 것은 잊어버리지 않게 가끔씩 점검해줘야 한다. 아예 헷갈리는 공식은 자기만의 노트에 정리한 다음 생각날 때마다 훑어보면 효과가 크다. 나는 시간이 촉박했던 관계로 AP 시험 기간을 최대한 활용해서 Physics C는 이틀 만에 준비를 해야 했는데, B에 나오지 않는 공식들이 어떻게 유래했는지를 보고, 공식을 외운 다음, 공식을 적용할 수 있는 문제를 몇 개 풀어보았다. 그런데 실전에서는 공식을 사용하는 것이 익숙하지 않아서 많이 애먹었다. Physics C를 공부할 때는 공식을 적용해서 문제 푸는 연습을 최대한 많이 해봄으로써 완전히 손에 익히도록 하는 것이 중요하다. 따라서 Physics C의 경우, 대학 물리를 오랫동안 공부하지 않은 사람이라면 프린스턴 리뷰 문제집뿐만 아니라 배론스 AP Physics C 문제집도 구해서 어려운 공식으로 문제를 푸는 연습을 충분히 해보길 권한다. 대학 물리에 익숙하지 않은 상태에서 단지 프린스턴 리뷰 문제집만 풀고 실전 시험을 치면 조금만 어려운 문제가 나와도 당황하게 되어서 좋은 결과를 낼 수 없다. 특히 전자기학 부분에는 고교 과정에서 나오지 않는 공식들이 많이 등장하기 때문에 이런 공식들을 어떻게 사용하는지 많은 문제를 풀면서 익혀보아야 한다. AP Physics 주관식 시험은 그다지 어렵지 않게 나오며, 주요 공식들을 써가면서 논리적인 답을 전개해나간다면 높은 점수를 받을 수 있다. 설령 정답이 아니라 해도 별로 감점을 당하지 않으며, 역시 70% 이상 점수를 받으면 5점을 받을 수 있다.

AP Biology

AP Biology는 SAT II Biology와 같이 공부할 분량이 상당히 많다. 단 시간에 공부하기에는 너무나 외워야 할 내용들이 많기 때문에 충분한 시간을 두고 공부해야 한다. 참고도서로는 일명 '개구리' 책으로 불리는 '생명과학' 책을 이용하는 것이 좋다. 역시 프린스턴 리뷰사에서 나온 *Cracking the AP biology exam* 교재와 *Cliff's AP biology* 교재를 같이 공부하면서 보완하는 것이 바람직하다. 공부하면서 가장 성가신 부분 중 하나가 분류 파트인데, 너무 단어가 어렵고(심지어는 발음조차 힘들다) 외워지지도 않기 때문에 공부하기가 힘든 부분이었다. 경험상 분류 파트는 거의 안 나오기 때문에, 정말 공부하기 싫으면 과감하게 뛰어넘어도 된다. 점수 비중이 큰 주관식에도 분류 파트는 나오지 않는다. 주관식의 경우 현상이나 그래프를 해석하는 생태학 관련 문제, 분자생물학의 주요 부분(전사, 해독 등)에 대한 통합적인 문제 등이 출제되는데, 주관식에서는 에세이를 써야 한다. 미적분이나 물리학 같은 경우 공식 위주로 주관식 답안을 작성하면 되지만, 생물 같은 경우 글을 길게 써야 하는 에세이 주관식이어서 걱정을 많이 했는데, 문법이나 작문 실력에 크게 신경 쓸 필요는 없다. 그보다는 핵심 단어, 핵심 내용이 많이 들어가 있어야 하며, 틀린 내용에 대해서는 감점이 없으므로 일단 아는 대로 모조리 써 내려가는 것이 중요하다. 막상 주관식 문제를 보면 쓸 내용들이 많다는 것을 알 것이다. 더구나 주관식에 나오는 토픽들이 한정되어 있으므로 준비하기에 수월하다.

AP Chemistry

AP Chemistry는 AP 중에서 비교적 쉬운 편이다. *Cracking the AP chemistry exam* 문제집으로 공부하면 큰 무리 없이 준비할 수 있다. 더군다나 화학은 객관식 비중이 특히 높은 과목이라서 객관식에서 높은 점수를 받으면 수월하게 5점을 받을 수 있다. 내가 AP 시험을 칠 때는 어떤 반응의 반응속도가 2차식으로 나와서 미분방정식을 풀어야 했던 제법 까다로운 주관식 문제가 있긴 했지만, 나머지 문제는 그다지 어려운 문제가 없었다. 문제집에 있는 기본 개념과 문제 풀이 방법을 익혀두면 실전에서도 충분히 문제를 풀 수 있다.

AP micro/macro economics

나는 AP 경제학을 따로 공부할 시간이 없어서 시험 치기 전 1주일 동안 급하게 독학해서 준비했다. 학교에서 경제학은 배우지 않았기 때문에 공부하는 데 조금 애먹긴 했지만, 내용이 상당히 재미있기 때문에 관심 있는 학생은 시험보길 권장한다. 단, AP 경제학을 배우지 않고 독학하는 경우 충분한 시간을 두고 여러 번 교재를 읽어보면서 완전히 숙지하는 것이 중요하다. 나는 전혀 지식이 없었던 경제학을 워낙 급하게 준비하느라 교재를 한 번밖에 못 보고, 시험 치기 5분 전까지 엄청난 속도로 겨우 두 번을 읽어본 다음 시험을 쳤다. 그런데 막상 실제 시험에서는 급하게 습득한 지식이 제대로 정리가 되지 않은 바람에 문제 푸는 속도도 느렸고, 5점을 받을 수 있을 거라 생각했지만 4점밖에 받지 못했다. 여러 번 책을 읽으면서 지식을 확실하게 머릿속에 정리하는 과정이 필수적이다. 교재로는 배론스 출판사에서 나온 *How to prepare for the AP economics*가 좋으며, 부교재로 『맨큐의 경제학』(3판) 또는 『맨큐의 핵심경제학』(2판)을 사용하도록 한다. 처음 경제학을 배우는 사람이 경제학 원리를 이해하는 데 맨큐의 경제학 교재가 반드시 필요하며, 책이 상당히 재미있게 쓰여져 있기 때문에 술술 넘어간다. 그 다음 배론스 교재로 영어 용어 및 내용을 다시 한 번 정리하면 된다. 배론스 출판사가 대체로 실전 유형과 많이 다른 편인데도 불구하고, AP 경제학만큼은 교재가 매우 좋기 때문에 추천한다. 실제 내가 시험을 쳤을 때도 전부 배론스 내용에서 출제되었는데, 나는 이때 '다른 것 하지 말고 배론스 교재를 조금 더 열심히 볼 걸' 하면서 엄청 후회를 했다. 경제학에서 나오는 그래프를 이해해서 자신이 직접 그릴 줄 알아야 하며, 그것만 완벽하게 할 줄 알면 주관식에서 별 문제는 없다. 경제학은 5점의 커트라인이 다소 높기 때문에 유의하도록 한다.

현근이의 활동 목록 및 수상 실적

유학을 준비하는 분들께 조금이나마 참고가 되었으면 하는 마음에서 내가 그동안 했던 활동들을 admission posting으로 일목요연하게 정리해보았다.

New SAT : 650(critical reading), 800(math), 680(writing).

SAT II : math 2C(800), physics(800), chemistry(790), biology-Ecology(770).

AP : Calculus BC(& AB subscore), physics B, C, biology, chemistry-5 micro/macro economics-4.

GPA : 4.23/4.3(grading system-4.3 : A+, 4.0 : A0…)-미국 대학 지원 시 성적이 유효한 3학년 1학기까지의 GPA.

TOEFL : 280(TWE 6.0).

시민권/영주권 유무 : 없음-시민권이나 영주권 보유 시 입학이 조금 더 유리함.

Legacy(친척 중 지원한 대학 출신이 있는지의 유무) : 없음.

특별활동

1. **academics** : 2년간 생물 분야 research(1년은 카이스트, 1년은 서울 대학교).
   - 고1 때의 research – 학술 journal에 등재.
   - 고2 때의 research – 한국유전학회(SCI expanded)로부터 우수 논문 포스터상 수상(92개 석박사 팀 중 6개 팀에게만 주어지는 것, 고등학생으로는 최초).
2. **science** : 한국분자생화학회 참가(논문 포스터 발표), 제60회 한국생물협회 정기총회 논문 포스터 발표, 청소년과학탐구반(YSC) 활동, 생물올림피아드 스터디 클럽 활동.
3. **journalism** : 한국과학영재학교 신문사(국제부 장 및 편집위원, 3학년 때에는 영자 신문 직접 제작), teentimes newspaper 명예기자, 국제 신문 중고생 명예기자.
4. **music** : 교내 오케스트라 트럼펫.
5. **sports** : 농구, 태권도(창단을 하고 주장을 맡음).

6. leadership : 전교학생회 선발위원, 전교학생회 봉사부 부장, 선거관리위원회, 학생회 선거관리 위원, 학교 교칙 제정 위원, 기숙사 관리, 반장 등 9~12학년 때까지 leadership position을 계속 가지고 있었음.

7.봉사활동 : 시각장애인 영어 지도, 청각장애아 학습 지도, RCY, 정신지체 장애인 봉사활동, 독거노인 자서전 봉사활동. 중점을 두고 활동했던 것은 시각장애인과 청각장애아 학습지도임.

8. 출판 경험 : 독거노인 사진 자서전 편찬. 대학원서 작성시 기억에 남는 활동으로 쓰기도 했음.

9. 기타 특이사항: 청와대 초청 2회(첫 번째 초청 때는 영재학교에서 학업 우수자로 선정된 5명만 청와대에 갔으며, 두 번째 초청 때는 영부인께서 전교생을 초청함).

10. 수상 실적 : 삼성 이건희 장학생 학사과정 4기, 한국유전학회 우수 논문 포스터상, 한국물리토너먼트 한국 2위, 한국생물올림피아드 장려상, AP scholar with distinction, 9학년 때 수석 졸업, 상하이 국제 청소년 과학기술 박람회 우수상, '사이언스 코리아' 아이디어 공

모부문 입상, 2004년 한국과학영재학교 R&E 생물분야 우수상, 3년 연속 성적 우수자에게 수여되는 장학금 수혜, 봉사상, 한국 영재학회 회원 등.

11. 여름 활동 : 실험실 보조(서울대학교 생물교육과 연구실), 국제신문사 인턴십, 언어-청각장애인을 위한 캠프 주최 및 참가 등.

12. 국제행사 활동 : 2005 상하이 국제 청소년 과학기술 박람회(논문 발표), 제1회 태국국제과학전시회 참가(논문 발표), 퍼듀 대학교 영재 프로그램 참가, 유네스코 주최 세계평화캠프 참가, APEC youth leadership camp 참가.

오랫동안 꿈을 그리는 사람은 마침내 그 꿈을 닮아간다

－앙드레 말로